U0720793

教育部人文社会科学重点研究基地

中國詩學研究

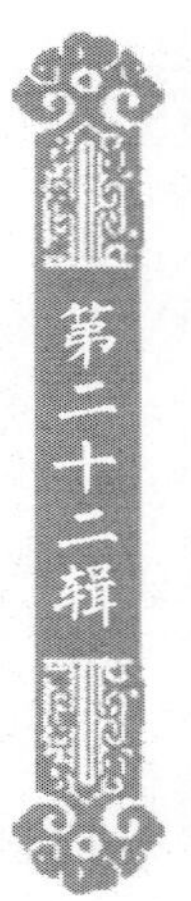

第二十二辑

安徽师范大学中国诗学研究中心 编

凤凰出版社

图书在版编目(CIP)数据

中国诗学研究. 第二十二辑 / 安徽师范大学中国诗学研究中心编. -- 南京 : 凤凰出版社, 2022.12
ISBN 978-7-5506-3880-8

Ⅰ. ①中… Ⅱ. ①安… Ⅲ. ①诗歌研究—中国—丛刊
Ⅳ. ①I207.22-55

中国版本图书馆CIP数据核字(2022)第252769号

书　　名	中国诗学研究(第二十二辑)
编　　者	安徽师范大学中国诗学研究中心
责任编辑	徐珊珊
装帧设计	徐　慧
出版发行	凤凰出版社(原江苏古籍出版社) 发行部电话025-83223462
出版社地址	江苏省南京市中央路165号,邮编:210009
照　　排	南京凯建文化发展有限公司
印　　刷	江苏凤凰数码印务有限公司 江苏省南京市栖霞区尧新大道399号,邮编:210038
开　　本	787毫米×1092毫米　1/16
印　　张	15.75
字　　数	297千字
版　　次	2022年12月第1版
印　　次	2022年12月第1次印刷
标准书号	ISBN 978-7-5506-3880-8
定　　价	108.00元 (本书凡印装错误可向承印厂调换,电话:025-57718474)

《中国诗学研究》编委会

目　录

诗学话语

词学研究

诗学文献

学苑新声

新书推介

诗学话语

论海峡两岸“龙学”的整体互补性特点*

李　平

内容摘要：海峡两岸同胞同祖同宗，海峡两岸文化同根同源，《文心雕龙》作为海峡两岸共同的民族文化遗产，围绕其产生的“龙学”研究，当然也是一脉相传，两岸花香，具有明显的整体性特点。然而，由于学术环境、社会制度和意识形态的差异，两岸“龙学”不仅在发展历程上不尽相同，而且在不同的政治背景和社会思潮的影响下，形成了各自鲜明的特色，具有强烈的互补性。而两岸“龙学”的整体互补性特点，有效促进了两岸文化学术交流由隐至显的发展趋势。

关键词：海峡两岸　龙学　整体性　互补性　特点

自1914年黄侃把《文心雕龙》作为一门学科搬上北大课堂及今，现代意义的“龙学”已有百余年的历史①。1949年后，中国大陆的“龙学”研究日趋兴盛，成果丰硕，与“红学”“选学”“甲骨学”“敦煌学”等并为显学。台湾地区的“龙学”研究起步于二十世纪五十年代初，以后则不断发展，成果辉煌，亦为岛内显学，堪与大陆比肩②。但是，在二十世纪八十年代以前，两岸暌隔，交流不多，更缺乏比较研究。随着时代的发展，海峡两岸的学术交流日渐频繁，学人往来与日俱增，《文心雕龙》研究也在不断深入，两岸“龙学”的比较研究，已成为大势所趋。在此背景下，对海峡两岸“龙学”的研究状况、发展大势、内容特点、学术交流等

---

* 本文系国家社科基金项目“海峡两岸‘龙学’比较研究”（15BZW040）阶段成果。

① 牟世金概括“龙学”的特点及诞生的标志时说：“《文心雕龙》研究发展成一门有校勘、考证、注释、今译、理论研究，并密切联系着经学、史学、子学、佛学、玄学、文学和美学等复杂系统的学科，是有一个过程的……这说明从黄侃开始，《文心雕龙》研究就是一门独立的学科：龙学。”见牟世金《文心雕龙研究论文集·序》，人民文学出版社1990年版，第2—3页。

② 刘渼说：“台湾近五十年来《文心雕龙》研究起步甚早，研究风气鼎盛，成果斐然，成为‘显学’，在世界龙学史上有其重要特殊的地位。”见刘渼《台湾近五十年来“〈文心雕龙〉学”研究·自序》，万卷楼图书有限公司2001年版，第1页。

进行梳理分析，概括彼此的风格特色，总结各自的得失经验，进而论证两岸“龙学”的整体互补性特点就显得越发重要了。

一、共同的学术事业

罗宗强说：“如果要说二十世纪古文论研究的成就的话，《文心雕龙》的研究应该说是首屈一指。去掉《文心雕龙》的研究，古文论的研究成果就去掉了近四分之一的份量。”①《文心雕龙》是中华传统文化的宝典，作为诗文评的龙头和古文论的界碑，它兼容并包，出入经史，旁涉道玄，最后归宗文学，是那个时代的“百科全书”，具有丰富的文化内涵和巨大的学术价值，故能成为海峡两岸学界共同关注的焦点。无论中国大陆还是台湾地区，《文心雕龙》研究都非常兴盛，堪称两岸共同的显学。

《文心雕龙》的元典性品质和世界性地位，是生成现代“龙学”的根本，而海峡两岸“龙学”的发展和兴盛，又使《文心雕龙》成为传统文化研究与复兴的一个典型。杨明照说：“《文心雕龙》问世一千四百多年了。内容之丰富、体系之完整、真知灼见之往往间出，是独树一帜，寡二少双的。不只是我国的珍贵遗产，同时也是人类共有的精神财富。近些年来，由于海内外学者的各奏所能，多方参稽，取得了辉煌的成就，而被誉为是崛起于当代的显学——‘龙学’。”②《文心雕龙》全书结构严谨，体大思精，共十卷五十篇，上篇二十五篇为总论和文体论，下篇二十五篇为创作论与批评论。关于基本内容和结构安排，刘勰在《序志》做了明确说明：“盖文心之作也，本乎道，师乎圣，体乎经，酌乎纬，变乎骚，文之枢纽，亦云极矣；若乃论文叙笔，则囿别区分，原始以表末，释名以章义，选文以定篇，敷理以举统，上篇以上，纲领明矣。至于剖情析采，笼圈条贯，摛神性，图风势，苞会通，阅声字，崇替于时序，褒贬于才略，怊怅于知音，耿介于程器，长怀序志，以驭群篇，下篇以下，毛目显矣。位理定名，彰乎大易之数，其为文用，四十九篇而已。”③

唐宋以来，《文心雕龙》独特的内容、形式和巨大的学术价值，得到了学界的普遍认可。唐代史学家刘知幾、宋代学人孙光宪、明代文人胡应麟等，都对《文心雕龙》的内涵、特点、价值给予高度评价。清代激赏《文心雕龙》的学者更多，孙梅结合陆机《文赋》与萧统《文选》，评论《文心雕龙》的价值：“士衡《文赋》一篇，引而不发，旨趣跃如。彦和则探幽索隐，

① 罗宗强《古代文学理论研究·后记》，湖北教育出版社 2002 年版，第 679 页。

② 杨明照《在镇江历史文化(〈文心雕龙〉专题)座谈会上的讲话》，见中国《文心雕龙》学会编《论刘勰及其文心雕龙》，学苑出版社 2000 年版，第 4 页。

③ 刘勰撰，范文澜注《文心雕龙注》(下)，人民文学出版社 1958 年版，第 727 页。

穷神尽状；五十篇之内，百代之精华备矣。其时昭明太子纂辑《文选》，为词宗标准。彦和此书，实总括大凡，妙抉其心。二书宜相辅而行者也。自陈、隋下讫五代，五百年间作者莫不根柢于此。呜呼盛矣！”[①]黄叔琳视《文心雕龙》为“艺苑之秘宝”，亲为之校注并序曰：“刘舍人《文心雕龙》一书，盖艺苑之秘宝也。观其苞罗群籍，多所折衷。于凡文章利病，抉摘靡遗。缀文之士，苟欲希风前秀，未有可舍此而别求津逮者。”[②]章学诚在《文史通义·诗话》中，对《诗品》与《文心雕龙》的特点和成就做了比较：“《诗品》之于论诗，视《文心雕龙》之于论文，皆专门名家，勒为成书之初祖也。《文心》体大而虑周，《诗品》思深而意远；盖《文心》笼罩群言，而《诗品》深纵六艺溯流别也。”[③]谭献更是从子书的角度，论述了刘勰之书独一无二的本质特点：“顾千里传校《文心雕龙》十卷，盖出黄荛圃。荛圃则据元刻本、弘治活字本、嘉靖汪一元刻本，朱墨合校，足为是书第一善本。彦和著书，自成一子。上篇廿五，昭晰群言；下篇廿五，发挥众妙。并世则《诗品》让能，后来则《史通》失隽。文苑之学，寡二少双。立言宏旨在于述圣宗经，此所以群言就冶，众妙朝宗者也。”[④]

古代学者常常从纵向角度，结合刘勰前后及同时期的文论作品，评价《文心雕龙》的本质和特点；现代学者则更多地从横向角度，联系西方的文论或美学名著，分析《文心雕龙》的价值和意义。鲁迅说《文心雕龙》可与亚里士多德的《诗学》相媲美：“篇章既富，评骘遂生，东则有刘彦和之《文心》，西则有亚里士多德之《诗学》，解析神质，包举洪纤，开源发流，为世楷式。”[⑤]王元化也认为《文心雕龙》可与黑格尔的《美学》相比肩：“关于文学理论或美学的体系，我觉得有两位理论家的论著值得我们参考和借鉴。一个是黑格尔的《美学》，一个是刘勰的《文心雕龙》。这两部著作都可以称得上具有自己理论体系的著作。”[⑥]纪秋郎则说：“在我个人所阅读的范围中，愈发觉得《文心雕龙》博大精深，在西方的文论中，能够拿来和《文心雕龙》做比较的几乎没有，即使是亚里士多德、柏拉图，也没有这样周全的考虑，由此可见，《文心雕龙》可以放在世界文论的金字塔顶。”[⑦]日本学者国原吉之助也有同样的看法：“我无法忘记刚开始翻阅《文心雕龙》时所感到的惊讶。与之相比，亚里士多德的《诗学》、贺拉斯的《诗艺》等西欧古代文艺批评或文学理论著作顿时黯然失色。”[⑧]

---

① 孙梅著，李金松校点《四六丛话》，人民文学出版社 2010 年版，第 626 页。

② 刘勰撰，黄叔琳注，纪昀评《文心雕龙辑注》，中华书局 1957 年版，第 1 页。

③ 章学诚著，叶英校注《文史通义校注》(上)，中华书局 1994 年版，第 559 页。

④ 谭献著，范旭伦、牟晓明整理《复堂日记》，河北教育出版社 2001 年版，第 118 页。

⑤ 鲁迅《题记一篇》，见《鲁迅全集》(第八卷)，人民文学出版社 2005 年版，第 370 页。

⑥ 王元化《文艺理论体系问题》，见王元化《文学沉思录》，上海文艺出版社 1983 年版，第 2 页。

⑦ 纪秋郎《文心雕龙研究的检讨与展望·欧美部分》，见台湾中国古典文学研究会主编《文心雕龙综论》，学生书局 1988 年版，第 477 页。

⑧ 〔日〕国原吉之助《司马迁与塔西佗》，日本《世界古典文学全集》月报 1970 年 4 月。

正是《文心雕龙》本身所具有的丰富的文化内涵、巨大的学术价值和突出的历史地位，使“龙学”成为海峡两岸学界共同关注的学术事业并发展成为显学。两岸学者都以高度的现实责任感和历史使命感，凭着对学术的热忱和对刘勰的敬重，从中华文化传承之大业出发，本着古为今用的学术愿景，焚膏油以继晷，恒兀兀以穷年，埋首故纸，勤搜遗佚，辨章学术，考镜源流，持之以恒地致力于“龙学”研究，取得了举世瞩目的学术成果，为优秀传统文化的复兴做出了重要的贡献。

二、互补的发展态势

二十世纪下半叶，海峡两岸的“龙学”虽然都处于兴盛发达的显学状态，但是由于各方面存在一定的差异，因而发展历程不尽相同。具体而言，四十年代末至五十年代初，国民党当局退居岛上，经济萧条，教育落后，学术环境可谓满目疮痍。当时大学只有唯一的一所台湾大学[①]。台湾师范大学，初期只是国语专修学校，后改为“省立师范学院”，中兴大学的前身是台中农学院，成功大学的前身为台南工学院。而当时的大专院校真正设有中文系的，仅限于台湾大学和师范学院两所而已。台湾的“龙学”就是在这样的背景下艰难起步的。1951 年，台大中文系开宗名师戴君仁（字静山），发表了台湾地区首篇“龙学”论文[②]。台大廖蔚卿和台师院潘重规，分别在两校中文系和国文系开设《文心雕龙》课程，廖女士 1953—1954 年连续发表三篇“龙学”论文，给台湾初期的《文心雕龙》研究带来了一线生机。经过近十年的艰苦积累和奋力开拓，台湾“龙学”终于在六十年代迎来了突飞猛进的发展，并于七十年代取得辉煌灿烂的成就。然而，八十年代以来，经济繁荣，社会的商业化程度增强，文化学术面临着商业的侵蚀，导致台湾“龙学”发展不仅趋于平缓，而且暴露出诸多问题。

和台湾地区“龙学”一样，五十年代初期，中华人民共和国刚刚建立，百废待兴，大陆“龙学”也是困难重重，举步维艰。当时经济上一穷二白，千疮百孔；军事上还在进行剿匪，解放大西南、海南岛等行动；政治上社会治安紊乱，敌特破坏活动时有发生，人心思治。党和政府的当务之急是巩固人民政权、稳定社会秩序、发展国民经济，文化学术活动尚未提到重要议程上。另一方面，随着政权的更替，意识形态的转换，人们的认识也在发生巨大的变化。1949 年后，学习马克思主义，改造世界观，以便跟上时代的步伐，成了知识分子

① 台湾大学的前身为台北帝国大学，成立于 1928 年。1945 年，二次世界大战结束，日本投降，台北帝国大学改制更名为台湾大学，由罗宗洛博士担任首任校长。

② 戴君仁《〈答李翊书〉的养气和〈文心雕龙〉的养气》，台湾《大陆杂志》1951 年第 11 期。

的当务之急。这也是 1949—1955 年，大陆没有一篇《文心雕龙》研究论文发表的原因。五十年代中后期至六十年代初期，随着新生政权逐渐巩固，社会经济稍有好转，大陆的《文心雕龙》研究也略有起色。“文革”期间，“龙学”陷入停顿，直到八十年代才进入迅猛发展的繁荣时期。不过，进入九十年代中后期，大陆“龙学”也面临着疲软乏力、后劲不足的问题。

二十世纪下半叶，海峡两岸的“龙学”发展情况，既有共性又有个性，总体上呈现出相互激励、共生互补的发展态势。两岸“龙学”由于各自特殊的社会政治原因，在五十年代初期都面临起步艰难的问题。台湾“龙学”虽然起步艰难，但是尚有少量成果，略胜于大陆的“颗粒未收”。而两岸“龙学”在克服了物质上的重重困难，经过学者的不懈努力后，于五十年代中后期至六十年代初期，都取得了一定的成绩。其中，大陆“龙学”由于有二十世纪上半叶的学术积累，并且占据高校众多和队伍庞大的优势，因此在总体上又领先于台湾“龙学”。

此后则出现了不同的境遇：台湾“龙学”乘势而上，在接下来的二十多年时间里，一直处于兴盛状态，直到进入八十年代，发展才趋于平缓；大陆“龙学”则因“文革”而处于停滞状态。这样，台湾“龙学”六七十年代的繁荣发展，可弥补大陆“龙学”留下的空白状态；而自八十年代起，大陆兴起的“龙学”研究高潮，又可以充实台湾“龙学”因处于发展的高原所产生的不足。当然，改革开放以来大陆“龙学”的繁荣，除了自身的原因外，多少也得益于台湾“龙学”的刺激。诚如王更生所说：“大陆上学者对《文心雕龙》的研究，自‘文化大革命’结束以后，有相当突破性的表现，特别是在思想上、方法上、措辞上或者是形式组织上，更有大幅度的调整，究其原因：一方面是受到对外经济开放政策的影响，思想有较前为自由，另一方面或多或少是受到台湾学者研究成果的冲击。”①

台湾“龙学”在八十年代进入高原期，大陆“龙学”在经历了改革开放以来十余年的飞速发展之后，进入九十年代中后期也出现了不少问题。针对这些问题，海峡两岸的学者不约而同地提出了一些应对之策。对台湾“龙学”出现的问题，王更生说：“我们虽然处在研究高原而出现平缓的现象，但只要保持信心，锲而不舍，必能继近期（一九七一至一九八〇）的辉煌成就更上层楼。今后我们的做法，最好在思想观念、研究内容、科际整合、人才培养、组织计划、资料搜集等六方面彻底检讨改进，则山穷水尽之时，又何尝不是柳暗花明之日呢。”②针对大陆“龙学”出现的问题，也有学者提出如下建议：首先，要注意培养后续力量，必须有一支强有力的研究队伍，才能提高研究成果的数量和质量；其次，注意更新研

① 王更生《文心雕龙研究的检讨与展望·大陆地区：民国三十八年后》，见台湾中国古典文学研究会主编《文心雕龙综论》，第 464 页。

② 王更生《文心雕龙新论》，文史哲出版社 1991 年版，第 305 页。

究方法，寻找新的研究角度和切入点，这样研究才能取得突破性进展；第三，致力于创造一种良好的学风，并形成一套行之有效的学术规范，避免研究的低水平重复；第四，加强国际合作和交流，"龙学"已成为一门世界性的学问，港台及海外学者一些好的研究成果和方法，可以拓宽我们的视野，启发我们的思维，当然也有助于我们把"龙学"研究推向更高的水平[①]。

海峡两岸学者在"龙学"研究所面临的困境以及如何走出困境，寻求新的发展、新的突破方面，有不少共同的看法和相近的意见。因此，二十世纪九十年代，随着两岸关系的解禁，海峡两岸"龙学"交流日渐频繁，由过去的敌对、隔膜、平行状态，转向交融、共享与合作的新型关系。接下来，海峡两岸学者应该携起手来，共同面对再发展过程中出现的疲软乏力问题，一起谋划二十一世纪"龙学"发展的宏图愿景。

三、不同的研究特色

海峡两岸同胞同祖同宗，海峡两岸文化同根同源，《文心雕龙》作为海峡两岸共同的民族文化遗产，围绕其产生的"龙学"发展，当然也是一脉相传，两岸花香。然而，由于社会制度和意识形态的差异，两岸"龙学"在不同的政治背景和社会思潮的影响下，也形成了各自的鲜明特色，在指导思想、宗旨目的、研究路径、方法手段、人才培养以及组织架构等方面，都呈现出一定的差异性。

大陆以马列主义、毛泽东思想为根本指导思想，以唯物与唯心二分为研究路径，重思想属性与身份地位的认定，一度参照苏联模式。在新的政治制度和社会环境下，大陆学者努力加强思想改造，竭力摆脱旧社会的影响，即使在学术研究活动中，也尽可能地与资产阶级划清界限，与唯心主义保持距离，经常援引经典作家的语录。就"龙学"而言，在有关刘勰的身份地位、思想属性，《文心雕龙》的内容形式、创作方法等问题的研究上，"主要朝着'集体化'和'信仰化'的方向前行。所谓'集体化'不专指五六十年代以后文学史著的集体编写热潮，其深刻的表现更在于重要议题的界定和力求论定的过程，这种集体意识（collective consciousness）的形式规划，直接导向政治道德的严格标准化。所谓'信仰化'指的是议题讨论往往被导引至更宏深的叙述架构，而由此到彼的过程中间的许多空隙，往往由信念（faith）而不是具体论证填补。在一个'集体规范'底下，论述的活力只限于相同的架

① 参见李平《〈文心雕龙〉研究的回顾与反思》，《安徽师范大学学报》1999 年第 1 期。

构之内”[①]。例如，王利器在《文心雕龙校证·序录》中，判断刘勰的“家庭成份是地主而兼官僚”，他“是一个没落的地主阶级”，他的思想方法是形式主义等，都打上了“集体化”和“信仰化”的烙印。

随着中苏关系的破裂，“反苏防修”运动兴起，大陆学界在否定苏联模式的背景下，开始重视继承民族文化遗产，强调以批判继承为方法，以古为今用为宗旨，建设有民族特色的社会主义文艺学。于是，《文心雕龙》作为中国古代文论的典型，又受到了人们的青睐。“文革”后，大陆迎来了改革开放的新局面。在思想解放的洪流中，《文心雕龙》研究在坚持马列主义指导思想和古为今用学术宗旨的前提下，呈现出多元化趋势。“龙学”家从中外比较文学的角度，从民族文学的意象说、情志说角度，甚至从文艺心理学、美学角度，对《文心雕龙》进行了多方面的有益探讨，使大陆“龙学”走上了繁荣发展的道路。

而台湾由于以复兴传统文化为学术研究的宗旨目的，使得学院派的文学批评工作多局限在传统国学方面，“在学院内部，中文系传统上都只是国学系，辞章、义理、考据三分天下，而且精神上以义理为尊，方法上以小学考据着手，文学辞章，殊非所重。现代文学研究尤其不受承认。因此，在学院内，文学批评这门学问或具体的文学批评工作，活动之空间其实极为狭隘”[②]。以此为背景，台湾学界在《文心雕龙》研究上，形成了“尊经重史”的指导思想，延续着传统国学的研究路径，继承了乾嘉学派的治学方法，从而与大陆学界以马列主义为指导思想，强调唯物辩证法，并运用阶级分析方法的宗旨和学风，形成对照。

与大陆在社会意识形态和学术指导思想方面的高度统一性不同，台湾地区在受保守主义思想支配，文化上倾向传统国学的同时，还受到自由主义思想的影响，文化上较早地接受了西方思潮，由此形成台湾“龙学”的又一特色。在相对宽松的学术环境中，台湾学者致力于探索文学研究的理论与方法。一方面，面对西方文学思潮和研究方法如潮水般涌入，一部分学人开始在借鉴西方文学理论与方法的基础上，探讨中西如何会通，尝试建立新的比较文学理论。刘若愚的《中西文学理论综合初探》、袁鹤翔的《他山之石：比较文学、方法、批评与中国文学研究》、叶维廉的《东西比较文学中模子的应用》、李达三的《比较文学研究的思维习惯》、郑树森的《结构主义与中国文学研究》等，都是这方面的探索成果。另一方面，在自然科学飞速发展、科学意识膨胀、科学主义盛行之际，部分学者开始思考并探索文学研究的价值与意义，探讨文学的规律与特性。柯庆明的《文学美综论》、高友工的《文学研究的美学问题》、曾昭旭的《文学创作与批评的哲学考察》、龚鹏程的《试论文学史

① 陈国球《明清格调诗说的现代研究》，见复旦大学中国语言文学研究所主编《古代文论研究的回顾与前瞻》，复旦大学出版社 2002 年版，第 146—147 页。

② 龚鹏程《文学散步》，学生书局 2003 年版，第 365 页。

的研究》、叶嘉莹的《漫谈中国旧诗的传统》等，就是这方面的研究成果。受此影响，台湾学者或从比较文学的角度，或就抒情传统的特点，或据情境美学的理论，对《文心雕龙》展开研究，创获颇多。

此外，海峡两岸"龙学"在人才培养和组织架构方面也各有不同。台湾地区的"龙学"，受中华文化复兴运动的影响，普及程度很高，中小学及一般专科院校教师中，也不乏"龙学"爱好者和研究者①；不仅大学中文本科及国文研究所普遍开设《文心雕龙》课程，《情采》篇还入选了中学语文教材。在这样的氛围中，硕、博研究生以"龙学"为学位论文选题的比例，远远超过大陆。不过，台湾"龙学"虽然有学校教育作为基础保证，但是民间并没有形成专门的社团组织和研究机构，除了古典文学研究会外，没有成立《文心雕龙》研究会，所以研究者大多各自为政，处于散兵游勇状态②。大陆则在 1983 年成立了"中国《文心雕龙》学会"，有力地促进了"龙学"事业的发展。张文勋说："1979 年以来的十年间，《文心》研究工作以'中国《文心雕龙》学会'的成立为标志，出现了崭新的局面。1983 年《文心雕龙学刊》创刊，更有效地促进了《文心》研究向深度和广度发展，'文心学'显示出其较高的学术水平和蓬勃生机。"③

四、有益的文化交流

海峡两岸人民都是"龙"的传人，两岸民族文化是一个有机的整体，虽然有一峡之隔，但是《文心》之"龙"就像一条强有力的纽带，拴缚在两岸之间，使两岸文化紧紧地联系在一起。对此，台湾学者有清醒的认识："因为两岸具有共同的历史文化之联系，使得我们自觉与大陆在文化上应该是一体的。但这一体文化因政局之变化而分裂了。分裂的文化情境，遂形成我们内在深切的不安，只有缝合这道裂痕，才能使我们恢复文化整全的感觉。而且现今匮乏有缺缝的文化，亦需透过两岸文化交流来弥补。"④因此，台湾的"龙学"始终

---

① 参见《台湾近五十年来"〈文心雕龙〉学"研究》，第 54 页。

② 王更生不无遗憾地说："《礼记・学记》云：'独学而无友，则孤陋而寡闻。'治学要想避免孤陋之病，必须'就有道而正焉'。更何况现在是个崇尚团队精神的时代，一盘没有组织的散沙，便很难希望有甚么具体成就。学术研究固然需要个人的孜孜矻矻，勤勉不懈，但如何来结合志同道合的人，为共同的理想努力，使零散无绪的研究，作有计划的分配，某种专业性的问题，作有计划的指导，人才的发掘与鼓励，作适时的培植，这一切均有赖于组织的领导，和周详的计划。但是台湾对《文心雕龙》研究垂四十年，从来没有一个类似的组织来团结学者。年长的先进们抱着多一事不如少一事的观念，自不愿多惹是非；目前正在从事研究的，又因自顾不暇，更不想俗物缠身。所以《文心雕龙》的研究，就在这种毫无组织的情况下，像散兵游勇似的单独作战了。"见王更生《文心雕龙新论》，第 310—311 页。

③ 张文勋《中国〈文心雕龙〉研究的历史回顾》，见杨明照主编《文心雕龙学综览》，上海书店出版社 1995 年版，第 26 页。

④ 龚鹏程《两岸文教交流之现况与展望》，"行政院"大陆委员会 1992 年版，第 308 页。

不曾脱离中国大陆的母体。

二十世纪上半叶以来，一些著名学者的“龙学”著作纷纷问世，如黄侃的《文心雕龙札记》、范文澜的《文心雕龙注》、王利器的《文心雕龙新书》、刘永济的《文心雕龙校释》、杨明照的《文心雕龙校注》等。这些“龙学”名著，不仅为二十世纪下半叶大陆的《文心雕龙》研究奠定了基础，而且也对台湾的《文心雕龙》研究产生了广泛的影响。大陆“龙学”家牟世金曾说：“在范文澜、杨明照的注本问世之后，无论港台或大陆，近三十年来的注本，无不以范杨二家为基础。”[①]台湾“龙学”同行对此也持同样的观点：“台湾多校、注兼行，且是在黄注纪评《文心雕龙辑注》、黄侃《文心雕龙札记》、范文澜《文心雕龙注》、王利器《文心雕龙新书》与《校证》、杨明照《文心雕龙校注》与《校注拾遗》、刘永济《文心雕龙校释》等基础上展开的，除综辑上述诸家说法外，并有进一步的校证与注评。”[②]王更生的《文心雕龙研究》是其代表作，该书1976年初版，1979年重修增订。王氏为写作该书，搜集了很多大陆的“龙学”资料，充分地吸收和利用。例如：“有关《文心雕龙》的版本、著录，刘勰年谱等，显然吸收了杨明照等人的成果；‘自然之道’的论述，采用了陆侃如的观点；文字的解释，则引用郭晋稀等的译注等。另一方面，也就向台湾读者介绍了一些大陆的《文心雕龙》研究情况……所以，王更生对大陆研究情况虽然所知有限，或时有误解，但于沟通海峡两岸之学术研究，还是发挥了积极作用的。”[③]

1949—1978年期间，海峡两岸的“龙学”，虽然也有交融的痕迹，但是明显带有隐秘、被动的特点；而受两岸冲突的紧张气氛的影响，台湾的“龙学”著作也含有对大陆学者的攻击色彩。张立斋的《文心雕龙注订》(1967年)是台湾地区第一部“龙学”专著，书中对大陆学者范文澜、杨明照、王利器等“龙学”成果的批评和指责，多有不实之辞，其恃才傲物、目空一切的学风暴露无遗[④]。王更生作于此时期的《文心雕龙范注驳正》，对范文澜的《文心雕龙注》求全苛责，厚诬前贤，其书并非为求学术之真，而是有着一定的时代政治背景，在其批评驳正的话语背后，显示出两岸政治冲突的时代烙印[⑤]。值得一提的是，王氏发表于1974年的《近六十年来〈文心雕龙〉研究总结》一文，不仅分析了自黄侃以来现代“龙学”的发展状况，而且对1949年后两岸“龙学”情况分别做了梳理和总结，对大陆“龙学”以马列主义为指导，强调唯物主义的观点和方法的研究风气，有充分的认识[⑥]。

---

① 牟世金《台湾文心雕龙研究鸟瞰》，山东大学出版社1985年版，第22页。

② 《台湾近五十年来“〈文心雕龙〉学”研究》，第158页。

③ 《台湾文心雕龙研究鸟瞰》，第78页。

④ 参见李平《试论〈文心雕龙注订〉对“范注”的订补与因袭》，《中北大学学报》2018年第3期。

⑤ 参见李平《王更生〈文心雕龙范注驳正〉之驳正》，《古代文学理论研究》2017年第45辑。

⑥ 参见王更生《近六十年来〈文心雕龙〉研究总结》，《文化复兴月刊》1974年第7卷第3期。

1979—1988年，海峡两岸的“龙学”交流由隐秘被动走向积极主动。两岸学者多能从中华文化的整体着眼，超越政治的歧见，以整体文化观念处理学术问题，走出学术研究孤立、封闭、狭隘的误区，以“龙学”为突破口，助推海峡两岸的文化学术交流。台湾东吴大学中文系主任王国良，在编著《刘勰文心雕龙研究论著目录》时，就着眼于全中国整体来搜集材料，“采取政治归政治，学术归学术的态度”①。此外，王更生选编的《文心雕龙研究论文选粹》，1980年由台湾育民出版社出版，除选录台湾地区等学者的“龙学”论文外，也收录了大陆学者黄海章、刘绶松、寇效信、郭豫衡、杨明照、陆侃如、王元化、刘永济、佩之、吴林伯等人十余篇论文，系首次兼收两岸“龙学”研究成果的论文集②。而王文进、李正治、蔡英俊、龚鹏程等台湾青年才俊，则将大陆周振甫《文心雕龙注释》和《文心雕龙选译》重新编辑，合为一书，并增补译文，由里仁书局出版③，作为二十世纪八十年代台湾一些大专院校讲授《文心雕龙》的教本，“这个本子非常简略，析义亦不深入，但便于教学”④。

这一时期，大陆学者也开始关注宝岛台湾的《文心雕龙》研究情况，并在学术研究中给予高度重视，或充分吸收台湾地区的“龙学”成果，或对其进行专门的研究。詹锳1983年去美国讲学期间，看到了大量的中国台湾地区“龙学”专著和论文，而这些资料当时大陆很难见到，于是就在其《文心雕龙义证》中大量征引，显得非常的珍贵。《义证》以一种开放的眼光吸收台湾“龙学”成果，借以丰富完善其书内容，使大陆学者了解台湾学者的“龙学”观点，不仅有利于海峡两岸的学术交流，同时也促进了《文心雕龙》研究的进一步发展。牟世金1983年参加中国社会科学院组织的《文心雕龙》考察团访日，其间看到了较多的中国台湾地区“龙学”著作，引起了他的高度重视，回国后就一直设法收集这方面的材料，并于1985年出版了《台湾文心雕龙研究鸟瞰》，对台湾三十余年的《文心雕龙》研究状况，进行了全面客观的介绍和深入细致的分析，使大陆学者对于台湾地区的《文心雕龙》研究，第一次有了概貌式的认识，对于加强两岸“龙学”的交流、增进两岸学者的了解，功莫大焉。

然而，由于海峡两岸长期处于封闭对峙状态，学界之间暌隔已久，缺乏交流，导致大陆学界对台湾的学术发展情况不熟悉，台湾学界对大陆的学界状况亦不甚了解；而开放以来，双方仅凭有限的资料和少数人士的交往，略窥学术发展之大势，结果不仅不能符合实

---

① 王国良《文心雕龙研究的检讨与展望・台湾地区：从五〇年代到七〇年代》，见台湾中国古典文学研究会主编《文心雕龙综论》，第468页。

② 王氏编选的大陆学者的“龙学”论文，多从香港龙门书局出版的《中国文学批评研究论文集・文心雕龙研究专集》和香港汇文阁书局出版的《文心雕龙研究论文集》中转引。

③ 参见周振甫注，王文进、李正治、蔡英俊、龚鹏程译《文心雕龙注释(附今译)》，里仁书局1984年版。

④ 龚鹏程《研究〈文心雕龙〉的故事与启示》，见曹顺庆主编《文心永寄——杨明照先生纪念文集》，巴蜀书社2007年版，第352页。

际情况，而且还经常出现常识性错误和误解。就“龙学”而言，大陆的《文心雕龙》研究，学术争鸣情况比较普遍，学者之间常常因为不同的观点主张，展开激烈的学术论争。台湾学者则将大陆不同观点之间的学术论争，视为对某人的批判或攻击。如说张启成、龚仁贵、子贤、谢祥皓四位《关于〈文心雕龙〉的道的讨论》一文，是“针对陆作（陆侃如《〈文心雕龙〉论道》——引者注），大施批判”；郭绍虞的《答毛任秋关于刘勰的文学批评理论与实践》，“简直是向毛氏宣布无条件投降”[①]。还有，台湾一些出版机构和学者，在翻印编辑大陆学者的“龙学”书籍和文章时，往往采用一些技术手段，改头换面，以致造成不必要的硬伤。如翻印王利器《文心雕龙新书》时，或省略作者姓名，或将作者印作“王理器”；印制范文澜《文心雕龙注》时，抹去作者范文澜的名字，版权页“选注者”竟是刘勰；编选大陆学者的“龙学”论文时，也将寇效信、许可、陆侃如、黄海章等作者，称为“寇某”“许某”“陆某”和“黄某”[②]。

大陆学者在分析研究台湾“龙学”时，由于不了解具体情况，也曾闹出笑话，甚至出现硬伤。如误以为廖蔚卿、唐亦男为男士，论廉永英则以为是女士，似乎也不知思兼就是沈谦。在翻译户田浩晓《文心雕龙研究史》时，彭恩华和曹旭均将台湾地区学者张立斋的《文心雕龙考异》译作《文心雕龙校异》[③]。林其锬将徐复观的《〈文心雕龙〉文体论》与李再添的《〈文心雕龙〉之文类论》等同视之，一起归入台湾学者对《文心雕龙》文体论部分的研究[④]，实际是“不了解台湾《文心雕龙》研究在‘文体论’方面有名同实异的两种情形”[⑤]。按照徐复观论文的观点，《文心雕龙》全书都是“文体论”。另外，海峡两岸学术界长期阻隔，造成研究资料严重匮乏，导致大陆“龙学”界在二十世纪八十年代编选的两部《文心雕龙》研究论文集[⑥]，都没有选录台湾学者的“龙学”论文，留下了深深的遗憾！倒是稍早前，毛庆其选编的一部《台湾学者中国文学批评论文集》（人民文学出版社 1986 年版），收录了王更生、沈谦和齐益寿三位学者的“龙学”论文[⑦]。

---

① 参见《近六十年来〈文心雕龙〉研究总结》。

② 参见台湾成文出版社 1968 年出版《文心雕龙新书·附通检》，宏业出版社 1983 年出版《文心雕龙新书》，维明书局 1983 年出版《文心雕龙注》，王更生编纂《文心雕龙研究论文选粹》（育民出版社 1980 年版）。

③ 彭译题目是《文心雕龙小史》，见王元化选编《日本研究〈文心雕龙〉论文集》，齐鲁书社 1983 年版，第 20 页；曹译见〔日〕户田浩晓《文心雕龙研究》，上海古籍出版社 1992 年版，第 25 页。

④ 林其锬《把“文心雕龙学”进一步推向世界——〈文心雕龙〉研究在海外的历史、现状与发展》，见中国《文心雕龙》学会编《文心雕龙研究》第 1 辑，北京大学出版社 1995 年版。

⑤ 《台湾近五十年来“〈文心雕龙〉学”研究》，第 17 页。

⑥ 甫之、涂光社《文心雕龙研究论文选（1949—1982）》，齐鲁书社 1988 年版；中国《文心雕龙》学会《文心雕龙研究论文集》，人民文学出版社 1990 年版。

⑦ 即王更生的《刘彦和文学创作的理论体系》，沈谦的《〈文心雕龙〉论文学风格》，齐益寿的《〈文心雕龙〉与〈文选〉评文标准的比较》。

有鉴于此,海峡两岸应该加强学术交流、增进人员往来,提升彼此之间的沟通与理解,促进两岸经济文化的繁荣发展。自1949年后,海峡两岸的文化学术交流中断了将近四十年。1982年,《人民日报》公开发表廖承志致蒋经国的信,其后两岸关系相对缓和。1987年,台湾当局解除对大陆的禁令,两岸隔绝状态被打破,开启了民间探亲往来。然而,从开放到交流要有一个过程。台湾当局1987年的政治解严,是在原来的政治目标不变的前提下,开放民间探亲活动。“如此开放,显然不具有心灵开放的意义。而是一种单向、有限度的行动,向大陆输入人员和‘台湾经验’。”[①]两岸“龙学”交流活动中的一件憾事,就是在这样的“开放”背景下发生的。

1988年11月,由暨南大学主办的《文心雕龙》国际学术研讨会在广州珠岛宾馆举行。当时已身患癌症的大陆“龙学”家牟世金,为晤见应约前来的台湾“龙学”家王更生,在夫人的陪同下抱病与会。王更生回忆说:“我本拟与会,并写了一篇《台湾文心雕龙学的研究与展望》准备发表;想不到当时台湾方面尚未开放到可以赴大陆从事学术交流的程度,以至事到临头,未能成行。事后……才知道世金先生偕夫人赵璧清女士抱病赴会。终于因为我的缺席,使原本期盼已久的二龙珠岛之晤未能实现。”1989年6月19日,牟世金因病逝世。王更生得知消息后,于1990年2月6日,从台湾专程到山东济南牟世金家中,吊祭这位志同道合永未谋面的知音:“当时白雪映窗,落叶打阶,朔风伴着酷寒,面对遗照,抆泪相视,真有百感交集,莫知所云之痛!”[②]

然而,开放的闸门一旦打开,交流的浪潮便无法阻挡。一方面,台湾“民众并不满足于只开放探亲,他们希望全面开放经商、旅游、讲学等一切活动”;“另外一方面,大陆的物品、人员、资料等,欲进入台湾地区之压力也日益增大”[③]。在此双重压力之下,台湾当局逐渐放宽限制,出台各项政策保障海峡两岸正常的经济文化往来活动,从而使两岸学术交流化暗为明,由隐至显,不断提升,也使两岸学者得以往来互动,共相切磋,取长补短。

在海峡两岸文化交流如火如荼的形势下,两岸的“龙学”交流与合作更是一马当先。1988年广州会议上,中国《文心雕龙》学会决定编辑出版《文心雕龙学综览》。全书分“各国(地区)研究综述”“专题研究综述”“专著专书简介”“论文摘编”“学者简介”“索引”六个专栏,还有一个“附录”。这是在学会组织领导下,由全球《文心雕龙》研究者通力合作而完

---

① 《两岸文教交流之现况与展望》,第192页。

② 王更生《雕龙后集·序》,见牟世金《雕龙后集》,山东大学出版社1993年版,第2页。王更生与牟世金都出生于1928年,属龙,故曰“二龙”。

③ 《两岸文教交流之现况与展望》,第193页。

成的一部“龙学”大型工具书。其中，台湾地区“龙学”家王更生也积极参与其事，共襄盛举，并发挥了重要的作用。“各国（地区）研究综述”栏，有王氏撰写的《“文心雕龙学”在台湾》；“论文摘编”栏，有王氏执笔的两篇“补遗”，为台湾“龙学”单篇论文摘要。此外，书中“学者简介”栏，介绍了台湾两位著名“龙学”家李曰刚和王更生。这也是台湾学者首次参与大陆《文心雕龙》学会组织的“龙学”研究工作，成为两岸“龙学”家通力合作、共研《文心》的一个标志性事件。

随着海峡两岸“龙学”交流与合作的加强，两岸“龙学”的交融也开始呈现出由隐至显的发展趋势。大陆学者在二十世纪九十年代完成的两部《文心雕龙研究史》[①]，都自觉地将两岸“龙学”视为民族文化的整体，从学术史的角度，分析两岸《文心雕龙》研究的主要成果，揭示两岸“龙学”的发展规律。张少康编选的论文选《文心雕龙研究》，作为陈平原主编的《二十世纪中国学术文存》之一种，本着照顾到中国大陆和中国台湾、香港、澳门地区以及国外的《文心雕龙》研究的原则，选入台湾地区学者潘重规、王更生、王梦鸥、徐复观和沈谦的五篇论文，充分展示了台湾地区“龙学”在二十世纪《文心雕龙》研究中的重要地位。

二十世纪八十年代末，特别是九十年代以来，由于两岸有限度地开放出版物的进口，版权意识得以加强，此前台湾大量盗版、翻印大陆“龙学”著作的情况得到遏制，出版机构开始以版权转让、正式签约的方式，正规合法地出版两地《文心雕龙》研究图书。这当中主要是大陆学者的“龙学”著作在台湾出版和再版，台湾学者的“龙学”著作在大陆出版比较少。在两岸文化学术交流活动中，有几套大规模的全书、宝库、丛刊和丛书的出版值得注意。《四库全书》文渊阁本今藏台湾“故宫博物院”，1983—1987 年，台湾“商务印书馆”出版文渊阁《四库全书》影印本，上海古籍出版社立即据以缩印，使大陆学者得以一睹文渊阁本《四库全书》中《文心雕龙》的原貌。八十年代，台湾时报文化出版公司编辑出版“中国历代经典宝库”（六十部），海南出版社、三环出版社买下版权在大陆出版。不久前，北京九州出版社又再次以精装本出版这套宝库。这就使大陆“龙学”研究者和爱好者，可以轻易地读到宝库中由著名学者王梦鸥编撰的《古典文学的奥秘——文心雕龙》一书。八九十年代，台湾文津出版社还专门出版了一套“大陆地区博士论文丛刊”，共计三十二种。中国社会科学院陈泳明的博士论文《刘勰的审美理想》（1992 年）就是其中一种。改革开放以来，上海古籍出版社编辑了一套“中国古典文学基本知识丛书”，一共七十种，其中包括陆侃如与牟世金的《刘勰和文心雕龙》。台湾《国文天地》杂志社取得版权后，于 1990 年在台湾地

① 张少康、汪春泓、陈允锋、陶礼天《文心雕龙研究史》，北京大学出版社 2001 年版；张文勋《文心雕龙研究史》，云南大学出版社 2001 年版。

区重新编排出书,借以对岛内推广古典文学的工作做出贡献。

两岸文化交流日渐深入的同时,人员往来也日益频繁。在两岸通行政策较为宽松的基础上,两地学者的交往也由过去的"神交",转而进入"面议"阶段。九十年代以来,两岸"龙学"家的学术交流开始正常化,大家可以共同参加"龙学"会议,坐在一起发表看法、讨论问题、交流心得,共商"龙学"发展的大计。先是 1991 年 5 月,日本九州大学"中国文学会"召开"国际《文心雕龙》研讨会",中国大陆及台湾地区的"龙学"家和日本、韩国的学者共聚一堂,展开热烈的讨论。两岸"龙学"家大规模地集中在一起讨论交流"龙学"问题,是 1995 年 7 月在北京举行的"《文心雕龙》国际学术研讨会",台湾地区有二十多位代表与会,这是台湾代表首次参与大陆举办的"龙学"会议,心情非常激动。"来而不往,非礼也。"1999 年 5 月,台湾师范大学国文系在台北举办台湾首次"《文心雕龙》国际学术研讨会",邀请大陆十六位学者参会,其中不少大陆学者都是第一次赴台参加学术活动,情绪十分高昂。次年春暖花开的季节,在江苏镇江又举办了"《文心雕龙》国际学术研讨会",台湾"龙学"界再次派出二十多位代表参会。王更生动情地说:"回顾过去,我们海峡两岸'龙学'研究,如切如磋,如琢如磨,取得了可喜的成果;展望未来,我们更应该携手并进,共同努力,使'龙学'研究再上新台阶,多出新成果。"①

二十世纪八十年代初期,牟世金在撰写《台湾文心雕龙研究鸟瞰》时曾预言:"我相信两岸龙学家坐在一起共同研究这一祖国宝贵遗产(《文心雕龙》——引者注),已为时不会太久了。"②果然如其所言,在接下来的岁月里,海峡两岸"龙学"家,通过参加在中国大陆及台湾地区举办的《文心雕龙》学术研讨会,以及各类庆典纪念活动,有效强化了两岸之间的学术对话,增进了两岸学者之间的联系和友谊,这不仅对两岸"龙学"来说是一大发展,而且对两岸之间的文化交流也起到了积极的推动作用。

(作者简介:李平,安徽师范大学文学院教授,著有《范文澜〈文心雕龙注〉研究》等。)

① 李金坤《2000 镇江〈文心雕龙〉国际学术研讨会综述》,《镇江师专学报》2000 年第 2 期。

② 《台湾文心雕龙研究鸟瞰》,第 121 页。

“巴蜀龙学”的授受谱系及其学术贡献*

黄诚祯

内容摘要：在近代《文心雕龙》学术史上，“巴蜀龙学”影响尤大，多数学者仅仅关注杨明照的“《文心雕龙》校注四书”而未遑从学术谱系的角度深入论述巴蜀学者《文心雕龙》研究的治学渊源及其学术流变。“巴蜀龙学”发源于传统的校雠学，刘咸炘与向宗鲁分别代表了早期“巴蜀龙学”中“辨章学术”与“是正文字”的两种治学路径，而杨明照、王利器、王叔岷诸人踵步向氏之后发扬了“是正文字”这一治学理念，以其精要的文字校注、详赡的资料辑录及谨严的文献考证为学界所瞩目。考辨“巴蜀龙学”的授受谱系，总结“巴蜀龙学”的治学理念及学术贡献，有助于凸显该学派在二十世纪《文心雕龙》研究史中的独特地位。

关键词：巴蜀龙学　刘咸炘　向宗鲁　杨明照　授受谱系

李建中与李锋先生指出，除“珞珈龙学”外，近代《文心雕龙》学术史上形成了以黄侃《文心雕龙札记》和范文澜《文心雕龙注》为代表的“京派龙学”，以王元化《文心雕龙创作论》为代表的“海派龙学”，以杨明照《文心雕龙校注》为代表的“巴蜀龙学”，以牟世金《文心雕龙研究》为代表的“齐鲁龙学”①。这是颇有见地的看法。本文拟在此基础上，对“巴蜀龙学”的学术渊源与治学流变予以梳理，并进一步总结其研究理念及学术贡献。

一、近代“巴蜀龙学”的二水分流态势

一方水土养一方人，同时也孕育了独特的学术思想。巴山蜀水自古以来人才辈出，姑且不论古之司马相如、扬雄、苏轼，仅看近代，学人便是层出不穷。他们以各自的论著张扬了近代蜀学。曹顺庆先生说：“蜀学是指近代以来，一批学者在四川这个相对隔绝的盆地

---

* 本文系中国博士后科学基金第69批面上资助项目“学术谱系视域下的‘龙学’重镇研究”（2021M691044）阶段性成果。

① 李建中、李锋《刘永济与珞珈龙学》，《中国文化研究》2011年冬之卷，第1页。

环境里所形成的一种带有传统特点的独特的治学方式。它与当时学术上的'京派'和'海派'并立。这批学者的治学特点是,他们以中国的典籍为研究对象,以乾嘉朴学的传统为方法,以自己深厚的学术功底为根基,去校注典籍,阐发新意,并以此铸造自己的学术,默默地承续着中国文化的血脉。"[①]这番论述从整体上说明了蜀学的治学特点。而关于蜀地学者的治学倾向,钟肇鹏先生认为,近代蜀地治中国学问者可分两种类型,一脉以廖平、刘师培、蒙文通为代表,治学以经学、考据为主;一派以向宗鲁、杨明照、王利器为典型,学术以辞章见长[②]。近代蜀学存在两个分支,确乎不错,不过,落实到"龙学"研究,"经学、考据"与"辞章"的划分并不够妥帖。

作为"蜀学"的有机组成部分,"巴蜀龙学"也呈现出二水分流的态势。就《文心雕龙》研究而言,近代值得注意的四川籍人物至少有四位:刘咸炘(1897—1932)、吴芳吉(1896—1932)、庞石帚(1895—1964)、向宗鲁(1895—1941)[③]。其中,刘咸炘与向宗鲁分别代表了近代"巴蜀龙学"的两个分支——"辨章学术型"与"是正文字型"。

刘咸炘与向宗鲁的人生遭际与治学理念,有相似的地方也有差异之处。二人均为英年早逝的文史学者,一生所涉广博,治学气象宏深。不同于刘咸炘幼承庭训,远绍祖父刘沅之学,向宗鲁师从四川学者廖平而不袭其诡更喜异之学风。值得注意的是,二人治学承乾嘉汉学之余绪,皆以传统的校雠学为根基。不过,二人对于校雠学的理解存在着明显的偏差。刘氏治学私淑章学诚。章学诚指出:"鄙人所业,文史校雠。文史之争义例,校雠之辨源流。"[④]而刘咸炘曰:"校雠者乃一学法之名称,非但校对而已,不过以此二字表读书辨体知类之法。章实斋先生全部学识从校雠出,吾之学亦从校雠出。"[⑤]向宗鲁治学以刘向为师,他说:"昔刘向司籍,校理秘文,谓勘其上下为校,持本相对为雠。(《文选·魏都赋》注引《风俗通》云:'刘向《别录》:"雠校,一人读书,校其上下,得谬误,为校;一人持本,一人读书,若怨家相对,为雠。"')是则昔人校雠之名,本以是正文字为主,而郑樵、章学诚之流(《通志·校雠略》及《校雠通义》之流),所谓辨章学术、考镜源流者,特为甲乙簿录语其宗极,而冒尸校雠之名,翩其反矣。彼徒见向、歆之业,著于《录》《略》,而不知簿录之始,必于

---

① 曹顺庆《文心永寄——杨明照先生纪念文集》,巴蜀书社 2007 年版,第 29 页。

② 参阅向笃成等《纪念我们的父亲——著名国学学者向宗鲁先生》,见曹顺庆、罗鹭《向宗鲁先生纪念文集》,巴蜀书社 2015 年版,第 21—22 页。

③ 除了刘咸炘有《文心雕龙阐说》外,吴芳吉与庞石帚虽然讲授过《文心雕龙》,但生前未有关于《文心雕龙》的专门著作出版,仅有零散的相关论述面世。如庞石帚弟子所辑庞氏《养晴室笔记》《养晴室遗集》涉及《文心雕龙》文字校勘札记约七十则。向宗鲁虽然未有专门的龙学著作,但是他的校雠思想颇具典型性。

④ 仓修良《文史通义新编新注》,浙江古籍出版社 2005 年版,第 398 页。

⑤ 刘咸炘《推十书》,成都古籍书店 1996 年版,第 23 页。

校雠之终。事或相资,而名不可贸。辨章学术者,校雠之余事;是正文字,校雠之本务也。”[①]治学理念的不同,导致了他们的治学一人是偏向于义理阐发,一人是倾向于文字校勘。

二、“辨章学术,考镜源流”:刘咸炘的“龙学”研究理念

刘咸炘的“龙学”研究属于辨章学术型,关注《文心雕龙》的义理阐发。《文心雕龙阐说》始作于“丁巳(1917)三月十八”,刘氏时年二十一岁;“庚申(1920)七月删定续记”,时年二十四[②]。戚良德先生指出:“刘咸炘《文心雕龙阐说》的写作时间恰与黄侃《文心雕龙札记》的形成时间相当,但他是专门著述,非为课堂而作;尤为重要的是,他几乎对《文心雕龙》全部五十篇逐一进行了阐说(只有《奏启》一篇未专门列出,但在对相邻之《章表》篇的阐说中已兼及)。因此,我们可以说刘咸炘之《文心雕龙阐说》不仅与黄侃《文心雕龙札记》同为近现代龙学的开山之作,而且也是《文心雕龙》诞生以来第一次对其进行全面阐释的理论专著。”[③]刘咸炘的“阐说”,值得注意的地方有四:

(一)指出《文心雕龙》的性质属于子书。刘咸炘一贯的治学理念是“子”“史”并重。他说:“书籍虽多,不外子史两种。集乃子之流,不能并立,经乃子史之源,而今文家认为子,古文家认为史,所以纷争。”[④]他的这种认识源于其独特的哲学思考。他不仅以“事”与“理”分别对应“史”与“子”,认为“世间止有事与理,故书亦止有史与子”,并且从本体论的高度为之找到了哲学依据:“道一而形分为万,故万事万物皆有两形,各有一端,所以成类。虚理则过犹不及,不归杨则归墨,子之所持也;实事则一治一乱、一张一弛,史之所著也。”[⑤]因此,刘咸炘“治子之法即是研求义理学说之法”[⑥]。在刘咸炘看来,《文心雕龙》实际上属于“子”类书籍。他在阐发《诸子》时一则说:“经明大道,史列宏纲。一切米盐凌杂,皆在于子。古子皆善言名理,虽诩大道而词畅支条,俯拾即是,旁通无穷。”[⑦]二则谓:“彦

① 向宗鲁《校雠学讲义》,见曹顺庆、罗鹭主编《向宗鲁先生纪念文集》,巴蜀书社2015年版,第90页。

② 刘勰著,黄叔琳注、纪昀评、李详补正、刘咸炘阐说,戚良德辑校《文心雕龙》,上海古籍出版社2015年版,第285页。后文所引《文心雕龙》皆出自本书,不另出注。

③ 戚良德《一部尘封百年的“龙学”开山之作——评近代国学大师刘咸炘的〈文心雕龙阐说〉》,《徐州工程学院学报》2017年第5期,第77页。

④ 刘咸炘《推十书》,巴蜀书社2010年版,第24页。

⑤ 《推十书》,第110页。

⑥ 张志强《经、史、儒关系的重构与“批判儒学”之建立——以〈儒学五论〉为中心试论蒙文通“儒学”观念的特质》,《中国哲学史》2009年第1期。

⑦ 《文心雕龙》,第115页。

和此篇，意笼百家，体实一子。故寄怀金石，欲振颓风。后世列诸诗文评，与宋、明杂说为伍，非其意也。”[①]对于《文心雕龙》性质的认识，学者们的观点素来纷纭难辨，有人认为它属文章作法，有人认为它系诗文评，有人认为它为文学理论著作等。在近代的“龙学”史中，刘咸炘基于“子”与“史”二分的治学理念指出《文心雕龙》属于子书，并着重从研求义理的层面抉发其思想价值，视角独特，值得关注。

（二）关注《文心雕龙》中诸文体的源流关系，并着重探讨刘勰文体论思想的学术渊源。在《辨骚》批语中，刘咸炘谓：“首论经骚，乃述文体，见诗教之源流。自《明诗》至《谐讔》，皆《诗》之流也。”在《谐讔》批语中，刘咸炘谓：“论谐讔而从谣谚入，盖彦和叙论有韵之文，以谐讔为殿，意刘子政之叙《七略》，诸子以小说终也。篇末云譬九流之有小说，故托始谣谚，以探稗官之本。”又如《宗经》“故论说辞序，则《易》统其首”句，纪昀谓此乃“强为分析”，刘咸炘对纪说颇不以为然：“论说数语极精，非强为分析，此乃辨体之论，已屡论于《文谈补正》《国文学笺》矣，兹不重述。惟纪、传、表、檄出《春秋》，似稍偏。纪、传兼取《尚书》。铭、诔、箴、祝，亦出于《诗》，特用在礼耳。”以上是从学术源流的角度为《文心雕龙》各篇目的设置寻找合理性的解释。实际上，刘咸炘谓校雠学之大要乃在辨体知类，考镜源流。这在他从总体上探寻《文心雕龙》上下篇的设置动机时也表现得颇为明晰。他说：“刘彦和氏《文心雕龙》兼该六艺诸子，与昭明之主狭义不同。其上廿五篇《宗经》《正纬》之后，即继以《辨骚》《明诗》《乐府》《诠赋》《颂赞》，此皆词赋本支。又次以《祝盟》《铭箴》《诔碑》《哀吊》《杂文》，皆诗之支流。终以近诗之《谐讔》，然后次以《史传》《诸子》《论说》，然后次以‘告语’之文：《诏策》《檄移》《封禅》《章表》《奏启》《议对》《书记》。而于《书记》篇末乃广论经、史诸流及日用无句读之文，其叙次亦与《文选·序》大略相同。此二书上推刘氏《七略》，貌同心异，端绪秩然，而论文体者竟不推究！姚、曾诸人稍稍就所见之唐、宋文字分立目录，遂已为士林宝重，矜为特出，亦可慨矣哉！”在此，刘咸炘认为《文心雕龙》与《文选·序》《七略》的文体篇次是“貌同心异、端绪秩然”，无疑道出了三者之间的流变关系。

（三）对《文心雕龙》中“道”“比兴”等关键范畴及重要辞句予以精要疏解。如《原道》之“道”，刘咸炘言：“彼时玄学正盛。老子云：‘道法自然。’彦和之‘原道’，盖标自然为宗也。”这与黄侃之论颇为相近。再如《通变》之大旨，素来聚讼纷纭：纪昀和黄侃谓之为复古，刘永济则持穷变通久之论，还有论者认为是继承与发展的关系。刘咸炘的观点与纪昀、黄侃之说相似而略显个性色彩：“纪评极当。彦和不得已之苦心。盖见当时浮靡之习已成，不能正言其非，乃援变通之旨以立言，欲反之于古。实物不过三，三变复初，‘通变’

① 《文心雕龙》，第 115 页。

二字，实宜古宜今之谈，非空言返古、不知审势者所能窥也。”这是以其“观风察势”的历史观为基础，强调文章创作以古为师的重要性。又如《铭箴》曰：“箴全御过，故文资确切；铭兼褒赞，故体贵弘润。其取事也必核以辨，其摛文也必简而深：此其大要也。”刘咸炘谓：“弘，得体也。润，有色泽也。核，实也。辨，明也。简其言而深其旨也。此即腴字之境。士衡所谓‘顿挫清壮’‘博约温润’者，与此相备。‘顿挫’四字，言其音节。”刘氏拈出其中的疑难字句而释其大要，并以《文赋》之语对释，于读者大有裨益。围绕《比兴》，刘咸炘则结合文学史创作实际稍加阐发：“《三百》篇不以赋长，赋特六艺之一。古人赋常少，比、兴常多，因赋义所施本隘，断以义则可赋者无多，多则失于夸饰也。屈、荀之赋，非仅敷陈。西京词人，具纵横之才，染苏、张之习，由游说一变而为词赋。故侈陈形势之义，流为京都池苑之篇。彦和曰：‘六义附庸，蔚成大国。’诚哉其为附庸也。”又说：“建安太初，略有遗响。宋、齐而后，专以雕琢景物为长，但取佳秀之句，不重讽喻之旨，而比、兴之遗，乃反存乎荡子思妇之词。”经此诠释，读者对于“诗亡赋盛，比、兴道消”的历史现象自然有了深切的体会。刘勰在《时序》篇谓西汉辞赋“大抵所归，祖述《楚辞》”[①]，而于东汉辞赋则曰“华实所附，斟酌经辞”[②]。在刘咸炘看来，这不同的评语背后蕴含着刘勰对两汉学术异同的深刻洞见：“西汉重词赋，而讽喻之意犹有存者，故曰：‘大抵所归，祖述《楚辞》。’东汉承历朝重经之风，训诂大盛，文多朴僿，高者渊懿规矩，藻采循循然，纯厚之风盛，而策士驰骋之余习消矣。此两汉之别。彦和论极确而未详，特申之。”

（四）就纪昀的《文心雕龙》评注予以专门的批驳。“纪评”是继杨慎评点、曹学佺批语、黄叔琳注之后，“龙学”史上颇为出彩的研究成果。吴兰修在《文心雕龙辑注》跋语中流露出对纪昀的无限仰服之意：“昔黄鲁直谓论文则《文心雕龙》，论史则《史通》，学者不可不读。余谓文达之论二书，尤不可不读，或曰：‘文达辨体例甚严，删改故籍、批点文字，皆明人之陋习，文达固常诃之，是书得无自戾与？余曰：此正文达之所以辨体例也。学者苟得其意，则是书之自戾，可无议也。虽然，必有文达之识，而后可以无议也夫。’”与吴兰修的推崇备至不同，刘咸炘对“纪评”虽偶有肯定之辞，但亦多有批评。如批注《征圣》篇谓：“‘征圣’者，以圣言为准也。纪氏以为装点门面，未识《宗经》《征圣》二篇之异。”又如《明诗》篇云：“‘雅润’‘清丽’，兼词义言。纪乃以为局于六朝，妄矣。”再如《物色》篇云：“此篇之赞，较诸篇为轻隽，颇似司空《诗品》。纪公独取此篇，盖未脱诗家科臼。六代文章，无美不备，后人但取轻隽而厌其烦奥，此《知音》篇所谓‘深废浅售’也。纪公亦此面目。”在刘咸炘看来，“纪评”颇多武断之辞，其源头乃在于未理解刘勰设文撰论的意图，这种审慎态度

①② 范文澜《文心雕龙注》，人民文学出版社 1958 年版，第 672、673 页。

与吴兰修的近乎全盘肯定适成鲜明对照,为我们公允评价"纪评"多了一个参考的维度。

就以上四端观之,刘咸炘的治学气象规模宏大,《文心》研讨亦饶有深度。惜乎刘氏英年早逝,无及门弟子赓续其业,加上治学成果《文心雕龙阐说》又淹没多年而未为世人所知,以致今人读其书而发出"一部尘封百年的'龙学'开山之作"的惊叹与惋惜。

三、"是正文字,倾心校雠":向宗鲁的治学倾向

不同于刘咸炘专门撰写《文心雕龙阐说》并提出了不少有价值的观点,向宗鲁对"龙学"的贡献,倒不在于撰写了多少文章,而是提倡"是正文字"的治学理念并影响了杨明照、王利器、王叔岷等"龙学"专家。

向宗鲁的校雠学思想集中体现在他所编著的《校雠学讲义》里。关于是书的内容,屈守元有所述及:

> 先师宗鲁先生《校雠学》尝自定其目为十二篇:一曰正名,释校雠之名义;二曰原始,述斯学之起原,及二刘之梗概;三曰宗郑,剌取康成《礼注》《诗笺》之涉及校雠者,以为校雠规例;四曰评杜,取杜氏《春秋集解》之涉及校雠者,论其得失;五曰明颜,黄门家训,多涉校雠,今表出之,而以颜籀《汉书注》《匡谬正俗》之涉及校雠者附焉;六曰申陆,取《经典释文》之论众本得失者,为广申其义;七曰议孔,取《五经正义》之涉及校雠者,议其得失,贾公彦诸人之说附焉;八曰择本上,论石经;九曰择本中,论古钞本;十曰择本下,论刻本;十一曰取材,论类书古注所引须慎择,以药近人篡易古书之失;十二曰杂述,古人及清人之从事校雠者,前目所不能该,于此杂陈之。①

事实上,目前所见的《校雠学讲义》,完成者仅九篇(《正名》《原始》《宗郑》《明颜》《申陆》《择本上》《择本中》及《举例上》《举例中》)。由此九篇,可知向宗鲁是以刘向、刘歆、郑玄、颜师古、陆德明、王念孙等人的校注成果为研究对象,精心挑选诸人校雠文字之经典案例,以期总结出一套切实可行的校雠学方法。在以上诸人中,向宗鲁最为仰慕的是刘向。他曾自撰一联以明心迹:"为学远承都水使(刘向曾领护三辅都水),立身欲似蒋山傭(顾炎武自号蒋山傭)。"②他说:"寻向之校书也,其术有八:一曰勘众本……二曰去复重……三

① 《向宗鲁先生纪念文集》,第 222 页。

② 《向宗鲁先生纪念文集》,第 27 页。

曰录异文……四曰订夺落……五曰正讹误……六曰存别义……七曰一称名……八曰审编次。”[①]这基本将从事文字校勘工作的要务网罗殆尽。向宗鲁不惟撰写《校雠学讲义》为诸生传授校雠之基本方法，也以亲身校勘实践为诸生导夫先路。如《淮南鸿烈·叙目》“诏使为《离骚赋》”，向宗鲁校曰：

庄逵吉云：本传作“使为《离骚传》”。

孙诒让云：此自作“赋”，与《本传》不同。《文心雕龙·神思篇》云：“淮南崇朝而赋《骚》”，即本高《叙》。

承周案：《汉纪》作“赋”，《御览·皇亲部》十二引《汉书》亦作“赋”。今《汉书》作“传”，乃“傅”之误。“傅”与“赋”通，说详王氏《杂志》五之九。孙以为与《传》不同亦非也。(《金楼子·说蕃篇》作“传”，盖六朝旧本已有误作“传”者。)[②]

这分明就是前文所及的“勘众本”“录异文”“正讹误”。

由于年岁淹久、稿本散逸，我们并未发现向宗鲁有专门研究《文心雕龙》的论著或文章。不过，他在讲授《校雠学》《文选》诸课程时，已经将治学的心得悉数传授给了学生。值得一提的是，他于重庆大学、四川大学任教的十余年间，与文伯鲁、陈季皋、龚春岩、庞石帚、吴芳吉诸先生志同道合，在培养学生方面形成了独特的制度：“生徒四年中必须于经、史、子、各治一专籍，一以清儒雠校之术为旨归，期于毕业之时有所小成，由此而奠定治学根基，卓尔有立者不少。”[③]

1931年春，杨明照在重庆大学文预科学习时，吴芳吉为诸生讲授“文学概论”。吴先生“经常板书《文心雕龙》原文，绘声绘色地讲得娓娓动听”[④]，杨明照由此对《文心雕龙》产生兴趣。此后，杨先生刻苦研读《文心雕龙》并写出了第一份学习心得，获得了向宗鲁的好评：“论证多发前人所未发，大有可为！”杨明照回忆这段学习经历时说：“博闻强识的向宗鲁先生给班上讲了四学期的《昭明文选》，考订或点勘正义与注的错讹衍脱，几乎每堂都有。耳濡目染，受到的启迪很大。后来我的治学方法和钻研范围，主要是由于这两位教师的传道授业导夫先路的。”[⑤]1936年，升入重庆大学本科国文系的杨明照，在庞石帚的指导

① 《向宗鲁先生纪念文集》，第97—100页。

② 《向宗鲁先生纪念文集》，第401页。

③ 《向宗鲁先生纪念文集》，第79页。

④ 曹顺庆《岁久弥光：杨明照教授九十华诞庆典暨中国古典文献学国际学术研讨会论文集》，巴蜀书社2000年版，第1页。

⑤ 《向宗鲁先生纪念文集》，第25页。

下以"《文心雕龙》校注"为选题撰写毕业论文,并获得庞氏佳评:"校注颇为翔实,亦无近人喜异诡更之弊,足补黄、孙、李、黄诸家之遗。"[①]正是得益于吴、向、庞诸先生的奖掖,杨明照以毕生精力校注《文心雕龙》,撰写出了掷地有声的《文心雕龙校注》《文心雕龙校注拾遗》《文心雕龙校注拾遗补正》与《增订文心雕龙校注》诸书。

王利器为向宗鲁最为钟爱的弟子之一。1934年,王利器考入江津中学,毕业后进入重庆大学高中部。当时给他们讲授《清儒》课程的便是向宗鲁。王利器"于是将《清儒》一篇,详注为一书,送呈向先生审阅。向先生以为'不让周予同之注皮锡瑞《经学历史》专美于前'"[②]。王利器考入四川大学中文系,向宗鲁先生不久亦从重庆赴川大任教。后来王利器遂以《风俗通义校注》为题撰写毕业论文,得到向宗鲁"旁征博引,义据兼赅,足为仲远功臣"的评价,并被学校推荐参加重庆国民政府举行的第一届全国大学生毕业会考。而当王利器准备报考傅斯年的研究生时,向宗鲁亦是勉励有加[③]。王利器毕生校注古籍,撰写了为"龙学"界所瞩目的《文心雕龙新书》与《文心雕龙校证》,可说是得到向宗鲁精心指导的结果。

非常巧合的是,川大学子王叔岷、王利器均与向宗鲁有师生之谊,而二人毕业后不仅皆成为傅斯年的学生,而且都撰有《文心雕龙》校勘著作(王叔岷著有《文心雕龙缀补》)。1948年渡海至台后,傅斯年要求王叔岷为台湾大学一年级学生开授《校雠学》。王叔岷"急忙写信给在四川大学供职的同班好友邵泽民,要他把向宗鲁先生所编未完稿《校雠目录学》寄来参考"[④]。虽然此事因为台海阻隔而被搁浅,但是在所编写的讲稿中,王氏已然吸收了向宗鲁的学术观点:"因'校雠'的本字应该作'斠',《说文》:'斠,平斗斛量也。''平'有'正'义,《国语·郑语》:'平八索以成人。'韦昭〈注〉:'平,正也。'校雠古书,即是订正古书,因此,我将《校雠学》定名为《斠雠学》。内容计分释名、探原、示要、申难、方法、态度、通例,共七章。"[⑤]从定义上看,向、王二人对于"校雠学"的理解均以"是正文字"为要旨;从章节设置来看,王叔岷的《校雠学》章节与向宗鲁所拟的《正名》《原始》《宗郑》《明颜》《申陆》《举例上》诸篇亦是内容相近。这充分体现出向宗鲁对王氏的深远影响。

一门现三杰,这表明继刘咸炘之后,向宗鲁实为现代"巴蜀龙学"的崛起开辟了新的方向。

---

① 《岁久弥光:杨明照教授九十华诞庆典暨中国古典文献学国际学术研讨会论文集》,第2页。

② 王利器《往日心痕——王利器自述》,山西人民出版社1997年版,第27页。

③ 《往日心痕——王利器自述》,第34页。

④ 王叔岷《校雠学(增补本)·校雠别录》,中华书局2007年版,第5页。

⑤ 《校雠学(增补本)·校雠别录》,第6页。

四、夯实文献基础：现代"巴蜀龙学"的学术贡献

近代"巴蜀龙学"呈现出"辨章学术"与"是正文字"两种治学进路。然而，遗憾的是，1932年，及门弟子甚少的刘咸炘英年早逝，这使得"巴蜀龙学"唯余向宗鲁"是正文字"这一枝。王利器介绍向宗鲁的《校雠学讲义》时言，自1937年至1940年间，"（先生）主讲川大，手创此稿，以授同门，盖自七班以至十一班，前后受业者，无虑百住，莫不彬彬然洞通今故之邮，读一书即晓传其书也"[①]。确乎如此。正是在向宗鲁的课堂讲授与亲身示范的影响下，杨明照、王利器、王叔岷诸人通晓了校雠学的治学门径，为日后研治《文心雕龙》奠定了学术基础。从总体上看，以杨明照为代表的现代"巴蜀龙学"延续的是乾嘉学派的治学传统，秉承有一分材料说一分话的实事求是原则，以实证性的文字校勘、词句训诂和典故考释见长，工作的重心基本是在搜罗、鉴别、排比、解读材料上，较少理论性阐发。该学术群体在"龙学"界所作出的贡献，以杨明照最为突出。下面即以其为中心，略加说明。

其一，奠定洵为可靠的文本基础。在长期的流传过程中，《文心雕龙》出现了讹、脱、衍、倒等现象。自明代杨慎首开批点《文心雕龙》之风，梅庆生、王惟俭等人踵步其后，对通行本《文心雕龙》勤加校勘。嗣后，则出现了黄叔琳《文心雕龙辑注》等经典著作。明清人的努力为二十世纪上半叶具有集大成性质的《文心雕龙注》的诞生，奠定了良好的基础。然而，"范注"虽然吸收了前人的校注精华，被誉为"《文心雕龙》研究史上的一座里程碑"[②]，但是其自身亦存在不少的问题。正是在这样的背景下，杨明照的《文心雕龙校注》、王利器的《文心雕龙新书》以及王叔岷的《文心雕龙缀补》应运而生。杨明照在校注《文心雕龙》时，尤其擅长运用唐、宋、元、明、清所见的众多版本与诸多典籍来排比对勘，并强调校注时内证与外证的相辅相成，纠正了"范注"中存在的"底本不佳""断句欠妥""注与正文含义不一致"等二十种错误，为《文心雕龙》的深入探索提供了较为可信的文本[③]。职是之故，涂光社先生说："（杨明照）著作在文本和资料辨证上显示出集大成之雄厚功力，是二十世纪中、后期《龙》学的主要成果和后学入门的必读书之一。"[④]

其二，形成持之有效的注释方法。重大校勘成果的取得仰赖持之有效的方法。杨明

① 《向宗鲁先生纪念文集》，第223页。

② 李平《〈文心雕龙〉范注三题》，《安徽师大学报》1993年第4期。

③ 杨明照《〈文心雕龙〉有重注的必要》，见曹顺庆编《文心同雕集》，成都出版社1990年版，第1—15页。

④ 涂光社《杨明照与二十世纪的"〈龙〉学"》，见《文心永寄：杨明照先生纪念文集》，第106页。

照、王利器诸人秉承乾嘉之学术精神，在长期的实践中形成了规范的校注理念，为《文心雕龙》文字校勘、词句释典等工作提供了方法论启示。杨明照说："注释古典文学作品，本是一件不大容易的事。特别是今天，要求比过去更高：既要词求所祖，事探厥源，以明原著来历；又要用新的观点、方法和准确鲜明的语言，深入浅出地为之疏通证明，以帮助读者了解。这自然不再是罗列故实，释事忘义；或自我作故，望文生训的注释能够胜任的了。"① 这是深有体会之言。如《神思》"垂帷制胜"一语，有论者以为与张良运筹帷幄之中决胜千里之外的典故相关。杨明照指出，该典故其实来源于董仲舒"下帷讲诵"的故事："'垂帷制胜'，乃重申篇中'积学''博见'之要，非谓将军之运筹帷幄，决胜千里也。"②又如《诏策》"昔郑弘之守南阳，条教为后所述"，"范注"云："《后汉书·郑弘传》'政有仁惠，……迁淮阴太守'。……案黄注引《郑弘传》曰：'弘为南阳太守，条教法度，为后所述。'考弘传并无此语，未知其何见而云然……窃疑'昔郑弘之守南阳'，当作'昔郑弘之著南宫'……'阳'是'宫'之误，'南宫'既误'南阳'，后人乃改'著'字为'守'字，不知弘实未为南阳太守也。"③ 杨明照指出："按黄注所引《郑弘传》，见《汉书》卷六六，并未误记；正文亦无误字。乃范氏自误，不检班书之过也。"④原来，《汉书》与《后汉书》皆有郑弘传，不过，《汉书》所载之郑弘字稚卿，泰山刚人，曾任南阳太守；而《后汉书》所载之郑弘字巨君，会稽山阴人，官及淮阴太守。杨氏的举正，恰纠"范注"张冠李戴之失。再如《诏策》"每为诏策，假手外请"，"范注"曰："《后汉书·窦宪传》：'和帝即位，太后临朝，宪以侍中内干机密，出宣诰命。其所施为，辄外令太傅邓彪奏，内白太后，事无不从。'安帝政在外戚邓氏，度亦如窦宪故事，所谓'假手外请'也。"⑤表面看来，"范注"所引不无道理，然而，细细品味，不难发现，此段文字虽然足征"假手外请"的政坛现象，但是却仅指涉外部的政治环境，无及和帝时期诏告类作品"假手外请"的根本原因——"礼阁鲜才"，属于典型的"释事忘义"。有鉴于此，杨氏改引另一则材料曰："按《后汉书·周荣传》：'尚书陈忠上疏荐兴曰：尚书出纳帝命，为王喉舌。臣等既愚暗，而诸郎多文俗吏，鲜有雅才，每为诏文，宣示内外，转相求请。'足证舍人此说。"⑥诸如此类的典故注释，非勤勉翻阅古籍，仔细鉴别核案，实难抉发刘勰用辞之真意。

其三，填补研究资料上的空白。杨明照不仅精于校注，为喜好《文心雕龙》的读者提供

① 杨明照《学不已斋杂著》，上海古籍出版社1985年版，第560页。

② 杨明照《文心雕龙校注拾遗》，上海古籍出版社1982年版，第235页。

③ 范文澜《文心雕龙注》卷四，开明书店1936年版，第60页。

④ 《文心雕龙校注拾遗》，第174页。

⑤ 《文心雕龙注》，第367页。

⑥ 《文心雕龙校注拾遗》，第171页。

了可靠的文本，而且从著录、品评、采摭、因袭、引证、考订、序跋、版本、别著等方面搜罗资料，填补了诸多学术史上的空白。尤其是在版本叙录上，杨氏的贡献可谓卓越。“范注”附录的“铃木虎雄《黄叔琳本文心雕龙校勘记》”，当属较早的版本叙录，涉及“旧籍著录而已亡佚者”七种，“钞注校解诸专本”二十六种（涉及明代版本十二种）。不过，该叙录较为简略，亦不算我国学者独立撰写的版本叙录。仅就明代出现的版本而言，王利器《文心雕龙校证》叙录十七种，詹锳《文心雕龙义证》叙录十八种，比铃木虎雄的叙录要多出五到六种。而据杨明照《增订文心雕龙校注》所言，其所经眼的明代写本一种，单刻本十七，丛书刻本七种，选本十三种，校本二种，合计四十种；而未经眼的明代写本二种，刻本十种，校本五种，共十七种；汇而计之，杨先生所叙录的明代版本竟达五十余种。单从数量上看，杨明照的《文心雕龙》版本叙录已前无古人，而从其详赡的叙录中我们更可掌握某一版本的刊印时间、版式特征、渊源迭变、收藏馆地等具体情况，故此，我们称杨先生为“《文心雕龙》版本研究的第一人”恐不为过。

其四，提出见解独到的学术观点。以杨明照为代表的现代“巴蜀龙学”，沾溉乾嘉之学殊多，其在资料搜罗、文字校雠方面多有斩获，对刘勰生卒年、《文心雕龙》成书年代、《隐秀》篇真伪等问题亦有缜密的考辨。如围绕刘勰的生平，杨氏撰有《〈梁书·刘勰传〉笺注》，提出了如下重要推断：刘勰生于泰始二、三年之间（466—467），卒于梁大同四年或五年（538—539）；刘勰不婚娶，非缘于家贫，而系因为信仰佛教等。在《文心雕龙》成书年代问题上，杨氏推崇纪昀、刘毓崧等人的考证，撰《〈文心雕龙·时序〉篇“皇齐”解》一文力主《文心雕龙》撰于齐代（约于齐和帝中兴元、二年间）。至于《隐秀》篇的真伪问题，则牵涉他与詹锳等学者的学术论争。《隐秀》篇四百多字的补文，向来被视为明人伪作，纪昀、黄侃等人早有说明。不过，二十世纪八十年代，詹锳先生撰文（《〈文心雕龙·隐秀〉篇补文的真伪问题》，《文学评论丛刊》第 2 辑）独持异议。杨氏旋即在《文学评论丛刊》（第 7 辑）发表《〈文心雕龙·隐秀〉篇补文质疑》一文，从理论、例证、体例、称谓、风格用字等方面对詹说予以一一反驳。杨文分析透辟，持论谨严，备受学界的关注。

当然，《文心雕龙校注》等书中的精彩之论比比皆是，上面只是略举数例以窥其一斑。不过，结合这些案例，我们已能发现，杨明照等人的“龙学”探索，正如前文所指出的那样，是切实地沿着向宗鲁先生所指引的方向前行的。

结　语

“巴蜀龙学”发端于传统的校雠学。从刘咸炘的《文心雕龙阐说》到杨明照的《文心雕龙》校注四书，近代“巴蜀龙学”呈现出从“辨章学术，考镜源流”到“是正文字，倾心校雠”的转变。尤其是二十世纪下半叶，以杨明照、王利器、王叔岷为代表的巴蜀学者，以谨严的版本校勘、文字注释和资料稽考为《文心雕龙》研究夯实了文献基础，构筑出二十世纪“龙学”史上的一道亮丽风景线。

（作者简介：黄诚祯，华东师范大学中文系博士后，发表论文有《论刘勰的“文本于经”说》。）

从写作场合到诗集编纂

——苏轼诗歌长题的多重来源与文本生成

胡嗣男　林　岩

内容摘要：苏轼诗歌出现了大量的长题。苏诗长题部分来源于诗集编纂中，诗歌由原初文本向集本体例规范转换的过程，这类诗题大致表现为两种类型，即包含具体日期的“日记体”长题与“以文为题”的长题。苏轼诗歌的长题是诗歌社交功能于文本形态上的呈现，大量创作于社交场合的诗歌，其长题被用来记录诗歌文本传递的过程，以及诗歌参与的具体社交事件，诗题文本在写作现场的互动中生成。在诗集编纂与写作场合的双重作用下，苏轼诗歌中的长题呈现出流动性与生成性的特点。

关键词：苏轼　诗歌长题　诗集编纂　文本

长题，一般来说，是指相对于短题而言的字数众多、内容更加翔实的诗题。古诗中的长题制作，最早出现于六朝时期[①]，其后经由杜甫、白居易等唐代诗人的开拓，及至宋代，长题已成为诗歌制题的显著特征。相较于短题，诗歌中的长题往往能提供更加详细的时间、地点、人物、事件等要素，以及与诗歌创作密切相关的背景信息，从而使诗歌的抒情言志得以在具体的时空场景中展开。诗歌长题一方面丰富拓展了诗歌的表现内容与表现形式，另一方面也为知人论世的诗歌阐释方式提供了凭借。因此，以往的研究多把宋诗中的长题置于诗歌叙事性与宋人“诗史”观念的框架内予以认识。苏轼诗集中长题数量颇多[②]，可以说是宋诗长题制作的一个典型样本。但总体上看，苏诗长题呈现出复杂多样的

① 吴承学《论古诗制题制序史》，《文学遗产》1996年第5期。

② 黄小珠《论诗歌长题和题序在唐宋间的变化》，《江海学刊》2014年第6期。

面貌，现有研究并不足以解释这些诗题的特点，本文试图通过细致考察苏轼诗歌之长题，还原长题的生成过程，为理解长题现象提供新的角度。

一、诗集编纂：苏诗长题与原初文本来源

宋诗长题研究一直存在着一个被忽略的问题，即作为研究对象的诗歌长题一般直接选自集本，而集本诗题往往又被视作诗人在诗歌创作当下，就已自觉拟定的题目。于是，长题现象顺理成章地被解释为诗人在创作中，对诗题叙事功能的自觉追求，是源于某种叙事意识的行为。但集本是把诗人在各种具体情境中、以各种文本载体创作的散篇诗作收集整理后，形成的具有统一次序与整体结构的文本集合。这一过程伴随着诗歌文本从草稿到定本的形塑[①]，同时诗歌文本原有的书写形式，也被转换成集本体例所要求的“题目＋正文”的规范格式。对于原先阙题或无确定诗题的诗作，编纂者会为了追求体例之统一，将来源不同的文本内容改头换面，人为设定为诗题。原初形态的诗歌文本进入集本系统后，还可能继续发生形式层面的改动，诗题、诗序等副文本要素处在相对流动的状态中。这些都会影响到集本层面长题现象的形成。那么，长题就可能不是诗人在创作中精心制作的结果，而是诗集编纂过程的衍生物。笔者认为苏轼诗集中的许多长题就来自这一过程[②]。

（一）所谓“日记体”长题

“日记体”诗题一般是指出现了具体日期的诗题，这类诗题字数较多时，就可以视作长题的一种类型。对于苏诗中的日记体诗题，目前的主流观点是将其与编年记事的行为联系起来，认为它们是苏轼诗史观念的体现，是诗人刻意经营的结果[③]。不过也有学者认为苏轼《岐梁唱和诗集》诗题详载月日的情况，是原初文本的款识元素转换成诗题的结果，并

① 〔日〕浅见洋二著，李贵、赵蕊蕊等译《文本的密码——社会语境中的宋代文学》，复旦大学出版社2017年版，第200页。

② 在现存的苏轼诗集诸版本中，日本内阁文库本《东坡集》，应该是最接近集本原貌的版本，但是内阁文库本只保存了四十卷《东坡集》部分，涉及《东坡后集》《东坡续集》的诗题，则需要依据明成化本“东坡七集”。为避免后世苏诗集本、注本改动诗题带来的影响，本文尽量使用更接近原貌的诗题文本，下文讨论的诗题如果未加说明，属于《东坡集》部分的诗题，均使用王水照所编《宋刊孤本三苏温公山谷集六种》第一册收入的内阁文库本《东坡集》（国家图书馆出版社2012年版），涉及《后集》《续集》的诗题，均使用依据明成化本“东坡七集”影印的国家图书馆出版社2019年出版的《成化本东坡七集》。其中，《后集》为第10、11册，如无说明，本文所引出自第11册。《续集》为第24、25册，如无说明，本文所引出自第25册。

③ 朱刚《“诗史”观念与苏轼的诗题》，《四川大学学报》2020年第1期。

无微言大义[①]。的确，有些标明了日期的诗题具有较为明显的题跋落款元素：

> 亡伯提刑郎中挽诗二首，甲辰十二月八日凤翔官舍书[②]
>
> 元祐癸酉八月二十七日于建隆章净馆书赠王觏（《后集》，第 103—104 页）

这两则诗题看似符合日记体诗题的标准，其实都来自苏轼手书诗作的落款。前一首诗应作于苏轼伯父去世后不久，即嘉祐七年（1062）内，诗题中的“甲辰十二月八日”只是转录落款中手书此诗的时间[③]。而后一首并非苏诗，应是苏轼手书的李德裕《怀京国》诗，后人将此诗误作苏诗编入《东坡续集》[④]，此处诗题显然也来自诗末落款。以上两例虽属失误，却恰好呈现出以手书真迹形态存在的原初文本进入诗集时，集本诗题可能的内容来源。

以代书为用的诗歌也会出现日记体长题。尺牍信札结尾处写上月日等时间信息是一种格式通例，而代书诗在正文以外也会出现其他文字内容。那么，落款日期与书信内容就很容易成为集本诗题的内容来源，形成一则“日记体”长题。我们发现，“日记体”诗题的出现与诗歌的通信用途之间有较为明显的相关性：

> 辛丑十一月十九日，既与子由别于郑州西门之外，马上赋诗一篇寄之（《东坡集》，第 94 页）
>
> 正月九日，有美堂饮，醉归径睡，五鼓方醒，不复能眠，起阅文书，得鲜于子俊所寄古意，作杂兴一首答之（《东坡集》，第 130 页）
>
> 六月七日泊金陵，阻风，得钟山泉公书，寄诗为谢（《后集》，第 17 页）
>
> 十一月九日，夜梦与人论神仙道术，因作一诗八句。既觉，颇记其语，录呈子由弟。后四句不甚明了，今足成之耳（《后集》，第 69 页）

第一首诗是《东坡集》开卷之作，从标题提供的信息可以看出，此诗相当于苏轼寄给弟弟苏辙的书信。后三首诗写于不同时期，诗题中“答”“寄”“呈”等用语说明，这些诗歌应该都是寄给他人的代书诗作。四则诗题基本由时间、事件、寄诗活动三部分构成，这些内容可能

---

① 党永辉《诗志：岐梁唱和诗体用框架释例》（未刊稿），提交于华中师范大学主办“‘文本世界的内与外’青年学术工作坊”，2020 年。

② 此诗《东坡七集》未收，见于明刊《东坡外集》。据宋拓《西楼苏帖》，此诗题为手书诗作落款，查慎行《苏诗补注》以落款为标题，王文诰《苏文忠公诗编注集成》编入第五卷治平元年（1064）作。

③ 王友胜《〈苏诗补注〉的文献诠释与历史价值》，《文学评论》2008 年第 3 期。

④ 查慎行《赠王觏》诗按语，见查慎行补注，王友胜点校《苏诗补注》，凤凰出版社 2013 年版，第 1118 页。

就来自原初文本的时间落款与文字部分。此外，还可以举出一例，苏轼黄州时期《正月二十日，往岐亭，郡人潘、古、郭三人送余于女王城东禅庄院》一诗，在《东坡续集》中题作《代书寄桃山居士张圣可》（《续集》，第 17 页），它们刚好提供了这首诗两方面的背景信息，如果把前后两题联系起来，可以推出这首诗本身的功能是用作书信寄给张圣可，而"正月二十日，往岐亭，郡人潘、古、郭三人送余于女王城东禅庄院"则可能来自诗作原初文本中的文字内容[①]。

除了代书诗作，题壁这样一种诗歌写作类型也与"日记体"长题有较明显的关系：

> 九月中曾题二小诗于南溪竹上，既而忘之，昨日再游，见而录之（《东坡集》，第 106 页）
>
> 八月十七，复登望海楼，自和前篇，是日榜出，余与试官两人复留五首（《东坡集》，第 124 页）
>
> 元祐五年十二月十二日，同景文、义伯、圣途、次元、伯固、仲蒙游七宝寺，题竹上（《续集》，第 25 页）

这类诗歌在苏诗中并不少见，它们原本被题写于各类场所，受到题识文本书写惯例的影响，诗歌正文之外很可能会出现时间信息的记录，还会附带自题、自跋的文字内容。因此将这类诗歌收集起来编纂时，时间落款与相关文字很容易被转换成诗题。上面举出的第三则诗题，单独来看就颇类一则景点题名，"元祐五年十二月十二日"交代了游玩时间，"景文、义伯、圣途、次元、伯固、仲蒙"列举了同行人员，"游七宝寺"是游玩地点[②]。类似的例子还有苏轼作于杭州的《五月十日，与吕仲甫、周邠、僧惠勤、惠思、清顺、可久、惟肃、义诠同泛湖游北山》，诗题详尽无遗地列举同游之人，并非出于以诗存事的自觉追求，而更可能是作为山水游览活动的留题之作，遵循了题名书写的惯例。

并非标明日期的长题都遗留了原初文本的痕迹，但对于苏诗中大多数记录日期的长题，进行分析时都需要考虑到它们与特定诗歌类型，以及诗人自题、自跋、自书诗作等活动的关系。笼统地将这些标明日期的诗题视作"日记体"，就会忽略记日诗题事实上有着不

① "代书寄桃山居士张圣可"这一诗题异文基本被历代注本忽略，而清人吴之振《宋诗钞》、今人王水照《苏轼选集》均存录此异文。就诗作颈联"数亩荒园留我住，半瓶浊酒待君温"来看，诗歌具有代书诗特征，此诗题异文并非没有依据。

② 现存苏轼元符三年（1100）北归游武陵石刻题名，内容为："东坡居士自海南还，来游武陵，弓允明夫、东坡幼子过叔党同至，元符三年九月廿四日。"见北京图书馆金石组《北京图书馆藏中国历代石刻拓本汇编》第 41 册，中州古籍出版社 1989 年版，第 26 页。可与所举记日长题的内容对照。

同的来源，诗题的记日现象也可能是受到了诗歌原初文本书写形式的影响。

（二）所谓“以文为题”之现象

“以文为题”是指篇幅较长，带有文的特征的诗题[①]。这似乎很符合部分长题呈现出来的特点，但就苏诗来看，有些篇幅很长的诗题，本身就是诗歌原初文本正文前的文字，甚至依然保留了格式上的特点：

> 九月十五日，迩英讲《论语》，终篇，赐执政讲读史官燕于东宫。又遣中使就赐御书诗各一首，臣轼得《紫薇花绝句》，其词云：丝纶阁下文书静，钟鼓楼中刻漏长。独坐黄昏谁是伴？紫薇花对紫微郎。翌日，各以表谢，又进诗一篇，臣轼诗云（《东坡集》，第 272 页）

这首诗作于元祐二年（1087）苏轼留朝期间，诗题共计 89 字，题中还保留有“臣轼”的自我称呼，这应该是实际进诗时的称呼用语。由题可知，在这首诗前苏轼还写了一篇谢表，这篇谢表也收录在别集之中，据《谢赐御书诗表》[②]内容：

> 臣轼言。今月十五日，赐宴东宫，伏蒙圣恩，差中使就赐臣御书诗一首者……镂之金石，庶传玩于人人；付与子孙，俾输忠于世世。臣无任。

诗题与谢表开头部分的口吻相同，也先叙述了赐诗一事，只不过诗题交代得更详细。可以推断，这则长题原本是进诗时按惯例写在诗前的文字，末尾以“臣轼诗云”引入诗作正文，本非诗题。同样，苏轼写给苏辙的一首诗的题目也应属于这种情况：

> 子由将赴南都，与余会宿于逍遥堂，作两绝句，读之殆不可为怀，因和其诗以自解。余观子由，自少旷达，天资近道，又得至人养生长年之诀，而余亦窃闻其一二。以为今者宦游相别之日浅，而异时退休相从之日长，既以自解，且以慰子由云（《东坡集》，第 175 页）

---

① 学者们多将宋诗长篇诗题视为“以文为诗”的体现，或者认为其具有类似于记文、小品文的文体特征，相关论述可参考周剑之《宋诗叙事性研究》（中国社会科学出版社 2013 年版，第 108—110 页）、黄小珠《论诗歌长题和题序在唐宋间的变化》（《江海学刊》2014 年第 6 期，第 199 页）、朱刚《“诗史”观念与苏轼的诗题》（《四川大学学报》2020 年第 1 期，第 164 页）。

② 苏轼撰，茅维编，孔凡礼点校《苏轼文集》，中华书局 1986 年版，第 670 页。

这段文字叙写读苏辙诗的感受、苏辙修道的近况，有大量个人感想的抒发，最后用“慰子由云”引出诗歌正文。从内容上看，这段话近似苏轼写在诗歌正文前的自题，篇幅上则更接近一则诗序，并非规范的诗题形式，仍部分保留了进入集本之前诗歌原初文本的形态。

现存的《次韵辩才诗帖》[①]能够更好地揭示这一点。集本中这首诗的诗题一般写作“辩才老师退居龙井，不复出入，轼往见之，常出至风篁岭，左右惊曰：远公复过虎溪矣，辩才笑曰：杜子美不云乎，与子成二老，来往亦风流，因作亭岭上名之曰过溪亦曰二老，谨次辩才韵赋诗一首”（《东坡集》，第259页），但帖本中这段话结束后，在左下方另起一行，写有“眉山苏轼上”，接着才是诗歌正文。其中“老师”“谨次”“苏轼上”都是通信中使用的敬辞和谦辞。那么这首诗的诗题其实是“次辩才韵赋诗一首”，前面的文字都相当于赠诗时的通信内容，本非诗题。

类似的还有苏轼元祐留京期间寄给叔丈王庆源的诗作，此诗当时附在寄给王的书信中，书信与诗作相关的部分有：“向要红带，今寄一条去……拙诗一首，并秦、黄二君，皆当今以诗文名世者，各赋一首……”[②]收入集本中的诗作则题为“庆源宣义王丈以累举得官，为洪雅主簿雅州户掾，遇吏民如家人，人安乐之。既谢事，居眉之青神瑞草桥，放怀自得。有书来求红带，既以遗之，且作诗为戏。请黄鲁直学士、秦少游贤良各为赋一首。为老人光华”（《东坡集》，第277页）。可知，同时寄去的还有黄庭坚与秦观的和诗，前者见于《山谷内集》，题作“次韵子瞻以红带寄王宣义”[③]，后者见于《淮海集》，题作“和东坡红鞓带”[④]。尽管不能见到书信原貌，但根据黄庭坚、秦观和诗所拟的题目来看，所谓的“拙诗一首”很可能没有诗题而只有正文。显然，后来收入集本的诗题吸收了书信的文字内容，并在此基础上进行了背景信息的扩充。

“以文为题”也包括苏诗中“以序为题”的现象。例如，《东坡续集》中一诗题为“南屏谦师妙于茶事，自云：得之于心，应之于手，非可以言传学到者。十月二十七日，闻轼游寿星寺，远来设茶，作此诗赠之”（《续集》，第24册，第89页）。在《施注苏诗》中，这段文字是诗序，诗题则是“送南屏谦师并序”[⑤]，后代查慎行《补注东坡编年诗》沿用了《施注苏诗》诗题、诗序的划分，又将题中的“序”改为“引”[⑥]。《东坡续集》中“西蜀杨耆，二十年前，见之甚贫，今见之亦贫。所异于昔者，苍颜华发耳。女无美恶，富者妍；士无贤不肖，贫者鄙。

① 刘正成《中国书法合集》第33卷，荣宝斋1991年版，第114页。诗帖现藏于台北“故宫博物院”。

② 《苏轼文集》，第1815页。

③ 黄庭坚著，任渊、史容、史季温注，黄宝华点校《山谷诗集注》，上海古籍出版社2003年版，第231页。

④ 秦观撰，徐培均笺注《淮海集笺注》，上海古籍出版社1994年版，第176页。

⑤ 苏轼著，施元之注《施注苏诗》，浙江大学出版社2019年版，第1880页。

⑥ 《苏诗补注》，第944页。

使其逢时遇合,岂减当世之士哉。顷宿长安驿舍,闻泣者甚怨。问之,乃昔富而今贫者,乃作一诗,今以赠杨君”(《续集》,第51—52页)一题在他本中也处于诗序的位置,题作“赠杨耆并引”[①]。这些短题应是后来的诗集编纂者所拟,采用短题而将篇幅较长的文字内容调整为诗序,仍是为了遵循诗集的体例要求,并不一定有充分的文本依据,因为在苏轼自编的《东坡集》中,不少篇幅、内容类似的文字仍是以长题形式出现的。而这样的变动可以成立,也说明苏诗中长题与诗序的区分并不明晰。从诗题文本来源上看,背后的原因应该是这些诗作进入集本之前,都只有一段题写于正文前的文字,并没有一个明确的标题,因此出现了题、序不定的现象。

集本中的苏诗长题有着复杂多样的文本来源,并不一定是苏轼本人自觉制题意识的结果,而是原初文本向集本体例转化的衍生物。当我们对苏诗长题的艺术性进行讨论时,必须秉持慎重态度,尤其应考虑到多重文本来源经过加工转换,成为长题的变形过程。

二、诗歌之用:社交语境中的长题生成

长题在诗作中逐渐增加,伴随着诗歌世俗化、日常化的进程[②],苏诗长题透露的信息,则清晰有力地揭示了长题与诗歌社交功能之间的关联。长题诗歌的创作往往牵涉诸多人际因素,发生在一个日常的具体的事境中,诗歌则在其中扮演了推动一系列交往行为发生、变化、终结的活跃角色,伴随着人际事件的进程,诗歌创作不断展开,与其他诗歌文本密切地交织在一起。诗歌在社交语境中发挥作用,也影响到诗歌的文本形态。诗歌创作是在具体事件进程中发生的,诗歌内容受制于社交情境,需要在诗歌酬答中完成多方面的意义交流,作为副文本的诗题便很难简化为精炼的短题,而是负载着大量现场信息的说明,社交事件越复杂精细,诗歌的题目往往也会更加冗长。

苏轼一生交游广泛,其中包含了大量以诗歌往来形式进行的人际交往,这也影响到苏诗的整体面貌。苏轼诗集中数量众多的长题,是其私人社交生活的片段式记录,也为我们从诗歌社交功能的角度,理解长题这一形式特征提供了路径。

(一) 长题与诗歌文本的传递

诗作写好后寄给他人或接收他人的诗作,以及类似的诗歌交换行为,是以诗歌为中心

---

① 王十朋纂集,刘辰翁批点《王状元集百家注分类东坡先生诗》第17册,北京图书馆出版社2005年版,第12a页;王文诰辑注,孔凡礼点校《苏轼诗集》,中华书局1982年版,第1191页。

② 陈尚君《唐宋因革与文学渐变》,《文学遗产》2017年第6期。

的人际交往的常见现象。许多苏诗长题记录了寄诗与收诗等与诗歌来源、去向有关的信息，说明这种诗歌往还在苏轼的生活中非常频繁。从长题提供给我们的信息来看，诗歌的寄送对象并不是单一的，一首诗有时会寄给许多人，下面的诗题就记录了这样的过程：

> 惠州近城数小山，类蜀道。春，与进士许毅野步，会意处，饮之且醉，作诗以记。适参寥专使欲归，使持此以示西湖之上诸友，庶使知余未尝一日忘湖山也(《续集》，第60—61页)

诗题前半部分交代了诗歌创作的具体情境，后半部分则涉及诗作的寄送信息，苏轼托将要返回杭州的参寥子将这首新作带给西湖上的众多僧友，这意味着诗作送达后将在一个小型读者圈中继续传递。还有些诗题则是以“兼简”“转呈”等方式引出诗歌的其他接受人名单，勾勒出诗歌面对的读者群体。

一首完成的诗作在传递中会引发新的创作，它的传递轨迹有时会越出原先的计划，加入新的读者与唱和活动，这个过程在苏轼黄州时期一首诗的长题中描述得很详细：

> 子由在筠作《东轩记》，或戏之为东轩长老。其婿曹焕往筠，余作一绝句送曹以戏子由。曹过庐山，出以示圆通慎长老。慎欣然，亦作一绝，送客出门，归入室，趺坐化去。子由闻之，乃作二绝，一以答予，一以答慎。明年余过圆通，始得其详，乃追次慎韵(《东坡集》，第235—236页)

元丰七年(1084)，苏轼以诗送别前往筠州的曹焕，这首诗还有一位目标读者是苏辙。在前往筠州途中，曹焕将绝句出示给了庐山圆通禅寺的慎长老，引起慎长老的和作。两首诗随后到达苏辙手中，他作了两首绝句分别寄给苏轼与慎长老，而苏轼本人则要等到第二年经过圆通禅寺时才得知慎长老和诗一事，于是他再追和慎长老的诗作，至此，这首诗的传递过程才算结束。诗题花费大量笔墨对诗歌本事进行交代，正是因为这首诗的写作是前面诗歌交换行为推动的结果，这些人际往来的过程也是诗歌回应的对象。

诗歌传递并非在唱和结束后就完全终止了，还会有后来的诗歌读者重新加入唱和中，与原先的诗歌作者发生新一轮诗歌交换。苏轼诗集中有一首寄给黄庭坚的唱和诗作，诗题为“往在东武，与人往反作粲字韵诗四首。今黄鲁直亦次韵见寄，复和答之”(《东坡集》，第198页)，根据诗题的信息，黄庭坚所寄的诗作实际上是次韵苏轼在密州时与他人的一组唱和诗作，这在黄庭坚诗的诗题中说得更加清晰，黄诗题为“见子瞻粲字韵诗，和答三人，四返不困而愈崛奇，辄次韵寄彭门三首”[①]。黄庭坚的加入，更多是出于诗艺切磋的意图，因为这次唱和中诗歌的篇幅长度、韵脚的严格限制、诗作的数量要求都对参与者构成了不小的挑战。意料之外的读者使诗歌的传递过程变得更加复杂，诗歌创作的缘起也更加曲折。

有时，诗歌文本的传递并不发生在共时的人际交往中，而是凭借文本物质载体实现诗歌的人际流动，从而触发新的创作。这样诗歌文本之间的关联更加凸显，诗题往往会通过转录全诗或部分诗句的方式提及原诗的存在。元祐守杭期间，苏轼所作的两首送别诗的诗题就是一例：

> 游宝云寺，得唐彦猷为杭州日送客舟中手书一绝句云：“山雨霏微不满空，画船来往疾轻鸿。谁知独卧朱帘里，一榻无尘四面风。”明日，送彦猷之子坰赴鄂州，舟中遇微雨，感叹前事，因和其韵，作两首送之，且归其书唐氏（《东坡集》，第296页）

从诗题来看，苏轼唱和的诗作来自他从宝云寺得到的唐询手书真迹，题中记录了诗作原文，这是唐询知杭期间所作的一首雨中送客诗。巧的是，第二日苏轼也要送别唐询之子赴鄂州，又遇见了和诗中一样的微雨天气，于是他和韵唐询诗两首送别其子，还将真迹也一并物归原主。在苏轼的两首送别诗的创作过程中，唐询的手书真迹成为一个重要的对话文本。同样的情况还有由题壁诗触发的诗歌创作，这类诗歌的诗题也往往因为记录了题壁诗作原文信息，而形成一则长题，如“余过温泉，壁上有诗云：直待众生总无垢，我方清冷混常流。问人，云：长老可遵作。遵已退居圆通，亦作一绝”。（《东坡集》，第236页）

这些诗作从创作契机到写作过程都有人际因素的参与，一首诗触发另一首诗的写作，处在紧密关联的文本链中。文本的关联性也呈现在诗题上，诗题的内容往往由诗歌的人际传递过程或者另一诗歌文本的信息构成，形成长题的现象。

（二）长题与社交场合的诗歌交换

诗歌文本可以在人际交往间流动，引发新的唱和，诗歌本身也在士人的日常生活中承担了重要的社交功能，是人际交往的媒介。在答复邀约、吊贺、迎来送往等重要社交情境中，人际的互动都需要以诗歌的方式完成，日常交往的诗歌互动则更加频繁。由于要通过诗歌表露自己的意图，以具体人际事件为创作语境的诗歌往往会出现长题。

---

① 《山谷诗集注》，第642页。

苏轼在颍州时经常与欧阳修之子欧阳棐、欧阳辩以及陈师道、赵令畤等人往来，留下了不少诗酒邀约之作：

> 次韵赵景贶督两欧阳诗，破陈酒戒一首(《后集》，第 10 册，第 61 页)
>
> 叔弼云，履常不饮，故不作诗，劝履常饮一首(《后集》，第 10 册，第 61—62 页)
>
> 景贶、履常屡有诗，督叔弼、季默唱和，已许诺矣，复以此句挑之(《后集》，第 10 册，第 63 页)

将三则诗题联系起来就能勾勒出这些劝饮、督诗之作的往来过程，每一首诗都为接受者增添了新的人际压力，通过戏谑的方式，诗歌唱和得以继续下去。在这样具体的社交情境下创作的诗歌，具有高度社交性，诗歌意义与情境联系紧密，诗题也必然是对相关事件的描述，如果情境更加复杂，事件更加曲折，诗题的内容也会相应地增加。

诗歌在社交语境中发挥的作用，集中体现于诗歌对物品交换的参与。文人之间的物品交换每一步骤都需要写诗[①]。交换通常都以互相赠送礼物的形式完成，这个过程也伴随着诗歌的交换。收到他人的礼物往往要作诗为谢，送出礼物时也要创作相应的诗歌，苏诗中的部分长题就记录了礼物赠送的过程：

> 文登蓬莱阁下，石壁千丈，为海浪所战，时有碎裂，淘洒岁久，皆圆熟可爱，土人谓此弹子涡也。取数百枚，以养石菖蒲，且作诗遗垂慈堂老人(《东坡集》，第 285 页)

在另外一则诗题里，苏轼也把他得到的文登海石送给了梅子明：

> 轼始于文登海上，得白石数升，如芡实，可作枕。闻梅文嗜石，故以遗其子子明学士，子明有诗，次其韵(《东坡集》，第 285 页)

从这则诗题透露的信息来看，对方应该满意地接受了苏轼的海石，因为对方回寄了谢诗。这样，礼物交换的核心也就体现在诗歌交换之中，通过诗歌，双方的态度、观念、情感都得到了表达。通常情形下，诗歌交换总是一来一回，但涉及更正式的礼物赠送，需要在其中确认双方的交往态度时，诗歌往来过程会变得更加复杂，并表现在诗题中。

① 杨治宜《“自然”之辩：苏轼的有限与不朽》，生活·读书·新知三联书店 2018 年版，第 173 页。

诗歌对物品交换的参与也体现在以诗求物上。以诗求物之作在杜诗中就出现过，杜甫成都草堂时期曾作过一组以诗代简的索物小诗[①]，这类诗歌所求之物往往并不昂贵，带有戏作的性质。苏诗中也有这样的索物诗，如《赵景贶以诗求东斋榜铭，昨日闻都下寄酒来，戏和其韵，求分一壶作润笔也》，苏轼写诗向赵令畤求一壶酒当作润笔费，是因为赵令畤此前已作诗求苏轼为他题写东斋榜铭。可以看到，通过长题记录的求物过程已变得更加详细曲折，而且不仅是索求物品，还包括了文人间经常发生的求字、求铭活动。

为达成具体交换要求而作的诗歌，诗题是对交换条件与过程的说明，往往呈现出较强的叙事性，而且随着事件的发展，随之创作的多篇诗作的题目也呈现出内容上的连续性，形成一组长题。最典型的就是苏轼与好友王诜围绕仇池石展开的一场"笔墨官司"，相关诗作的诗题如下：

> 仆所藏仇池石，希代之宝也，王晋卿以小诗借观，意在于夺，仆不敢不借，然以此诗先之(《后集》，第 10 册，第 125 页)
>
> 王晋卿示诗，欲夺海石，钱穆父、王仲至、蒋颖叔皆次韵。穆、至二公以为不可许，独颖叔不然。今日颖叔见访，亲睹此石之妙，遂悔前语。轼以谓晋卿岂可终闭不予者，若能以韩干二散马易之者，盖可许也。复次前韵(《后集》，第 10 册，第 128—129 页)
>
> 轼欲以石易画，晋卿难之，穆父欲兼取二物，颖叔欲焚画碎石，乃复次前韵，并解三诗之意(《后集》，第 10 册，第 130 页)

王诜引发的这次借石风波，三则诗题进行了详细记录，自始至终，苏轼的仇池石都没有离开家门半步，而彼此间的诗歌往来却已经历了三个回合。第一则诗题的"以此诗先之"，就是苏轼借诗歌施展的拖延术，他让可能发生的物品交换滞留在诗歌交换的层面，迟迟没有进展，从中他可以自如地运用语言技巧、充分调动人际因素，不失礼节地化解危机。毕竟，在权力对比上，身为皇族宗室的王诜也许占据了上风，但在利用诗歌展开辩论上，王诜却显然不是苏轼的敌手。三则诗题呈现了诗歌怎样具体地参与到人际事务的处理中，它们不仅充当了调节双方意愿的渠道，还发挥出"以言行事"的能力，改变了事件的走向。可以想象，在诗歌往来的现场，诗题部分的信息实际上相当于双方通信的内容，事件进展与各方意见在此得到直接清晰的表达，正文部分则利用诗歌修辞术做出进一步据理力争。

---

① 杜甫著，仇兆鳌注《杜诗详注》，中华书局 1979 年版，第 731—734 页。

在这种情况下，作为副文本的诗题与诗歌正文之间的关系已经不同于一般观念上诗题与正文内容的关系，即诗题是正文的表现对象或主旨[①]，诗题已成为一个相对独立的意义空间。

以上举到的长题诗作都具有高度社交性，它们处于经由人际联系形成的文本网络中，与其他诗歌文本有较强的对话性，诗歌创作也是由其他文本触发的；它们也充当人际交往的媒介，在具体的社交情境中发挥特定的作用，诗歌创作与事件发展呈现出彼此推进的互动关系。当诗歌创作的触发、写作过程、阅读与流传都处在活跃的社交语境中，渗透人际因素，呈现出开放的状态时，诗题的内容也会不可避免地复杂化，转变为对社交情境、文本传递过程的描述，充满写作现场的气息。

三、流动的诗题：苏诗长题的再思考

古代诗歌标题意识的产生，与六朝后期的咏物诗创作实践有着密切联系，咏物诗传统中诗题与正文的关系，很大程度上成了后世诗歌制题论展开的基础。咏物诗正文与标题的关系，对应诗歌与描写对象的关系，诗题就是诗歌的描写对象[②]，因此制题应以简净为要。清人方贞观谈到诗歌制题时，认为“立题最是要紧事，总当以简为主，所以留诗地也。使作诗意义必先见于题，则一题足矣，何必作诗？然今人之题，动必数行，盖古人以诗咏题，今人以题合诗也”[③]，他将“简”视为诗歌制题的规范，就是立足于“以诗咏题”的咏物诗传统中诗题与正文之关系得出的结论。在这样的诗题观念影响下，实际诗歌文本中存在的大量长题是一个不得不加以解释与评价的现象。

诗歌长题的起源以及长题制作传统的形成，也是古代诗论家关注的问题，清人乔亿认为长题始自谢灵运：“长题亦权舆于谢，艺苑宗之。”[④]这种观点基本符合现在对长题起源的认识，同时，他也指出长题在诗歌中成为风尚，源于诗人间的相互影响。陈衍《石遗室诗话》列出了更为详细的诗人谱系，“长题如小序，始于大谢，少陵后尚有柳州、杜牧之、李义山诸家……皆长题而无序，非至东坡始仿为之”[⑤]，在他看来，苏诗长题也承接了谢灵运以

---

① 这种关于诗歌标题的看法应该是唐宋时期标题论的主流观点，相关讨论见〔日〕浅见洋二《标题的诗学——宋代文人的“著题”论及其源流》，收于氏著，金程宇、冈田千穗译《距离与想象：中国诗学的唐宋转型》，复旦大学出版社2005年版。

② 《距离与想象：中国诗学的唐宋转型》，第268、272页。

③ 方贞观《方南堂先生辍锻录》，见郭绍虞编选，富寿荪校点《清诗话续编》，上海古籍出版社1983年版，第1942页。

④ 乔亿《剑溪说诗》卷下，见《清诗话续编》，第1103页。

⑤ 陈衍著，郑朝宗、石文英校点《石遗室诗话》，人民文学出版社2004年版，第363页。

来的长题制作传统。长题在重要诗人作品中持续的出现，使其艺术价值上的合理性得到确认，尽管后世诗论家对长题持有否定态度，苏诗长题仍被视为诗歌制题之一体，清人黄培芳《香石诗话》有“命题总以简当为贵，至宋人始多长题，东坡最讲此法，初学不能究，不若以简为贵，其不能明者，另撰小序可也”[①]，就是这种观点的体现。

但关于长题的讨论也存在其他看法，陈衍《石遗室诗话》引用到一则说法：“杜亭说杜，谓《苏大侍御访江浦赋八韵记异》一首，是逸去元题，《草堂》本遂以小序为题，别本有此题者，乃是后人增耳。五律中《天宝初南曹小司寇舅，于我太夫人堂下垒土为山》云云亦是小序之文。东坡每仿此为长题，究非诗家正式。”[②]这段话从文献角度为长题的产生提供了另一种解释，其认为杜诗中的长题是在诗作流传中逸去了本题后，以小序为题的结果，而苏诗长题则模仿了此类产生于集本环节的长题，并不是诗歌制题的正格。虽然引用这则材料的陈衍并不赞同这一观点，并举出大量诗例说明长题是诗歌中一直存在的现象，但结合苏诗长题的实际状况，这种观点也揭示出了长题产生的一种路径。

在通常的观念中，一首诗必然会有一个确定的诗题，诗题与正文一样都是诗人结撰的结果，对诗题的分析也着眼于诗人制题的构思。在苏诗长题的认识与评价上，论者也大多从苏诗长题的既有文本形态出发，探讨长题这一形式达到的效果。这种分析模式事实上将诗题扁平化，忽视了长题自身的生成过程，也遮蔽了从实际诗歌创作现场到最终的集本呈现之间，可能存在的种种因素对诗题形态的塑造。对此，笔者想引用热衷于苏轼诗文手迹、石刻收藏的翁方纲在《复初斋文集》中记录的一段苏诗手迹辨伪文字，以呈现诗题在实际创作与诗集编纂中的具体情况：

> 予应之曰：“若东坡有两草稿亦未可知；若无两草稿，则彼伪而此真。”客曰：“何以知之?”予曰：“以桐石之诗知之。其题曰：《定惠院月夜偶出》及《次韵前篇》。二诗草稿，真迹初无题目，古人作诗未有先写题而后作诗者。且此二诗尤不应先写题，前一首题曰《月夜偶出》，而此篇只言月夜，直至第二篇末乃说明偶出，所以两篇是一时所作，原本必无分为两篇之理也。其次篇之题乃后来补写，或先生所缀，或后人所加，皆未可知，要之脱稿时必未尝先写题也。……故曰彼伪而此真也。且以愚度之，此二诗之点明偶出，全在次篇末二句，而当其月夜徘徊，信手书稿，至次篇之第九韵，乃稍稍停歇，迨末句既成，则遂不复登录，是乃当日真情景也。正惟此迹无末二句，乃有此情

① 黄培芳《香石诗话》，见《续修四库全书》集部第1706册，上海古籍出版社1995年版，第187页。

② 《石遗室诗话》，第363页。

景可寻，而后此二诗之骨节通贯，不特足以证是本之真而已。”[①]

这段文字记录了翁方纲辨别《定惠院寓居月夜偶出》两份手迹真伪的过程，他的分析很大程度上依据了手稿呈现的诗题形态，认为未写诗题的诗稿更符合创作当日的诗题形态，因此是真迹。其中透露的对诗题的理解值得注意，翁方纲辨伪苏诗手迹的前提，就是“古人作诗未有先写题而后作诗者”，这种说法固然理想化，却是从诗人实际创作角度看待诗题与正文，由此，后文借助苏诗手迹中诗题与正文的形态，展开了对诗歌创作“当日真情景”的推想，通过对手稿留下的创作现场痕迹的捕捉，还原诗歌文本的生成过程。

像这样先有诗后有题、有诗无题的状况也正切合许多诗歌的创作实际。从苏诗长题来看，有些诗题就是由其他内容承担的，取决于诗歌原初文本的书写形式及用途，诗歌本身并没有一个明确的诗题。而参与到人际交换中的赠诗、题诗、代书诗作最初很可能只有诗歌正文，并不需要诗题，后来进行搜集整理、编入诗集时才需要有诗题，使得背景信息转化到诗题部分。因此最终形成的诗歌长题，很大程度上突破了“以诗咏题”所要求的诗题与正文内容之间的紧密逻辑联系，成为相对独立的存在。另外，这段文字中，翁方纲也提到次篇诗作的题目可能来自苏轼重书诗作时所加，或是后人所加，再次说明了诗题会经由作者或他人被再次创作，并非以固定的状态存在，自书诗作、诗歌编集的过程都会导致诗题的变化。自书诗作的情况在苏轼身上更加复杂，据文献记载，苏轼本人会把自己创作的诗歌誊录多份，除了自己保存，还会分赠给他人。这个过程中根据交际的需要改动诗题，或者在诗歌正文以外增加新的文字内容，都可能促使诗歌长题的生成。

集本中苏诗长题的大量存在与诗集编纂过程还有另外的联系。对比前代杜甫、白居易集中的长题，就会发现苏诗中的长题内容更加随意散漫，具有即时性的特点，保留了很多诗歌原初文本与私人化社交现场的信息。而与之同时代的黄庭坚、陈师道等人则通过诗集编纂中严格的删改行为，隐去诗歌本事，诗集中的长题比例相对于苏诗也有明显的下降[②]。这意味着苏轼诗集并没有经历如此严格的编纂活动，更大程度地呈现了苏诗原初文本的面貌，保留了记录各种各样信息的诗歌副文本。就苏诗编辑情况而言，苏轼生前编刊的单行诗集多出自他人之手，苏辙《亡兄子瞻端明墓志铭》中著录的“东坡六集”一般认为都经过了苏轼本人的整理[③]，但编纂过程并没有留下直接的文献记录。后世补编苏诗的文本来源主要是苏轼的手迹、石刻、拓片等文本，能够一定程度上呈现诗歌的原初面貌。

① 四川大学中文系唐宋文学研究室《苏轼资料汇编》，中华书局1994年版，第1378—1379页。

② 赵鑫《轻本事而重艺术——论黄庭坚、陈师道的诗题演变与文本删改》，《文学遗产》2020年第3期。

③ 曾枣庄《苏轼著述生前编刻情况考略》，《中华文史论丛》1984年第4辑。

可以说，苏诗长题现象表现得如此明显，也是因为负载着写作现场信息的大量文字没有在编纂的过程中被删改。

目前苏诗长题研究往往从叙事意识的角度看待长题，这并不足以揭示苏诗长题的整体情况。就具体文本来看，苏诗长题呈现出不同的类型，有些长题是精心制作、以题存事的结果，但还有很多长题并不具备明显的叙事性，只是加入了详细的人名、他人的诗句，以及诗歌文本抄录、书写、寄送的相关信息，溢出了叙事功能的解释框架，另外一些则明显带有诗歌原初文本的痕迹，对大段文字的保留可能只是出于诗集编纂者保存原貌的动机。苏诗长题整体呈现的特点，也启发我们重新理解诗题制作的过程。将诗题从写作现场到诗集编纂环节所经历的动态生成过程引入对长题现象的考察，就能认识到苏诗长题现象背后的文本转换过程与诗歌写作机制的变化，为理解长题提供新的维度。

四、余　论

长题数量多、比重大是苏诗诗题的一个突出特征，按照已有的理解，长题是苏轼在创作过程中有意制作的结果，是叙事意识与艺术构思在诗题上的体现。通过对苏诗长题文本的分析，我们发现长题有着更复杂的生成机制，具体诗题呈现的多样形态无法用叙事性这一框架予以简单化的解释。

本文将诗题生成的动态过程引入对苏诗长题现象的考察，认为苏诗长题部分来自诗集编纂时，原初文本形态向集本体例规范转化的变形过程；同时，苏诗长题大量出现在具有高度社交性的诗作中，诗歌社交功能的发挥也影响到诗题的形态，这些活跃于人际网络与事件中的诗歌，其实际写作与交换的过程往往并不需要诗题，进入集本时，才形成了带有写作现场信息的长题。

对苏诗长题的研究还可以继续深入，众多的长题看似形态不一，但在构题方式上又呈现出类别化的特点，这可能会为理解长题提供一个新维度。虽然本文对苏诗长题的分析意在突破长题与叙事性的惯性联系，但也不得不承认，从集本长题呈现的状态来看，苏轼不同时期的诗歌长题在叙事意识上也存在着强与弱的区别。关注到具体诗作层面长题呈现的差异性，或许可以为长题研究打开更多的空间。

（作者简介：胡嗣男，华中师范大学文学院硕士研究生；林岩，华中师范大学文学院教授，发表论文有《晚年陆游的乡居身份与自我意识——兼及南宋“退居型士大夫”的提出》等。）

刘辰翁评点陶渊明诗歌述论*

焦印亭

内容摘要：宋元之交评点大师刘辰翁批点过诸多散文、诗歌，现存唯一评点唐前诗人是陶渊明。刘辰翁批点陶渊明诗刊本最早著录于明人赵琦美《脉望馆书目》中，但此本国内无存。依据朝鲜成宋十四年(1480)晋州收刊本，可考察其版式、内容，辑录、整理其具体评点，辨正已有研究中的误读、误解，进而管窥刘辰翁之评点特色，丰富陶渊明诗歌和陶渊明研究史的研究。

关键词：刘辰翁　评点　陶诗

一

刘辰翁(1232—1297)，字会孟，号须溪，庐陵人，宋景定三年(262)进士，辛派词人的后劲，著名的遗民，他对《世说新语》的评点，开了明清诗歌、小说、戏曲评点之先河。罗根泽先生称之为中国文学批评史上“全副精神，从事评点第一人”①。他评点的对象涉及诗歌、散文、小说，内容包括经部、史部、子部、集部各个方面，收录其评点的著作计有《大戴礼记》、《越绝书》、《班马异同评》、《史记评林》、《汉书评林》、《史汉方驾》、《荀子》、《阴符经》、《老子道德经》、《庄子南华真经》、《南华经》、《列子冲虚真经》、《鬳斋三子口义》、陶渊明诗、李贺诗、王维诗、孟浩然诗、韦应物诗、孟郊诗、李白诗、杜甫诗、《刘辰翁批点三唐人诗集》、《韦孟全集》、《王孟诗评》、《盛唐四名家集》、《文选》诗、《古今诗统》、《兴观集》、《唐诗品汇》、《删补唐诗选脉笺释会通评林》、王安石诗、苏轼诗、陈与义诗、陆游诗、汪元量诗、《合刻宋刘须溪点校书九种》、《世说新语》、《广成子》、《古三坟》等三十余种，他的评点已成为这些著作版本流传中的重要组成部分，并被第一至四批《国家珍贵古籍名录图录》收录。

---

* 本文系国家社会科学基金重大项目“二十世纪以来日本学者中国古典诗学研究目录汇编与学术史考察”(20&ZD288)阶段性成果。

① 罗根泽《中国文学批评史》第三册，上海古籍出版社 1984 年版，第 263 页。

在他之前，没人像他那样能对诗歌、散文、小说进行广泛而深入的评点，他无疑在文学评点历史上占有相当重要的地位，是中国历史上第一个文学评点大师①。

其评点前人评价颇高，如元人吴澄《大西山白云集序》赞曰："近年庐陵刘会孟，于诸家诗融液贯彻，评论造极。"②欧阳玄亦有类似的见解："宋末须溪刘会孟出于庐陵，适科目废，士子专意学诗，会孟点校诸家甚精，而自作多奇崛，众翕然宗之，于是诗又一变矣。"③明人胡应麟将其与严羽、高棅并称："严羽卿之诗品，独探玄珠；刘会孟之诗评，深会理窟；高廷礼之诗选，精极权衡。三君皆具大力量，大识见，第自运俱未逮。"又说："刘辰翁虽道越中庸，其玄见邃览，往往绝人，自是教外别传，骚坛巨目。"④明人胡震亨也很推崇刘辰翁的评点："宋人诗不如唐，诗话胜唐。南宋人及元人诗话，又胜宋初人。如严之吟卷，刘之诗评，解会超矣。"⑤刘辰翁与同时代的方回并为宋末元初有代表性的评点家，"一生评点之书甚多……坊估刻以射利，士林靡然向风"⑥。

刘辰翁从事文学评点的时间大约在德祐(1275—1276)年间。这在他评点著作的题记中，可以得到证实，宋本《须溪先生校点韦苏州集》十卷拾遗一卷中云："德祐初，初秋看二集，并记。"其子刘将孙《刻长吉诗序》中亦云："先君子须溪先生于评诸家诗最先长吉，盖乙亥避地山中，无以纾思寄怀，始有意留眼目，开后来，自长吉而后及于诸家。尚恨书本白地狭，旁注不尽意，开示其微，使览者隅反神悟，不能细论也。"⑦可见刘辰翁的评点是在德祐乙亥(1275)以后进行的。此时，宋朝的大势已去，刘辰翁感觉回天乏术，无能为力，也就"知其不可而不为"，托迹方外，但作为深受理学濡染的一介儒生，进不能以武力安邦，退不能放情山水，忘却尘世；更不能出仕元朝，沦为贰臣，因此其心情是极为悲伤、苦闷和彷徨的。他的这一心境，其子刘将孙曾云："先生登第十五年，立朝不满月，外庸无一考。当晦明绝续之交，胸中郁郁者一泄之于诗。其盘礴襞积而不得吐者，借文以自宣。脱于口者，曾不经意。其引而不发者，又何其极也。"⑧

刘辰翁对诗歌的评点多集中在唐、宋，尤其以唐代诗人居多。但从现存的文献记录中可以发现，他对先唐的陶渊明和阮籍的诗歌亦进行过评点，现存唯一评点过的唐前诗人是

① 孙琴安《中国评点文学史》，上海社会科学院出版社 1999 年版，第 70 页。

② 吴澄《吴文正集》卷一八，见《文渊阁四库全书》集部 1197 册，台湾商务印书馆 1986 年版，第 202 页。

③ 欧阳玄《圭斋文集》卷八《罗舜美诗序》，见《文渊阁四库全书》集部 1210 册，台湾商务印书馆 1986 年版。

④ 胡应麟《诗薮》，上海古籍出版社 1979 年版，第 191 页。

⑤ 胡震亨《唐音癸签》，上海古籍出版社 1981 年版，第 332 页。

⑥ 叶德辉《书林清话》，中华书局 1957 年版，第 33 页。

⑦ 刘将孙《养吾斋集》卷九《刻长吉诗序》，见《文渊阁四库全书》集部 1199 册，台湾商务印书馆 1986 年版，第 80 页。

⑧ 刘将孙《养吾斋集》卷十一《须溪先生集序》，见《文渊阁四库全书》集部 1199 册，第 99 页。

陶渊明。刘辰翁对陶渊明诗颇有偏爱，在他评点唐宋诗歌时，多将陶诗作为参照和标准。如评李白《春日醉起言志》：“流丽酣畅，欲胜渊明者，以其尤易也。诗皆如此，何以沉着为哉。”[①]评王维《送友人归山歌二首》其二：“宋玉之下，渊明之上，甚似晋人，不知者以为气短，知者以为《琴操》之余音也。”[②]评储光羲的《田家杂兴八首》其二曰“渊明之趣”[③]，其八云“比陶差健而瞻然，各自好”[④]。评韦应物《效陶彭泽》：“苏州诗去陶自近，至效陶，则复取王夷甫语用之，故知晋人无不有风致，可爱也。”[⑤]评《和耿天骘同游定林寺》：“近陶。”[⑥]评柳宗元《晨诣超师院读禅经》：“妙处言不可尽，然去渊明尚远，是唐诗中转换耳。”[⑦]《觉衰》“但愿得美酒，朋友常共斟”下：“其最近陶，然意尤佳。”[⑧]

在《虎溪莲社堂记》中，明确地表达了自己对陶渊明诗的独特感情：

> 予尤以贫似渊明，独诵其诗辞，百世下仿佛求一语不可得，以此愧恨。天其以予畸于彼而合于此，牵帅山水，至此逋播耶？何虎溪同、莲社同，道人相得又同？志为此堂记。甲子，则予与渊明命也，亦本无高处，正自不得不尔。“八表同昏，平路伊阻”，诵《停云》此语，泪下沾土，何能无情？……是年为德祐二年二日戊午社。[⑨]

刘辰翁不仅仅欣赏陶诗的艺术，更多则是对陶渊明气节品格的激赏与仰慕，以陶渊明固穷守节为楷模。其后裔刘为先《续刻须溪先生集略序》中亦认识到：

> 诸书多所评点。……因忆当赵宋社屋之后，信国知其不可而为之，先生知其不可而不为，挂冠史馆，诡迹方外，而惟是放于笔墨，作悲愤无聊之语，无地不记，无书不评，夫岂以文章显哉！盖亦托文章以隐耳。张孟浩比之伯夷、陶潜，诚论其世以知其人，读其文章以知其节意。……千载上下，真同一避世之心也。[⑩]

---

① 高棅《唐诗品汇》卷六，上海古籍出版社 1982 年版，第 108 页。

② 《唐诗品汇》卷三十，第 323 页。

③④ 《唐诗品汇》卷十，第 143、144 页。

⑤ 《唐诗品汇》卷十四，第 173 页。

⑥ 元刊本《须溪先生校本韦苏州集》卷五。

⑦ 《唐诗品汇》卷十五，第 186 页。

⑧ 《唐诗品汇》卷十五，第 187 页。

⑨ 段大林《刘辰翁集》，江西人民出版社 1987 年版，第 84 页。

⑩ 《刘辰翁集·附录》，第 466 页。

明代陈继儒在《刘须溪评点九种书序》中对刘辰翁评点批书的心态剖析得更为细致：

> 当宋家末造之时，八表同昏，四国交阻，刀槊曜日，烽烟翳天，车铎马铃，半夜戛戛驰枕上，老书生辈偷从墙隙户窦窥噤，莫敢正视。先生何缘得此清暇，复美笔椠文史耶？抑亦德祐前应举所读书也。德祐以后，军学十哲像左衽矣，万里以故相赴止水死矣，文文山入卫，征勤王师，无一人一骑至矣。大势已去，莫可谁何。先生进不能为健侠执铁缠矟，退不能为逋人采山钓水，又不忍为叛臣降将，孤负赵氏三百年养士之厚恩。仅以数种残书，且讽且诵，且阅且批，且自宽于覆巢沸鼎、须臾无死之间。正如微子之麦秀，屈子之离骚。非笑非啼、非无意非有意，姑以代裂眦痛哭云耳。……须溪笔端有临济择法眼，有阴长返魂丹，又有麻姑搔背爪，艺林得此，重辟混沌乾坤。第想先生造次避乱时，何暇为后人留读书种？更何暇为后人留读书法？而解者咀其异味异趣，遂谓先生优游文史，微涉风流，虽生于宋季，而实类晋人。得无未考其世乎？[①]

刘辰翁的文学评点是其侘傺无聊之日的寄托，借他人之酒杯，浇自己胸中之块垒。他无力改变时局，但又不甘心于被异族统治，内心极为复杂痛苦和无奈，故借诗文评点来“纾思寄怀”，表达自己的思想倾向。故从其评点中我们不仅能看到他在艺术形式方面的真知灼见，更能从字里行间感受到他对时代离乱的哀伤和品格气节的激扬。如《世说新语》卷下《企羡第十六》第二则：“王丞相过江，自说昔在洛水边数与裴成公、阮千里诸贤共谈道。羊曼曰：‘人久以此许卿，何须复尔？’王曰：‘亦不言我须此，但欲尔时不可得耳。’”刘辰翁批云：“至无紧要语，怀抱相似。”[②]王导所言，看似无关紧要，但实际上流露了深深的故国之痛，这种与刘辰翁所处时代相似的兴亡之悲，激起其感情上的共鸣，而生“怀抱相似”的感慨。《韦苏州集》卷八《九日》：“今朝把酒复惆怅，忆在杜陵田舍时。明年九日知何处，世难还家未有期。”刘辰翁的批语为：“可悲。伤世与余同患，亦似同吟。”[③]在此，刘辰翁通过评点抒发了个人的愁绪。其他如《集千家注批点杜工部诗集》卷六《寄岳州贾司马六丈巴州严八使君两阁老五十韵》“此时沾奉引，佳气拂周旋”句下，刘辰翁批为：“描摸老成。乱来读此十字哀痛来生。”《集千家注批点杜工部诗集》卷十《遣忧》“乱离知又甚，消息苦难真。受谏无今日，临危忆古人”句下，刘辰翁的批语为：“如此苦语，无限哀愁。忠臣更事之感，后世之痛，百世同之。”《须溪批点李壁注王荆公诗》卷十一《朝日一曝背》“弹作《南风

① 陈继儒《晚香堂集》卷一，见《四库禁毁书丛刊》集部六十六册，北京出版社 1998 年版，第 551—552 页。
② 《世说新语》三卷，明万历刻本。
③ 元刊本《须溪先生校本韦苏州集》卷八。

歌》，歌罢坐长叹”句下，刘辰翁的批语为：“俯仰自足，而有忧世之心，非为已饥己寒也。”“寤被栖栖者，遗世良独难”句下，刘辰翁批为：“语不多而怨长。”基于此，揭傒斯曾高度评价刘辰翁的评点：“须溪衰世之作也，然其评诗，数百之间一人而已。”[①]当今学者指出：“揭示诗歌沉着的悲剧精神和巨大的悲剧感染力是刘辰翁评点的重要内容。”[②]刘辰翁借评点以寄情志，评点是其抒发被压抑的感情的载体，因此，有学者认为，“刘辰翁亦透过遍览群书的评点过程，进行一连串抚平心灵遭逢家国倾覆悲痛之自我疗伤，透过文学阅读与书写的烙印，即是返照自身幽微的一种生命治疗”[③]。

二

根据历代书目的记载，记录刘辰翁批校之陶渊明诗，只有明人赵琦美《脉望馆书目》“吕字号·万历四十一年十一月十二日两儿于常州带归续赠书”的著录：《陶渊明诗刘须溪批点》二本[④]。但遗憾的是，《陶渊明诗刘须溪批点》本国内现在无存。我们能见到的是域外的朝鲜刊本，书名为《须溪校本陶渊明诗集》。此本苏晓威《日本藏两种稀见陶渊明集朝鲜版本考述》与卞东波《日韩所刊珍本〈陶渊明集〉丛考》两文已经述及，但两文限于论述的重点与中心，比较简略，尚有一些方面没有涉及和展开，还有不够明朗之处，略述已见，求教于二位先生及方家。

记载朝鲜刊本《须溪校本陶渊明诗集》的均为日本、朝鲜的书目，如涩江全善、森立之《经籍访古志》和李仁荣《清芬室书目》。此本为朝鲜成宗十四年(1483)晋州牧刻本，每半页十行十六字，注文小字双行，每半页有界栏，白口，双黑鱼尾，四周双边。卷首有梁昭明太子萧统《靖节先生集序》，内容分卷上、卷中、卷下三部分，末尾有尹晢《新刊靖节先生诗集跋》，文末有“次前沙斤道驿丞郑瑞书，户长郑自良刻”两行字。这两行字与跋文间，另起一行顶格有“圆光寺常住”字样。共收诗118首，文2篇。目录中的大部分篇名较长者均使用简略，如卷中《巳酉岁九月九日》简称为《九日》，《乙巳岁三月为建威参军使都经钱溪》简称为《经钱溪》，《戊申岁六月中遇火》简称为《遇火》。其中：卷上诗歌40首(《停云》、《时运》、《荣木》、《赠长沙公族祖》、《酬丁柴桑》、《答庞参军(一)》、《劝农》、《命子》、《归鸟》、《形赠影》、《影答形》、《神释》、《九日闲居》、《归园田居》(6首)、《问来使》、《游斜川》、《示周续

---

① 揭傒斯著，李梦生标校《揭傒斯全集》，上海古籍出版社2012年版，第304页。

② 周兴陆《刘辰翁诗歌评点的理论和实践》，《华中师范大学学报》1996年第2期。

③ 赖静玫《刘辰翁诗歌评点论析——以唐代诗歌为研究中心》，台湾淡江大学2003年硕士论文，第123页。

④ 冯惠民、李万健《明人书目题跋丛刊》，书目文献出版社1994年版，第1486页。

之祖企谢景夷》、《乞食》、《诸人共游周家暮柏下》、《怨诗楚调示庞主簿邓治中》、《答庞参军(二)》、《五月旦作和戴主簿》、《连雨独饮》、《移居》(2首)、《和刘柴桑》、《酬刘柴桑》、《和郭主簿》(2首)、《送客》、《与殷晋安别》、《赠羊长史》、《和张长侍》、《和胡西曹》、《悲从弟》);卷中诗歌30首(《始作镇军参军经曲阿》、《阻风于规林》(2首)、《还江陵夜行途中》、《始春怀古田舍》(2首)、《经钱溪》、《还旧居》、《遇火》、《九日》、《于西田获早稻》、《于下潠田舍获》、《饮酒》(12首)、《止酒》、《述酒》、《责子》、《有会而作》、《腊日》、《四时》);卷下诗歌48首、文2篇(《拟古》(9首)、《杂诗》(12首)、《咏贫士》(7首)、《咏二疏》、《咏三良》、《咏荆轲》、《读山海经》(13首)、《拟挽歌辞》(3首)、《连句》、《桃花源记》、《归去来兮辞》)。该本字迹不太工整,有多页漫漶不清,尤其是双行小字更是难以辨识,如卷下《咏二疏》《咏三良》《咏荆轲》《读山海经》一片模糊,《桃花源记》部分模糊,还有一片儿空白。目录《问来使》"问"误作"门",《始作镇军参军经曲阿》"镇"字后漏了"军",《读山海经》其十"刑天舞干戚","舞"误作"无","《桃花源记》并诗"目录与正文均误作"《桃花源诗》并记"。此本虽然存在缺憾,但有诸多内容不见于中国刊本,因此仍具有很高的文献与版本价值。

此本有一明显的外部特征为诗句旁边使用三种符号:大的"○"符号,连续的小"○"符号与"、"符号。这三类符号出现的次数不少,方式并不固定,或一首诗中只出现一种符号,或一首诗中同时出现两种符号,二者在使用上没有明显差异,根据现存刘辰翁唐宋诸家诗评点本推断,这应是刘辰翁欣赏与心仪的诗句。另有十四处文字评点。具体情况如下:

卷次	大的"○"符号	连续小的"○"与"、"符号并用	连续的小的"、"符号	评点
卷上	《停云》,《时运》,《荣木》,《赠长沙公族祖》,《酬丁柴桑》,《答庞参军》一,《劝农》,《命子》,《归鸟》	《连雨独饮》	《形赠影》、《影答形》、《神释》、《九日闲居》、《归园田居》(其一、二、三、五)、《游斜川》、《乞食》、《诸人共游周家暮柏下》、《怨诗楚调示庞主簿邓治中》、《移居》(2首)、《和刘柴桑》、《和刘柴桑》、《酬刘柴桑》、《和郭主簿》(2首)、《送客》、《与殷晋安别》、《赠羊长史》、《和张长侍》、《和胡西曹》、《悲从弟》	《赠羊长史》
卷中		《饮酒》其一、五、八、十四	《始作镇军参军经曲阿》、《始春怀古田舍》(2首)、《还旧居》、《九日》、《于西田获早稻》、《饮酒》(其三、四、九、十、十一、十三、十五、十六、十七、十八、十九、二十)、《止酒》、《责子》、《有会而作》、《腊日》	《饮酒》其十一、十七、十八、二十,《述酒》,《四时》

续表

卷次	大的“○”符号	连续小的“○”与“、”符号并用	连续的小的“、”符号	评点
卷下		《拟古》其一、四,《杂诗》其一、	《拟古》(其二、五、六、七、八、九)、《杂诗》(其二、三、四、五、六、七、八)、《咏贫士》(其一、二、三)、《读山海经》(其六、八)、《拟挽歌辞》其(一、二、三)、《桃花源记》并诗	《拟古》其二、三、八,《杂诗》其一,《读山海经》其十,《拟挽歌辞》其二,《归去来兮辞》

此本最有价值之处是收录了14条刘辰翁的评点,弥补了国内刊本没有刘辰翁评点的缺憾,具有极高的文献价值,借此我们可以管窥刘辰翁之评点,丰富陶诗的研究史。评点内容如下:

卷上

《赠羊长史》篇末:此诗其晋宋之际乎?

卷中

《饮酒》其十一“人当解意表”句下:解意表,即遗其外也。

《饮酒》其十七“含薰待清风”下:亦非无意,知己。篇末:终不足为用。

《饮酒》其十八篇末:自任亦高。

《饮酒》其二十篇末:未寄恨如此,岂云旷然?

《述酒》题下:止酒戏言,后必复有破戒,故云述酒,借其阚此。

《四时》篇末:四言尚可,即五言此见子语无异,可谓警■。

卷下

《拟古》其二篇末:风概修然,读其诗,想其人,岂独肮脏。

其三篇末:兴托固高,来如不迫。

其八篇末:从田子春□此,委见其意。豪杰之士不能无情,诿为达者,望得其似。

《杂诗》其一“落地为兄弟,何必骨肉亲”下:儒者以为亲善逢者,此为未达以前。

《读山海经》其十“刑天舞干戚”下:但刑天岂不可解,何必迁就异闻?

《拟挽歌辞》其二“今宿荒草香”下:有荒直无人,正筵燕之句。

《归去来兮辞》篇末:渊明诗种桑得田多而时时豪意愤然,亦□知者怀山谷“凄其望诸葛”之句，仿佛[此处]只直以其名字附会耳。

上述评点主要侧重于诗人和诗风的评价，其次讨论诗歌的内容、主旨、诗意，再次是说明作品的写作年代。从其上述评语中可以感知其陶诗评点“不着力于语义的辨析、语源的考证和本事的索引，而多关注于自己‘反复作者深意’后的真切体验，其评点多从读者接受的角度来进行，注重读者的感受与联想，他的很多评语就是叙述个人阅读的感发和联想，因此刘辰翁的评语一半是论诗，一半是叙述自己的感受”①。与其对唐宋诸家诗歌的评点风格如出一辙。

刘辰翁评点陶诗的意义在于：他对陶诗文本的批点，都是围绕着文本背后的作者而展开。句子旁边加上圆点或其他符号，以引起读者注意，对诗句作简短而又精彩的分析与品论，能抓住要点，帮助读者理解鉴赏作品，引导读者准确阅读而通作者之意。其借评点以寄情志，抚慰家国倾覆之悲痛，仰慕陶渊明的气节与作为，可谓“以能通作者之心，开览者之意也。……有关于世道，有益于文章”②。他对陶诗的评点，十分注意自然天成之作，对用平淡的语言刻画生活真实的诗歌特别赞赏，准确把握了陶诗平淡但不平庸的特征。其评点形式超越了文字特殊的分析形式，评语所论十分鲜活，需去揣摩，拓宽了对陶诗的批评和鉴赏方法，展示了一种新的阐释解读文本的可能性，使读者在评点的指引下生发扩充陶诗文本的意义。和一般诗话对陶诗的评论也完全不同，诗话单纯是批评家的感想与议论，没有作者、读者的积极参与。也比习见的选本、总集多了一种借鉴，读者于阅读中可以相互比照参考，其评点把作者、读者、批评家三者紧密联系在一起，使诗人创作文本的生发拓展、读者的理解接受、批评者的参与达到最大化与最优化的统一。

三

评点之外还有文字校勘与注音，如卷上《游斜川》“气和天惟澄”，校云：“惟，一作微。”《停云》“樽湛新醪”，注云：“湛，读曰沉。”《酬丁柴桑》题下：“柴桑，浔阳故里。”卷中《癸卯岁始春怀古田舍二首》其一“冷风送余善”句下校记：“一作风送余寒善。”文字校勘内容的数量较少且比较粗疏，有学者认为这些文字校勘与注音出自刘辰翁之手，其实不然。刘辰翁的评点是一种完全不同于注解的客观冷静诠释方式，是站在读者的立场、带有强烈主观色

① 焦印亭《刘辰翁研究》，四川大学2007年博士论文，第170页。

② 袁无涯《忠义水浒传发凡》，见马蹄疾辑录《水浒资料汇编》，中华书局1980年版，第12—13页。

彩的解读。刘辰翁曾在诸多诗歌评点中屡屡表达对注解的不屑与鄙视。其态度是"观诗信注,岂不谬哉"[①]。他多次表达出对注诗者牵强附会、烦琐考证、故作高深的批判态度。如:《须溪批点选注杜工部诗》卷一《赠李白》批曰:"旧解屑屑难合,此其至浅者。"[②]《集千家注批点杜工部诗集》卷四《初月》:"光细弦初上,影斜轮未安。微升古塞外,已隐暮云端。"后批曰:"凡诗未尝无所托,第不知注者之谬。"《须溪批点选注杜工部诗》卷九《成都府》下评点:"语次写景,注者屑屑附会,可厌。"《须溪批点选注杜工部诗》卷十《漫兴九首》其七评点:"平常景,多少幽意,为小儒牵强解了,读之可憎。"在刘辰翁看来许多作品根本无法用文字来进行阐释和解析,只能靠读者的感受和意会来把握。故认为诗歌"不可注、不必注"。如在评点《南华经》卷三《人间世第四》中曾说:"此处难以贴说解注,当自得之。盖至于气与符则精矣,不容言矣。"[③]《集千家注批点补遗杜工部诗集》卷七《漫兴九首》其九"谁谓朝来不作意,狂风挽断最长条"句下,刘辰翁批语为:"野人漫兴,深入情尽,岂复有能注者?"刘辰翁何以用"不可注"来评点,其子刘将孙在《杜工部诗集序》中有详尽的解释:

> 独为注本言之:注杜诗如注《庄子》,盖谓众人事、眼前语,一出尽变。事外意、意外事,一语而破无尽之书,一字而含无涯之味。或可评不可注,或不必注,或不当注。举之不可偏,执之不可著,常辞不极于情,故事不给予弗也。[④]

在此,刘将孙剖析了诗歌"不可注""不必注""不当注"的重要原因,从一个侧面说明了刘辰翁的评点,自觉划清了与注解的界限,在评点史上具有划时代的意义。刘辰翁不事注解最突出的例证是对王荆公李壁注的删节。宋亡后刘辰翁为教授门生子弟,曾取此书进行评点,认为李壁注太繁,对其做了删节,其子刘将孙作所做之序道出了原委:

> 李笺比注家异者,间及诗意;不能尽脱窠臼者,尚袭常眩博。每句字附会肤引,常言常语亦跋涉经史。先君子须溪先生于诗喜荆公,尝点评李注本,删其繁,以付门生儿子。安成王士吉往以少俊及门有闻,日以书来订,请曰:"刻荆公诗,以评点附句下,以雁湖注意与事确者类篇次,愿序之。"于是荆公诗灿然行世矣。[⑤]

① 《王状元集诸家注分类东坡先生诗》卷十九《用前韵再和霍大夫》"行看凤尾诏,却下虎头舟"句注后,元刊本。

② 《须溪批点选注杜工部诗》,明正德四年云根书屋刻本。

③ 刘将孙《杜工部集序》,《集千家注批点补遗杜工部诗集》卷首,台北大通书局 1974 年版。

④ 《南华经》,明凌氏刻四色套印本。

⑤ 刘将孙《王荆文公年谱序》,见王安石撰,刘成国点校《王安石文集》,中华书局 2021 年版,第 1941 页。

对李壁之注，刘辰翁的评点涉及面颇广，指出其有失注者，有不必注者，有不当注者，有注烦琐者，更多的是对李壁之注的不以为然。对刘辰翁评点“不事训诂”和注释的特点，前人给予了高度评价，清人阮元《杜诗集评序》云：“评杜者，自刘辰翁须溪始。辰翁铺陈终始，排比声韵，不事训诂，最得论诗体例。”[①]

此外刘辰翁在评点陈与义诗时还删节过胡稚的笺注，从现存刘辰翁对48位唐代诗人与5位宋代著名诗人的评点中，没有一处关涉文字校勘与注音释词，故此类内容当为刊刻者所为。

《经籍访古志》卷六著录了《须溪校本陶渊明诗集》：“朝鲜国刊本，青归书屋藏。首有梁昭明太子序及目录，卷首题须溪校本陶渊明诗集卷上，次行靖节先生陶元亮。每半版十行，行十六字，界长六寸四分，幅四寸六分，末有成化癸卯平尹晢希点新刊跋，又题‘前沙斤道驿丞郑瑞书、户长郑自良刻’数字。”[②]日本人桥川时雄的《陶集版本源流考》也述及了刘辰翁批校的陶渊明文集，其书卷六云：“明成化刊，刘须溪校本，在朝鲜仿刻之大字本，未详仿刻年月，原本与韦苏州本合编。”[③]朝鲜本《须溪校本陶渊明诗集》日本国立国会图书馆、韩国首尔大学奎章阁、忠南大学图书馆收藏。国内有影印本，分别收在周斌、杨华主编，巴蜀书社出版的《陶渊明集版本荟萃》(下册)与人民出版社、西南师大出版社联合出版的《域外汉籍珍本文库》第三辑的集部，二者几乎完全相同，连版面模糊不清与空白之处都一模一样，唯一不同的是《域外汉籍珍本文库》本末页尹晢《新刊靖节先生诗集跋》与“前沙斤道驿丞郑瑞书、户长郑自良刻”有“圆光寺常住”，而《陶渊明集版本荟萃》无此五字。

需要补充说明的是，因刘辰翁评点的著作风靡一时，有的书贾便将其评点著作结集刻印，就出现了《陶韦合集》本。现存《陶韦合集》本有两种：一是明万历年间何湛之的《陶韦合刻》本，收录《陶靖节集》二卷、《韦应物集》十卷，此本国内图书馆无一家藏有全璧，据《中国古籍善本书目・集部》著录，《陶靖节集》二卷藏于中国人民大学图书馆和湖南省图书馆，《韦应物集》十卷藏于国家图书馆、北京大学图书馆、华东师范大学图书馆等九家图书馆。另一种是明凌濛初编并刻印的《陶韦合集》二十卷，包括汤汉等笺注的《陶靖节集》八卷总论一卷与《韦苏州集》十卷拾遗一卷，国家图书馆藏，每半页八行，白口，四周单边。两种《陶韦合集》均无刘辰翁对陶渊明作品的评点而都有对韦应物作品的评点，区别在于所选评家的不同。

综上所述，刘辰翁评点陶诗，是其侘傺无聊之日的寄托，更是抒发故国之思与麦秀黍

① 周采泉《杜集书录》，上海古籍出版社1986年版，第595页。

② 〔日〕涩江全善、森立之等撰，杜泽逊、班龙门点校《经籍访古志》，上海古籍出版社2014年版，第206页。

③ 〔日〕桥川时雄《陶集版本源流考》，北平文字同盟社1931年。

离之悲的方式。其评批陶诗不同于通行的分类补笺、训诂注解，考证诗歌语句的出处，追求诗歌中的本事用典，考释人物、地名，轻视甚至鄙视诗歌的注解。他的评点观念是无繁复的引证与疏解，站在读者的立场对特定的文本传达自己的阅读感受。刘评陶诗欣赏陶诗的自然本真，准确地把握陶诗平淡的特征，饱含情感体验的判断评价，从而开启陶诗研究史上评点一派，影响较为深远。

（作者简介：焦印亭，云南民族大学文学与传媒学院教授，著有《刘辰翁文学评点寻绎》。）

论方弘静杜甫诗话的三重价值*

金生奎

内容摘要：方弘静是明嘉靖、万历年间徽州地区具有代表性的诗人、学者。其杜诗评说主要见于杂著《千一录》之中，共计778条。这些杜甫诗话撰述的方式及其涵盖的内容，体现了明显的地域文化色彩，与中唐以来杜诗学之传承、明中后期诗学风尚之波荡等之间，有着紧密关联，是一部有特点的乡邦文献。

关键词：方弘静　《千一录》　杜甫诗话　杜诗学　乡邦文献

方弘静(1517—1611)，一名主静，字定之，号采山，晚年自号补斋翁，又号补斋居士，安徽歙县人①。方氏乃徽州望族②，方弘静所属的歙县岩镇(今岩寺镇)方氏以商贾之事而起，“世以货雄，不恃文史”③。至其祖父方泰孙，经商山东青、齐之间，“累金至巨万”。富而好儒，手不释卷，结交当地文士绪绅之徒，“青、齐间冠绅之会，必推公为祭酒”④。后“挟重资”回乡，教育子弟，子孙从事于儒学文墨之事者遂多，方氏此一脉便由商贾之家一变为书香门第。至方弘静一代，弘静与长兄敦静、仲兄颐静皆以好学颖悟名乡里，为歙令郑玉所重，目为“三凤”。尤其是长兄敦静，天资特异，淹博诸经，尤好古文辞，人称中川先生，是方弘静幼年学业的启蒙者⑤。

方弘静14岁为秀才，30岁以乡试亚魁等次为举人，34岁以二甲第八名进士及第。其间，除了举业，又醉心于古诗文，常至废寝忘食。与诗人王寅等订交，结天都诗社。入仕以

* 本文系安徽省社科规划办项目“明清时期安徽杜诗学研究”(AHSKY2016D153)阶段性成果。

① 参见韩开元《方弘静年谱》，《徽学》第三卷，社会科学文献出版社2004年版，第183—198页。

② 据叶向高《通议大夫南京户部右侍郎方公墓志铭》及环岩《方氏族谱》等所载，西汉末方氏一族自河南避乱南迁至淳安东乡，故有“自古淳安无二方”之谚。东汉初方储葬在黟县，子孙守墓而居，是为徽州方氏之始。北宋前期，方希道迁至环山，其孙念五公又迁居岩镇，后世遂家焉，是为徽州方氏环岩一派，即方弘静所属之方氏支派。

③ 方弘静《上族叔祖石严翁书》，《素园存稿》卷一六，明万历刻本。

④ 《素园存稿》卷二〇《谱略·谱传述论》。

⑤ 《素园存稿·自序》云：“余总角从先兄习举子业。举子业在章句、训诂，不得泛及艺苑，乃元兄所诵习者，皆周汉以前古文词也。余时窃窥而喜之，时弄翰焉。”

后，先后知山东东平，按察江西、广西等地兵备、学政之事，升迁广东左布政使，巡抚浙江、郧阳等地，73岁时以南京户部右侍郎致仕。这期间，方弘静政事干练，“历仕诸藩，多所建树”[①]。辗转仕宦也使方弘静有机会走出徽州一隅，将文学交谊圈扩大到了全国，与其时文坛一些主流人物发生紧密的关联：早期在北京应试及后来升转待选期间，结识了吴国伦、欧大任等人；后期在南京为官及退养期间，与王世贞、汪道昆、顾起元等人诗酒相交。致仕以后，方弘静悠游林下二十余年。此阶段因解除了政事的牵绊，作为诗人和学者的方弘静进入了自己创作的鼎盛期，其文集《素园存稿》中有近一半诗篇，以及作为其学术之代表的《千一录》都产生于此时[②]。期间，方弘静交往名贤，主持或参加本地各类文社，扶持后学，成为万历年间徽州地区文坛与学界的核心人物之一。

方弘静一生笔耕不断，加上年寿悠长，故而著述颇丰，存世作品有文集《素园存稿》、杂著《千一录》、文学选本《文选拔萃》等，轶失未传的有《复古编》《史诠》[③]等。《千一录》一书是方弘静作为学者的标志性成果，内容驳杂，包括经学、子学、诗学、史学、谱牒家训之学等。方弘静的杜甫诗歌评注主要见于《千一录》卷九至卷十二的“诗释”部分，其中卷九、卷十专论杜甫，卷十一杜甫与李白交杂而论，卷十二合论唐人诸家兼及杜诗；而从卷二的“经说”到卷二十六“家训”等其他卷次之中，也零星可见涉及杜甫诗歌之评说[④]。方氏的这些杜诗言说，总体上看，其撰述前后无序，随笔而录，无通常诗话之作的体系与条理；其编刻亦难称精严，错讹多见。故而其评说虽然不乏真知灼见，但隐杂于《千一录》之中，很少为治明代诗学或杜诗学或徽学者提及[⑤]。现以万历三十九(1611)年版《千一录》为据，根据辑出的关乎杜甫其人其诗之778条论说文字，稍作条陈，从明后期徽州文脉学风、千年杜诗学之传承及明中后期诗学风尚等不同角度，发明方氏论杜诗之价值。

一、明代徽州区域文化视野下的方弘静杜甫诗话

明清两朝六百年间，安徽地区的区域文化中心有二，一为徽州，二为桐城。以徽州论，作为一个属性明确的地方性文化中心，初见于宋元之间，以新安朱子学为标志；成熟于明

---

① 《神宗实录》卷五〇七，崇祯本。

② 《千一录》的编撰始于方弘静巡抚郧阳期间，补充、完成于致仕之后的乡居时期。

③ 《史诠》系从《千一录》“客谈”中析出补充而成，究竟是否曾刻板印行，已不可知。

④ 其文集《素园存稿》中亦有寥寥数条涉杜之言。

⑤ 只是近三五年间才偶有硕士论文及之，但其文只是总述大略，缺少宏观诗学视野下的比较与分析，文辞多属泛泛而论，未能展现方氏杜甫诗话之价值所在。

中后期，以新安文学为显征；繁盛于清，以皖派朴学见称[①]。具体到明中后期的徽州文化而言，以汪道昆、王寅等人的结社交游与自身创作的影响，促使新安文学群体崛起于斯时，影响于东南，成为当时一个重要的区域文学中心，“海内之山人词客望走噉名者，不东之娄东，则西之䜣中”[②]。方弘静早年苦读和晚年致仕期间，有大段时间生活于家乡徽州，与徽州籍的王寅、许国、江珍、汪道昆等名公巨子诗文酬酢，积极参与这一群体的各种集会与结社活动[③]，成为明代新安文学群体的重要一员，其文学创作也带有较明显的新安诗人群体的特点。作为此时徽州文化圈的重要一员，在文学活动之外，他的杜甫诗话等诗学批评活动也属于其时徽州学术的构成部分，与当时本区域内学术风尚之间有明显的同频共振倾向。

第一，明中后期徽州考据学风的兴起，极大地影响到了方弘静杜诗批评的方式。明初以来新安理学稍有衰歇，故而明中期王阳明心学盛行天下之时，徽州学子也景然而从之。同时，区域内的正统学者，不满于王氏心学对朱子理学的遮蔽，想续起宋元新安理学之余脉，以与心学争胜，遂秉持朱子的“求真是”之义，希望以考据之功助义理之辨，重新赢得属于新安理学的辉煌[④]。流风所及，徽州学者一时多尚考据：程曈首开其端，著有《闲辟录》《阳明〈传习录〉考》《〈朱子晚年定论〉考》《新安学系录》等考据之书；汪禔“考古证今，著《宗法议》以晓当世”[⑤]，并用心“考订朱文公冠婚丧祭仪节”[⑥]；程汝继的《周易宗义》以汉、魏、晋注疏为据，训诂“文公先生《本义》”[⑦]；程巢父其人“考古固实”“好古甚力”，热衷于史学辑佚、会通训诂，著《史诊》等书；吴士奇著有《绿滋馆考信编》《绿滋馆征信编》《史裁》等书，考证宏富，几于无所不及，“以备博古通今者取裁”[⑧]。其他如金瑶《周礼述注》与《周礼二氏改官改文考》、姚应仁《檀弓原》、程明哲《〈考工记〉纂注》、吴元满《六书正义》、詹景凤《字苑》、汪砢玉《古今鹾略》之类著述，在礼学、小学、典章制度等方面积淀了不少内容，具有明显的考据色彩。

作为明中后期徽州文化圈的代表性人物，方弘静的学术活动是其时其地考据之风的

---

① 周晓光《徽州传统学术文化地理研究》，安徽人民出版社 2006 年版，第 75—128 页。

② 钱谦益《列朝诗集小传》丁集卷六“汪侍郎道昆”，清顺治九年毛氏汲古阁刻本。又，“䜣中”即为汪道昆在徽州的祖居之地。

③ 耿传友《明代徽州文人结社综论》，《安徽大学学报》2012 年第 3 期。

④ 刘成群《“求真是”与新安理学、皖派考据学问的学术演变》，《北方论丛》2011 年第 6 期。

⑤⑥ 汪禔《檗庵集》，见《四库全书存目丛书》集部第 146 册，齐鲁书社 1997 年版，第 11、336 页。

⑦ 程汝继《刻〈周易宗义〉凡例》，见《续修四库全书》经部第 14 册《周易宗义》，上海古籍出版社 2002 年版，第 25 页。

⑧ 吴士奇《绿滋馆稿》，见《四库全书存目丛书》集部第 173 册，第 646 页。

产物，同时也是其表征。他以考据为法，著《千一录》等书，“为六籍鼓吹”[①]，凡经学、子学、史学都有涉及，尤以经学为核心。方弘静的杜诗言说与他的整体治学风格一样，具有鲜明的考据学色彩。其相关文字固然也涉及了大量的诗学批评层面的内容，但是其主体还在于杜诗字句的辨疏、典故出处的考证等训诂考据学层面的内容，主要属于杜诗阐释学的范畴。约略而计，近三分之二的内容与诗学批评领域关联不大。方弘静以考据论杜，包括以下几个方面的内容：

一是杜诗文本层面的考证辨析。或分析杜诗遣词用字之精妙，如评论《遣闷戏呈路十九曹长》一诗时云：“‘晚节渐于诗律细’，莺‘交愁’，鹭‘太剧’，其咏物可谓细矣。本非大家正音故云‘戏’‘遣闷’。莺，枝栖也，故湿而交愁；鹭，水鸟也，故干而太剧。”（《千一录》卷九）或商量杜诗字词之不妥当处，此层面之论述尤其之多，稍举三例。如评《玉台观》诗中有“遂有”“更有”二词，评云：“颇犯，必一字误耳。今曰大家不拘，恐未然也。”（《千一录》卷九）又评价杜诗“风林纤月落”一诗，认为“（风林）作‘林风’觉更佳，‘林风’‘衣露’当读”（《千一录》卷九）[②]。又评杜诗“大家东征逐子回”一句云：“杨升庵以‘逐’字未雅，拟‘将’字，不若赋中‘随’字佳耳 。然杜用‘逐’字，盖以平声不响也。”（《千一录》卷九）或是行文中特别标举杜诗异文，不用通行常见之版本，如“弃我忽若遗”作“弃我若遗来”，“行迟更学仙”作“行迟更觉仙”，“醉客沾鹦鹉”作“醉客拈鹦鹉”等。

二是笺释字句，着意反驳既有之说，竭力试图别立新解，大体上都言之有据[③]。其笺注文字中“注非”“注未达”“注谬”“注陋”等措辞，比比皆是。稍作胪列，以见其一端：

> “浮云连阵没”，万匹如云，今无存矣。赵注非。所谓如浮云者，岂以拟马乎？（《千一录》卷九）
>
> “王母昼下云旗翻”，用周穆王事：会于瑶池，云旗霓裳簇拥，自天而下也。乃以为鸟名，正可与子规对，陋甚。子规王母，其对自工，然工不以此。（《千一录》卷十）
>
> “杖藜妨跃马，不是故离群”，用公孙跃马事。时蜀中有乱，故杖藜避之。注乃以

① 司马朝军《续修四库全书杂家类提要》，商务印书馆 2013 年版，第 57—58 页。

② 按，明以前《夜宴左氏庄》首句都是“风林”。方弘静举“林风”更佳之说后，王嗣奭《杜臆》一书亦持此论。钱谦益《钱注杜诗》卷九“风林”下有注云：“晋作林风。”（钱文中之“晋”当是指毛晋版杜集而言）后清人唯仇兆鳌《杜诗详注》卷一《夜宴左氏庄》据此则直接改“风林”为 “林风”（其他清人杜集仍大多是“风林”）。而今，通常所见引用杜诗《夜宴左氏庄》之例竟然有很多都是“林风”（以中国知网全文检索结果言，超三分之一都是“林风纤月落”）。溯其缘起，则方弘静当是“始作俑者”。

③ 但也有言说无据之例。比如，杜诗“万里戎王子”之“戎王子”一词，自宋以来注家都言是花名，方氏则云“谓比安禄山”，未做任何引证，纯属想当然耳。

“杖藜”为贫贱，“跃马”为富贵。鄙陋如此，何能知作者意？（《千一录》卷十）

“死别已吞声，生别常恻恻”，悲生别也。中云“逐客无消息，将老身反累”，其义显矣。“魂来枫林青，魂返关塞黑”，谓梦魂。注乃以“死别”“吞声”为太白死后作，而以“水深波浪阔”“舟楫恐失坠”证捉月之事，其陋至此，何以解杜诗哉？（《千一录》卷十）

“汉庭和异域，晋史坼中台。霸业寻常体，宗臣忌讳灾”，后二句与前相承，汉业王伯之间，“宗臣”指时事。评解谓“出孙于外，此宗臣所甚讳”，谬。（《千一录》卷十一）

“门鹊晨光起，樯乌宿处飞”，言晓景耳。乃以门鹊为鳷鹊门，樯乌为刻乌于竿上，大谬。（《千一录》卷十）

到方弘静的时代，杜诗学沿传已经七百余年，两宋又有千家注杜之盛况，举凡杜诗之字句训诂皆有一定之见、习传之解，后世学人研究杜诗几乎是别无可着眼用力处。故而研习者于杜诗笺注考据一道若想有所树立，往往从置疑、批驳旧有之说出发，以期别有“新见”“新解”。从价值评判上看，方氏此类文字虽属于一家之言，但大体都能言之有据，自成其理。即便偶亦有牵强之处，但总体上看瑕不掩瑜。

三是考证事典，辨析字句出处。自宋黄庭坚杜诗“无一字无来处”之说出现，寻找杜诗字句背后的故实便成为历来注家的无上乐趣，总是力图推陈出新，希望能发现杜诗字句之来源别有所出。方弘静之注杜诗典故，往往是统合宋人诸说，参以己意，能很好地与杜诗之诗情诗意相贴合。比如，笺释杜甫《九日蓝田崔氏庄》“羞将短发还吹帽，笑倩旁人为正冠”一句云：“‘吹帽’‘正冠’，冠帽似叠，杜宁犯此。盖‘九日落帽’‘李下正冠’二事也，各有出处耳。”（《千一录》卷十一）将该句杜诗之用典与诗句措辞之间的关联揭示无疑。方弘静对杜诗典故之来源的追寻，首先是从文学传承的角度，重在先唐文学作品里发现缘起，所以文中多有“自乐府来”“从《骚》《选》来”这样的判断。这一点正好和杜甫“转益多师是吾师”的学诗门径是相一致的，也遵循了中唐以来杜甫“上薄风骚，下该沈宋”的诗学集成者的评价传统。其次是与方弘静自身浓厚的理学气息相适应，尽量从儒家典籍《诗经》《左传》等书中发现杜诗出处，故而其论杜之文中多有关于杜诗“用经语”的说法。据笔者统计，“用经语”之类的措辞共计有十三次；再加上其他对儒经作品的具体称举之例，方弘静杜甫诗话从经学著作中寻求事典来源的条目有近四十条。最后是方弘静又偏爱从子学著作来训释杜诗，尤其是《庄子》《列子》等书，例如：

“前村山路远，归醉每无愁”，用意在“醉”字，暗用《庄子》“醉者之坠车全于酒”也。（《千一录》卷十）

“萧萧白杨路，洞彻宝珠惠”，用庄子口中珠事，言含以珠不若谒其碑也。（《千一录》卷十）

“有时自发钟磬响”，庄子所谓地籁者也，非谓彝器。（《千一录》卷九）

“荡胸生层云”……“荡胸”字则本《庄子》谓不必可解，亦未达耳。（《千一录》卷十一）

“老去悲秋强自宽”，用《列子》“善自宽”语。曰强则非能善也，此等不知注，则何以称佳。（《千一录》卷十一）

方氏此种偏好，显然和他本人熟悉子学的学术背景有关。

第二，徽州地区的理学传统塑造了方弘静学术取向上以经学为核心的基本态势，同时也就决定了方弘静在杜甫笺注与批评上以儒家诗学观念为审美鹄的之特征。方弘静学术取向上的理学偏向，可以从其所著《千一录》卷一至卷八“经解”得以佐证。在明后期徽州地区的学者“抵抗”心学、向朱子学之传统“回归”的势力中，方氏也可以算是一员干将。这种乡邦文化传统对方弘静杜甫诗歌的言说影响至大，至少有两点特别突出。

一是书中在杜诗文辞溯源上与经学著作发生关联，反复道及，一再辨析之。其议论要点，或是批驳时人视杜诗用经语为头巾气的说法，如云：“今人见经语辄云头巾，而效之者乃不免头巾，知《三体》不知‘六经’……（不知）杜句中从六经来者甚多。”（《千一录》卷十一）又云：“后人见经语辄以为大忌，非经语害之，自其风韵不佳耳。”（《千一录》卷十二）或是强调杜诗用经语之妥帖，乃唐人常调，如云杜甫“用经语自工”，又云：“以经语入诗，杜擅美耳。”（《千一录》卷十一）又云：“唐人诗中用经语，未尝不工也。……老杜用经语，颇多从容，而诗中之圣者也。”[①]间或也辩证地指出杜诗“用经语”的缺憾所在，比如：“‘求饱或三鳣’用经语，亦未警。”（《千一录》卷十二）又如：“杜诗用经语亦有着相处。如‘恐泥窜蛟龙，登危聚麋鹿’，‘恐泥’‘登危’俱未工。‘恐泥’屡用之，颇觉未惬。”（《千一录》卷十）由以上举例可以看出，方弘静对杜诗“用经语”的肯定，从小处言是个人的学术偏向所致，从大处言则是来源于徽州一贯的学术传统。方弘静批驳时人对杜诗“用经语”的非议，则当是对心学畅行后之诗学观念的反动；方弘静能客观辩证地评价杜诗“用经语”之长短，则是由其自身丰富的诗歌创作实践经验及明后期多元包容的诗学认知态势（详见后文论述）双向决定的。这是徽州理学文化传统影响于方弘静杜甫诗话之其一。

① 又，“诗中之圣者也”一句，原文作“中诗之圣者也”，于意不通，当是文字倒错所致，径改之。

二是以“风雅”概念关联杜诗缘起，并作为评价杜诗优劣之标准。把杜甫诗歌创作与《诗经》以来之“风雅”传统连接，多见于方氏之杜甫诗话中。如“《三百篇》后能留心于风雅者，惟杜子耳”（《千一录》卷十），“杜自有自风雅来而媲美建安者”（《千一录》卷十七），“杜子美志于风雅哉”（《千一录》卷二十二），“杜五言古有从风雅来者”（《千一录》卷九）。按，“风雅”之说，原是汉代以来儒家诗学观之基本概念，惟使用者所处之地位、视角有别，对“风雅”一词具体内涵的界定与使用上也各有偏重。不同时代不同人群使用此概念时虽然大抵都是以儒家学说为支撑为底蕴，但就其所论而言，往往并不能归为一事。其间之种种差异、变化，这里姑且略而不说，单说方弘静杜甫诗话中使用“风雅”概念之例，其所强调偏重者有三：首先，是对杜诗内容上的写实性、讽喻性特征的肯定，如认为杜甫有“忧国之心”，所以才“语意俱挟风雅”（《千一录》卷九）；认为杜甫“不复知天大”“空余见佛尊”二句诗“似赞似讽”，所以“可追风雅”（《千一录》卷十一）；认为杜甫“其称人也不溢美”，是由于他“志于风雅”（《千一录》卷二十二）。又有云：“李、杜集中其从风雅来者，不啻建安风骨也。”（《千一录》卷十二）所谓建安风骨的核心之一就是以乐府旧题写时事，坚持咏叹乱世的现实苦难，以之比附杜诗，着眼点显然在于杜诗的纪实性特征。其次，是在诗歌形式上崇尚自然古朴，反对声律音韵上的人工精巧。方弘静认为杜诗“不徒工于辞”；评价杜甫《东狩行》重用同字韵，赞美其“出入风雅……无古诗、近体分别”，其依据就是该诗“无后人拘忌限韵例也”（《千一录》卷十一）；评论杜诗“受谏无今日，临危忆古人”等句，认为“可继风雅”，而其他词人则不行，原因是他们的创作“多胜质而失实”（《千一录》卷十一），即对诗歌外在形式的追求压抑了诗歌内容的自然呈现。最后，是从创作效应的角度，肯定杜诗趋向风雅的诗史影响。方弘静认为，杜甫诗歌创作上因为追步风雅，诗歌中“无邪辞”，所以“乃可名家”“乃成大家”，才能“独步辞场”，他人“苦心故不能及”，杜甫也最终成就其“诗之圣者”的诗史地位。此为徽州理学文化传统影响于方弘静杜甫诗话之其二。

以上是第一重视角下，方弘静杜甫诗话的特点与价值之所在。

二、明代杜诗学视野下的方弘静杜甫诗话

杜诗学发端于中唐，韩愈称“李杜文章在，光焰万丈长”，开启了以李杜标举盛唐诗歌之两种典范的唐诗学批评传统。元稹在《唐工部员外郎杜君墓系铭并序》中首次得出了杜诗“兼人人之所独专”的集大成诗歌史地位的判断。晚唐，孟棨则提出了杜诗“诗史”说，对杜诗的强烈纪实性给予特别褒扬。是为杜诗学之草创阶段。及至两宋，则是杜诗学发展

的全盛期，杜诗学的文本基础、审美范式及核心概念等皆在这一时期得以确立。一是通过校勘、编年等，完成了杜集的整理编定工作，确立了宋以后杜诗接受的文本基础。二是以笺注杜诗字句出处、阐释杜诗大意为主的杜诗接受方式，完成了杜诗经典化的进程。其高涨阶段，形成了所谓的“千家注杜”的局面。而南宋后期刘辰翁的杜诗评点，开创了后世杜诗接受的新形式，对杜诗的通俗化、大众化传播贡献良多。三是在诗学批评层面，以王禹偁、王安石、苏轼、秦观等人为代表，“发掘”并强化了元稹杜诗“集大成”说中原本潜含的伦理意味，确定了后来杜甫“诗圣”说的基本内涵；晚唐以来的“诗史”说也得到进一步的充实，成为宋以后杜诗学的一个核心概念；严羽等人的杜诗评说，成为格调论杜诗学的最早源头，也是杜诗“变体”之说的缘起之处。四是在诗歌创作层面，以黄庭坚等江西诗派作家为代表，以杜诗“无一字无来处”相号召，以模仿杜诗的技法为能事，形成了一股学杜、仿杜的热潮。此时，杜诗研究成为专门之学问，北方金朝大诗人元好问甚至特意编著了名为《杜诗学》的专著①。

有明一代，从杜诗学的演变历程来看，属于一千三百余年杜诗学历史中的发展变化阶段，在继承前代确立的接受范式与诗学观念的同时，更多地受到明代独特的政治经济、思想文化等诸多外在因素的影响，相关的概念与判断都获得了深化、延展，极大地丰富了杜诗学在诗学理论层面的建树。以杜诗“诗史”说为例，此概念在明前期几乎无人涉及。至明中期，杨慎在其文集中前后七次提及，其核心主张是强烈反对宋人杜诗即唐史的判断②。杨慎对宋人杜诗“诗史”说发难之后，在明中后期诗学批评领域引发了一场持续一百余年的关于杜诗“诗史”说的辩论，程敏政、游潜、王世贞、方弘静、胡应麟、许学夷、郝敬、王嗣奭乃至兼跨明清两朝的钱谦益、王夫之、黄宗羲、屈大均等都加入了论争，使得“诗史”说成为明中后期乃至清初诗学舆论场的热点话题之一。再如杜甫“诗圣”说，前文说杜甫“诗圣”说的内涵在两宋时期已经形成，但其作为杜诗学中的一个专门性的诗学批评概念的建立，是在明代逐步实现的。明前期，杨士奇、陈献章等提出了杜甫是“诗之圣”的说法；明中期，“诗圣”从泛称诗坛名家最终确切地变为专指杜甫一人，其论述先后见于游潜、陈沂、孙承恩、来知德等人文集中；隆、万以后，杜甫“诗圣”说则比比皆是也，无须一一列举。总体来看，明代杜诗学在杜集整理、笺注层面，成绩相对较弱，杜诗学上的经典杜集版本多

① 元好问《杜诗学引》：“乙酉之夏，自京师还，闲居嵩山，因录先君子所教与闻之师友之间者为一书，名曰《杜诗学》，子美之传志、年谱及唐以来论子美者在焉。”（元好问著，狄宝心校注《元好问文集校注》，中华书局2011年版，第92页。）据此，元氏此书当是历代杜诗学资料汇编。惜其书未传，不知其规模究竟若何。

② 杨慎的杜诗“诗史”说意在一反宋人之论，其背景有二：一则与明中期思想文化领域的非宋思潮有关，二则与明代中期文学复古思潮兴起后文学界辨体意识强化有关。详见拙作《明代杜诗接受研究》（安徽大学出版社2019年版）第二章第二节相关部分。

见于明前明后的宋、清两朝；但在杜诗批评层面，明人则成绩突出，贡献巨大——从高棅《唐诗品汇》独标杜甫为“大家”的创举，到胡应麟、许学夷等人诗话著作中杜诗批评的严谨性、深刻性，都不是宋人相关的杜诗批评文字所能媲美的。

方弘静的杜甫诗话诞生于明代杜诗学发展演变的后期[①]，有明一代杜诗学的各种争论热点与理论创见，大都可以在方氏的杜甫诗话中找到或是肯定或是反对的回响。举要而言之，大约体现在以下几个方面。

首先，方弘静的杜甫诗话对明代杜诗学进程中的一些关键节点多有介入，是明代杜诗学进程的有机组成部分。任何文学作品的传播、笺释与接受的历史都会存在一些具有重要影响力的节点，于明代杜甫诗歌接受而言，亦是如此。所以，凡是有见识、有追求的治杜诗者，往往会侧身其中，参与其事，在尊重基本的学术逻辑的条件下，在杜诗学的过去与未来之间构建起自己的关联与呼应，使其自身之杜诗学研究能够在杜诗学史的某一隅刻下自我的痕迹，在建构完整杜诗接受之链条的宏观目的下，最终确保了自我的杜诗学成果得到呈现。下面以方弘静对杨慎相关杜诗言说的介入为例，稍作展开说明。

杨慎实为明中期杜诗学之关键人物，其人学问广博，著述极多，又好为惊人之论。其对杜诗相关之笺释与评说，一直是明中后期杜诗学领域的热点，在诗史说、杜甫绝句别体说、杜诗字句的笺释等方面，都曾引发长期的争论与辨析。比如王世贞在《艺苑卮言》中就杨慎“诗史”说的相关判断，又作了另一层的扩展[②]；胡应麟特意著《艺林伐山》一书，来专门辩驳杨氏杜诗笺释方面的内容。对于杨慎这个明中期杜诗学史上的节点，方弘静的杜甫诗话里有不少条目的内容都与之产生了“链接”，稍举其例如下：

> 杜“青青竹笋”“白白江鱼”，“白白”字疑有出处。即无出处，句未尝不佳。用修以为大不如韦，近俗，过评耳。(《千一录》卷十一)
>
> 用修谓杜“‘骥子莺歌、高凤聚萤’为偏枯”，殊不然，杜正以假对为工耳。羊肠熊耳，九坂双峰，恐骥子知之，杜集中岂少此等语耶？(《千一录》卷二十一)
>
> 药栏，右丞、工部皆谓花药之栏，用修以为不通，以今花栏票为证。余意花栏票之义，正以栏之刻画文饰加花字耳。王、杜非误也。(《千一录》卷二十一)
>
> 杨用修以议礼谪戍滇中，不能多蓄书，借阅过目，自难复检，《丹铅》所录多误，须后人为正之耳，无庸以为疵也。乃其于诗则喜右李而抑杜，论理学未得朱子之意，轻

① 据《千一录》中方氏的自序和书中的有关记录，其评说杜诗大约始于万历十二年巡抚郧阳时，并一直到持续万历三十九年去世前。

② 张晖《中国“诗史”传统》第三章第二节，生活·读书·新知三联书店 2012 年版，第 100—139 页。

肆讥驳，则其蔽耳。朱集儒之成，杜集诗之成，论定久矣，即百用修不能易也。(《千一录》卷十八)

用修以“诗史”二字误人，以史为诗则误矣，而谓诗不可以陈事亦误也。“千家今有百家存”，即诗之“靡有孑遗”也；“哀哀寡妇诛求尽”，即诗之“杼柚其空”也；“慎莫近前丞相嗔”，则汉、魏以来乐府余音也。用修所引诗皆兴也，而杜则赋体。诗固有六义，非相戾也。词人之作多胜质而失实，杜则不然。如“受谏无今日，临危忆古人”等句可继风、雅，《八哀》等作史多可稽，故曰“诗史”，言录实而不溢也。鄙哉之诮，亦近于作恶矣。(《千一录》卷十一)

由以上所举条目，可见方氏对杨慎杜诗言说的介入主要表现于两个方面：一是对杨慎杜诗字句笺释方面的内容进行辩驳，能够与杜诗文本相结合立论，言简意赅，点到即止；二是对杨慎某些杜诗批评观念的商榷，则是稍稍扩展文辞，尽量说尽说透。一些看法，虽言语并不繁复，但牵涉的诗学内容其实关涉颇广。比如方弘静认为杨慎重李轻杜，喜欢轻加讥讽，是其评说杜诗的一个弊端。方氏的这个判断，其实正好与杨慎崇尚六朝诗之辞藻才情、讨厌宋诗之议论学究气的整体诗学偏好相暗合，可谓论断合情。又如，方弘静参与“诗史”说之争，认为宋人以史为诗是谬误，而杨慎“诗不可以陈事”也是不对的。明代格调论诗学思想盛行，辨体意识高涨，杨慎从文体学角度出发坚持诗、史有别，反对宋人以杜诗为史实的看法，自有其合理性；但杨慎同时也是明中期“非宋”思潮中的主力，他在“非宋”心理之下走向宋人诗史说的绝对相反方向，否认诗可以“陈事”，这就完全无视杜诗的文本事实了。方弘静的诗史说评议，当算公允之论。所以总的来看，方氏驳斥杨慎，大都议论有据，判断入理，可称杨慎在杜诗评说之事上的异代诤友。

其次，方弘静的杜甫诗话对明代杜诗学的诸多批评概念或理论都有比较深入的论述，是明代杜诗学相关概念或理论之接受史、传播史的重要参与者。

若论明代杜诗学于诗学批评层面最大的建树，当数明初高棅在《唐诗品汇》中提出的杜诗“大家”说。高棅编撰《唐诗品汇》一书，上承元末杨士弘《唐音》的唐诗学观念，从格调论的诗学理念出发，区分四唐，确定九品，是唐诗学领域前所未有之论。但他又发现将杜诗置于盛唐诸诗家之中，大不能相类，“正宗”“名家”等品次难以尽言其诗，遂创“大家”一品以概括杜诗之内外特征。在“大家”说出现之前，关于杜甫诗歌整体特征与艺术地位的判断主要来自元稹《杜君墓系铭并序》中那一段著名论断，其核心含义便是杜诗“集大成”。“集大成”来源于儒家话语系统，天然地包含着伦理方向的诉求，宋人发挥这一方向的内涵，强调杜甫的所谓“一饭不忘君恩”，把杜甫诗歌的接受推向忠君爱国的圣贤语境里，从而在事实上遮蔽甚至贬抑了杜诗在诗歌艺术层面的价值。高棅"大家"说侧重于杜诗诗歌内容的博大和艺术风貌的多样，扬弃了宋人集大成说在政治伦理方向的过分偏移，是对杜诗文本事实的更客观的概括。一经提出，很快代替了之前的集大成说，成为明代杜诗学舆论场的核心概念。在之后的近三百年间，明人对杜诗"大家"说的内涵与外延不断加以细化、深化①。尤其是在明后期以王世懋、胡应麟、屠隆、许学夷等人为代表的诗学批评界，杜诗"大家"说得到了最具有理论性的辨析与界定。方弘静生逢其时，其相关论述共计有11条，是明后期"大家"说热潮中参与度最高的数人之一。方弘静对"大家"概念的研判，主要是在于对杜诗艺术风貌的概括，认为匠气俗套，"惟语之工而神意不符"(《千一录》卷十二)，都不是"大家"做派；认为诗歌作品要"须从风雅来，乃成大家"(《千一录》卷十)，这样才能"华而不诬""无邪辞"(《千一录》卷十)；认为杜甫"秋水清无底"一诗，"自是大家语"，并进而申言云："语无不工者而评无可取，未可言诗。"(《千一录》卷十一)按，"秋水清无底"出自《刘九法曹郑瑕邱石门宴集》，全诗云："秋水清无底，萧然静客心。椽曹乘逸兴，鞍马到荒林。能吏逢聊璧，华筵直一金。晚来横吹好，泓下亦龙吟。"此诗从未被视为杜诗名篇，方弘静这里特意拈出，视为大家做派。探其缘由，一是此诗于内容上写的是秋日水边雅集的闲适自在之情境，与晚年方弘静悠游林下之生活状态很容易产生情感共振；二是此诗的表达上洒脱闲淡，不是一味追求"语工"而"别无可评"者，在审美风格上和前面所言方氏对"大家"说之体认完全相符合。

方弘静对杜诗"大家"说的贡献，尤其在于他第一个明确地提出了杜诗"大家不拘"的特点：

> 《玉台观》诗"遂有""更有"，颇犯，必一字误耳。今曰大家不拘，恐未然也。(《千一录》卷九)
>
> 《柴门》诗，两用"回首"字，非谓大家不拘，偶未润耳。(《千一录》卷十)
>
> 岑嘉州"满寺枇杷""回风细雨"二首，一例近套，虽语意并工，然非大家所宜，杜无是也。(《千一录》卷十二)

方氏前两例谈论的是诗歌文辞细节方面的忌犯问题，其表层意思是说这两例杜诗确实"未润"有误，但背后隐含的诗学判断是杜甫作为大家在诗歌创作上不用过分拘泥于一切陈套旧规。第三例批评岑参的两首诗是"语意并工"，但"一例近套"，不是大家应有之态；而杜

① 相关详细论述见拙作《明代杜诗接受研究》第四章第一节，第195—201页。

甫无之，故为大家。要其核心意思，与前面两例所论无二。又有云："《简吴郎》二首以诗代简，大家集中自不厌。"(《千一录》卷十)此条文字实际上谈的是杜诗在诗体形式与功用上，可以随机而动地灵活处理，但并无害其大家品质。总的来说，在方弘静看来，杜甫作为唐诗大家，其核心特征之一便是"不拘"。纵观有明杜诗学史，人们使用"大家"一词评说杜诗时，普遍涉及杜诗精熟诗家规范而又不为规范拘束的现象①，做出与方弘静相类之判断的远不止一人，但从未有人概括、总结得如方弘静这般明确清晰。

除了杜诗"大家"说，方弘静的杜甫诗话对杜诗"变体"说、李杜比较论等其他明代杜诗学的热点话题都有积极地参与。比如关于李杜话题，方弘静的杜甫诗话里涉及李杜交谊的有 6 条，涉及李杜诗歌比较的有 14 条。后一方面的内容最能反映方氏的诗学认知水平，体现方氏对李杜诗风差异的区分精度，比如：

> 陈子昂力振六朝之衰，五言古诗质而不俚，李、杜集中其从风雅来者不啻建安风骨也。此三家者未可谓非古诗。李于鳞谓"唐无五言古诗"，此由汉无骚、唐无赋之论而广之者也。然贾谊、扬雄之拟骚，不可谓非骚。唐之赋未有入室者，其然矣。太白七言古诗豪宕之态，有不自知其所至者，非长语也。盖有之，亦其兴至泉涌，偶未及精耳，非不能精而欺人也。子美节制之兵，太白飞将也，正不容横加优劣。七言律取王、李，是矣。然二家风韵之美，杜集中具之；而杜之变态，色色具足，王、李或未尽也，七言律竟当以子美为宗耳。且于鳞所选中犹有可评者，辄谓"唐诗尽于此"，何其自矜而轻忽古人也！(《千一录》卷十二)

自中唐韩愈首度李杜并提以来，二人诗歌孰优孰劣，一向争执未已。直至明中期，在谢榛、王世贞等"后七子"人物的推动下，李杜话题的焦点开始转移，从区分高下演变成辨别差异，李杜之争变成了李杜之辨。自此以后近百年的杜诗学中，言及李杜者大都用力于详拟二者之差别，甚少作优劣之论。方弘静此段文字，诗学视野十分阔大，向上旁及陈子昂，乃至汉代骚体；向下言及明人李攀龙"唐无五言古诗"说这一诗坛公案。中间一段论及李杜二人诗风诗体差异之比较，以譬喻作形容，归纳精当，可与胡应麟之相关论述相匹敌。

由以上简单分析来看，方弘静虽然只是一个具有区域性影响力的诗人与学者，但就明

---

① 明初杨士奇在《杜律虞注序》中说："不局于法律，亦不越乎法律之外，所谓从心所欲不逾矩，为诗之圣者，其杜少陵乎。"明中期朱谏认为杜甫、李白等成为大家，在于能够"脱略小疵"，不会"拘忌太深""泛泛于形影之间"(《李诗选注》卷七《经乱离后天恩流夜郎忆旧游书怀赠江夏韦太守良宰江夏岳阳》)。明末王嗣奭认为，杜诗之所以"后人必不能至"，就在于其"有在绳尺之外者"，没有"世俗之矩矱"，创作中能"穷变极化"(《管天笔记外编》卷上"文学")。

后期杜诗学舆论场而言，他应该可以算是一个合格的在场者了。

三、明中后期诗学风尚与方弘静杜甫诗话

在以上两个角度之外，关于方弘静的杜甫诗话，还可以有一个更大的审视角度：明中后期诗学风尚对方弘静审视杜诗时的兴趣所在及方式的影响。

明代是一个诗学批评特别发达的朝代，明中期文学复古思潮形成之后，相关诗论更是蓬勃异常地呈现出来，与当时的文学创作活动相呼应，也与以杜诗学为核心的唐诗学诗论发展相呼应。方弘静一生仕履所及甚广①，因乡谊、同榜、共仕一地等因素的影响，交游遍天下，和当时大明文坛的代表性人物或徽州籍的名公巨子如王世贞、吴国伦、汪道昆、欧大任、袁宏道、胡应麟、许国、王樵、汤宾尹、江珍、王寅、潘之恒、顾起元等都有来往②，或是诗酒唱和，或是结社雅集。特别是王世贞、吴国伦等"后七子"巨擘，从嘉靖后期方氏与之订交到万历十四年方弘静任南京户部右侍郎期间，相互诗文酬酢赠答，二十余年未曾断绝。所以，方弘静从文学影响力看虽然更多地还只能算是一位地方性的诗人，不是主流诗人群体成员，但因和其时文坛主流比较紧密的交游互动，使得他的诗学观念自然地与风尚所在产生频谱相当接近的共振。作为时代潮流的参与者，方弘静的杜甫诗话之中可以明显地发现文坛风尚的驳杂投影，他的杜诗言说往往与明中后期诗学热点紧密关联。

比如，明中期文学复古大潮一起，以"前七子"为代表的文坛新锐，从追寻诗家"第一义"的角度出发，提出了"文必秦汉，诗必盛唐"的主张；"后七子"承其余绪，继续高举其大旗。因而，从弘治年间延续到万历前期近百年间的明人唐诗批评话语系统之中，区分四唐格调，推重盛唐风度，成为主调和最强音。这"主调"与"最强音"之于方弘静有绝大影响，单以《千一录》中方弘静对前后七子代表人物的称引频率上看，就可一见端倪：据笔者不完全统计，全书提及"前七子"的李梦阳、何景明分别是 21 次、8 次，"后七子"的王世贞、李攀龙分别是 44 次、14 次。具体到方弘静的杜诗评说而言，能看到他区分初盛中晚，以盛唐为标准的诗学取向：

> "帖石防隤岸，开林出远山"，评者以为晚唐之祖。夫晚唐何必不佳，如此句自是

① 方弘静历任山东东平知州、南京户部员外郎、户部湖广司员外郎、四川按察司佥事、山东布政司参议、江西按察副使、广西按察司提学副使、江西布政司左参政、广东左布政使、太仆寺卿、浙江巡抚、郧阳（湖北）巡抚、南京户部右侍郎等，几乎足迹遍天下。

② 参见韩开元《诗人方弘静研究》第二章，安徽大学 2005 年硕士论文。

妙境耳。初、盛、中、晚之别，乃在风韵格调，非一联一句间也。（《千一录》卷九）

山谷云"拾遗句中有眼"，篇篇有之。非独拾遗也，句之工在一字，凡唐音皆然。然有无字可摘者，乃诗之化境，更为高古耳。"云薄翠微寺""孤村春水生""厨人具鸡黍"，盛唐如此等句甚多，所以过于中、晚也。（《千一录》卷九）

七言律结构之精，变化曲中，老杜至矣。……钱、刘密矣，而格力盛、中之间，故当逊杜擅场耳。（《千一录》卷十二）

此处第一例评点杜甫五律《早起》中两句是"妙句"，反对此联为"晚唐之祖"的旧有说法。《早起》全诗为："春来常早起，幽事颇相关。帖石防隤岸，开林出远山。一丘藏曲折，缓步有跻攀。童仆来城市，瓶中得酒还。"首联言因"幽事"而早起，二三联承首联而来，言远近两层幽兴所在，尾联又别换一意。而"晚唐之祖"云云，则出自方回《瀛奎律髓》，说杜甫此诗第二联字句上千锤百炼，大是精工，是晚唐苦吟者先声。方弘静反对此说，认为评价诗歌不能只看一句一联之精工与否，而是在于全篇"风韵格调"之有无，杜诗第二联固然对偶精细，但其要不在于此，而是此联能与全诗融合无间，构成了一个别具"风韵格调"的完整作品，这正是杜甫这样的盛唐诗人有别于其他诗人的关键所在。第二例则是从批评宋人之说出发，指出诗句中用字工致醒目是唐诗的普遍特点，杜甫等盛唐诗人超越中晚唐诗人处，在于格调高古，诗中用字达于化境，"无字可摘"。第三例是称赞杜甫七言律诗结构精妙，又用中唐诗人钱起、刘长卿做比较，认为他们的七律之作或许律法严密，但整体的审美格调逊于杜甫，这种差异正是反映了盛唐与中唐审美之差距。由上可见，方弘静评说、推扬杜诗的标准，就在于杜甫是所谓盛唐格调的象征，这显然是和前后七子诗学观的核心观念是同步的。当然，也必须指出，就像前七子的何景明在某些方面曾推崇初唐一样，方弘静很多时候也是能从四唐诗歌的实际出发而立论，其有云："唐诗盛、晚之分乃在风韵，不专以句法也，盛有似晚者，晚亦间有似盛者。"（《千一录》卷九）又云："柳柳州'寄四州刺史'诗，不减盛唐。"（《千一录》卷十二）唐诗是一个丰富庞大的存在，有盛唐与晚唐之间互有类似者。柳宗元诗作有不让盛唐者等少数性的、个别化的案例，也是合乎逻辑的。不过，方弘静的这类条目之立论的背后，归根到底还是推尊盛唐观念的再现，毕竟其称扬中晚唐某些诗作时其实还是以盛唐为衡量的标准。

又如，方弘静杜甫诗话中有大量的"正音""变体"等概念出现。正音、变体等概念来源于格调论诗学观。明中期复古诗学兴起，格调论大行——因为诗歌之复古，其最便于学习、操作的层面，还在于对前人诗歌外在形式的借鉴与模仿，包括音韵声律、字法句法等，从最早的李东阳，到李梦阳，到谢榛，其诗论中都很容易见到关于这方面内容的论述与强调。而李攀龙尤其激进，编选《诗删》一书的唐诗部分时，为达不到他心目中最严之“格调”标准，大肆黜落名家名作，更提出惊人的“唐无五言古诗”之论[①]。再具体到杜诗评价而言，明初，格调论信奉者高棅已经不把杜甫绝句视为唐诗正音；明中期，杨慎屡贬杜甫绝句，何景明以杜甫七言歌行之作为着眼点而提出了杜诗“变体”说；明后期，胡应麟、许学夷等诗话著作中关于杜诗正、变问题的探讨更是多不可数。方弘静深受前后七子格调论诗学观影响，其杜甫诗话中明确涉及正音、变体等概念的地方共有11处，比如：

“晚节渐于诗律细”，莺“交愁”，鹭“太剧”，其咏物可谓细矣，本非大家正音，故云“戏”“遣闷”。(《千一录》卷九)

杜绝句非谓不佳，然非正音也。……第刳心变体者，当不能使宋调为唐、晚为盛耳。(《千一录》卷十一)

黄太史深于杜，故云“不烦绳削”，然杜自有正音有变体，所当知耳。(《千一录》卷十二)

鲁直谓夔州后诗“不烦绳削而自合”，深于杜者也。朱子取其以前诗，自有见。盖前多正音，后多变体，学诗从正音入则不失。(《千一录》卷十)

老杜八句，无一字可疑者，集中叠出，故当擅场。然学杜者效其正音，勿遽好变体。(《千一录》卷十二)

以上这些论述表明，在方弘静看来，杜诗有正音，有变体，学变体则很难做到“不失”，落入“宋调”或晚唐格局；而有些之所以沦为变体，是因为“烦绳削”“刳心”，过于求“细”。这些判断，与方弘静总体的诗学审美取向是一致的，是明中期以来格调论诗学观下形成的杜诗“变体”说话语体系中的一个组成部分。与此同时，方弘静又将杜诗正变说与其时的学杜习气相关联，最早对当时前、后七子的文学复古模拟之风作了反思。他在评说杜甫五言古诗《哭李常侍峄二首》其二“短日行梅岭，寒山落桂林”一句时，称赞是“十字奇”，随后却语意一转道:“杜晚年律细，非正音也。……今学杜者宜择其正，毋效其颦。杜圣于诗、僻于诗者也，变化出入，从容规矩之中，疾徐自得，风韵故殊。苟不得其妙而袭其句，往往硬涩失和平之趣而自以为杜体，未深晓者亦曰此杜体。非杜误人，乃人不善学杜耳。”(《千一录》卷九)这段话的前半段说的意思，同前面几条的说法大体一致。后半段则是针对前后七子及其末流秉持格调论诗学观去学习、模仿杜诗的情况，做出了批评，认为他们学杜往

① 参见陈国球《明代复古派唐诗论研究》第三章，北京大学出版社2007年版，第106—168页。

往是"袭其句"而不能"得其妙",字比句拟,剽窃剿袭,是"不善学杜",其结果是"硬涩失和平之趣而自以为杜体",自误误人。这种批评,显然是方弘静的诗学见识乃至批评勇气的表现。从诗学大势的趋向上讲,格调论盛极而有异议生,其时以七子反对派的面貌出现的公安派诗人,反对师古模拟,方弘静之论也同属于此一诗学新动向。到了方弘静身后的明末阶段,相类的批评则比比皆是也,如赵士喆《石室诗谈》卷下云:"献吉之才,自能学杜。但当探其神髓,而不必袭其皮毛。乃献吉多用杜诗,甚者至抄其全句。又有不必拟而拟者。如杜诗云:'负盐出井此溪女,打鼓发船何处郎。'有何佳处?空同乃云:'卖鱼沽酒此村口,打鼓鸣锣何处船。'不几令人捧腹乎?"[①]邓云霄亦云:"诗贵谦冲温厚,风韵自然可挹,如老杜云:'白头授简焉能赋,愧似相如为大夫。'绰有典刑,不堕浮薄。若李于鳞则云:'主家池馆帝城隅,上客相如汉大夫。'痴蠢之气熏人,真村汉耳!"[②]此时,离前、后七子称擅诗坛的时代已远,在摆脱了现实的人际关系的顾忌之后,对前后七子学杜中生硬剿袭做派的批评,其措辞几于痛斥矣。

总而言之,方弘静处在明中后诗学潮流将变未变之际,其杜诗言说所体现的态度也正是承续与批判兼而有之,是其时诗学风尚的一个具象表征。

(作者简介:金生奎,淮南师范学院文传学院教授,著有《明代杜诗接受研究》等。)

① 赵士喆《石室诗谈》卷下"论诸家二十二条"之第十六条,见周维德集校《全明诗话》第6册,齐鲁书社2005年版,第5157页。

② 邓云霄《冷邸小言》,见《全明诗话》第4册,第3492页。

论清代楚辞学象喻式批评的类型与运用*

陈　欣

内容摘要：在清代楚辞学中，象喻式批评方法非常普遍且独具特色。在分析《楚辞》作品的文脉构思时，自然地理之喻非常突出。一方面抓住山川地理规律和行文法则之间的相似性展开论述，一方面借用小说评点中已经成形的批评术语作比况。声音图画之喻是用艺术形象的方式诉诸直觉想象，利用人体通感的生理机能，来唤起读者对作品内在风神和韵味的审美感受。在清代楚辞研究的结构分析中，生命之喻最为显著，他们善于把"主脑""眼目""骨子""血脉""筋节"与阐释文脉、结构和章法相贯通，辨析它们在《楚辞》文句经营和结构意义上的关键作用。

关键词：清代　楚辞　象喻　批评

象喻是一种常见的文学批评方法。象，即形象、意象；喻，即比喻、隐喻，实际上就是以具体的形象、意象作比喻。其思维方式上的特点是直观，外在表现形式为比喻。作为我国传统诗歌源头的诗骚，已然展现出了丰富的象喻世界。《诗经》的比兴手法和《楚辞》的香草美人，都是象喻的典型运用。

在古代楚辞学史上，"象喻"式批评肇始于东汉王逸《楚辞章句》："《离骚》之文，依《诗》取兴，引类譬喻：故善鸟香草以配忠贞，恶禽臭物以比谗佞，灵修美人以媲于君，宓妃佚女以譬贤臣，虬龙鸾凤以托君子，飘风云霓以为小人。"①而到了明代，随着《楚辞》评点达到顶峰，"象喻"式批评大量涌现。其中既有疏星滴雨般的短小譬喻，如陆时雍《读楚辞语》评"《招魂》绚丽，千古绝色，正如天人珠被，霞烂星明，出银河而下九天者，非人世所曾得有。"②同时，又有彩丽竞繁的大段排比，例如蒋之翘《七十二家评楚辞》："予读《楚辞》，观其悲壮处，似高渐离击筑，荆卿和歌于市，相乐也，已而相泣，旁若无人者。凄惋处，似穷旅

* 本文系国家社会科学基金项目"清代楚辞学文献考论及阐释研究"（14CZW033）阶段性成果。

① 王逸撰，黄灵庚点校《楚辞章句》，上海古籍出版社 2017 年版，第 2 页。

② 陆时雍《楚辞疏》，见黄灵庚主编《楚辞文献丛刊》第 40 册，国家图书馆出版社 2014 年版，第 438 页。

相思，当西风夜雨之际，哀蛩叫湿，残灯照愁；幽奇处，似入山径无人，但闻猩啼蛇啸，木魅山鬼，习人语，来向人拜；艳逸处，似美人走马，玉鞭珠勒，披锦绣，佩琳琅，对春风唱一曲《杨白花》；仙韵处，似王子晋骑白鹤，驻缑山最高峰，吹玉笙，作凤鸣，挥手谢，时人人皆可望，不可到。”①由此可见，明代楚辞学者采用的象喻式批评的主要着眼点在作品的语言特点和整体风格上。读者从这些评语中获得更多的不是理性思维，而是艺术享受：通过譬喻和气势纵放的语句描绘出了一幅幅传神而又炫目的画面，构建出了神妙变幻的诗一般的意境，有光感、有颜色、有声响、有触感，留下可以想象再创造的广阔空间。就这样，象喻式批评经由前代文人的阐释实践，尤其是明代《楚辞》评点之风的盛行，以强劲的势头蔓延至清代《楚辞》研究领域。

一、自然地理之喻：文脉构思

在清代楚辞学纷繁的象喻式批评中，有一类非常突出且有特色，即自然地理之喻。从文学发生论的角度来看，文学的发生与自然之间本身就有内在联系。关于这一点，古代文论中早有论及，钟嵘《诗品》云：“气之动物，物之感人，故摇荡性情，形诸舞咏。”自然地理与文学在源流和结构等层面的相似是这一取譬机制的动因。举例如下：

黄河西来，千回百折，至海门又一束，方另成异观。（方人杰《楚辞读本》评《远游》）②

为词甚简而意已周，为境极危而志弥暇，绰乎如灵洞之归云，神闾之纳海，极恢奇变化，而不离乎宗者也，读者其深味之。（张德纯《离骚节解》评《离骚》）③

四荒句已提起，下可直接，忽又想到女嬃之言，即从中插入，为平中一突。文章之势如山如海，山虽万里绵直，自有冈峦起伏；海虽一往奔注，自有波涛上下。下段灵氛巫咸亦同此法。（梁夔谱《古赋首选》评《离骚》）④

前以突起，后以秃住，而中间灏灏瀚瀚，如波涛夜涌，忽起忽落；又如云龙变化，倏隐倏现。（陈本礼《屈辞精义》评《天问》）⑤

前写詹尹肯卜，如堤决黄河，万顷波涛，百道争流，便生出一篇滔滔滚滚文字；后

① 蒋之翘《七十二家评楚辞》，见《楚辞文献丛刊》第27册，第97—98页。

② 方人杰《楚辞读本》，见《楚辞文献丛刊》第48册，第310页。

③ 张德纯《离骚节解》，见《楚辞文献丛刊》第53册，第192页。

④ 梁夔谱《古赋首选》，清同治八年梁氏镜古堂刻本。

⑤ 陈本礼《屈辞精义》，见《楚辞文献丛刊》第63册，第203页。

写詹尹不肯卜，如风起长空，千山烟雨，一时吹散，便收拾一篇滔滔滚滚文字。（江中时《楚骚心解》评《卜居》）[①]

可以说，这些象喻式批评化抽象为形象，营造气氛，造足气势，极具感染力、表现力和创造力，可以说亦是一种创作体验。择取具有强烈画面感的自然景物，绘声绘色，通过对时节、气象，以及布局的设定，或取其磅礴的气势，或取其摧枯拉朽的力量，在不知不觉间代替了逻辑判断和理性分析，给读者带来具有强烈印象感的审美体验。尤其是方人杰、梁夔谱、陈本礼和江中时均用到的江、河、海之波涛的象喻，用来形容文脉的起落和恢宏的气势，这可以说是基于美感生成和审美体验的共性而形成的具有特定审美意蕴的自然物象。

循此，自然地理的"象喻"式批评还延伸至《楚辞》作品结构和文脉的分析，以陈本礼《屈辞精义》为典型。例如："右第五节凡十三解，已上女媭陈词，遥承上文'悔相道'章来，草蛇灰线，至此一结，以下层峦叠翠，重复开障，大有山断云连之势。"[②]"右第九节凡七解，已上又借巫咸菱蔽、嫉妒二语，将兰芷变态历数一番，落到'兹佩'，欲再为求女计，以起下文远逝之端。其文思缥缈，大有手挥五弦、目送飞鸿之致，又如华严楼阁，弹指即现，岂非井蛙尺蠖所能测量哉？"[③]陈本礼所云之"解"即朱子所分之"章"，通常为四句。陈本礼的结构分析颇有个性特点，亦有着浓郁的文学意味，其所云"草蛇灰线""手挥"和"目送"等是明清小说评点的常用语。堪舆术中的"草蛇灰线"，是指地理一脉贯通而又若隐若现、若断若续的态势，在小说评点中主要用来形容小说中若有若无、隐约可寻的线索。清代楚辞学者借用"草蛇灰线"这个术语来形容作品结构上的似断还连的线索脉络。如鲁笔《楚辞达》于"冀枝叶之峻茂兮"四句后注曰："此章就上章顺推反跌，二章合为一束。因我离别，并哀诸贤，遥应众芳作余波，以束上段。反起下党人竞进，极离合关照、草蛇灰线之妙。"[④]鲁笔和陈本礼用到"草蛇灰线"，指的都是章法的埋伏照应。朱冀《离骚辩》在"指九天以为正兮，夫惟灵修之故也"后按云："凡章内所有复用字，如芳、美、姱等类，不可枚举。一切皆文中筋脉遥应处，用草蛇灰线法也。"[⑤]朱冀通过《离骚》中字法的埋伏照应为例，指出《离骚》于"筋脉遥应"之处大多用"草蛇灰线法"。由以上论述可知，清代楚辞学者借用"草蛇灰线"来指涉包括字法、句法和章法的埋伏照应。陈本礼所云"手挥五弦，目送飞鸿"，出自晋嵇康《赠兄秀才公穆入军》，本指手眼并用，运用自如。后来"手挥目送"被引入小说评点

---

① 江中时《楚骚心解》，见《楚辞文献丛刊》第57册，第235页。

② 陈本礼《屈辞精义》，见《楚辞文献丛刊》第63册，第105页。

③ 陈本礼《屈辞精义》，见《楚辞文献丛刊》第63册，第130页。

④ 鲁笔《楚辞达》，见《楚辞文献丛刊》第49册，第458页。

⑤ 朱冀《离骚辩》，见《楚辞文献丛刊》第47册，第535页。

中，主要用来指意义双关，转换自然，意在言外，不着痕迹。陈本礼借用“手挥目送”来形容《离骚》构思之精巧、行文缴结之精妙，可见，“古典文学的众多文体之间存在着某些可以相互借鉴的共性，尤其是在文学作品的结构论层面，有相似的法度可循”①，对此清代学者是有着较为明确的认识的。

“龙脉”和“结穴”是古代堪舆术、风水学常用的范畴。“龙脉”指的是一种特殊的地理形态，因地脉以山川走向为其标志，故风水家称之为龙脉，即是随山川行走的气脉。“结穴”是指“地势起伏行走而于某个地理位置停蓄并融结为穴”②，亦即风水学所谓的藏风蓄水的“风水宝地”。在清代楚辞学著作中，用“龙脉”和“结穴”分析《楚辞》作品结构颇为常见。例如，胡濬源《楚辞新注求确》中胡云会“识语”云：“《离骚》譬如大地一著，其远龙发脉，自有绝大力量，至迎送、过峡、起伏、回顾、脱聚、结局，奇异之中俱是位置天然；堪舆家苟不明理气形势，从何以知其妙处，读斯赋者亦然。”③胡云会明晰地指出了古代堪舆术与《离骚》的行文之间形成的某种可以契合的联系，将龙脉及其发将、过峡、脱聚等运行的态势走向，比作诗文的体势布局，包括行文须讲究的开阖起伏、交接转折等流转变化。其中“峡”是指“龙脉运行经过的地势交接处，古代堪舆家认为龙脉须于此交接、跌断之处完成脱卸，方有融结，才可结得真穴”。又徐焕龙《屈辞洗髓》评《天问》云：“一篇结穴，全在此末段。篇内或相承而问，或突如其问，或遥接而问，章法奇，语调长短错综，变换百出。”④陈本礼《屈辞精义》评《离骚》曰：“右第一节序文凡十一解，起如昆仑起祖，来脉甚远；落如峰窝结穴，其义甚深，其气甚厚，非一丘一壑所能尽其蕴也。”⑤陈本礼把“来脉”与“昆仑起祖”相对应，亦即来龙之源的“龙脉”。在古代风水学中，昆仑被视为万山之祖、龙脉之源。陈本礼借此强调可作为“序文”的《离骚》第一节，在内容和思想取法乎上，导源之正。陈本礼所说的“非一丘一壑所能尽其蕴”的“结穴”主要是指文脉的聚集之处。

从以上诸家描述来看，“结穴”既可以指整篇文章的最终收束处，也可以指一大段的收拾归结处。王棠《燕在阁知新录》评《离骚》曰：“‘吾将从彭咸之所居’，此是屈子《离骚》大结穴，亦是屈子一生大结穴。”⑥王棠把《离骚》中的“吾将从彭咸之所居”作为《离骚》的结穴，亦作为屈子一生的结穴。正如董国英《楚辞贯》评《离骚》曰：“于是以‘正’而毙，回顾篇首之以‘正’而生，为全篇结穴。循首讫尾，无数层折，无数烟波，要无一字不照定此句落

①② 龚宗杰《古代堪舆术与明清文学批评》，《文学遗产》2019年第6期。

③ 胡濬源撰，施仲贞、张琰点校《楚辞新注求确》，南京大学出版社2017年版，第52—53页。

④ 徐焕龙《屈辞洗髓》，见《楚辞文献丛刊》第48册，第519页。

⑤ 陈本礼《屈辞精义》，见《楚辞文献丛刊》第63册，第84页。

⑥ 王棠《燕在阁知新录》，见《续修四库全书》第1147册，上海古籍出版社2002年版，第106页。

笔。"[①]屈原是"以正而生""以正而毙",《离骚》"循首讫尾""首尾回环",由此通篇文脉一贯。

由此可见,与明代楚辞学者运用自然地理之象喻主要着眼于作品的语言特点和整体风格不同,清代楚辞学者更进一步把自然地理之象喻,推广运用到了《楚辞》作品的文脉构思上来。他们一方面抓住山川地理规律和行文法则之间的相似性展开论述,一方面借用小说评点中已经成形的批评术语,如"草蛇灰线""手挥目送"等作比况。

二、声音图画之喻:情感体悟与诗画融通

声音之喻是借由人体通感的生理机能,通过对节奏、音节和气势的描摹,把对《楚辞》作品内容和情感的体悟充满想象力地呈现出来;而且,声音之喻与自然地理之喻总是交织在一起的。试举几例:

"命灵氛""要巫咸"两段皆故为宽缓之言,以收其繁弦急节之音,所谓曲终奏雅也。(王萌《楚辞评注》引胡克宽评《离骚》)[②]

自"重华陈辞"以后,飘然上征,上下求索,问灵氛,要巫咸,穷天极地,游行偷乐,忽然临睨故乡,悲不自禁,如听繁声而忽寂,如看蜃楼而忽散,如梦华胥而忽醒,令读者神摇目眩,天下大观,于此极矣。(王萌《楚辞评注》引朱栻评《离骚》)[③]

《九章》体裁与《骚》一也,而各因其时各纪其事,故虽音节悲凉,而部伍分明,颇为易识。唯《悲回风》篇,则急鼓繁弦,深巷短兵时矣。(吴世尚《楚辞疏》评《悲回风》)[④]

奇艳如劙锦剪翠,然望中皆黯淡之气,此长歌悲于痛哭哉!(方人杰《楚辞读本》评《离骚》)[⑤]

如置身在溆浦山中,听哀猿夜叫也。(陈本礼《屈辞精义》评《涉江》)[⑥]

上引吴世尚所云"急鼓繁弦,深巷短兵",通过声音的急促繁密形象地传达出了《悲回风》不同于《九章》其他作品情感的激切和迫近。方人杰用"长歌"和"痛哭"之声来形容《离骚》中

① 董国英《楚辞贯》,清道光二十五年博川正谊斋刻本。

② 王萌撰,张佳点校《楚辞评注》,南京大学出版社 2017 年版,第 25 页。

③ 《楚辞评注》,第 30 页。

④ 吴世尚《楚辞疏》,见《楚辞文献丛刊》第 55 册,第 14 页。

⑤ 方人杰《楚辞读本》,见《楚辞文献丛刊》第 48 册,第 265 页。

⑥ 陈本礼《屈辞精义》,见《楚辞文献丛刊》第 63 册,第 274 页。

屈原第一次上征时的心情，于“奇艳”的文字背后读出了屈子悲痛欲哭之情。陈本礼用“忽起忽落”的“波涛夜涌”和“倏隐倏现”的“云龙变化”来呈现《天问》文脉的层折变化。陈本礼《屈辞精义》于《九章》题后曰：“朱子浅视《九章》，讥其直致无润色，而不知其由蚕丛鸟道、巉岩绝壁而出，而耳边但闻声声杜宇啼血于空山夜月间也。”[①]陈本礼不满于朱熹对《九章》“直致无润色”的评价，用到了山川地理和声音两种象喻来反驳：“蚕丛鸟道、巉岩绝壁”即是山川地理之象喻，出自李白《蜀道难》，形象地展现了屈原《九章》辞旨之幽深；“声声杜宇”和“哀猿夜叫”，借子规鸟和猿哀怨的叫声来展现《九章》语言传神的艺术功力。

又如，徐焕龙《屈辞洗髓》评《离骚》云：“是故读屈词，如听琴音，此篇如《秋鸿》三十段，备极《广陵散》之遗韵。他篇虽妙，亦特《潇湘水云》《洞天春晓》《阳春》《白雪》《梦蝶》《御风》诸操而已。余僻琴，家贫无以整旧桐，又厌时琴，每以此当之。”[②]徐焕龙评《离骚》的这一段话读来颇有兴味，全以古琴曲作喻。他对《离骚》篇评价甚高，其地位相当于古琴曲中的《秋鸿》和《广陵散》。《秋鸿》是篇幅最长的古琴曲之一，凡三十六段，以飞翔凌空的秋日的鸿雁为喻，抒写怀才不遇者的心情；《广陵散》是著名的古琴曲之一，主要抒发愤慨不屈的浩然之气。徐焕龙认为《离骚》之外的屈原的其他作品，就像古琴曲中的《潇湘水云》《洞天春晓》《阳春》《白雪》《梦蝶》《御风》等，虽也美妙动听，然而韵味远不及《离骚》。看来，徐焕龙对古琴曲颇为熟悉，以此譬喻，形象生动。徐焕龙还说他喜欢琴，但是因家贫买不起桐木古琴，于是就把《离骚》当作古琴来赏玩，这样的象喻和阐释确实让人有耳目一新之感。

一些清代楚辞学者本着诗画相通的理念，在《楚辞》注解和评点中不仅援引诗论，还融汇画论。如朱冀《离骚辩》评《离骚》曰：“一切皆行文之渲染，犹画家之着色也。极凄凉中偏写得极热闹，极穷愁中偏写得极富丽。笔舌之妙，千古无两。”[③]又如，陆时雍《楚辞疏》评曰：“《涉江》一笔两笔，老干疏枝。《哀郢》细画纤描，着色着态，神韵要自各足。”[④]陆时雍运用绘画语言来比较《涉江》和《哀郢》不同的描写方法。《涉江》篇最突出的特点是诗中有一段纪行的文字，路径清晰，诗意明白如话，故而陆时雍用“老干疏枝”来形容这种粗线条的描写手法；而《哀郢》不同，诗中描绘了一幅幅悲惨的画面，一幕幕摧肝裂肺的情景，且交织着复杂矛盾的心理活动，故而陆时雍用“细画纤描，着色着态”来形容。正如邹一桂《小山画谱》所云“新枝方可着花，老干从无附萼”，这两首诗虽写法不同，然各具特色，充分

① 陈本礼《屈辞精义》，见《楚辞文献丛刊》第 63 册，第 239 页。
② 徐焕龙《屈辞洗髓》，见《楚辞文献丛刊》第 48 册，第 459 页。
③ 朱冀《离骚辩》，见《楚辞文献丛刊》第 47 册，第 654 页。
④ 陆时雍《楚辞疏》，见《楚辞文献丛刊》第 40 册，第 416 页。

展现了屈原诗歌高超的艺术功力。又如江中时《楚骚心解》于卷四《招魂》篇后解曰：

> 篇中招魂徕归，备极人间之乐事，末结之以“魂兮归来，哀江南”。陡觉前半如蜃楼海市，一时灭没，真是奇绝妙绝。篇中写不祥处，写乐处，奇诡艳丽，宛如在目。陆时雍谓“举景而得趣，举貌而得态，举色而得意，举馔而得味，举声而得会”。方之顾虎头为人写照，先察其神情，种种入手，一略举笔真形，不由不意致周旋，精神飞越，乃信文人之才，无所不可。[①]

江中时此段论述主要是从艺术审美的角度出发，指出《招魂》“奇诡艳丽，宛如在目”，并把这种艺术手法与东晋画家顾恺之(小字虎头，故称“顾虎头”)“传神写照”之手法相比拟，极力推崇屈原之诗才。

郑武《寄梦堂屈子离骚论文》中大量融汇画论来品评《楚辞》诗句，如《思美人》眉批云：“悬宰论画云：小树最要淋漓，简枝繁影，欲如文君之眉与黛。观此可悟《楚词·九章》诸篇。”[②]按：悬宰，即明代画家董其昌(1555—1636)，字玄宰，号思白、香光居士。郑武评《离骚》“皇天无私阿兮，览民德焉错辅”曰：“句法之妙，如李营丘画树，千曲万曲，无复直笔也。”[③]按：李营丘，即五代宋初画家李成。又如，郑武评《怀沙》“日昧昧其将暮”句曰：“董北苑《落照图》，逊其孤峭。”[④]按：董北苑，即五代南唐画家董源。郑武比较其画作与《楚辞》诗句作风格，以此点明《怀沙》风格的“孤峭”。郑武评《涉江》“乘舲船余上沅兮，齐吴榜以击汰”二句云：“文章之妙，如在扁舟看程孟阳吟诗作画也。”[⑤]按：程孟阳，即明代书画家程嘉燧。再如，郑武评《湘君》“望涔阳兮极浦”句曰：“马麟《秋水烟平图》。”[⑥]评“桂棹兮兰枻，斲冰兮积雪”曰：“赵文敏《江天暮雪图》。”[⑦]这些均是以前代画家马麟和赵孟頫之画作直接品评《楚辞》诗句。可见，郑武本人对历史上著名的画家画作非常熟悉，其鉴赏画作亦有较高水平，故而能够以其对画作的感受阐释《楚辞》作品的风格特征。

作为清代扬州的著名人物，陈本礼集藏书家、鉴赏家和诗人于一身，其《屈辞精义·自序》云“曾写《江上读骚小影》”，故而他能凭借在绘画和鉴赏方面的眼光和体验，来解读《楚辞》的文本。陈本礼《屈辞精义·略例》曰：“烹词吐属之妙，天籁生成。其凄其处如哀猿夜叫，醲郁处如旃檀香焚，鲜艳处如琪花绽蕊，苍劲处如古柏参天；其绘声绘色处如吴道子画诸天，无美弗备；其经营惨澹处如神斧鬼工，巧妙入微。然又皆从至性中流出，非斤斤以篇

① 江中时《楚骚心解》，见《楚辞文献丛刊》第57册，第257页。

②③④⑤⑥⑦ 郑武《寄梦堂屈子离骚论文》，见《楚辞文献丛刊》第47册，第138、61、141、126、82页。

章字句矜奇炫巧也。”[①]陈本礼所用之象喻如“哀猿夜叫”“旃檀香焚”“琪花绽蕊”“古柏参天”，有凄厉的声音，有醲郁的香味，有或鲜艳或苍劲的观感，综合运用听觉、嗅觉和视觉，纷至沓来，令人应接不暇。尤其是陈本礼形容屈原诗文“绘声绘色处如吴道子画诸天，无美弗备”，用“画圣”唐代吴道子“无美弗备”之画来做比，为读者呈现出了无限的想象空间。

而且，陈本礼在“象喻”式批评的基础上，又创造性地以“文图转换”的方式展现《楚辞》的立言之妙，如《九章·涉江》“乘鄂渚而反顾兮”四句后，陈氏注曰：“一幅《秋山行旅图》。”[②]在“乘舲船余上沅兮”四句后，陈本礼“笺”云：“此又一幅《清江泛棹图》也。一叶孤帆，沙汀夜泊，淹回难进，能不令迁客魂销于江上耶?”[③]陈本礼将自己对《涉江》文本的审美感受，逆向幻化为自然之境，并用描绘性的语言浓缩到具体的画面之中。这样，读者再通过其画面创设出的情境来体会诗意，这样的阐释能够打破诗人、注释者和读者的界限，帮助读者更好地从风格意境上把握作品。

由以上分析可知，象喻式批评是建立在共同的审美经验的基础上的，它不是采用语言和逻辑分析，而是用艺术形象的方式诉诸直觉想象，利用人体通感的生理机能，来唤起读者对作品内在风神和韵味的审美感受。

三、生命之喻:结构分析的三个层面

钱锺书先生在二十世纪三十年代发表的《中国固有的文学批评的一个特点》一文就曾经提出中国文学批评的一个特点，即“把文章通盘地人化或生命化(animism)”“把文章看成我们自己同类的活人”[④]。敏泽先生在《中国美学思想史》中指出“我国审美评价一个最鲜明的民族特点:人化的美学评价”[⑤]。“文学批评中的‘生命之喻’，从哲学上看，是受了中国古代‘近取诸身，远取诸物’(《周易·系辞上》)的象征性思维方式影响而产生的，以人拟文正是‘近取诸身’的自然而然的结果”[⑥]。其实，如果追本溯源的话，“它起源于人对自身人体生命的认识，审美首先也是从对人体生命运动的观照开始”[⑦]。批评家们清楚地看到了艺术结构与生命结构的相似之处，即文学作品与人的生命一样，是具有统一的、完整

①②③ 陈本礼《屈辞精义》，见《楚辞文献丛刊》第63册，第48、271、271页。

④ 该文原载《文学杂志》第1卷，第4期，1937年8月。转引自周发祥等《碰撞与融会——比较文学与中国古典文学》，外语教学与研究出版社2006年版，第284页。

⑤ 敏泽《中国美学思想史》，岳麓书社1987年版，第512页。

⑥ 吴承学《生命之喻——论中国古代关于文学艺术人化的批评》，《文学评论》1994年1期。

⑦ 韩湖初《“生命之喻”探源——对一个中、西共同的美学命题的认识与思考》，《文学评论》1995年3期。

的生命特性的,因而以此来取譬设喻是自然而然的。

在清代楚辞学著作中,生命之喻的运用颇为突出。文学批评中的生命之喻"往往离不开三方面的意义:外在的形体(皮肉肌肤)、内在的身体结构(骨骼)、内在的精神及其灌注(灵气、血脉)"[①]。在清代楚辞研究的结构分析中,生命之喻的运用也主要是在这三个层面展开的。例如:

> 总要理会全局血脉,再寻出眼目来,任他如何摇曳,如何宕轶,出不得这个圈子。(林云铭《楚辞灯》)[②]
>
> 窃以为惟"守死善道"四字,可作通篇骨子,可贯前后血脉,而卒章"与为美政"四字,则又文中之眼目,大夫项下之骊珠也。(朱冀《离骚辩》)[③]
>
> "少歌"四句乃一篇之筋节,而"抽思"二字,又"少歌"之眼目,而遂以是而名其篇也。(吴世尚《楚辞疏》)[④]
>
> 斯世无可安此身者,乃想得自沉一法,通身归宿、一篇主脑于此点定。(梅冲《离骚经解》)[⑤]
>
> 细寻其金针,实开文法众妙之门,三后尧舜是一篇主脑。(林仲懿《离骚中正》)[⑥]
>
> 读《楚词》者,俱患不细寻主脑以通脉络。(郑知同《楚辞考辨》)[⑦]
>
> 读《楚词》当先识得各章主脑。然后于其词之相似处,辨认虚实、宾主。见得复处却不是复,方能悉其指归,领其妙用也。(郑知同《楚辞考辨》)[⑧]

从以上例子可以看出,主脑、眼目、血脉、骨子、筋节、气、神等关涉上述三个层面,即形体、结构和精神的范畴俯仰皆是。"主脑"即主旨之义。诗的主旨之于诗,就如同大脑之于人体。明末清初的戏剧大师李渔(1611—1680)在其《闲情偶寄》中运用生命象喻系统地阐述了戏剧创作的结构问题,提出了"立主脑"的观点:"古人作文一篇,定有一篇之主脑。主脑非他,即作者立言之本意也。"[⑨]上引林仲懿说"三后尧舜是一篇主脑"、梅冲说"自沉"是"一

① 韩湖初《"生命之喻"探源——对一个中、西共同的美学命题的认识与思考》,《文学评论》1995年3期。

② 林云铭《楚辞灯》,见《楚辞文献丛刊》第47册,第432页。

③ 朱冀《离骚辩》,见《楚辞文献丛刊》第47册,第482页。

④ 吴世尚《楚辞疏》,见《楚辞文献丛刊》第55册,第308页。

⑤ 梅冲《离骚经解》,见《楚辞文献丛刊》第60册,第306页。

⑥ 林仲懿《离骚中正》,见《楚辞文献丛刊》第57册,第294页。

⑦⑧ 蒋南华等《郑知同楚辞考辨手稿校注》,贵州人民出版社2004年版,第72、170页。

⑨ 李渔《闲情偶寄》,见中国戏曲研究院编《中国古典戏曲论著集成》第7册,中国戏剧出版社1982年版,第14页。

篇主脑”、郑知同说“读《楚词》当先识得各章主脑”，可以看出“主脑”既可以指一篇作品的主旨，也可以指作品中一章的主旨，即宏观的篇旨和微观的章旨。而且，值得注意的是，李渔提出的“立主脑”是从作者创作的角度，尤其是创作论中的结构论角度提出的。而上述楚辞学者均是从读者接受的角度，即从指导阅读方法的角度，强调“主脑”即主旨之义对于理解作品的重要意义。“眼目”即作品中反映主旨的关键词。“筋节”如同人体之关节，偏向于作品重要而有力的转折连接，提倡具有顿挫和灵动之感。清代楚辞学者善于把“主脑”“眼目”“筋节”与阐释文脉、结构、章法相贯通，辨析它们在文句经营和结构意义上的关键作用。

血脉流贯是人生命延续的前提条件，而诗文的血脉贯通则是诗文生命存在的必要条件。从上引林云铭所云“总要理会全局血脉”可以看出，一些楚辞学者认为《楚辞》作品的行文虽是忽隐忽现的，但无疑是贯通的，只是有的显露，有的隐微。这就如同人身上的血脉，虽然没有外露，但始终是贯通的。吴世尚《楚辞疏》之《凡例》起首即云：“《离骚》用意精深，立体高浑。文理血脉，最难寻觅。”①朱冀《离骚辩》：“读《骚》须分段看，又须通长看。不分段看，则章法不清；不通长看，则血脉不贯。”②吴世尚和朱冀注解《楚辞》处处着眼于文理之接续，血脉之贯通，力求使全篇浑然一体。“古人的‘生命之喻’实际上反映了传统美学对于艺术本质的某些观念，即把艺术形式视成一种具有内在生命力的有机的动态整体”③，在这个有机的动态整体中，血脉的流贯无疑是关键之所在，它使得文学作品成为独立自主的、蕴含着性情与生命力的统一体。王邦采《离骚汇订·序》曰：“所贵乎能读者，非徒诵习其词章声调已也，必审其结构焉，必寻其脉络焉，必考其性情焉。结构定而后段落清，脉络通而后词义贯，性情得而后心气平。”④王邦采指出了三步走的读骚策略，即结构→脉络→性情，他把脉络的疏通作为结构审视与把握性情的中间关键性环节。

“神”和“气”是明清楚辞评点中颇为常见的范畴。宋代严羽《沧浪诗话》在明清两代产生了极大的影响，尤其是清代王士禛在此基础上提出了著名的“神韵”说，成为康熙诗坛主流诗学理论之一，泛滥一时。作为其诗歌审美理想境界的概括，“神”主要侧重诗歌的风韵内涵，既包括诗境中的人，同时蕴含着渗透诗人情性、风度和气质的境外之味。“气”是中国哲学的一个基本范畴，自孟子提出“吾善养吾浩然之气”之后，曹丕《典论·论文》“文以气为主”，首次把“气”引入文学批评中，它一方面指涉创作主体的气质个性，一方面提倡壮健的气势。延伸至清代，批评家常用“神”“气”或者“神气”结合来品评诗歌。张诗《屈子

① 吴世尚《楚辞疏》，见《楚辞文献丛刊》第55册，第9—10页。

② 朱冀《离骚辩》，见《楚辞文献丛刊》第47册，第473页。

③ 吴承学《生命之喻——论中国古代关于文学艺术人化的批评》，《文学评论》1994年1期。

④ 王邦采《离骚汇订》，见《四库未收书辑刊》第5辑第16册，北京出版社2000年版，第98页。

贯·凡例》云:“从来注《楚辞》者甚多,苦未有联络其神气者,即考亭夫子,亦仅详于物类音释,与其意之大都耳。予不揣,依考亭《诗经》圈下注法,使其神气联络而已。”[①]张诗所云之“神气”亦是清代文论的重要范畴。刘大櫆《论文偶记》曰:“行文之道,神为主,气辅之”“神气者,文之最精处也;音节者,文之稍粗处也;字句者,文之最粗处也”[②]。刘大櫆在阐述其“因声求气”的学文方法时,指出“神气”是“文之最精处”,主要是指文章中所呈现的精神气脉和气势魅力等审美意蕴。张诗所云之“神气联络”亦主要着眼于作品精神气脉之连贯。又如,方人杰《楚辞读本》于《九章·惜往日》篇后评曰:“文气纵佚窅渺,有不可一世之概,实叙中有虚致,直言中有婉致,回环反覆,一气凝结,挥刀不断,千载如生。”[③]可以看出方人杰所说的“文气”之贯注取决于诗人的安排。在诗人“不可一世”的气概之下,不管是虚实直婉的交织,还是“回环反覆”的叹咏,都是诗人内在的精神气韵外化为“一气凝结”的“文气”。由以上例子可知,清代楚辞学者所说的“神”“气”和“神气”,既包含创作主体内在的精神气质,又包括驾驭作品外在结构的勾连技巧。正如吴承学先生所说:“生命之喻反映中国古代传统的美学思想,即推崇生机勃勃、灵动自由、神气远出的生命形式,要求文学艺术应具有和生命的运动相似相通的形式。”[④]

综上所述,在清代《楚辞》研究中,象喻式批评方法非常普遍且独具特色。在分析《楚辞》作品的文脉构思时,自然地理之喻非常突出,一方面抓住山川地理规律和行文法则之间的相似性展开论述,一方面借用小说评点中已经成形的批评术语如“草蛇灰线”“手挥目送”等进行比况。声音图画之象喻是用艺术形象的方式诉诸直觉想象,利用人体通感的生理机能,来唤起读者对作品内在风神和韵味的审美感受。中国文学批评中的生命之喻是古人物我合一同构思维的突出表征。对于象喻式批评的对象内容,更强调的是呈现,而不是解说;更强调的是美感想象的诱发,而不是理论的分析,这也反映出了部分清代楚辞学者的反诠释倾向。

(作者简介:陈欣,贵州师范学院文学与传媒学院教授,著有《清代楚辞学文献考释》。)

---

① 张诗《屈子贯》,《四库未收书辑刊》第7辑第16册,第4页。

② 刘大櫆《论文偶记》,人民文学出版社,1959年版,第3、6页。

③ 方人杰《楚辞读本》,第302页。

④ 吴承学《生命之喻——论中国古代关于文学艺术人化的批评》,《文学评论》1994年1期。

词学研究

宋词词体之叙事艺术研究[*]

许梦婕

内容摘要：宋词作为传统观念中抒情性极强的文学样式，也在文艺理论的观照下体现出叙事性特征。从宋词的体例方面看，小令的叙事言短意长，常用浓缩式的典型细节容纳广阔深远的内容；慢词长调则用铺叙白描的重笔描摹展开叙事；而联章体组词的叙事点面结合，意脉连贯。不同词体的叙事特点都体现出宋词灵活跳跃的叙事特征，共同推进了宋词词体叙事的发展。

关键词：宋词　小令　慢词长调　联章体　叙事艺术

叙事学理论中，将叙事文本中具体呈现出来的时间状态称为"叙事时间"，将故事发生的自然时间状态称为"故事时间"[①]。张海鸥先生将之总结为："叙事学将文本长度称为'叙事时间'，将所叙事件长度称为'故事时间'。"[②]词是叙事时间最短的文体之一，但词的故事时间却未必短暂。它可以叙述一个片断，也可以讲述一段历史，可以通过白描、铺陈以刻画细节，也能够采用跳跃、留白的方法来提供想象空间。这种灵活性使词突破体裁精短的限制，表现出不同长度的故事时间。诗词是语言的艺术，其中的体裁、篇幅、音律等因素会对诗词的表现特征产生不同影响，宋词也不例外。不同的宋词体例特征不同，如小令、慢词长调、联章体组词，在叙事上都各具特点，虽然它们之间有着继承与发扬的关系，但在发展过程中也形成了各自的叙事风格，总体而言，具有一脉相连、历时推进的叙事特征。

---

* 本文系江苏省高校哲学社会科学研究项目"《乐府诗集》中吴声曲辞的叙事性研究"（2021SJ1208）阶段性成果。

① 罗钢《叙事学导论》第四章《叙事时间》，云南人民出版社1994年版，第133页。

② 张海鸥《论词的叙事性》，《中国社会科学》2004年第2期。

一、言短意长的小令叙事

小令是词文学中篇幅最短小的词体，字数通常限制在58字之内。受篇幅所限，小令无法完整记叙一件事的首尾，所以必须采用片断式的场景描写，或是浓缩式的典型细节，提纲挈领地容纳更广阔深远的内容。张炎在其《词源》中总结令词的写作经验时提及："词之难于令曲，如诗之难于绝句，不过十数句，一句一字闲不得。"[①]所以，小令叙事的特点是用短小的篇幅来传达丰富的意蕴，行文中发挥它句式灵活、节奏轻快的优势，以细节代替整体，跳跃式地结构全篇，并通过对动态变化和人物行为、感知的捕捉，加大叙事容量，增强叙事弹性。

小令叙事的基本原则是以点代面、以细节代整体，讲究跳跃的构思和"留白"艺术，具有"言短意长"的风格特色。词人们在用小令进行创作时，会选取其中最典型的画面、最有代表性的角度，"透过聚焦部分，去窥探聚焦以外部分，去寻找和解读有意味的空白"[②]，最大限度地照射出词句背后的故事。例如晏几道《鹧鸪天》：

> 彩袖殷勤捧玉钟，当年拼却醉颜红。舞低杨柳楼心月，歌尽桃花扇底风。　　从别后，忆相逢，几回魂梦与君同？今宵剩把银釭照，犹恐相逢是梦中。[③]

作者选取了三个典型的画面，从歌舞饯别、别后相思、久别重逢等三个角度讲述了一段爱情故事。上阕四句追忆了词人在临别前夜纵酒狂欢的情状：宴席上觥筹交错、歌舞喧哗，词人面对美人的"殷勤"劝酒，不惜痛饮、酩酊大醉；下阕跳过分别的场景，直接用"几回魂梦与君同"表现别后相思，巧妙选取梦境反衬真实的情感；继而今宵终得重逢，惶恐得一再举灯照看，生怕还是一场梦，这个细节将词人失而复得、又害怕得而复失的微妙心理刻画得栩栩如生。全篇采用跳跃式的时间顺序，只通过三个幻灯片式的片段画面，就将一段坎坷的爱情经历表现得淋漓尽致，曲折深婉，情韵浓厚。这种追忆往昔、对比今朝的写作构思在晏几道的词作中颇为常见，例如他的《临江仙》(梦后楼台高锁)、《蝶恋花》(醉别西楼醒不记)等词，都有明显的"昔—今"切换的模式，词人选取几处典型场景拼接而成全篇，结

① 张炎著，夏承焘校注《词源注》，人民文学出版社1963年版，第25页。

② 杨义《杨义文存》第一卷《中国叙事学》，人民出版社1997年版，第250页。

③ 唐圭璋《全宋词》(一)，中华书局1999年版，第290页。

构跳跃，时间跨度大，留给读者很大的想象空间。冯煦称其词"淡语皆有味，浅语皆有致"[①]；夏敬观也评道："语浅意深，有回肠荡气之妙。"[②]从中我们可以看出，小令的叙事是通过"点"来展现的，"点"就是经典片段和典型细节，一首小令中有数个这样的点，每一点都能映射出一段故事。词人既不需要指明事件内容，也不必将所有事情都道尽，只需要描述具有审美共性的"点"，透露故事的冰山一角即可，剩下的情节就由读者自行补充想象。这种"留白"的艺术手法运用在文学作品中，能够扩大诗词的表现范围，增加作品的张力，达到言有限而意无穷的效果，同时，也为读者提供广阔的想象空间，深化阅读体验。

小令叙事的另一种表现方式是注重对动态变化的捕捉。如果说以点代面的细节叙事是幻灯片式的图画描摹，那么，捕捉动态变化则是动画片般的场景再现，是体现叙事性的重要方式。文学作品中的动态描写，能凸显写作对象的灵活与逼真；在宋词中，对动态变化的捕捉与描摹，可以真实再现生活中转瞬即逝的景象，使全文达到流动的效果，是区分叙事与抒情、写景的关键要素。例如陈克《菩萨蛮》所写：

> 池塘淡淡浮鸂鶒，杏花吹尽垂杨碧。天气度清明。小园新雨晴。　　绿窗描绣罢，笑语酴醿下。围坐赌青梅。困从双脸来。[③]

词的上阕重在写景，描绘出暮春雨后的小园风光，具有清丽静谧之美；下阕将笔锋转向叙事，用"描绣罢""笑语""围坐""赌青梅"等表示动态变化的词语，记述了一群少女聚集在一起做女红、玩游戏的欢快场景。通过这一系列动作行为，读者仿佛能够看见这些女孩子们青春活泼、天真烂漫的日常生活，而"困从双脸来"这个描写春困的细节，又透露出一丝娇憨可爱的模样，令全词富有浓厚的生活气息。从全篇结构来看，上阕的写景是下阕叙事的背景铺垫，将少女们的活动放置在优美的环境中，静景渲染了动景的氛围，而动态变化增添了景物的生机，动静结合，相得益彰。在任何文学作品中，单纯的抒情或叙事都是不可取的，二者需要互相依托，所以，捕捉动态变化可以增加宋词的叙事性，也是小令叙事的重要方法。

在表现动态变化的过程中，词人们还有意识地运用叙事性的口吻加入人物的行为与感知，阐发一定的哲理。有些事件本身很平凡，但经过词人的处理，就变得耐人寻味、意境深远。例如李清照擅长在小令中记录自己的日常生活，她的词作语言通俗易懂，却能负载

---

① 冯煦《蒿庵论词》，见唐圭璋编《词话丛编》，中华书局 1986 年版，第 3587 页。

② 夏敬观《吷庵词评》，见张璋等编纂《历代词话续编》，大象出版社 2005 年版，第 417 页。

③ 《全宋词》(二)，第 1072 页。

深厚意蕴，浑然天成，毫无生硬之感，南宋魏庆之赞其："用其事而隐其语。"[①]以《如梦令》为例：

> 昨夜雨疏风骤，浓睡不消残酒。试问卷帘人，却道海棠依旧。知否，知否？应是绿肥红瘦。[②]

此词的重笔在于隐藏的主仆对话：宿醉初醒的女主人十分关心经历了一夜风雨的海棠花是否安好无损，"试问"这个细节将她既心急关切又害怕听到花落消息的矛盾心理表现得贴切入微，而粗心的丫头却回答"依旧"，令人哭笑不得；至此，词人只好自言自语地喟叹"应是绿肥红瘦"的现实。这首小令的内容十分家常，在富贵人家日日都有如此主仆对话，却能在李清照的笔下变得如此生动，尤以末句为世人所称道，因为它不仅是对日常生活的细致观察，更语浅意深地道出风雨无情、芳华易逝的人生感悟，是作者内心复杂情感的传递，堪称精绝之笔。又如苏轼的《蝶恋花·春景》：

> 花褪残红青杏小。燕子飞时，绿水人家绕。枝上柳绵吹又少。天涯何处无芳草。
>
> 墙里秋千墙外道。墙外行人，墙里佳人笑。笑渐不闻声渐悄。多情却被无情恼。[③]

词之上阕重在写景，描写了一组暮春之景；下阕则记录了一个短暂的片断：以一堵墙为界，墙内是充满朝气的佳人在欢快地荡秋千，而墙外则是过路的行人被笑声所吸引，情不自禁地停下脚步，专心聆听。待到笑声渐悄，四周逐渐安静，唯一不能平静的是行人的内心，他因这段意外的插曲想到了什么？是青春，还是恋人？是家乡，还是前途？无人知晓。这是作者留下的悬念，留白的艺术在这里为读者提供了宽阔的想象空间。而结句"多情却被无情恼"与上片末尾的"天涯何处无芳草"，都是作者由景、事生发的人生感悟，既可单纯地用于男女爱情，也可以引申到词人苏轼的人生经历——"芳草""佳人"都是他毕生追求的政治理想，忧愁烦恼的"行人"则是仕途失意的词人的化身。作者的体悟与思索意境朦胧，却耐人寻味。

小令叙事是在以点代面、以细节代整体的基础上，充分捕捉动态变化，融入作者行为

---

① 魏庆之《诗人玉屑》，中华书局2007年版，第205页。

② 《全宋词》(二)，第1202页。

③ 《全宋词》(一)，第387页。

感知，在短小精炼的篇幅中充分发挥其言短意长的特点，使词作更富有深远意境。

二、铺叙白描的慢词长调叙事

慢词长调早在敦煌曲子词中就已出现，但直到北宋仁宗时期才有了长足的发展。经过六七十年的休养生息，宋朝政治经济恢复元气，社会繁荣稳定，各阶层逐渐接受词这种新式文体，并且有足够的闲暇与从容的心境进行慢词创作，聆听慢词演唱。在如此氛围之下，宋词词体由最初的“小令当行”渐变为小令、慢词的齐头并进，促使宋词的形式体制日益完备。

与小令相比，慢词长调的篇幅较长，节奏稍缓，可以容纳更多的内容，是宋词中极具叙事性的词体。它的字数从八九十字到二百余字不等，在形式上还有双调、三叠、四叠等多种变化，在体制上为词人详述事件提供了便利条件。为了更好地在慢词中叙述事件，宋代词人学习“赋法”之长，使用铺叙、白描等表现手法对某一事件或某一片段进行重笔描摹，以增强词作的叙事性，并推动情节进展。

铺叙与白描是慢词叙事的支柱。铺叙，即铺陈叙说，是通过平铺直叙的方法对事态变化、景观物象等内容逐一进行充分周到的描述；白描，则是运用简练的笔墨，不加烘托，直观描画出鲜明生动的形象。古代的多种文体，如《诗经》、楚辞、汉赋等，都普遍使用铺叙白描的言说方式，有“敷陈其事而直言之”的模式规范。宋词中的铺叙、白描继承此文学传统，并结合自身特点，将原本在一定空间、时间范围内有序发生的完整事件进行压缩，截取经典片段或场景，在有限的篇幅中交代作词的事件背景。同时，铺叙与白描不止于事的层面，更深入到景、情的角度，在叙事的同时，词人还将议论、抒情融入其中，情依托于事，事推动情起，使全篇朝着铺张扬厉、事无巨细的方向发展。

柳永是率先在慢词长调中采用铺叙白描的词人。他作为宋代第一位大量创制慢词的作家，不仅是变革词体的关键人物，还创造性地将“赋法”移植入宋词的创作中，于内容方面增加了宋词的叙事性。在柳永之前，词人们大都习惯填制形式短小、风格蕴藉的小令，而自柳永开始，他为满足市民大众的审美追求，且适应慢词长调的体式需要，开创了运用铺叙、白描进行创作的方式，李之仪《跋吴思道小词》称之：“至柳耆卿，始铺叙展衍，备足无余，形容盛明，千载如逢当日。”[①]他的作品，或铺陈描绘事情发生、发展的场面和过程，以展示不同时空场景中人物心态情感的变化，或层层描摹主人公复杂丰富的内心活动，以叙

① 李之仪《姑溪居士全集》卷四十，见《丛书集成初编》本第4册，中华书局1985年版，第310页。

事为骨，情景衬融，层次清晰而波澜起伏，夏敬观在《手评〈乐章集〉》中点评："柳永雅词用六朝小品文赋作法，层层铺叙，情景兼容，一笔到底，始终不懈。"[①]如脍炙人口的《雨霖铃》词叙写一次离别的经历，纵观全篇，词人采用铺叙衍情之法，细致描摹了整个送别的场景：不仅有"寒蝉凄切""对长亭晚""兰舟催发"等对时间、地点、外部环境的仔细交代，还将分别的过程具体刻画——"执手相看泪眼，竟无语凝噎"等语句将人物的动作、情态、心绪等都白描于纸间；更为精巧的是，词人将分别前、中、后的感悟"帐饮无绪""念去去""更与何人说"等一一铺陈品味，结构完整，感情真挚。唐圭璋评价此词："尽情展衍，备足无余，浑厚绵密，兼而有之。"[②]美国学者浦安迪亦称："叙事就是作者通过讲故事的方式把人生经验的本质和意义传示给他人。"[③]用于此词，十分恰当。此外，柳永的铺叙展衍章法严密，结构井然，毫无杂乱无序之感，如其三叠词《夜半乐》：

冻云黯淡天气，扁舟一叶，乘兴离江渚。渡万壑千岩，越溪深处。怒涛渐息，樵风乍起，更闻商旅相呼。片帆高举。泛画鹢、翩翩过南浦。　　望中酒旆闪闪，一簇烟村，数行霜树。残日下，渔人鸣榔归去。败荷零落，衰杨掩映，岸边两两三三，浣沙游女。避行客、含羞笑相语。　　到此因念，绣阁轻抛，浪萍难驻。叹后约丁宁竟何据。惨离怀，空恨岁晚归期阻。凝泪眼、杳杳神京路。断鸿声远长天暮。[④]

此词叙写羁旅行役之悲，第一叠首句率先点明时令和事件起因，继而描写乘舟道途所经的江上风景，第二叠言极目所见的两岸风情，第三叠则转向自身的去国离乡之悲感。前两叠用铺叙的章法，白描勾勒出萧条的秋景，情绪怅然平缓，而最后一叠却突然转为促节繁音，词人情绪变得异常激动，陈匪石评其为："前两段纡徐为妍，为末段蓄势；末段卓荦为杰，一句松不得，一句闲不得，为前两段归结。"[⑤]此词铺叙尽致，大气磅礴，叙事疏密相间、层次清晰。王灼《碧鸡漫志》云："柳耆卿《乐章集》，世多爱赏该洽，序事闲暇，有首有尾。"[⑥]此语道出柳词在叙事方面能够做到首尾完备，并于其中"闲暇"处发挥情感因素，即事言情，情由事生，抒情中又含有叙事性和隐约的情节性，新的情感空间得以开拓。柳永对宋词的贡献有目共睹，他开启了两宋慢词长调的时代，所以由他所创制的这种善于铺叙、长于白

① 夏敬观《手评〈乐章集〉》，见龙榆生编选《唐宋名家词选》，上海古籍出版社 1987 年版，第 87 页。
② 唐圭璋《唐宋词简释》，人民文学出版社 2010 年版，第 84 页。
③ 〔美〕浦安迪《中国叙事学》，北京大学出版社 1996 年版，第 6 页。
④ 《全宋词》(一)，第 47 页。
⑤ 陈匪石编著，钟振振校点《宋词举》，江苏古籍出版社 2002 年版，第 143 页。
⑥ 王灼《碧鸡漫志》，见《词话丛编》，第 84 页。

描而又匠心独具的“以赋为词”模式，被后人称为“屯田蹊径”，又称“屯田家法”。

作为慢词长调的集大成者，周邦彦不仅将柳永所创制的“屯田蹊径”全盘继承，而且还变直叙为曲叙，使之成为清真词的一大艺术法门。蔡嵩云在论及清真词与柳永词的关系时，曾指出：“周词渊源，全自柳出。其写情用赋笔，纯是屯田家法。”[①]虽然同样运用铺叙白描的手法，但清真词亦在柳词的基础上加以深化，将柳永的按时空序列结构平铺直叙的章法变化为回环往复的跳跃性结构，铺叙层次增加。叶嘉莹曾比较柳、周二人的行文风格：“柳词之叙写是平面性，而周词之叙写则是立体性的；柳词之笔法是诗歌与散文的结合，而周词之笔法则似乎是诗歌与传奇故事的结合。”[②]以其《兰陵王·柳》为例：

> 柳阴直，烟里丝丝弄碧。隋堤上、曾见几番，拂水飘绵送行色。登临望故国，谁识京华倦客？长亭路，年去岁来，应折柔条过千尺。　闲寻旧踪迹，又酒趁哀弦，灯照离席。梨花榆火催寒食。愁一箭风快，半篙波暖，回头迢递便数驿，望人在天北。　凄恻，恨堆积！渐别浦萦回，津堠岑寂，斜阳冉冉春无极。念月榭携手，露桥闻笛。沉思前事，似梦里，泪暗滴。[③]

全词共分三叠，题名为“柳”，却非咏物，而是以柳写离别伤情。第一叠铺展泛论隋堤柳见证古今送别的场景，词人多次为他人送行，自己却无法回乡，“谁识京华倦客”一句暗示长久以来的漂泊之苦；第二叠白描实景，是眼前他人为“我”送别的酒筵，酒酣之际，词人设想自己登船后将会涌上心头的愁绪与思念，此段由“现在进行时”跳跃至“一般将来时”，层次多变；第三叠展衍铺陈词人登船后的情绪难抑，陷入“月榭携手，露桥闻笛”的回忆，更进一步白描出“泪暗滴”的伤情之态。全词不断回环于今昔之间，情、景、事相互交错，极具吞吐之妙。由此可见，相对于平铺直叙、单线结构的柳词，周邦彦的慢词则是采用回环往复的立体层次结构来叙事，更耐人寻味。所以夏敬观在《手评〈乐章集〉》中总结道：“耆卿多平铺直叙，清真特变其法，一篇之中，回环往复，一唱三叹。故慢词始盛于耆卿，大成于清真。”[④]汪东亦评论二人道：“耆卿崛起，慢词始兴，清真实从柳出，其铺叙长调，气力相钧，而沉郁之思，秾挚之采，固柳所不及也。”[⑤]

从柳永、周邦彦的作品可以看出，慢词长调中的叙事主要通过铺叙与白描来呈现，它

---

① 蔡嵩云《柯亭词论》，见《历代词话续编》，第 658 页。

② 叶嘉莹《唐宋词名家论稿》，河北教育出版社 2002 年版，第 165 页。

③ 《全宋词》(二)，第 787 页。

④ 夏敬观《手评〈乐章集〉》，见《唐宋名家词选》，第 87 页。

⑤ 汪东《唐宋词选评语》，见《词学》第 2 辑，华东师范大学出版社 1983 年版，第 79 页。

们能够多层次、多角度地铺陈出更为丰富的内容，在充分叙事的同时，兼顾抒情、写景，使词作全篇章法绵密、结构井然。

三、意脉连贯的联章体叙事

尽管小令、慢词都能在自身范围内展衍叙事内容，但单首词的容量毕竟有限，所以宋词又采用联章体的形式扩大词作的叙事范围。夏承焘、吴熊和先生定义“联章”为：“把二首以上同调或不同调的词按照一定方式联合起来，组成一个套曲，歌咏同一或同类题材，便成为联章。”[①]宋词中的联章，沿袭自唐五代敦煌曲子词的典型范式，又在时代的多种因素影响下得到进一步发展。据前人统计，《全宋词》中共有 130 多位词人写有 300 余组联章词[②]，它们或记叙历史故事，或反映宋朝的社会生活，每组少则二三首，多则十数遍，全篇通过一条提纲挈领的线索将数个片段情节勾连为一个整体。在联章体的体制下，组词的叙事性得到充分发挥，叙事的分量大幅增加，既能容纳较多的叙事细节，又暗含着事件发展的过程，使联章组词收到叙事紧凑、意脉连贯的表达效果。

联章体的叙事性可以从点和线的角度进行分析。首先，联章体组词是由许多单篇小词组合而成，从词作内容而言，每首词都具有相对独立性。这些单篇词作大多篇幅短小，着意记叙一个片断、细节或事件中的一个部分，自由选取写作视角，如同一个个零散的视点，从不同角度叙写同一主题。所以，在同一篇联章组词中，各首小词能够关注到不同的事，而且无须交代视点的转换，既是分散的个体，又相互联系，结构自由灵活。全篇则通过点与点之间的联结，多角度、多侧面地反映事件的全貌。如苏轼的联章组词《浣溪沙·徐门石潭谢雨道上作五首》：

其一

照日深红暖见鱼，连溪绿暗晚藏乌。黄童白叟聚睢盱。　　麋鹿逢人虽未惯，猿猱闻鼓不须呼。归家说与采桑姑。

其二

旋抹红妆看使君，三三五五棘篱门。相挨踏破茜罗裙。　　老幼扶携收麦社，乌鸢翔舞赛神村。道逢醉叟卧黄昏。

---

① 夏承焘、吴熊和《读词常识》，中华书局 1981 年版，第 31 页。

② 刘华民《宋词联章现象探讨》，《盐城师范学院学报》2005 年第 1 期。

其三

麻叶层层苘叶光，谁家煮茧一村香。隔篱娇语络丝娘。　　垂白杖藜抬醉眼，捋青捣麨软饥肠。问言豆叶几时黄。

其四

簌簌衣巾落枣花，村南村北响缫车。牛衣古柳卖黄瓜。　　酒困路长惟欲睡，日高人渴漫思茶。敲门试问野人家。

其五

软草平莎过雨新，轻沙走马路无尘。何时收拾耦耕身。　　日暖桑麻光似泼，风来蒿艾气如薰。使君元是此中人。①

词人通过描写自己在去石潭谢雨的途中所见、所闻、所感，为读者绘出一系列饱含生活气息的田园风情画。这组词写于苏轼任徐州太守时期，事件发生的背景是当年徐州遭遇干旱，苏轼率众去石潭求雨，祈愿实现后，他又去谢雨。由于天公作美，苏轼及众百姓的情绪都极为高涨，所以全词的风格轻松愉悦，语言清丽自然，呈现出朴素清新的特点。作者尤其选取了围观使君的老幼妇孺、煮茧缫丝的络丝女、拄杖捣麨的醉翁、叫卖瓜果的老汉、倦渴讨水的远行客等几类人物，刻画出乡村的淳朴；又别出心裁地关注到依赖水源生存的小动物、雨后洁净无尘的道路、散发着清香的草木等自然景观，观察的视点不断转换，却巧妙地将人与自然和谐相处的场面描画得生动形象。唐代杜甫突破诗歌体裁的限制，创造性地用组诗承担叙事职能，实现他谱写"诗史"的愿望；宋代苏轼学习老杜，"以诗为词"，模仿组诗纪实的方法，运用联章组词来纪事，从不同角度摄取农村生活的真实镜头，具有强烈的纪实性和叙事性。再如贺铸的《古捣练子》六首（第一首缺题、缺部分字句），从闻鼓声起相思、织布捣练、裁剪绣花、寄衣附言盼家书等几个片断，刻写了思妇为戍边丈夫制征衣的过程。其中，每个片断都独立成篇，但综合看，叙事时间上存在连贯性，各个情节联结在一起就是"制征衣"这件事的完整脉络。李纲的《望江南》四首，写春、夏、秋、冬四时的渔父生活，也都是采用不同视点反映事件全貌的典型范例。

其次，联章组词通常都有一个共同的主题，这个主题就是串联全篇、提纲挈领的线索。虽然组词中单篇小令的视点是分散的，但都是围绕共同的主题在叙事，一条叙事线索能够将分散的"点"聚拢为一个整体，串联成完整的故事。宋词中有很多咏史题材的作品采用

① 《全宋词》(一)，第407页。

了联章体的范式，一组词专述一个事件，能更加细致地表现所有的故事情节。其中，最为著名的当属赵令畤的《蝶恋花·商调十二首》，将唐代元稹的《莺莺传》传奇改写为词。它全篇檃括张生和崔莺莺的爱情故事，从崔、张二人的初次见面写起，经历了废寝忘食的思念、传笺相约的激动、假意拒绝的惆怅、暗通款曲的娇羞、分离赴京的不舍、别后相思的痛苦、始乱终弃的怨恨等过程，用十首词将前人话本涵括，首尾各加一词作为词人对这段爱情的总结感慨。这组词与总序、传奇文本节选各有分工，“或全摭其文，或止取其意”[①]，全篇条理清晰，叙事情节完备，清代毛奇龄在《西河词话》中论及“词曲转变”时，称此词为后世“西厢”戏曲之祖[②]。如此采用联章体完整讲述一个历史故事的宋词作品，还有董颖的《道宫薄媚》十首吟咏西施故事，曾布的《水调歌头》十首咏冯燕故事等，它们的叙事形式和特征也是显而易见的。

宋代词人在使用联章体的写作范式时，对线索的安排愈加重视，充分利用词与词之间的关联达到叙事紧凑、意脉连贯的效果。除了咏史题材的作品，宋词中表现个人生活经历的联章组词也具有分明的叙事线索。例如柳永的《少年游》十首，由羁旅漂泊的离愁别恨引发出作者对往昔爱情经历的追思，先写二人初见的欢情，继而逐篇夸赞对方的好腰身、好品行、好才艺，再推测分别后女子孤枕难眠、懒梳妆的情景，最后表明自己定不相负的决心。此词采用了虚实结合、从对面着笔的双线结构，却都在陈述同一段情事，浑然一体。再如洪适的《生查子·盘洲曲》十四首，通过词人的游览观察视角，分咏盘洲一年间的人与景；《渔家傲引》十二首，记录了十二个月份中渔家的生活与劳作场景。这两组词都按月份顺序排列，时间线索明晰，形成吟咏盘洲地区风土人情的历史画卷。

另外，除了普通联章，宋词中还有一种由“踏歌”转化而来的“调笑转踏”类联章词，也是通过多个视点共同构筑同一主题的写作模式。转踏联章词在结构上与普通联章无异，只是在形式上稍有不同——它由一诗一词组成一节，诗词内容相互呼应，一节咏一事；诗的末句数字作为词的开头，相互顶针。例如秦观作《调笑令》十首，分别檃括了王昭君、乐昌公主、崔徽、无双、灼灼、盼盼、莺莺、采莲女、《烟中怨》的阿溪、《离魂记》的倩娘等十位佳人的故事。她们都有乐观的人生态度，冲破世俗束缚的勇气，却最终遭遇不幸的结局，所以《调笑令》全篇的基调偏向凄婉。词人通过对这些女性的人生经历、行为事迹、动作神态等方面的描写，使之具有浓厚的叙事性。分咏同类题材下的几个不同故事的调笑转踏类联章组词，或歌咏美景，或描绘美人，是采用诗、词结合的手法进行叙事

① 赵令畤《蝶恋花·商调十二首》序，见王实甫著《西厢记》附录二，崇文书局2019年版，第127页。
② 毛奇龄《西河词话》卷二，见《词话丛编》，第582页。

的特殊题材。

由此可见，宋词联章体的叙事是通过线索的贯穿将诸多写作视点联结为一个整体，使每首词既有叙事的独立性，又有关联性，全篇具有叙事紧凑、意脉连贯的特点。

综上所述，不同体例的宋词词体运用了不同的叙事方式，在各自有限的篇幅中为读者打造了一个个韵味深长的情节环境，展现出宋词叙事独特的风采。

（作者简介：许梦婕，江苏理工学院文化与旅游学院讲师，发表论文有《论宋词叙事的结构模式》等。）

论张清扬、周演巽的诗词创作*

刘荣平

内容摘要：何振岱早期弟子张清扬、周演巽是一对有太多相似之处且颇有交往的姐妹，他们的诗词创作应结合起来研究。张清扬词胜于诗，其词可称词人之词。她用寻常话语度入声律，表达细腻复杂的心绪而丝毫不以为难，好语流转，自然切情。词多用白话创作且深具古典美的意境，是民国白话词的典范，可为白话词的创作指明一方向。周演巽诗胜于词，其诗关注世局，反映苦难的现实及自己悲苦的体验，颇能感人。她的诗思明白说出，绝不隐晦，多明心见性之作。她们的诗词创作，在晚清民国诗坛、词坛应有一定的地位。今天闽地女性诗词的选家应选录她们的诗词作品。

关键词：张清扬　周演巽　诗词地位

晚清民国福州名儒何振岱的弟子很多，有人认为弟子上千①。这些弟子向何振岱学习古文、诗词、古琴、绘画、书法、吟唱等艺事，其中不少弟子有所建树。在何振岱早期弟子中，有两位著名的女弟子张清扬和周演巽，这是一对有太多相似之处的异姓姐妹。她们是好友，有交游和诗词唱和，彼此很欣赏；她们多愁善感，年寿不永，享年均为42岁；她们晚年都信佛，但都坚持诗词创作；她们都在同一年拜何振岱为师，都与何振岱夫人郑岚屏关系很好；她们都有不幸的婚姻，都未生育。所不同的是，张清扬偏重作词，周演巽偏重作诗。甲子年(1924)仲冬，福州名画家周愈作《于山万岁寺记事》，曾比较过她们云：

> 吾宗女子山阴周绎言，丙辰年至闽授经林氏，才行昭闻，穆然师资也。文词书法尤美。不鄙谫陋，时以画事叩余，为言皴石钩树诸法，言下多悟。予绘古松于所居斋壁，女士为作长歌纪之。太姥山瑞云寺楞根师者，高僧也，适驻锡于山之万岁寺，女士

* 本文系国家社科基金重大项目“闽台海疆文学文献整理与研究(1602—1895)”(21&ZD272)子课题“闽台海疆文学活动编年”阶段性成果。

① 陈庆元《何振岱日记·前言》，见何振岱著《何振岱日记》，福建人民出版社2016年版，卷首。

夙耽白业，予为介于楞根师，师开堂说法，女士洁斋和南，欢喜听受。师为锡法号曰慧明，灵山香火，一日净缘，解缆分程，未尝忘念。其后七年，慧明自杭州归西，盖后清安居士一年云。清安者，亦修持佛法，与慧明雅故，卒于苏州。莲天聚影各澄净，因五浊凡尘，知无余恋也。楞根师今岁自山中来，闻慧明化去，为合掌诵佛。而予记忆前事，如见法鼓声中香云静袅时也。甲子仲冬，东越佛弟子周愈谨记。[①]

张清扬(1880—1921)，字凝若，一字巧先，号宜悦，一号清安道人，福建侯官(今福州)人。张秉铨第三女。母邱琼姿，字伯馨，有《绮兰阁诗》。“知文，多所匡佐，暇则弹琴赋诗，具有雅人清致”[②]，其诗收入何振岱纂《榕南梦影录》。张清扬少即解吟咏，于倚声之学用力尤专。年22岁，适林则徐曾孙林兰岑(梵宣)，后随夫客食异乡。她曾在江西南昌师范学堂任教员，遇同里何振岱，遂与绍兴女子周演巽一同受业学词，研习日益精进。辛亥革命后，辗转居上海，不久返乡里居。民国九年(1920)，随夫兄词人林黻桢(霜杰)官江苏南翔县，民国十年病逝于苏州，年仅42岁。著有《清安室词》《潜玉集》《清安室诗补遗》。周演巽(1881—1922)，字绎言，号雏蝉，法号慧明，会稽(今浙江绍兴)人，周榕倩女。在闽时皈依太姥山楞根大师为弟子，何振岱之女何曦曾执经于周演巽之门。周演巽自小夙慧，十岁能诗，画山水楚楚有致，多饶逸气。性耽内典。著有《慧明居士遗稿》《雏蝉剩稿》[③]。其诗收入《榕南梦影录》。目前，张清扬已有人研究[④]，而周演巽尚无人问津，更没有人把张、周二人结合起来研究。张、周二人是生死不渝的朋友，他们有很多交往，如不合起来研究，其研究是不充分的。

一、深具锐感之心的张清扬

张清扬生前有《清安室词》及《潜玉集》各一卷，民国十年由何振岱序而刊之，身后尚有《清安室诗补遗》行世。《清安室诗补遗》收入《文藻遗芬集》，林黼桢为《文藻遗芬集》作跋云：“凝若工词，尝学诗于同里何梅生孝廉，吐属稍清婉。”[⑤]张清扬另有《双星室主人词

---

① 周演巽《慧明居士遗稿》卷末，民国十三年刊本。后文所引周演巽诗词均据此书，不一一注明页码。

② 何振岱《邱琼姿小传》，见何振岱辑《榕南梦影录》卷下，民国三十一年福州刊本，第66页。

③ 周演巽《慧明居士遗稿》《雏蝉剩稿》，笔者求之有年，今承中国人民大学研究生王璐瑾的帮助，始获得此二书复印件，谨致谢！

④ 研究张清扬的论文有：连天雄《“销魂笛里斜阳”——记词人张清扬》，《福建文史》2007年第3期；吴尧《试论张清扬寒凉词风及成因》，见《中国诗学研究》第十四辑，安徽师范大学出版社2017年版。

⑤ 李秋君《文藻遗芬集》，民国铅印本，第2页。

稿》，光绪三十二年(1906)何振岱抄本，收词37首，乃张清扬早年所作，为《清安室词》所未收[①]。另可从福建美术出版社2013年版《福州坊巷志——林家溱文史丛稿》所收林家溱撰《观稼轩笔记》补辑1首。《全闽词》收张清扬词140首。

光绪三十三年张清扬至南昌，从何振岱受业，称弟子[②]。张清扬曾点检平日词稿，请何振岱作序，何振岱序云："予昔居章门，与君论倚声之学，以为浚源风骚，无囿令、慢，含洁吐芳可以昭真性焉。君深然斯旨。后三年，君避地海壖，病况萧寥，词境一进。逾年南归时复有作，繁愁弥襟，益以幽咽。君性绝机敏，万趣希微，先物而感，亦触物而悟，大心飏发，潜照内晶。"[③]"繁愁""幽咽""潜照"云云，可为张清扬词定评。叶可羲《张潜玉传》曰："吾闽女子善倚声之学者不多其人，南宗一派，实至清安转乎？然而才高命蹇，以清安之禀，所业仅至于是，是为未尽其才，天为之也。虽然，才命相妨，独清安一人已哉！噫。"[④]南宗一派指南方道家内丹修炼一派，代表人物是白玉蟾，此指张清扬重视内心修为。叶可羲是何振岱弟子，此语悲张清扬年寿不长，未能竟其业，可谓知人之论。张清扬卒后，何振岱有词悼之，有云："撇断尘缘，朵莲孤往、合依佛。百緘红泪，看字字、啼鹃血。老去不胜悲，苦劝我、莫因悲切。"(《长亭怨慢·哭清安》)"早晚消兵故里，待杯酒、浇汝青山。"(《凤凰台上忆吹箫·胥门奠清安》)"留得伤心句，欢处都愁……凭孤负、长笺哀墨，烛泪空留。"(《八声甘州·清安殁已经年，归骨无期，枨触旧事，书此志哀》)等句，极尽哀痛[⑤]。

在何振岱女弟子中，张清扬倚声称冠自可无争议，如求闽地女词人如宋之李清照者，除张清扬外似无人能当之。1967年，何振岱弟子王闲旧藏《佩文诗韵》下册为洪水淹失，两年后，王闲于书肆得此书下册，并与前所失版本相符，而原书的主人正是张清扬，卷首署有"张凝若日用"数字。王闲喜极而赋诗《怡姊以〈榕南梦影录〉见赠》云："学业同师承，倚声君称冠。清照疑前身，生晚难一面。颜子偏夭寿，自古留余恨……得书如得宝，笔迹容细认。君魂虽云汉，助我诗猛进。积思能尽倾，造诣窃自奋。"[⑥]何振岱女弟子，以作词著称的有《寿香社词钞》所收八才女，中有刘蘅、叶可羲等人，王闲没有把她们看作李清照，而把张清扬比作李清照，可见是如何地推重她了。事实上，张清扬词的影响在闽籍女词人中也是首屈一指。林葆恒纂《闽词徵》收录晚清民国闽人词数量前5位是：王允晳35首、陈宝琛16首、谢章铤14首、张清扬13首、林纾8首，此显示出她与晚清民国闽籍著名男性

---

① 刘荣平《何振岱钞本〈双星室主人词稿〉的文献价值》，《闽学研究》2021年第1期。

② 叶可羲《张潜玉传》，见《竹韵轩集》，福建省文史研究馆2017年版(内印本)，第26—28页。

③ 何振岱《清安室词序》，见何振岱著，刘建萍、陈叔侗点校《何振岱集》，福建人民出版社2009年版，第28页。

④ 《竹韵轩集》，第28页。

⑤ 以上见《何振岱集》，第395、396、397页。

⑥ 王闲《王闲诗词书画集》，福建美术出版社2012年版，第45页。

词人并驾齐驱的地位。民国二十年是八月二十五日，何振岱特意把他撰写的《张清扬女士清安室词稿序》发表在《国艺》第二卷第二期上，以示褒奖[①]。

张清扬对词的格律有神解，词句间有一种声响的流动，一首词就是一支曲子，是凄凉的夕阳笛音。她是深谙依字声行腔、文辞决定音乐的妙谛。依字声行腔本是旧时文人的创作习惯，而她是刻意地把握得精妙。如《渔家傲・写怀》，即可见一斑：

> 向晚灯魂凝翠箔。春阴小院花初落。一片冰心何处着。深领略。焚香煮茗闲中乐。　　流水空山寻采药。平生意绪邻云壑。欲写仙经调素鹤。难忘却。灵洲旧有青琴约。[②]

读此词，很容易让人想起李清照《渔家傲》(天接云涛连晓雾)，二词都是女性词中言志之作。李清照《渔家傲》词所言志趣明显高昂一些，张清扬《渔家傲》词中的志趣平和实际。此词一句一转，句句用韵，因写自己平日的生活，所以不需多用力构思，行文自然流动，而字字都合格律的要求。词人大约是平日极熟此调，吟诵过此调的许多名篇，存格律于口舌之间，一旦作此调，故能无须多管词面，词面把握好了，词底(词中之意)也就有了很好的基础。且此调格律与律诗颇多相通之处，能作律诗也就能较容易作此调。

张清扬是深具锐感之心的忧伤的行吟者，她总是在说愁，愁凝结得化不开。固然，她像一般女词人一样受到日常生活的限制，词的内容不免有些狭窄，但是她特别能把她内心深细的体验传达出来，自有感人至深的一面。如《清平乐・遣意》：

> 晓阴楼畔。览镜凝妆懒。深浅眉痕愁压断。遣恨莫凭霜管。　　销魂笛里残阳。黄昏来写红墙。寂寞有谁相慰，而今悔着思量。

愁压断眉痕，古人似未这样说过。黄昏写红墙，也可谓是神来之笔。“销魂笛里残阳”，意境颇凄凉，此句可状其词境。凡此，都能看出她的内心体验是深刻细腻的。何振岱所云“先物而感”不太好理解，大约是指张清扬平日多感悟，一旦作词，思绪纷至沓来。观此词信然。词人过于悲伤，或因此导致年寿不永。

张清扬词语言清新流转，一点都不艰涩，完全不用典故，明白如话，多有天生好语言。

---

① 《国艺》，中国文艺协会发行，民国二十年八月二十五日出版。

② 刘荣平《全闽词》，广陵书社 2016 年版，第 1902 页。以下引张清扬词均见《全闽词》，不一一注明页码。

如《十二时·孟夏积雨书怀》：

可怜宵、打窗幽雨，并入离人新泪。况误许、明蟾圆美。伴我吟边愁思。翠幄玲珑，红缸黯澹，恁漏深无寐。知没个、梦境追寻，坐彻晓风，浑是酸辛滋味。　听断魂、孤鸿唳悄，历尽重重云水。玉札难凭，遥空缥缈，念往成憔悴。数卖珠补屋，生涯怨抑未已。　纵柳条、柔情不死，倦对东风眠起。病过残春，浓阴遮径，润绿枝如洗。问画梁软燕，明日嫩晴来未。

柳永有《十二时》词，明白如话，流转自如。张清扬《十二时》词深得此法。柳永《十二时》词语有轻狂恣肆之意，张清扬《十二时》词则细诉诸多愁情。张氏赋才在这首长调词中得到很好的展现。

张清扬的悼亡词，或可与纳兰性德的悼亡词并论。张清扬有《蝶恋花·追怀吴玉如》："庭院深深深几许，百折红阑，小立无人处。残月三更来梦语。苔蛩暗答音如缕。　鸿爪前尘留不住，洒泪无聊，悔识惺惺侣。蚕茧空抽成断绪。催花可奈风和雨。"纳兰性德《蝶恋花》云："辛苦最怜天上月，一昔如环，昔昔长如玦。但似月轮终皎洁，不辞冰雪为卿热。　无奈钟情容易绝，燕子依然，软踏帘钩说。唱罢秋坟愁未歇，春丛认取双栖蝶。"[①]张氏《蝶恋花》词境之凄苦或已过纳兰性德《蝶恋花》词。吴玉如，事迹不详，张清扬另有《声声慢·秋日忆亡友玉如女子》。周演巽有《蝶恋花》词，序云："女伴有拈欧阳公《蝶恋花》词首句分题者，予亦得两阕。"可知周词所云"女伴"即是张清扬。周演巽《蝶恋花》所言"难觅伤心侣"，说的应是吴玉如，她也是周演巽的友人。

前引何振岱《清安室词序》论作词要"浚源风骚"，张清扬词不怎么取法风骚，倒是真性情流露得多，她的后期词更是如此。因生活不幸，后期词作渐入凄境，如《百字令·病中作》：

药炉经卷，苦晨昏尝尽，病中滋味。三字贪嗔痴解脱，始信临头非易。四十年光，千般挂碍，欲住应无计。心心皈佛，为闻前衍消未。　人闲恩怨都平，幽冥独往，只痛儿无恃。寒月啼乌灯半黑，影入楼窗无睡。小厄消除，慈云救护，香袅长生字。梅边春在，从新参悟禅事。

---

① 纳兰性德著，张草纫笺注《纳兰词笺注》，上海古籍出版社2003年版，第227页。

她也如周演巽一样，希求学佛以化解人生的苦闷，终究未能化掉，只能在词中呻吟不已。尽管佛家不提倡写诗词，她照样写点诗词，原因是一来学佛时间短，二来积习难改。无论学佛，还是写诗词，都是出自她的真性情。

张清扬的诗远不及其词，伤于直露，形象不足。其律诗较好一些，擅长对仗，如《过帆》云："林霏初散乱鸦啼，红日潮头一线低。翼翼过帆风上下，悠悠离恨水东西。秋江影落霜枫冷，晓岸人稀烟草齐。独立苍茫动归思，严城何日息征鼙。"①此诗学杜甫七律，略有心得之处。

二、性根颖异的周演巽

周演巽《慧明居士遗稿》存诗 146 首，《雏蝉剩稿》存诗 75 首，《雏蝉剩稿》有 31 首诗不见《慧明居士遗稿》，周演巽实际存诗 177 首。《慧明居士遗稿》附《湖影词》存词 22 首，《雏蝉剩稿》附《湖影词》存词 23 首，《雏蝉剩稿》附《湖影词》删去《慧明居士遗稿》附《湖影词》的《氐州第一・主曹宅题赠敦钿》，另增《祝英台近・忆迦陵》《金缕曲・柬迦陵》2 首，周演巽实际存词 24 首。《雏蝉剩稿》附《湖影词》与《慧明居士遗稿》附《湖影词》相较，相同词作的词序略有修改，如《慧明居士遗稿》有《西江月・奎垣巷女校病中作》，《雏蝉剩稿》改成《西江月・职业女校病中作》，所以两本互参，可获得更多信息。

周演巽有诗述及与张清扬共同苦学的情景，《辛亥季秋晦日送别凝若姊》有云："忆昔同嗜好，唐诗兼宋词。寒灯耿昏夜，暗风入罘罳。恋子须臾留，瘦影搴虚帷。子行我长叹，垂泪空沾衣。樨院冷月魄，菊圃孤霜枝。念子去心急，不能为我迟。苦彼柳条倦，咽此寒蝉哀。素志郁何托，踯躅觅所贻。聊以致拳拳，奉子双琼瑰。行矣勉自爱，共保黄发期。"据此诗之作年"辛亥"，所述及的情景很可能发生在何振岱门下学习之时，因为辛亥年他们同拜何振岱为师。正是有当年的共同学习，才有他们今后的诗词成就，以及历久弥坚的感情。

民国十三年，《慧明居士遗稿》刊行，已是周演巽卒后两年之事。集中涉及何振岱、郑元昭夫妇的诗有《述怀呈梅生师》《次韵答岚师》等 8 篇，涉及张清扬(凝若)的诗有《和凝若姊》《答凝若》等 9 篇。可见，郑岚屏、张清扬是周演巽最重要的诗友。周演巽卒后，何振岱作《九月初十日，理慧明遗稿始毕，是日君初度》云："残稿零星半手书，客中为尔拾琼琚。

① 张清扬《清安室诗补遗》，民国铅印本，第 3 页。

留名何补飘零恨，成帙聊存忏悔余。”①《谛华兰路寓宅，见所供慧明小影》云：“何悲忏后肠仍断，一恸神存质已亡。”②《琐窗寒·湖上为迦陵题慧明遗照》云：“问怎生、参尽枯禅，悲来一昔柔肠碎？只庄严法相，瓶枝相对，凄凉灵几。”③另作有诗《二月十三日杨庄奠慧明》。何振岱之女何曦有《西湖杨庄拜周先生殡所诗二首》，其二云：“湖湾行处草萋萋，回首林园黯旧题。怕读零篇思往事，乌山楼外暮云低。”④皆寓痛悼之情。

周演巽与何振岱夫人郑元昭交往甚多，郑元昭为《慧明居士遗稿》作《序》，述与周演巽交往事迹亦甚详，有云：“君性灵敏谨重，好为诗词，其于天机默寓，皆得攫而写之，以寄其夐远之趣，然而哀音凄韵，时亦流露不能自抑。虽栖心禅悦，殆尚有未能忘者耶……集中所作在闽为多，尤多与予唱答之作。回念前踪，不堪重读。”⑤癸亥年(1923)九月，何振岱为《雏蝉剩稿》作序，为其一生定评，有云：“君性根颖异，克承家学，辛亥岁(1911)始问业于予，而体道希真则得于太姥上人为多。夫释家离语言文字而君乃结习犹存，予为编次诗稿，正以其悟心究彻非余所知，而慧性之流宣则于斯可见，庶得与知君者共见之也。”⑥二序皆赞周演巽天赋甚佳，“天机”“慧性”云云当为诗人之最重要质素。二序也提及周演巽学佛而不能忘情于语言文字，此点与张清扬同。

周演巽诗胜于词，这一点与张清扬相反，盖才情志趣不同所致。张清扬更专注自我，情感明显细腻一些，故以词胜；周演巽尚关注世局，多有人生感受，故多明心见性之作，因而诗胜于词。据《雏蝉剩稿》载诸宗元《雏蝉居士别传》，周演巽自小关心国事，有云：“余之识居士于江西，岁为有清光绪甲午，时国祸方棘，兵熖于日，余方研讨域外情势，居士年甫十二，每叩所知，辄能了了……丁酉之春，义宁陈丈三立归自湖南，喜结后进，与言国故，曾属居士进谒，亦深许之……”⑦且周演巽性情有“谨重”的一面，因此她作诗比作词更适合。周演巽的五言律诗《初秋》是较好的一首，诗云：

> 庭柯凄落叶，病骨怯秋深。山堞悲孤角，江楼急暮砧。劲风初雁影，凉露晚蝉心。别有陵苕感，哀音入素琴。

此诗与杜甫七言诗《秋兴》(八首其一)有相通之处，诗人是乱世中的一个漂泊者，孤苦、衰

①②③ 《何振岱集》，第203、203、396页。
④ 《榕南梦影录》卷下，第71页。
⑤ 《慧明居士遗稿》卷首。
⑥ 周演巽《雏蝉剩稿》卷首，民国间刊本。此序署作年“辛亥季秋”。辛亥，应为癸亥(1923)。
⑦ 《雏蝉剩稿》卷首。

病、悲凉与乱离中的杜甫正同，杜诗引起她的共鸣，非偶然也。五律多写实，但讲究言外之意、诗外之味，如王维《山居秋暝》即是。《初秋》每句都是写实，但引起读者的悲感确是持续而长久的。周演巽也长于七律，于起承转合皆甚措意，非苟作，如《园中饯春》：

> 韶光九十只匆匆，百种芳情黯淡中。珠箔贪看飞絮白，锦鞋愁蹴落花红。天涯归去宁无侣，胜会重来可得同。别有离愁消未得，夕阳烟外小阑东。

一、二句是起承，七八句是转合，单看这四句已是一首不错的诗，但还不能给读者以圆满之感，故有中间二联的铺陈渲染。三、四句对仗精稳，是写景；五、六句虽不是严对，但也稳当，是写人事。观此诗，周演巽深得七律创作之法。此诗可见其性之孤寂，诗中有一个对春光太过敏感的愁人在。《湖楼晚成》（其二）也可证明周演巽的七律所达到的高度，诗云：

> 高楼向晚漫登临，极目天涯黯寸心。斜日含辉衔远岫，飞禽翻影入深林。十年华鬓青铜觉，一夕离愁画角深。无限幽情成寂趣，人间未是不能禁。

此诗的中间二联极为成功，极炼如不炼，就对仗的自然精稳来说，虽唐诗名家似难过之。周演巽一生在辛酸中度过，卒之年，作《拟古绝笔》诗，读来至痛，诗云：

> 有泪不堪掬，咽作心上酸。有意不可宣，迸为双泪泉。泪干眼欲枯，意结心自煎。郁伊复何事，凄怆摧肺肝。恨铸九州铁，悲化重泉烟。悲恨诚如何，坠落伤芳妍。芳妍徒自伤，断茧休缠绵。

此诗乃人生谢幕之作，《雏蝉剩稿》题作“绝笔”并有跋云：“右诗为姊撄疾前三日作，时姊固无恙也，而诗意凄苦已了无生气，岂姊自知其不寿，抑亦诗谶耶？后之人读此诗者，即可知其心之苦、境之厄矣。迦陵和泪识。”[①]“自知其不寿”，乃作此诗，此言可信。

周演巽的五律、七律、五古都把自己的诗思明白说出，绝不隐晦，绝不艰深，诗中分明有一个性格鲜明的诗人在，所以我们说她的诗是明心见性之作。

周演巽亦能作词，词中与张清扬交游唱和之作，是较好的作品，情深意切，读之可增风谊之重。《声声慢·题凝若影片即送之赴申》词云：

---

① 《雏蝉剩稿》，第32页。

丝魂黯尽,小影空留,清愁几许堆积。为问甚时相对,偿人凄寂。行行远程底处,怕从今、水遥山隔。长亭畔,只千条衰柳,数声残笛。　目断荒江飞燹,秋风紧孱梦,苦难寻觅。泪泫凉花,可省暗眶啼涩。天涯片云惨澹,照黄昏、无绪伫立。恁写我,断肠句、神亡剩质。

张清扬《摸鱼儿·自题小照》云:

黯销凝、早蟾初夕,花阴深处闲立。春光如梦只轻过,手把一枝空忆。谁解惜。对露泫、残红顿触飘零迹。盈盈脉脉。正翠袖生寒,银釭摇影,烟际闻邻笛。　云痕碧,目送飞鸿影疾。缄愁欲寄争得。新来不为耽吟瘦,眉黛任教愁积。情莫适。只证透、玄关个里寻消息。红窗寂历。待爇尽垆香,划成短句,此意有谁识。

二词可并读,词中张清扬的形象清瘦柔弱,无助孤寂多愁。二词都提到了"笛"字,张清扬词有名句"销魂笛里残阳"(《清平乐·遣意》),周演巽无疑知道这名句。然二词高下也是一眼可见的。周词中"飞燹""暗眶""神亡剩质"(前引何振岱诗有"一恸神存质已亡"句),皆是词家不常用字面,较生硬,用在诗中是可以的,用在词中则失却自然,她作词时不免把她的作诗之法带进来了。张炎《词源》云:"词中一个生硬字用不得。"[①]张清扬此词完全没有生硬字面,她的全部词作也难以找到生硬字面。

三、民国闽地吟坛的双葩

天地英灵之气,往往不钟于男子而钟于女子。民国闽地能诗能词之女子较多,其中有盛名者当推福州"八才女"或"十才女",她们都是何振岱的弟子[②]。1942年,何振岱八位女弟子王德愔、刘蘅、何曦、薛念娟、张苏铮、施秉庄、叶可羲、王真合出《寿香社词钞》,一时盛传省内外,词集中八词人被誉为"福州八才女"。如陈侣白《此恨绵绵无绝期》认为:"何振岱弟子盈门。当时母亲与何的其他七位女弟子结拜为姐妹(我称她们为姨),按年龄排序为:王德愔(珊芷)、刘蘅(修明)、何曦(健怡)、薛念娟(我的母亲)、张苏铮(浣桐)、施秉庄(浣秋)、叶可羲(超农)、王真(道之)。在何振岱的主持下成立寿香社。一九四二年八人合出大十六开本、

① 唐圭璋《词话丛编》,中华书局1986年版,第259页。

② 关于民国福州十才女的诗词创作,可参刘荣平《民国时期福州十才女旧体诗词创作及其典型意义》,《东南学术》2019年第6期。

木版、线装的《寿香社词钞》……作者被誉为‘福州八才女’。后来从外地回榕的王闲(坚庐，何振岱的儿媳)和洪璞(守真)也参加为结拜姐妹，尊何振岱为师，合称‘十姐妹’(也有称‘十才女’的)。”[①]这十才女几乎成了民国福州才女的代名词，今天依然有不少福州人知道。

其实，不应忘记何振岱早期所带的两位女弟子张清扬和周演巽，她们的诗词成就不见得弱于十才女。林怡女士慧眼识珠，所编《依然明月照高秋——福州近现代才女十二家诗词选》[②]将薛绍徽、沈鹊应及福州十才女的诗词作品精华选出，一编在手，令人雒诵不已。不知什么原因，竟然未选张清扬和周演巽的作品，不免留下遗憾。张清扬是侯官人，其词的成就，十才女中的王闲就很钦佩，《闽词征》就选了13首，如前所云，与闽地杰出男性词家并驾齐驱，如不选张清扬的词，就有些说不过去了。周演巽虽不是福州人，但是在福州生活过，其诗词大部分作品作于福州，且其律诗成就颇可观，若不拘泥于她的籍贯，也是可以选她的一些诗作的。

张清扬专力作词，诗只是其余事。其词是典型的词人之词，不是诗人之词。何谓词人之词？如民国福州王允晳的词即是词人之词，其词《水龙吟·甲午十月，辽沈边报日急，偶过琴南冷红斋闲话，感时忆旧，同赋》云：

> 高斋不闭空寒，何人问取垂杨意。清霜未落，北风渐紧，丛丛荒翠。地冷无花，城空多雁，斜阳千里。只故人此际，萧然语罢，将丝鬓，临流水。　　何限闲愁待寄，有繁华、旧时尘世。斜阶拥叶，危亭欹树，秋来如此。病后逢杯，梦中听角，沉吟暗起。算十年心事，江湖醉约，倦鸥能记。

此词写与林纾的交游，涉及甲午中日间战事，于一派衰世景象的描写中吐露隐忧。郭则沄《清词玉屑》卷六评曰：“不著干戈戎马语，而托感更深，是真词人之词也。”[③]大凡专力作词，格律精稳纯熟，无生硬字面而又使人觉得丝毫不着力，且托感遥深的词可称词人之词。用诗法作词，走“诗言志”一路的词作，当称诗人之词。柳永、李清照、周邦彦、吴文英、纳兰性德等人的词可称词人之词，苏轼、辛弃疾、姜夔等人的词可称诗人之词。张清扬的词无疑是词人之词，一般来说，词人之词较诗人之词要本色当行。

十才女中无一人是专力作词，其中成就较高者刘蘅、叶可羲作词较多。刘蘅有《蕙愔阁集》《续集》，存词137首，所收词作最晚纪年是1981年。陈宝琛为《蕙愔阁集》作序云：“开卷

① 薛念娟《今如楼诗词》，福建省文史研究馆2014年版(内印本)，第72—73页。

② 林怡《依然明月照高秋——福州近现代才女十二家诗词选》，海峡书局2021年版。

③ 屈兴国《词话丛编二编》，浙江古籍出版社2013年版，第1450页。

一片清光，写景言情，皆能出以酝藉……为诗有山水之音，而无脂粉之味也。"[①]刘蘅短调佳作如《蝶恋花·送秋》云："帘幕新寒笼薄雾。怕检吴棉，镇日烘兰炷。篱菊欲留秋小住。霜风不肯容庭树。　秋去应知何处去。啼雁声中，黯黯云边路。无限芦花江水暮。愁多莫向衡阳度。"《闽词征》《广箧中词》选此词，是对这首词的肯定。此词犹是用诗法作词，词虽是词，然说是诗也是可以的。叶可羲有《竹韵轩词》，存词106首，多为中华人民共和国成立之后的作品。其词似不经意就能唱出，确有才思。如《蝶恋花·鹭江客次，寄示里中旧友》："鹍鸩声声啼绿树。昨夜东风，零落花无数。盼得天晴偏又雨。从今闲煞游春屦。　流水人家幽绝处。日暖波平，且住休归去。煮茗添香修静趣。门前莺燕迷飞絮。"何振岱《竹韵轩词序》评其词曰："学北宋而去其嚣，近南宋而濯其腻，益以深刻之思、幽窅之趣……"[②]此词也是在用诗法作词。十才女中似无人能像张清扬一样用寻常话语度入声律，表达细腻复杂的心绪而丝毫不以为难，好语流转，自然切情。这是张清扬词的特别成功之处。

张清扬创造了崭新的白话词。民国闽籍著名诗人林庚白在《孑楼随笔》曾论作词云："词之以白描胜，乃至不论阴、阳、平、上、去、入，而只须协律，在唐、五代、北宋词人中，故是寻常事，沾沾然于四声者，南渡以后词匠所为尔！此说胡适之、柳亚子与余，夙皆演绎之。——尝睹坊间选本，颇有摈斥雄浑与奇丽之词，以为是粗豪也，淫亵也，抑知词以'回肠荡气'为主，以'铁板铜琶'为变，二者咸不可少，诋为粗豪、淫亵，则何必填词，读《礼记》《语录》，宁不甚佳？"张清扬词正是以白描胜而能做到"回肠荡气"，其词中始终有一个忧伤无助的玉人在。林庚白又云："凡诗、词，皆以意深而语浅、辞美而旨明者，为上上乘，于文亦然。试读李、杜之诗，二主之词，便知此中之真谛。"[③]张清扬词当得"意深而语浅、辞美而旨明"之评，倘使林庚白读到张清扬词，岂不击节赞叹！张清扬的词是白话词的典范，似可昭示作词的一种方向。词发展到民国，该如何取径？张清扬的词至少说明用白话作词完全可行，她的做法是不损伤词的古典美，词虽是白话，但词的意境是古典的。另有一重要因素，即词中有作者心襟、品格、志趣、怀抱的流露，也就是通常所说的词中有人、笔下有人。民国学吴文英一派词人的词风密丽深隐，词不好懂，其兴发感动的力量严重不足；另有一些人用白话作词，也不算成功，主要原因是损伤了词的古典元素，特别是词的古典意境美；至如一些人只是偶然作词，词中自然无人，笔下自然无人。

张清扬的词风似影响到周演巽作词。周演巽有《虞美人·喜晤凝若》词，述其与张清扬别后重逢之感，有少见的快乐。词云："分明携手翻疑梦。别后惊还共。花前语笑总天

---

① 刘蘅《蕙愔阁集》(李宣龚题签)，福建逸仙艺苑诗辑之五(上)，1983年铅印本(内印本)，第1页。

② 《何振岱集》，第32页。

③ 以上林庚白著，周永珍《丽白楼遗集》，中国人民大学出版社1996年版，第814页。

真。恰比那回相见更相亲。　　朔风吹落萧萧雪。似惜人离别。闲情愿作影和衣。随汝画眉窗下日依依。”张清扬有《虞美人·晤周绎言女士》述及与周演巽的别后重逢，也有短暂的快乐。词云：“离愁积作经年梦。是梦将愁共。得看总似梦中真。众里片时欢笑独心亲。　　与君冷抱怜冰雪。别也何曾别。风香犹似近罗衣。长记一声珍重语依依。”不知谁是原唱，谁是和作，二词词风已相近，功力已相当。

周演巽的诗，影响不及薛绍徽，这点是可以肯定的。薛绍徽[①]学力深厚，以诗写史，自是第一流女诗人。其诗的影响也不及沈鹊应[②]，也是可以肯定的，沈鹊应是林旭的妻子，其诗倍写林旭殒命后凄苦之情，有令人不忍卒读之处，特殊的经历铸造了她的诗心。若与十才女的诗歌创作相较，周演巽自有其成功之处，可用那句老话来说，即“国家不幸诗家幸”，她诗中的悲苦心境远过十才女，故动人之处常常超过她们。十才女大多出自书香门第，受过良好教育，生活总体来说大多不错（少数例外），且享年都在70岁以上（少数例外），有的过百岁。她们的诗说愁说苦，不产生太重的感觉；她们的诗炼字炼句，是艺术上的刻意追求。周演巽的诗因反映苦难的现实及自己独特的体验，可在民国旧体诗坛上占有一席之地。

张清扬、周演巽这一对情同手足的姐妹，在诗坛、词坛上呕心沥血地耕耘，奉献出不少优质诗词作品。她们是民国诗词百花园中的双葩，打个比喻，她们是一支荷秆上的双头莲，盛开过，鲜艳过，而经无情风雨摧折，她们逝去了。然而“留得枯荷听雨声”，我们还能听得到她们心灵的颤动。今天，做晚清民国闽地女性诗词选的学者，实在应该提到她们。

（作者简介：刘荣平，闽南师范大学文学院教授，编著有《全闽词》《赌棋山庄词话校注》等。）

① 关于薛绍徽的诗词创作，可参林怡《在旧道德与新知识之间——论晚清著名女文人薛绍徽》，见林怡点校《薛绍徽集》，方志出版社2003年版，第160—188页。

② 关于沈鹊应的诗词创作，可参刘建萍《论沈鹊应的诗词创作》，《福建师范大学学报》2003年第6期。

夏孙桐题画词析论*

兰石洪

内容摘要：夏孙桐作为晚清民国的重要词人，题画词是他寓托幽怀的重要手段。其题画词涵纳着他忧心国运、守护传统及感遇身世等丰富深刻的思想意蕴，在艺术上重视词法体制的创辟，采取幽隐的笔法传情，已臻至绵丽高骞的词境。其题画词创作对于理解民国转型时期遗民的心路历程以及被主流文化边缘化的遗民文学书写方式具有重要意义。

关键词：夏孙桐　题画词　思想意蕴　艺术特征　影响

著名史学家、学者夏孙桐（1857—1941）作为晚清民国的重要词人，清末时，他屡跟王鹏运、郑文焯、朱孝臧等人结社唱和；民国时，他羁滞京师，跟俞陛云、章珏等人喁于酬唱，有"在当代词坛，最为尊宿"的称誉[①]。夏氏传世词186首（其中29首作于鼎革前），其中题画词67首（其中11首作于鼎革前）[②]，可见题画是其词的重要题材。夏氏喜制图寄意，征咏唱和，寓托幽怀，其题画词涵纳着深刻的思想意蕴和卓特的艺术价值。学界对夏氏题画词的研究尚未展开，本文拟探析夏氏题画词的思想、艺术及影响，理解民国遗民题咏书写的特殊词史意义。

一、凭将空语传心史

夏孙桐《悔龛词偶记》云："时时遣闷为之。"其《石州慢・题谭篆青聊园填词图，用遗山体》："月泉闲社，还将倦墨愁缣，喁于聊尔相劳苦。"其《忆湘人・题切盦填词图》："惯啼鹃诉与，花外唱酬，旧愁新恨都满……字字空中传怨。"可见填词唱酬以排愁解绪，"凭将空语

* 本文系贵州省社科联理论创新联合课题"清代词画关系研究"（GZLCLHZXYB－2021－16）暨宿迁学院人才引进科研启动基金项目阶段性成果。

① 龙榆生《词林近讯・夏闰枝先生下世》，《同声月刊》第2卷第2号（1942年2月），第152页。

② 夏志兰、夏武康编著《悔龛词笺注》（内蒙古大学出版社2001年版）辑夏孙桐词182首，另，方慧勤《夏孙桐诗词研究》（苏州大学2016年硕士论文）辑补夏词4首。本文引用夏氏词悉出以上二种资料，不另出注。

传心史”是夏氏题画词含蓄的意蕴所在。

（一）忧心国运

夏氏清季为吏，“究心民瘼，未尝一日懈弛”①，缘于李鸿章、慈禧之流对帝党及清流的残酷迫害。夏氏鼎革前所作的11首题画词隐约透露着他的忧国伤时之绪，如《瑞鹤仙·王半塘春明感旧图》（1899年作）“又东风人世，晨星词客。愁缣恨墨……纵看花人在，霜浓春浅，怕涩梅边旧笛。只孤弦、犹抱冬心，岁寒耐得”等句所写呜咽满纸的愁绪，向秀悼念亡友嵇康的“山阳笛”典故，已融入对戊戌遇难六君子的深切悲恸（王鹏运、朱孝臧同题词亦有此意）。又如《浪淘沙·顾石公松花江踏雪寻诗图》下阕：“哀雁咽边声。春到还惊。壮游何处话承平。东北风尘回首望，愁煞兰成。”庚子之乱发生后，夏氏携家赴西安行在，此词作于次年（1901）春（“春到还惊”）②，是年夏氏44岁，故称“壮游”。词中“东北风尘”指西安东北的京师陷入八国联军占据的兵祸，词人以历经侯景之乱的庾信（兰成）自况，抒发他对庚子之乱的感慨和对干戈止息的期待。夏氏1902年重返京师所作的《万里春·为古微题冬心画梅》词，亦是藉画发摅他对庚辛之乱的悲慨，金农“用玉楼人口脂螺黛写成”的画梅（朱孝臧《卜算子》词序）③，幻成一位春愁满腹、妆残色衰的半老徐娘（“怅徐娘、有限残妆，共东风终古”），托寓了词人对国家遭乱疮痍满目的感慨（“黯淡春愁如诉”）；在“归装毁于海舶”中幸存的金农之画，既像历经庚辛祸乱偶然生还的词人，又如历经内忧外患飘摇动荡的国家一样，“认枯缣、多少沧桑，怪金仙无语”三句凝聚了词人多少欲言又止的沧桑之感！

鼎革后，夏孙桐锐意著述，撰修《清史稿》，协修《清儒学案》《清诗选》《全清词钞》等书，忧心国运的情怀仍流溢题画词中。夏氏作于1925年的《水调歌头·戏为人题醉钟馗》词借题发挥，反映了民国十几年以来世道变迁给词人带来的心灵震撼：

> 天醉久难醒，得酒即为仙。先生今且休矣，独醒亦徒然。试问终南径畔，奚似毕家垆侧，白眼谢人间。地席更天幕，抱瓮此酣眠。　　照榴红，对蒲绿，任流连。竟抛长剑，修罗波谲满尘寰。却怪不闻不见，但自垂头袖手，好梦可能圆。何日堕驴客，惊觉老陈抟。

---

① 陈叔通《江阴夏先生墓志铭》，见夏志兰、夏武康编著《悔龛词笺注》，内蒙古大学出版社2001年版，第268页。

② 《悔龛词笺注》，第279页。

③ 朱孝臧著，白敦仁笺注《彊村语业笺注》，浙江古籍出版社2016年版，第525页。

世事混乱（“天醉”喻世事混乱），人心险恶（“毕家”喻指权贵之家，“试问”二句讽世人热衷名利），政局波谲云诡（“修罗”为古印度恶神），嫉恶如仇、众醉独醒的终南进士钟馗又能怎样？他只能放下长剑，冷眼人世，不闻不见，幕天席地，抱瓮酣眠。词中钟馗不啻是生活在乱世中愤世嫉俗之词人的形象写照。最后二句用宋代陈抟典故：“（陈抟）尝乘白驴，欲入汴中，涂闻太祖登极，大笑坠驴，曰：‘天下于是定矣。’”[①]表现词人对战乱停息国家一统和平之景的热切期盼。夏氏作于1938年的《小重山令・黄君坦天风海涛楼图……》倾泻了词人对日寇全面侵华造成烽烟遍地、满目疮痍、无处可避日寇铁蹄蹂躏的无比愤怒（“山旧劫灰新”“闻说桃源不避秦”），抒发了他对战乱频仍和世事无常的沧桑之慨（“蓬莱清浅水，又逡巡”），表现了词人跟抗日将士共勉的同仇敌忾（“金台侧，还吊望诸君”）以及对神州光复和平生活的强烈企盼（“九州何日澹烟尘”）。其他如“莽莽神州，寥寥人物，而今何世。只闻颦太息，惊波楚渚，又秋风起”（《水龙吟・题章价人太守铜官感旧图》）对世无戡乱之英雄的慨叹，“九衢十丈黄尘，阅尽年年笳鼓”（《石州慢・题谭篆青聊园填词图，用遗山体》）对旧都北平连年战火的感慨，“劫灰吟未了。正庾郎萧瑟，江关秋老”（《瑞鹤仙・吴兴姚亶素……以填词图征题……》）对战乱惨景的感伤等，无不浸润着词人悯时伤乱的泪水。

（二）守护传统

在新文化所向披靡、传统文化嗣响微弱的民国社会，清遗民朱孝臧、夏孙桐等人“为往圣继绝学”，为守护传统文化做出了重要贡献，这在夏氏题画词中得到了充分体现。

其一，对国人轻视传统文化的感慨。如《锁阳台・陶斋昔赴欧西考察政治，购埃及古刻甚夥。余得其造像拓本，或云五千年前女王也。袒胸被发，冠如鸟形，手执镜，制甚异。无题识，征同社赋之》词是其典例。词上片先刻画“绝域蛾眉”埃及女王的靓丽风姿，不禁发出“休轻道、无盐刻画，裸国少妍姿”的赞叹，“无盐”指丑女，“裸国”用《淮南子・说林》典，指人与鸟兽不分的落后国家，意谓不要轻易訾议异域女性丑陋，表现了夏氏既不卑视“夷狄”（异域）文化（如旧派士人），也不过分崇拜异域文化（如新派文人）的公允态度。词下片“增我伊川一叹，蛮妆遍、举国东施”乃全词主旨所在，古代周大夫辛有就有礼衰乃国衰预兆的“伊川之叹”[②]，国人对西方文化趋之若鹜、东施效颦（“蛮妆遍、举国东施”），文化衰落导致国衰的悲剧似乎又要重演，词人如何不对中华文明的迅速衰落而深重叹息！民

---

① 王称《东都事略》卷一一八，齐鲁书社2000年版，第1025页。

② “伊川一叹”出自《左传・僖公二十二年》：“初，平王之东迁也，辛有适伊川，见被发而祭（按：“被发而祭”为夷狄之俗）于野者，曰：‘不及百年，此其戎乎！其礼先亡矣。’”见杨伯峻编著《春秋左传注》（修订本）第2册，中华书局2016年版，第430页。

国时，新文化狂飙般地荡涤着落后腐朽的封建文化，甚至连优秀的传统文化也被矫枉过正地当作糟粕弃之蔑如，“大雅今寂寥，尘土双睫眯”（朱孝臧《题徐仲可纯飞馆填词图》）[①]，“王风委草，骚赋怨兰，危弦思苦谁说”（陈洵《应天长·庚午秋，谒彊村翁沪上……》）[②]，这是遗民对传统文化横遭唾弃的深重惋惜，这是他们勉守传统而不被理解的内心孤独。

其二，以著述存续传统。鼎革后，夏氏“以老宿负重望，隐然如万季野之主修《明史》”[③]，以修史赓续传统，略同于清初黄宗羲“绝意国事”而“惓惓于国史”的态度[④]，夏孙桐为至交傅增湘撰《藏园先生七十寿序》（1941 年作）[⑤]，袒露了他和同仁勉力赓续传统文化的良苦用心：“今天下虽甚乱，终必有大治之日，是赖有君子焉。抱遗订堕，以维系于贞元绝续之际。”这在夏氏题画词亦多表露。如《瑞鹤仙·题章式之四当斋勘书图……》（1923 年作）传达了词人著述背后的隐绪幽思。既披露了词人穷达由天、惟有书城可据、惟有著述可凭的通达人生观（“冷芸温旧绪。只有涯生事，书城容据。穷通自天赋”）；也展现了词人托寓心事于著述、挥洒万卷、悠然心会的勘书读书乐趣（“笑吾侪、长镵托付。兴来时叶扫云披”）；更表现了词人对著述名山事业如女娲“补天”般弥缝补合民国万陷之“天”的文化自信（“万陷女娲能补”）；还描述了友人章珏（字式之）室藏万卷的四当斋竟如天帝藏书所“嫏嬛仙境”和江南栖隐山水那样神奇美丽（“嫏嬛仙境，入画幽栖，吴峰如雾”）；也袒露了词人借著述托寓黍离之悲（“任虞渊残景，津桥余恨，尽入零缣剩蠹”）以及跟友人共勉挽坠绪于将落的幽微心声（“看哀然、向录千秋，碧藜烟古”）。其《西平乐·门人杨铁夫客四明图书馆，以桐阴勘书图属题……》词（1932 年作）上阕表现了词人“思垂空文以自见”（司马迁），孜孜矻矻，潜心著述的决心和志趣。开篇揭橥词人修史寄托幽绪、存续传统的著述宗旨（“岁晚江关倦客，橐笔多幽绪”），略同于朱孝臧以校词作为“乾坤道息，身隐焉文”（沈曾植《彊村校词图序》）[⑥]之名山事业的追求；接着描绘暂寄精庐宵烛映月、晨砚对雨的清冷铅椠生涯（“天许精庐暂寄，宵烛清光映月，晨砚凉痕对雨”），是词人“耋学不倦，凡所揽观，丹黄皆满”[⑦]的形象写照；最后抒发词人以著述存续传统不被世人理解的良苦用心（“秋心暗证，惟有闲庭老树。抱琴伫”）。

其三，砥砺品节。鼎革后，夏氏曾说：“有采众望招之出仕者，谢之；无买山归隐之资，

① 朱孝臧《彊村弃稿》，见《清代诗文集汇编》第 783 册，上海古籍出版社 2010 年版，第 732 页。

② 陈洵著，刘斯翰笺注《海绡词笺注》，上海古籍出版社 2002 年版，第 368 页。

③ 傅岳棻《江阴夏闰庵先生墓志铭》，见卞孝萱、唐文权编《民国人物碑传集》卷一一，凤凰出版社 2011 年版，第 648 页。

④ 梁启超《中国近三百年学术史》，天津古籍出版社 2003 年版，第 49—53 页。

⑤ 《雅言（北京）》第 8—9 期（1941 年），第 21—22 页。

⑥ 朱孝臧等撰，龙榆生辑录《彊村校词图题咏》，见《清代诗文集汇编》第 783 册，第 816 页。

⑦ 《江阴夏闰庵先生墓志铭》，见《民国人物碑传集》卷一一，第 649 页。

不得已客游乞食。”[①]可见他非常看重“君子之道，或出或处”(《周易・系辞》)的品节。“今人之爱菊者，殆莫如陈仁先(曾寿)”[②]，夏氏亦以培菊、绘菊及题咏表现不断砥砺品节、守护传统的志趣。其《卜算子・忆菊余咏》六首题画组词(1940年作)，其六自注云：“旧作《忆菊》诸词，伏庐(按：指陈汉第)为花写照，装之卷首。去岁，吴湖帆又作一图，有人无花，取‘忆’字之神，因幅溢(按：溢，疑为“隘字”)未能同装。今更乞斐盦(按：指俞陛云)属其诗婢雪瑛绘之，有花兼有人，庶符情事。”组词反复书写词人的嗜菊癖好和高洁志趣。其一以菊花品种翻新而菊花本性不改的生活现象为喻，既讽刺“风气日翻新，花样频频改”的翻覆世态和无常人情，亦表明他“终有凌霜傲骨存，俗客谁能解”的凛然志节；其二写词人无力购买价值高昂的“社园艺菊”，抒写词人乱世中难以保持爱菊嗜好的辛酸(“独立花前一病翁，总觉柴桑远”)；其三袒露词人历经劫难秉性不改的志节(“劫后搴芳尚有人”)；其四表现乱世中词人与至交俞陛云、陈汉第相濡以沫、相勉共勖的赏菊乐趣和淡泊性情(“赖有素心人，使我秋怀旷。一盏茶香夕照迟，淡味宜同赏”)；其五表现妻子去世后，六女纬玟体贴父亲，经常分菊“以娱老眼”的可贵亲情(“有女念衰翁，情慰还聊胜”)；其六自许胜过渊明的爱菊之癖(“老境恋寒花，漫诩渊明逸”)，赞美友人图绘菊花的传神妙笔(“图绘可传神，冷淡谐吾癖”)。组词借鉴杜甫《秋兴八首》组诗的表现手法，撷取陶诗平淡真诚的抒情口吻，围绕同一主题反复抒情表意，兀傲嶙峋而又平淡醇厚的词人形象跃然纸上，温然可亲。其他如“月淡黄昏，鹤瘦苔枯，我共心耽幽寂”(《疏影・题陈同叔绿梅花下填词图》)句耽于幽寂的淡泊胸怀，“电光能驻，镜中长映冰魂”(《壶中天・用优昙钵花，为赵次珊尚书作》)句照片映见冰胸雪襟的共勉，“灵均怨，元亮节。任菊晚兰凋，想中怀葛”(《江南春・题俞阶青静乐居填词图，用梦窗韵》)句以遗民志节相高的骚心亮节，“试看流韵秋江，东风不让，便追共、梅花为伍”(《祝英台近・题程郎艳秋并蒂芙蓉卷子……》)句与寒梅相期的流韵逸风，“倾国难逢，英雄同调，一般寄托幽芳”(《霜花腴・彭刚直墨菊》)句借美人香草托寓的侠骨柔情等，无不体现词人砥砺品节以躬行传统文化的情怀。

葛兆光说：“其实从文化的角度看，沈曾植们的依恋旧朝，更多的是一种对传统生活、稳定秩序的企盼……他们未必特别重视一家一姓的天下更替，倒是更关心他们获得价值与尊严的文化传统的兴亡。”[③]夏孙桐对传统文化的守护并非迷恋骸骨的守旧行为，反而令人钦佩。

---

① 夏孙桐《观所尚斋文存自述》，见夏孙桐《观所尚斋文存》，民国二十八年铅印本。

② 陈衍《石遗室诗话》卷二四，见张寅彭主编《民国诗话丛编》第1册，上海书店2002年版，第328页。

③ 葛兆光《世间原未有斯人：沈曾植与学术史的遗忘》，《读书》1995年第9期。

（三）感遇身世

清亡民兴“千年未有之变局”对夏氏的心灵震悸以及衰世、乱世带给他的人生忧患，凝成了其题画词情致愁惨的沉重色调，感遇身世也是夏氏题画词的重要主题。

其一，沧桑之慨。夏氏鼎革前作的11首题画词集中在1895至1902年之间，适逢马关条约签订、戊戌变法、庚子事变接踵而来，如“看卧影荒桥，撑空坏塔，苍莽逗吟绪”（《买陂塘·山塘秋泛》，此词题于《山塘秋泛图》上）句对衰微国势的苍凉感受，“认枯缣、多少沧桑，怪金仙无语”（《万里春·为古微题冬心画梅》）句对家国浩劫的沧桑之痛，“应知刻意伤春处，丝鬓恒河且自看”（《鹧鸪天·王梦湘柳泉选梦图，为济南歌者作》）句刻意伤春的纷繁思绪等句，对飘摇国势的沧桑之慨，触绪纷来。鼎革后，找不到人生定位的夏氏对动荡之国势、反复之世态更是欷歔不已。如夏氏三十年代（1932—1937年之间）所作的《忆湘人·讱盦填词图》词主要书写他“啼鹃”身世的沧桑之慨：

> 惯啼鹃诉与，花外唱酬，旧愁新恨都满。访陌荒驼，恋巢故燕，总入天涯心眼。笛里花飞，酒边人老，班荆春晚。话软红，陈迹全非，太息蓬瀛清浅。　　乔木风烟未远，溯先芬抗疏，孤怀犹绻。奈心史幽沉，怅望换根兰畹。家山画好，燕歌声变，字字空中传怨。请续订，绝妙闽词，记取蘋州为殿。①

参与林葆恒（1871—1951，号讱庵）《讱盦填词图》的唱和者多为清遗民，此词在书写遗民心曲方面很有典型意义。词中感慨沧桑变幻、物是人非的词语触目皆是。“啼鹃”是清遗民惯用之意象，首韵三句含蓄披露夏氏和友人惯于运用宋遗民王沂孙（其词集名《花外集》）饮恨吞声的方式书写他们泣血啼鹃式遗民深悲的微尚。次韵“访陌荒驼”化用《晋书·索靖传》“铜驼荆棘”事典和秦观《望海潮》“铜驼巷陌”语典，“故燕”化用刘禹锡《乌衣巷》“旧时王谢堂前燕”语典，表现词人寻访旧京陈迹产生的兴亡之慨。第三、四韵化用李白《与史郎中钦听黄鹤楼上吹笛》“黄鹤楼中吹玉笛，江城五月落梅花”语典及“卓文君当垆”“班荆道旧”“麻姑感慨蓬瀛清浅”事典，叙写词人落梅时节跟故人重逢、班荆道旧的物是人非之慨。词下片首韵三句赞美友人林葆恒之父林绍年清末抗疏言事的高风亮节。“奈心史”二句“换根”一词富有深意，词人以撰述《心史》、画无根兰的宋遗民郑思肖自况，表明遗民志节，但是随着1932年伪满洲国的成立，不少遗民纷纷变节跟随溥仪去投靠日本人，故说以

① 林葆恒《讱盦填词图》，民国二十六年影印本。

志节相高的遗民奈何不了高官厚禄的利诱，他们不是“无根”，而是“换根”——投靠新主子伪满政权，“换根兰畹”明显在讥刺这些变节出仕伪满之人。第三韵“家山画好”句既关合画面的山水背景（《切盦填词图》共6幅，均以山水作背景）[①]，亦袒露在东北、华北岌岌可危情势下，夏氏跟友人共勉保卫家山的决心，故用慷慨悲歌的《燕歌行》来抒发忧愤，空中传恨。最后三句对友人纂辑乡邦保存文化充满了期待。其他“忽忽沧桑数度。与谁探取消息，山中杜宇”（《西平乐·门人杨铁夫客四明图书馆，以桐阴勘书图属题……》）句对门人在乱世中沉潜学问而不知世间沧桑变幻的感慨，“愁思紧，凄繁弦。听唳霜、飞鸿遥天。便翠岭秋深，红桑地老，歌韵带幽燕”（《寿楼春·题吕桐华夫人清声阁填词图》）句摅发遗民天荒地老的深悲巨痛，“话春明前事，荒驼残陌，凭续梦余后稿”（《瑞鹤仙·吴兴姚亶素……以填词图徵题……》）句追溯前尘往事的如梦之感等，沧桑之感在其题画词中“三致意焉”。

其二，飘蓬之感。清季衰世引发夏氏“凄绝转蓬身世，偏共卧沧江，经岁经年”（《夜飞鹊·望亭雨泊，偕艺风同作，绘同舟听雨图纪之》）的飘零身世之感，已很沉痛。鼎革后，夏孙桐“垂老无家，留滞旧京，欲归不得”（朱孝臧《瑞鹤仙》词序）[②]，自1914年至1941年词人逝世，词人一直滞留旧京，“有乡而不得归者，今日士大夫之所同也”（王国维《彊村校词图序》）[③]的人生隐痛惨溢于夏氏的题画词中。如《金缕曲·陈仲恕画扇以赠。取前人词“流水半湾，斜阳一角，人在红楼”之意，戏题一词》词（作于1924年）上阕据前人词意虚构了一个“只有桃花关不住，绕柴门、一片连霞绮”的世外桃源，作为现实苦闷中词人的精神寄托。下阕首句“年来乡思成虚寄”直抒欲归不得的痛楚，接以“似樊笼、羁栖倦翮，云霄盼睨”之喻来描写词人有心如锢的羁留之苦，在想望中，（诸暨）“五泻泾”、（杭州）“西溪”的江南美景和吴中莼鲈的风物似乎抚平了词人的心灵创伤，幽栖江南，友鸥朋鹭，尔汝无间，这是词人多年来的夙愿，可是又在哪里？结末“招隐赋，在斯矣”二句，看似轻松，实则沉重，一则点明这一切都不过是词人画饼充饥的自我抚慰，二则呼应词序“戏题”，实际上是“所寄托往往委曲而难明。长言之不足，至乃零乱拉杂，胡天胡帝”[④]沉重出之以诙谐戏言的顽艳笔法，庶几近于王鹏运所谓的“重”“拙”“大”词境。夏氏1933年作的《买陂塘·俞阶青为作山塘秋泛第二图，用旧作韵》所写的人生飘蓬之感更为沉痛：

---

① 姚兑达《清遗民的文化记忆和身份认同——林葆恒和六幅〈讱庵填词图〉》，《民族艺术》2016年第6期。

② 《彊村语业笺注》，第503页。

③ 《彊村校词图题咏》，见《清代诗文集汇编》第783册，第818页。

④ 况周颐《蕙风词话》卷一，见唐圭璋编《词话丛编》，中华书局1986年版，第4413页。

悔蹉跎、薜萝心事，白头残客谁语。不堪重听吴娘曲，凄断五湖烟雨。开卷遇。只风景、依然已少晨星侣。忧危觅趣。念鹿上台荒，鹤归市冷，今古此情绪。　江湖梦，壮岁投身早许。而今身在何处。山中杜宇多情甚，频唤不如归去。凭证取。有招隐、图成导我还先路。春愁总迮。问画舸笙歌，岩关笳吹，云水万重阻。

乙未年(1895)，夏孙桐侨居吴门，约鸥隐词社友人游虎丘，事后嘱苏州名画家金烂(心兰)作《山塘秋泛图》，自题《买陂塘》词。虽图已佚，当年泛舟山塘"荡秋心、一纸柔橹，声声如作吴语"的"山情水趣"(《买陂塘·山塘秋泛》)成了词人排解乡思、味之不尽的温馨画面。近四十年后，故人星散，知交零落，77岁的词人请俞陛云(阶青)重绘此图，自我调侃说是"忧危觅趣"——在忧患更迭而濒临危境的垂暮之年觅趣，其实无趣可言。词人栖隐五湖的夙愿——"薜萝心事"(指归隐的心事，"壮岁投身早许"的江湖梦)早已在岁月蹉跎中化为乌有，在革命与激进的三十年代甚至连说出来都会被人取笑，"白头残客谁语""不堪""凄断"等词句包含了词人多少欲言又止的"忧危"之苦！本想从画图觅得一点乐趣，但是令词人肝肠寸断的江南家乡也不过是战火劫掠后一片凄烟苦雨、荒台冷市、杜鹃哀鸣的惨景，这也许是从古至今概莫能外的昔盛今衰之共相("今古此情绪")。下片换头二句既承接上文寻梦的徒然，又呼应开头"薜萝心事"随时间磨灭成空的悔意，以画中觅趣(追溯"江湖梦")的失败，铺垫出下文"而今身在何处"掷地有声的情感喷薄！杜宇的多情呼唤、画图的招隐盟证，似乎为词人"导夫先路"，词人沉浸在返归故里的幻觉中。接着的"春愁总迮"句像金铁拗折，点明战乱("岩关笳吹")和贫困("云水万重阻")的严酷现实击碎了词人梦境怀想、图画憧憬中觅得的一点乐趣，词人又陷入无边的黑暗和无尽的痛苦中去了。此词表情达意曲折多变，又善于把个人的不幸遭遇提升到人生的普遍性方面，深刻细腻地写出了人类社会"有家难归"故乡情结的共同特征，具有李煜词"俨然有释迦、基督担荷人类罪恶之意"(王国维《人间词话》)之善写共相的特点。

二、绵丽高骞意幽隐

夏孙桐被龙榆生誉为"晚近倚声家之工力深邃者"(《悔龛词手稿跋》)[①]，陈莲痕亦称夏词"初不囿于常州派之偏见，实亦兼撷浙派之精髓，卓然大家，必传无疑"(《读词小

① 龙榆生《龙榆生词学论文集》，上海古籍出版社2009年版，第571页。

识》)[①],夏氏兼取浙派重视词律和常派重视立意的优长,其题画词既重视词法体制,又融铸周邦彦、姜夔诸家赋化之词曲折传情的笔法,已臻绵丽高骞的词境。

(一) 词法体制的创辟

夏氏深受王鹏运、朱孝臧等人作词重格律的影响,在词法体制上细加推求,颇有创辟,表现出“虽无惊人之笔,然珠圆玉润,稳贴有余”[②]的浑融稳妥之美。

其一,善于根据词情择调。张炎《词源》卷下“制曲”条说:“作慢词,看是甚题目,先择曲名,然后命意。”[③]夏氏尽量选择词牌名与题画词命意相配合的词调题咏,如《忆旧游·题徐芷帆楸阴感旧图》《诉衷情·为艺风题双红豆图》等词。夏氏题画词还擅长将词情与声情相配合。如夏氏《寿楼春·题吕桐华夫人清声阁填词图》词寓含的遗民涕泪之悲,跟《寿楼春》“声情低抑,一片凄音”的声情相符[④]。又如“《摸鱼儿》的音节,是属于‘吞咽式’的……它的主要关键,还在上下阕的腰腹,以一个三言短句、一个上三下七的长句和一个四言偶句组成,而且句句协韵,就格外显出一种低徊掩抑、欲吞还吐的特殊情调”[⑤],夏氏两首《买陂塘》(又名《摸鱼儿》)题画词均抒发他吞咽式的悲绪,试看第二首词表情的腰腹关键处:

> ……开卷遇。只风景、依然已少晨星侣。忱危觅趣……凭证取。有招隐、图成导我还先路。春愁总迮……(《买陂塘·俞阶青为作山塘秋泛第二图,用旧作韵》)

此词表现词人在图画中寻觅乐趣的徒然,意脉均在四字句处逆转,词情表达欲吐还吞,跟《买陂塘》词调低徊掩抑、欲吞还吐之声情高度契合,显示了夏氏择调体情的艺术造诣。

其二,师法前人词调体制,得其神髓。某种词调经过名家写作,就积淀了特殊的意蕴和风格内涵,其题画词多标举用“遗山体”“屯田体”“梦窗体”等,有些虽未标明,也可见出师法的对象,夏氏这些师法前人词调体制的题画词不仅次韵(或押同一韵部)前人,而且神韵毕肖。如《石州慢·题谭篆青聊园填词图,用遗山体》与元好问《石州慢·赴召史馆,与德新丈别于岳祠西新店,明日以此寄之》相比,均叶《词林正韵》第四部仄声“语噳姥御遇暮

① 张伯驹《春游琐谈》,中州古籍出版社 1984 年版,第 106 页。
② 陈声聪《填词要略及词评四篇》,广东人民出版社 1986 年版,第 173 页。
③ 《词话丛编》,第 258 页。
④ 吴熊和《唐宋词通论》,上海古籍出版社 2010 年版,第 136 页。
⑤ 龙榆生《词学十讲》,北京出版社 2011 年版,第 79 页。

通用”韵，二词均为词人在史馆时作，二人的身世遭遇相似，隐忍修史传承文化的志意相似，而且二词所抒发怀思故国的黍离之悲的意蕴亦相似，只是元词中流落他乡的漂泊感更加突出，而夏词喁于唱酬以抒悲绪的意味更加突出，词情更加凄苦，这表明夏氏此词在元氏《石州慢》的基础上有所继承和创新。夏氏有三首《高阳台》的题画词，这三首词师法张炎《高阳台》(接叶巢莺)，所叶韵部均为《词林正韵》第七部平声“元寒桓删山先仙通用”韵。张炎此词主要通过杭州西湖的凄冷景象抒发他的亡国愁恨和故国之思，夏氏《高阳台・自题河桥梦影图》词“翻覆沧桑，徒惊何世人间”句，《高阳台・冯志青龙华饯春图》词“只愁它、玉树残歌，咽尽啼鹃”句，《高阳台・题塔影经缘图卷……》词“怕开编。诉尽兴亡，画里啼鹃”句，明显承续了张炎《高阳台》词表现“啼鹃”式遗民深悲的情感意涵。

其三，对联章组词体制的发展。联章体制的题画词在清代更加成熟。严迪昌高度评价金堡《沁园春・题骷髅图》组词的重要词史贡献云：“长调慢词或联章或叠韵，动辄数首以至数十首，风发凌厉，气势激越，是清词的一大发展，尤以雄放壮浪一派的词人于此贡献为多。澹归《遍行堂饲》已有此特点。”[①]夏氏《卜算子・忆菊余咏》六首和《望江南・题鹊喜图》组词十二首，吸取了杜甫《秋兴》《咏怀古迹》等组诗的优长，前者所表现词人暮景晚年的复杂遗民心态和贫乏中恪守君子固穷品节的志趣，后者以月分咏，不仅童年情事中所蕴含的人伦亲情，温馨可感，而且清代同治年间易州(今河北省易县)一隅的山城景色、时令节气、民俗风情亦可窥见，跟词人所处的民国社会的世态炎凉和风土人情形成了鲜明对照，是凄苦现实中词人排解痛苦的精神乐土。正是词人采取了联章组词的体制，才将词人细腻丰富的情感世界和痛苦万端的遗民涕泪抒发得淋漓尽致。

(二)幽隐传情的笔法

清遗民属于民国社会中缺乏话语表达权的弱势群体，尤其是像夏氏不随世俗俯仰、秉持遗民节操的贞元朝士，其词多以幽隐传情的笔法曲折达意，确如沈轶刘对夏词的评价：“致力吴文英甚深，刁为幽隐，下笔曲晦，酷近沈曾植。”[②]

其一，夏氏学殖丰赡，典故运用妥帖工稳，使得其词抒情更加幽曲隐晦。如《石州慢・题谭篆青聊园填词图，用遗山体》词上阕是用典隐曲抒情的典例：“击筑歌声，投辖酒徒，燕市新侣。九衢十丈黄尘，阅尽年年笳鼓。月泉闲社，还将倦墨愁缣，喁于聊尔相劳苦。珍重岁寒心，且为君轩舞。”首韵三句分别运用易水送别击筑悲歌、宴会时取宾客车辖投井中

① 严迪昌《清词史》，江苏古籍出版社 1990 年版，第 94—95 页。

② 沈轶刘、富寿荪《清词菁华》，安徽文艺出版社 1986 年版，第 356 页。

(《汉书·陈遵传》)、荆轲与狗屠及高渐离酣饮市中旁若无人之典,表现词人跟谭祖任(篆青)等聊园词社成员酣饮旧京,慷慨满怀的悲愁。第三韵,以宋遗民诗社"月泉吟社"代指以遗民为主的聊园词社,"喁于"语典出自《庄子·齐物论》"前者唱于而随者唱喁",这三句表明词人(也包括其他遗民)参与词社唱酬排解遗民愁恨的填词宗旨。最后二句,前句化用常典"岁寒,然后知松柏之后调也"(《论语·子罕》),后句化用宋陈师道《除夜对酒赠少章》"我歌君起舞,潦倒略相同"诗意,这二处语典运用表现了词人跟友人于潦倒身世和混乱浊世中节操共勉志趣互勖的用意。夏氏还善于创造性地将前人典故叠加、压缩、移植,为我所用,宕出新意。如《寿楼春·题吕桐华夫人清声阁填词图》:"岁暮江梅谁寄,楚英加餐。长梦忆,南朝山。笑画眉、人偕华颠。只萧瑟词心,鸱夷未还水云宽。""岁暮"句从陆凯《赠范晔诗》("折花逢驿使,寄与陇头人。江南无所有,聊赠一枝春")压缩而出,表现衰暮词人对家乡江阴及江南好友的思念之情;"楚英加餐"分别将《离骚》"朝饮木兰之坠露兮,夕餐秋菊之落英"和《古诗十九首》"弃捐勿复道,努力加餐饭"叠加创化,一则表现了词人以保重身体为重的自我宽慰,二则表现词人不忘砥砺志节的人生追求。"笑画眉"二句也暗寓朱庆余《近试上张水部》("妆罢低声问夫婿,画眉深浅入时无")诗意其中,赞美了赵椿年、吕凤(桐花)夫妇琴瑟和鸣的感情。最后二句是借典故自晦其迹的心曲传达,"鸱夷"当取《史记·伍子胥列传》之意:"吴王闻之大怒,乃取子胥尸盛以鸱夷革,浮之江中。""鸱夷未还"值得深味,当是词人以忠臣伍子胥自期,忠于前朝的词人只能魂归故里,故曰"未还","萧瑟词心"则兼取杜甫"庾信生平最萧瑟,暮年诗赋动江关"(《咏怀古迹》)之诗意,以流落北朝的庾信自喻,非常契合夏氏暮年晚景的乡关之思和故国之念。

其二,擅用"美人香草"的比兴寄托婉转述怀。其《临啸阁诗余跋》云:"鄙意于艳体及应酬之作,皆可从略,继读自序,则美人香草之旨,乃寄意所在,不可忽视。"[①]如《法曲献仙音·社坛芍药有金带围一株,俞阶青乞陈夫人图之于扇,为赋此解》(1927年作)词是借"花中奇瑞"芍药珍品金带围婉托心志的佳作,画面颜色明靓、含露生香、风姿绰约的娇美之花寄托了词人对美好品节的追求,词最后二句"但寻春结伴,剩盏不辞婪尾(婪尾指芍药)"卒章显志,表达了词人不惜残年余力矢志追求美好节操的坚定信念;而由画面之花产生对前朝春满凤池禁苑的遐想("应梦想、春满凤池瑶砌")和扬州旧日芍药繁盛的回忆("旧事扬州,漫披图、嘉话重纪"),则婉转抒发了词人的黍离之悲和盛衰之感。夏氏在为他人代作时都不忘以香草砥砺品节:"五万春花何足数。秋江应被文鸳妒。"(《蝶恋花·题程郎艳秋并蒂芙蓉卷子……代人作》)以不足观的绚烂春花和五彩文鸳衬托并蒂秋芙蓉的冠压群芳,既称赞程艳

① 冯乾《清词序跋汇编》第2册,凤凰出版社2013年版,第890页。

秋夫妇新婚燕尔的姣好面容，又披露词人借香草托喻的高洁不凡志趣。夏氏题咏花鸟画词中梅花、菊花、优昙钵花、桃花、荷花等香草意象，即花即人，均是借香草书写他不断砥砺品节的微尚。美人意象主要表现在他的一些题仕女画词中。《小重山令·题彭城君摹董小宛病榻听秋图》上阕借画面迟暮美人的"古恨"抒发现实多感秋士的"今愁"："秋士从来易感秋。美人迟暮日，古今齐同亦相侔。萧条天壤任悠悠。谁分别，古恨与今愁。"《高阳台·冯志青龙华饯春图》词借题咏友人跟恋人饯别的难舍画面来抒发词人江山依旧故国不在的陵谷变迁之痛："桃花人面依然在，唤真真、画里相看。只愁它、玉树残歌，咽尽啼鹃。"

（三）绵丽高骞的风格

顾廷龙《悔龛词附文存补遗跋》评夏孙桐词"绵丽高骞，出入白石、玉田之间，而又融合梦窗，得其神髓"[①]，洵为的评，绵丽高骞是夏氏题画词的主要风格。

一方面，其题画词体物抒情熨帖细腻，表现"绵丽"的特点。善于体物如《锁阳台·陶斋……余得其造像拓本，或云五千年前女王也……》词"青禽覆额，加冕属阏氏。顾影春风美满，冰奁封、纤腕新持"等句描摹"绝域蛾眉"的妍美风姿，以神女"青禽"描绘女王（"阏氏"代指女王）头戴冠冕、乌发覆额的形象，"顾影春风"句化用杜甫《咏怀古迹》"画图省识春风面"、王安石《明妃曲》"低徊顾影无颜色，尚得君王不自持"诗意，黑白二色的古拙拓本女像，幻成了一位纤腕持镜（"冰奁"）、顾盼生春、流波映慧、风致楚楚的多情女子。又如《望江南·题鹊喜图……》其二"嘶马香尘过柳陌"句运用听觉、嗅觉互通的通感手法，以一路得得踏过柳陌马儿的嘶鸣声和尘土里仿佛夹含着花香的细节，表现易州原野花儿遍地酣放、芳香四溢的风物之美，较之古代名句"踏花归去马蹄香"，有青胜于蓝的美感。其《应天长·题叶遐庵选词图，用屯田体》词是将抽象议论寓于具体形象的典型例子，词围绕画题，将抽象的选词工作、遴选标准写得形象可感，"一代风花，待付何人评"形象写出词选家从一代浩瀚词作中遴选佳什的重任，"试记取，弦外音传，梦湘瑶瑟"句则谆谆劝勉叶恭绰对富于弦外之音、铿锵美感的词作多加留意，"作者几薪积。问柳思周情，了了心得。环燕谁憎，兰佩幽芬同袭"等句强调了三点选词标准：一是把握清词在历代词基础上踵事增华的创变规律（"作者几薪积"）；二是要对词作的情感意蕴心领神会；三是要对"（杨玉）环肥（赵飞）燕瘦"之多样化风格的词作兼而选之，对"兰佩幽芬同袭"之类风格因袭的词作尽量少选。夏氏又善用典故、比兴手法、融铸情思的景物、具有象征意味的文化意象（啼鹃、铜驼等），采取周邦彦、姜夔等人赋化之词"能于勾勒中见浑厚，隐曲中见深思，别有幽微耐人

---

① 《悔龛词笺注》，第 270 页。

寻味之意致”[①]的手法，将遗民难言的幽绪微怀吞吐悲咽地披露出来，故其题画词抒情上亦绵丽微婉。

另一方面，夏氏评周邦彦《西河·金陵》(佳丽地)云：“佳处在境界之高。”[②]境界高远，词情“高骞”，亦是夏氏题画词的创作追求。夏氏题画词在乱世中的国事忧念和志节砥砺，具有沉郁中见悲壮、凄苦中见苍凉、绵丽中见骨力的词情高骞特点。夏氏题画词有时运用假设性的转折连词“便”“不辞”等强调突出他迥异流俗的个性精神，增强了词的刚性色彩。如《寿楼春·题吕桐华夫人清声阁填词图》“便翠岭秋深，红桑地老，歌韵带幽燕”句，将深秋时节岭树浓翠、桑葚红紫的秋色斑斓的现实图景，与“穷桑者，西海之滨，有孤桑之树，直上千寻，叶红椹紫，万岁一实，食之后天而老”(王嘉《拾遗记·少昊》)之地老天荒的神话红桑意象映合，以一假设性的“便”字，更加突出地强调裹挟幽燕之气的遗民心志是永远不会随着环境(“秋深”)和时间(“地老”)的改变而改变的，这在凄苦悲凉的遗民心绪表达中带上了一种刚性色彩，词情在曲折吞吐中有着“高骞”之势。《法曲献仙音·社坛芍药有金带围一株，俞阶青乞陈夫人图之于扇，为赋此解》词最后二句“但寻春结伴，剩盏不辞婪尾”句之“但”“不辞”，表达了词人为追求美好理想不惜豁出一切的坚定信念。《祝英台近·题程郎艳秋并蒂芙蓉卷子……》“试看流韵秋江，东风不让，便追共、梅花为伍”句之“试看”“便”“东风”前省略的假设性连词“若”，突出表现了词人不同于流俗的孤傲品格。夏氏表现爱情追悼的题画词中，也融入身世之感和品节之念，使得词情“高骞”。如《高阳台·自题河桥梦影图》以“一语难申，惟余脉脉相看”的短暂梦境，书写了词人横亘心头“碧海心长”“到老凄然”的苦涩爱情追忆，也融入了“翻覆沧桑，徒惊何世人间”的身世之感，还表露了以“鸱夷”(伍子胥)自况的遗民志节(“白头今日如仍对，怕鸱夷、料理都难”)，比秦观“将身世打并入艳情”的凄婉更具苍凉、刚性的力量。《小重山令·题彭城君摹董小宛病榻听秋图》(1939 年作)所抒发词人老年丧妻(彭城君)的惨恻悲恸，又是跟志士的悲秋情绪涵容在一起(“秋士从来易感秋。美人迟暮日，亦相侔”)，低沉中裹挟着苍凉之气。夏氏作为“可与《鲒埼亭集》相颉颃”(顾廷龙《悔龛词附文存补遗跋》)[③]的史学家，卓拔识见使得其题画词“高骞”有骨力。如《虞美人·河东君小像，为谭瑑青题》(1933 年作)“美人巨眼亦寻常。浪子东林休问好收场”句，对柳如是所依非人的议论，一反清代文人对柳如是斐丽才情和识人慧眼欣赏不已的习见笔调；称钱谦益为全无心肝的“东林浪子”，亦不同于民国时为钱谦益翻案溢美的流行看法；此词最后二句“诗人多事感兴亡。还把红颜点缀到沧桑”，也痛

① 叶嘉莹《词学新诠》(第二版)，北京大学出版社 2014 年版，第 155 页。

② 俞陛云《两宋词境浅说》，北京出版社 2016 年版，第 131 页。

③ 《悔龛词笺注》，第 270 页。

斥了喜欢将亡国跟红颜女性牵扯在一起的文人习气，对身仕二姓又喜借红颜感怀故国的吴伟业、龚鼎孳之流深致不满，实则借此讥讽出仕民国政府及伪满洲国的前清官员。又如《锁阳台·陶斋……余得其造像拓本，或云五千年前女王也……》词中"休轻道、无盐刻画，裸国少妍姿……增我伊川一叹，蛮妆遍、举国东施"等句的议论，精警透辟，力透纸背，骨力坚苍。

题画词随着清词中兴异军突起，开始跟题画诗分庭抗礼，各臻其美。晚清四大词人以及夏孙桐、张尔田等人"以立意为体，故词格颇高。以守律为用，故词法颇严"[①]，从立意和格律两方面提升了题画词的思想和艺术。"鼎革以还，遗民流寓于津沪间，又恒借填词以抒其黍离、麦秀之感，词心之酝酿，突过前贤"[②]，题画词是清遗民结社唱酬、宣示祁向、托寓悲怀等的重要媒介，加之衰世、乱世血与火对他们的人生淬炼，外来文化带给他们的心灵震悸和文化反思，遗民民国时的题画词创作无论思想抑或艺术已远超清季时，如况周颐、朱孝臧、夏孙桐等人的题画词佳篇多作于民国，可见民国遗民的题画词创作是题画词史上的重要一页。叶恭绰高度评价夏孙桐在民国词史上的重要地位："悔庵填词极早，平生不事表襮，故知之者较稀。今岿然为坛坫灵光，正法眼藏，非公莫属已。"[③]夏氏"早岁客吴门，与郑叔问、刘光珊辈结鸥隐词社。中岁则王半塘、朱彊村、张赡园时相唱和。晚主聊园词社，推为祭酒"[④]，夏氏题画词亦多为集咏社集而作，但他却能兼顾好题画词的应酬功能和文学功能，堪称晚清民国题画词思想和艺术均臻高境的大家。其题画词所取得的成就也是旧体文学在清民文化转型中焕发艺术生命力的重要表征，对于理解民国转型时期遗民的心路历程，理解被主流文化边缘化的遗民文学书写方式，考察清民词学群体的集咏活动等方面均具有重要意义。

（作者简介：兰石洪，宿迁学院文理学院教授，著有《清前中期题画词研究》等。）

① 《词话丛编》，第4908页。
② 《龙榆生词学论文集》，第417页。
③ 叶恭绰《广箧中词》，人民文学出版社2011年版，第362页。
④ 《江阴夏闰庵先生墓志铭》，见《民国人物碑传集》卷一一，第649页。

抗战时期中国词坛艺术风貌的守正与新变*

杜运威　丛海霞

内容摘要：抗战时期词体风格有两大基本特征：一是延续晚清民初以来的梦窗风，严守声律，重视章法，但在情感内容层面不再保守含蓄，开始有限度地融入家国情怀。这意味着晚清以来绵延数十年的梦窗风开始在守正基础上出现转向。二是作品中大量出现描写战乱，反映民生的词史巨制，与之相应的是苏辛词风逐步成为词坛主流。两大词风之外，还存在晚唐遗音、复古雅化等其他风貌，共同建构起抗战时期词坛多元并存的复杂局面。总而言之，抗日战争催生出了与时代更适应的新词风，新风气背景下词人对抗战又有了更立体的反应和反思。

关键词：抗战词坛　梦窗风　稼轩风

当下民国诗词研究大体有三个动向：一是民国词学议题的深入开展，该专题集中学者最多，成果亦最丰富，杰出者有朱惠国、彭玉平、孙克强、甘松、胡建次等；二是民国诗词文献的整理，尤以曹辛华《全民国词》（第一辑）出版最引人注目；三是民国词史的推进与拓展，该领域以马大勇《晚清民国词史稿》成就最高，他传承“严门家法”（严迪昌），而又开辟新域、自成格局。在民国诗词研究持续走热的大背景下，作为重要组成部分的抗战诗词研究也越来越受到重视。但必须看到，与成果较夥的新诗、小说、散文、戏剧、报告文学等文体相比，抗战时期的旧文学研究仍显得十分狭窄。不仅抗战诗词文献的专项整理没有提上日程，而且抗战文学史对诗词的接纳也存在模棱两可的现象，遑论抗战诗词的基本内容、主要风格、核心人物、传播影响等问题的深入开展。这种学术格局与抗战时期的文学生态是严重不符的。

本文以此期词体创作为中心，梳理抗日战争背景下词坛艺术风格的发展走向，以此管窥抗战时期旧体诗词的重要价值和鼎盛风貌，为抗战诗词史的书写奠定基础，为进一步拓

* 本文系国家社科基金后期资助项目“抗战时期词坛研究”（20FZWB066）暨江苏高校“青蓝工程”阶段性成果。

展抗战文学史的建构元素、深化民国诗词史的演进历程贡献微薄之力。

一、梦窗风的传承及内在变化

二十世纪初，经晚清四大家推捧及各大词社创作的落实，梦窗风一度笼罩词坛。王、朱二人承乾嘉学术理念，倾毕生之力校勘词集，尤其对《梦窗词》用力甚深，原因之一是该词集多年来缺乏善本，讹误杂陈，亟待整理。王鹏运《校刊梦窗四稿跋》云："梦窗以空灵奇幻之笔，运沉博绝丽之才，几如韩文杜诗，无一字无来历。复一误于毛之失校，再误于杜之妄改，庐山真面，遂沉埋云雾中，令人不可复识。"①原因之二是梦窗乃常州词派标榜"意内言外、比兴寄托"的典范②，其词"举博丽之典，审音拈韵，习谙古谐，故其为词也，沉邃缜密，脉络井井，缒幽抉潜，开径自行"③的美学特征，深得四大家推崇。后经词坛盟主朱祖谋及同道师友辈多方标举，"梦窗风"席卷南北。以致作词不学梦窗，就不足以跻身于行家之列。

抗日战争前，守梦窗群体势力十分庞大，高手如林，诸如朱祖谋、陈洵、杨铁夫、詹安泰、仇埰、王蕴章、庞树柏、陈匪石、邵瑞彭、廖恩焘等皆是中坚力量。从柳亚子与庞树柏词体辩论一事可窥探彼时梦窗地位，柳氏云：

> 讲到南宋的词家，除了李清照是女子外，论男性只有辛幼安是可儿，梦窗七宝楼台，拆下来不成片段，何足道哉！这句话不要紧，却惹恼了庞檗子和蔡哲夫。……于是他们便和我争论起来。一方面，助我张目的只有朱梁任。可是事情不凑巧，我是患口吃症者，梁任也有同病……我急得大哭起来，骂他们欺侮我……④

评论者多举此例作为南社趣闻，且突出柳亚子性情一面。岂知柳亚子"争论不及"并非仅仅是"口吃症"，而是同道者只有朱梁任。也就是说大部分南社词人都认同梦窗。从《南社词集》词题和韵周邦彦、吴文英比重之大也可见一斑⑤。庞大驳杂如南社者依然如此，遑

① 王鹏运《校刊梦窗四稿跋》，见吴文英著，吴蓓笺校《梦窗词汇校笺释集评》，浙江古籍出版社 2007 年版，第 815 页。

② 周济《宋四家词选序》："问途碧山，历梦窗、稼轩，以还清真之浑化。"见唐圭璋编《词话丛编》，中华书局 1986 年版，第 1643 页。

③ 朱祖谋《梦窗词集跋》，见朱孝臧辑校编撰《彊村丛书》，上海古籍出版社 1989 年版，第 4395 页。

④ 柳亚子《柳亚子自述续编》，人民日报出版社 2011 年版，第 47 页。

⑤ 汪梦川《南社词人研究》，上海古籍出版社 2015 年版，第 146 页。

论整个词坛。

梦窗风有两大表征，一是注重词体艺术技巧，尤其是章法上强调顺逆提顿、曲折变化。如杨铁夫《吴梦窗词笺释自序》云："所谓顺逆提顿转折诸法，触处逢源，知梦窗诸词，无不脉络贯通，前后照应，法密而意串，语卓而律精，而玉田七宝楼台之说，真矮人观剧矣。"①二是质实凝练、涩而不晦境界的追求。陈匪石《旧时月色斋词谭》载："世人病梦窗之涩，予不谓然。盖涩由气滞；梦窗之气，深入骨里，弥满行间，沉着而不浮，凝聚而不散，深厚而不浅薄，绝无丝毫滞相，浅尝者或未之知耳？但必有梦窗之气，而后可以不涩。"②追步梦窗本无可厚非，朱祖谋、陈洵、陈匪石等人皆在学梦窗基础上有所独创。然而若一味地将梦窗"神化"，就难免出现文过饰非、不够冷静的认识。比如"选涩调、守四声"创作风气的形成就与过度推崇梦窗有一定关系③。

九一八事变后，随着国体动荡的愈加剧烈，注重声律和艺术技巧的梦窗风已经不能适应爱国热情日趋高涨的社会环境。彼时依然沿着固有轨迹滑行的作家作品遭到评论家的严厉批判，如吴眉孙云："当代词人，务填涩体，字荆句棘，性梏情囚，心力虚抛，语言鲜妙，此其一也。谓填创调，必依四声，本不能歌，乃矜合律。……一声不易，如斯泥古，大可笑人，此其二也。……近代词坛，瓣香所奉（梦窗），类皆涂抹脂粉，破裂绮罗，字字饾饤，语语襞积，土木之形骸略具，乾坤之清气毫无，作者先难其详，读者更莫名其妙，此其三也。"④吴眉孙并非危言耸听，所列问题皆是有的放矢，得到张尔田、龙榆生、夏承焘等多人肯定。

追步梦窗者也认识到了自身出现的问题。他们并没有固步自封，而是积极探寻解决方法。大体有两种转向：第一，继续沿着梦窗风的创作路径，坚持"审音持律"的词体本位，但在"面貌"与情感内容上作出相应调整。丢弃"七宝楼台""炫人耳目"等华丽辞藻，改为灰色暗淡、凄凉沉郁。降低对声律技巧的过于偏爱，增加情感内容的比重。如陈匪石，"其于词也，穷极幽眇，虽一声一字，阴阳平仄之间，考之唯恐不至，辨之唯恐不精。观其所为《声执》一书，可以见也"⑤。然抗战时期的《麻鞋集》，则在声律谨严基础上，更有诸如《西平乐》："极目江关甚处。可勘遍野，残血哀啼杜宇。"《夜半乐》："逝波愁竭，危烽惨照，画中腕晚楼台，可怜焦土。"《玉楼春》："春花秋月无长计。梦到年时行乐地。夕阳一片可怜红，三五寒鸦差解意。玉颜憔悴浑闲事。金掌分明倾别泪。泪波留到九回肠，把酒问天天已醉。"这类诗既哀乐无端，又寄托遥深，感伤国事之词。诚所谓"上法清真、白石、梦窗、碧

① 杨铁夫笺释，陈邦炎、张奇慧校点《吴梦窗词笺释》前言，广东人民出版社 1992 年版，第 10—11 页。

② 陈匪石编著，钟振振校点《宋词举》，江苏古籍出版社 2002 年版，第 219 页。

③ 马大勇、杜运威《论民国"守四声"风气的生成演变与午社词人的拨乱反正》，《贵州社会科学》2017 年第 3 期。

④ 吴眉孙《致夏瞿禅书》，《同声月刊》（第一卷第三号）1941 年 2 月，第 156 页。

⑤ 钟泰《陈匪石先生遗稿序》，见《陈匪石先生遗稿》，吉林大学图书馆藏 1960 年油印本，第 2 页。

山,守律严细,炼字稳惬……又能济以东坡、稼轩之骨力”,继而做到“涩而不晦,幽而能畅”①。

表现更明显的是以“守四声”围护者自居的仇埰。对于“宫徵之求协,格律之遵循,恨不起古人而与商……一字未洽,一声未协,一调未谐,或搐挦往籍,或邮伻投赠,或风雨一庐,聚谈竟日”②的仇埰来说,拗体涩调格律的工整恐怕无人能出其右。然王孝煃《仇君述盦传》却指出:“丁丑之秋,倭难作,(仇埰)出亡汉上,又蛰沪滨,苦思缠绵,辄托吟咏,皋返故庐,度门谢客……忧患之余,词心丕变,读君词可以觇志节,观世殊,与吟风弄月,摅写胸臆不同。”自避难回来之后的《鞠宴词》俨然已不是一味审音求律者可比。读《鹧鸪天·过汨罗》:

到眼澄清认汨罗。难中方许此经过。鸣鹈逆耳仍今日,服艾盈腰唤奈何。
看逝水,发悲歌。灵修欲叩梦都讹,虬龙鸾凤同漂泊。千古伤心歧路多。

汨罗畔发千古伤心悲歌的仇埰令人眼前一亮,“词心丕变”于此可见。至于《八声甘州·癸未岁除遇雨赋此遣怀》:“咽铜龙,听雨倚书城。年光换匆匆。甚黄尘千里,中原一发,歌啸无从。　　数到春江变酒,荏苒屈纤葱。犹有辛盘暖,休负琼钟。”及《迷神引·倚屯田。柯亭谱此调索和,遂写丁戊以来流浪过程答之》:“看尽林峦,瞬转缃屏换。倏粤云淞波翦。去年今日总凄绝,凭高眼。　　故园荒,东川阻,耿幽怨。风雨供吟箧,情绪短。淮边秦时月,照谁苑。”此一类既保有梦窗词创作技法和格律谨严特征,又融入“觇志节,观世殊”的情感意蕴,仇埰词已逐渐摆脱模仿古人,走上创造自我的道路。

第二,试图将梦窗与稼轩有机融合。以梦窗格律之严补稼轩之粗疏,以稼轩之情感浓烈扩梦窗之幽狭。吴白匋早年学词自梦窗入,1934年如社期间的创作,恪守四声格律章法,“字研句炼,功力深至”③。但他并不固守门庭,对梦窗用典晦涩,跳跃过大,人工雕琢太甚等缺陷作出适当修正,并着力抬高意境的重要性,形成欲语还休、清丽而兼沉郁的整体风貌。读《青玉案·闻三弟道姑苏沦陷时事感赋》:

笳边小雁归来暮,说怕过、横塘路。兵气连天迷处所,血痕碧化,劫灰红起,星陨纷如雨。　　苏州自古词人住,顷刻繁华水流去。借问千秋断肠句,斜阳烟柳,天涯

① 刘梦芙《二十世纪名家词述评》,安徽文艺出版社2006年版,第142页。
② 王孝煃《仇君述盦传》,见仇埰《鞠宴词》,民国三十六年铅印本。
③ 刘梦芙《冷翠轩词话》,见刘梦芙编选《二十世纪中华词选》中册,黄山书社2008年版,第776页。

芳草，能写此情否。

积淀雄厚的苏州经此浩劫，恐再难恢复。纵有断肠丽句，也难以排遣忧愁。词人嗅觉敏锐，视野宏阔，他是有意识地在用诗词记录历史，但不是苏辛那般“以诗为词”，字里行间总带着梦窗般的幽怨，然此“怨”不关风月，而是家国。

再如汪东，他自称“服膺清真数十年如一日”①。清真与梦窗本就一脉相承。汪东抗战前作品喜“以张弛控送之笔，使潜气内转，开合自如，一篇之中回环往复，一唱三叹”②。而战后作品，不惟《摸鱼儿·闻桂林柳州相继失陷之信》《花犯·九龙香港相继陷没，并扈江亲友亦久不得消息矣》等时事词不少，且特意作《国难教育声中发挥词学的新标准》一文，明确提出“不如注重慷慨悲壮，甚至粗厉猛奋的声调，予以刺激，使人心渐渐振作起来，这才见文学的功用，也才是文学家或者说词家所应当分担的责任”③。当然，汪东并非完全抛弃清真、梦窗笔法，只是格调稍有转变。如《贺新郎·有辞行归隐者，留书告别，用稼轩韵赠之》：

内热那堪说。尽消他、含风翠筱，蔽天黄葛。直向峨嵋凌绝顶，蹴踏阴崖残雪。更北指、中原一发。慷慨悲歌多燕赵，想苍茫、正堕临关月。谁为鼓，由之瑟。　功名无分长离别。叹人生、云龙鱼水，古来难合。黄祖辈人何足道，冠带聊加白骨。也休怨、媒劳恩绝。柳下清泠圜波绕，好科头、自锻嵇康铁。又却恐，肺肝裂。

词中须注意“直向”“更”等增一倍写法，和“尽消他”“叹人生”“又却恐”等故意顿挫回环的技巧。整首词既有稼轩格高调响、声韵铿锵的气势，又具清真、梦窗起承转合之运笔特征。显然是二者相融合的结果。

总言之，抗战时期梦窗风的缺陷是明显的，但并未如“革新派”所说般“字荆句棘，性梏情囚”。此期梦窗接受者并非一成不变地传承民初的创作风气，他们在内外困境中积极改革自身弊端，一方面不放弃严四声、精雕琢的固有技法，但另一方面力求降低声律限制，扩大叙述视野，将前线战事和忧国忧民的心绪投之于词，拓宽作品情感空间。此变革致使绵延数十年的梦窗风开始出现转向。此转向既是为适应爱国热情高涨的社会环境作出的宏

① 程千帆《梦秋词跋》，见汪东《梦秋词》，齐鲁书社1985年版，第495页。

② 夏敬观《梦秋词序》，见《梦秋词》，第1页。

③ 黄阿莎《世乱中的文化坚守与词体创作——论汪东词学思想及其对沈祖棻的影响》(《解放军艺术学院学报》2016年第1期)首次着重探讨此文对理解汪东词学思想的重要意义。本文则结合汪东词体创作详细论述其风格转变。

观调整，也是受词坛越发激烈的稼轩风影响而产生的微观变化。因此，我们只有将具体作品面貌置于整个词坛动态变化中考察，才能避免随意轻信或武断否定的情形。

二、稼轩风的崛起

抗战对词坛影响更大的是掀起了一股慷慨悲壮、气吞山河的稼轩风。此风向自“九一八”事变时已经出现端倪。经龙榆生《词学季刊》和卢前《民族诗坛》的传播而逐渐达到顶峰。换言之，探索稼轩风的崛起脉络就是认清抗战词坛塑造自身特质的成长历程。

龙榆生早已看清梦窗风的种种弊端，然作为传人，他不便大张挞伐恩师门楣。只能从理论研究、操持选政、实际创作等方面间接倡导苏辛，以期转移一代风会。首先，他对苏辛词有深入的理论研究，相关论文就有《辛稼轩年谱》(暨南大学讲义，1929)、《东坡乐府综论》(词学季刊，二卷三号，1935)、《苏辛词派之渊源流变》(文史丛刊第一集 1933)、《东坡乐府笺》(商务印书馆，1936)等。其次，他通过选集来明确风格导向，有《唐宋名家词选》(1934)、《唐五代宋词选》(1937)、《近三百年名家词选》(三四十年代)等数部以苏轼、辛弃疾为首的选集。第三，其自身作品毫不讳言“今古几词手，我自爱东坡”的崇拜。

当然，最终拨动风帆的是他借《词学季刊》之利，以主编审稿人身份，有意打压梦窗，倡导苏辛[①]。龙榆生在《今日学词应取之途径》中明确提出：“私意欲于浙、常二派之外，别建一宗，以东坡为开山，稼轩为冢嗣，而辅之以晁补之、叶梦得、张元干、张孝祥、陆游、刘克庄诸人。以清雄洗繁缛，以沉挚去雕琢，以壮音变凄调，以浅语达深情，举权奇磊落之怀，纳诸镗鞳铿鞫之调，庶几激扬蹈厉，少有裨于当时。”[②]“别建一宗”之目的正是纠正梦窗风过于注重声律技巧而轻视词体情感内容的严重弊病。

词史自身发展的需要和编辑删选刊载的大权很容易将创作风尚导向苏辛一路。于是《词学季刊》周围聚集起百余人审美标准较为一致，创作风格趋于统一的苏辛群体，核心人物主要是龙榆生、张尔田、唐圭璋、夏承焘、卢前、邵瑞彭、胡汉民、黄濬、叶恭绰、黄孝纾、郭则沄、汪曾武及女性词人丁宁、陈家庆、徐小淑、吕碧城等。该群体致力于豪放词风的全面振兴，特别注重以词书写时事，扩大词体视野。如向迪琮《虞美人 · 舟中对鄂赣水灾，感赋》：

① 参见《词学季刊》各期“近人词录”“现代女子词录”栏目。

② 龙榆生《今日学词应取之途径》，《词学季刊》第二卷第三号，1935 年 1 月。

崩涛日夕喧扬子。处处流民泪。三年疏凿库储空。谁信滔天势急竟无功。扁舟一叶和愁载。不尽风波在。人间随地是风波。望里风波如此怎么过?

就表现时事内容来看,苏辛词风较之周邦彦、姜夔、吴文英等人更便于言说。苏轼“以诗为词”理念正是对“诗之境阔,词之言长”的反驳。此创作倾向自然也十分不满于注重格律技巧的梦窗风。

经《词学季刊》群体的大力宣扬,苏辛词风迅速成长。不少词人的作品风貌开始出现转变。陈家庆青年时代作品清丽秀逸,颇有东坡神韵,如“西风无恙流年早,有二分秋色,一寸眉心。玉镜高悬,碧天万里沉沉。幽闺坐对年时事,问婵娟、可忆清吟。只而今。月姊天涯,梦里追寻”(《庆春泽·中秋寄姊,同澄宇作》)①。随其年龄增长,关切家国之心愈重,词笔也沾染不少“凄凉幽咽之音”,如《高阳台》:“百年兴废寻常事,听寒潮呜咽难平。莫沉吟。螺碧深杯,且洗愁襟。”然“当国难之时,词人英气勃发,热血奔涌,乃成激昂悲壮之章,匣剑龙吟,警顽起懦”②,俨然有脱苏驾辛之势。请读《如此江山·辽吉失守和澄宇》:

西风容易惊秋老,愁怀那堪如许。胡马嘶风,岛夷入犯,断送关河无数。辽阳片土。正豕突蛇奔,哀音难诉、月黑天高,夜阑应有鬼私语。　　中宵但闻歌舞,叹隔江自昔,尽多商女,帐下美人,刀头壮士,别有幽怀欢绪。英雄甚处。看塞北烽烟,江南笳鼓。不信终军,请缨空有路。

“断送”二字蕴藏多少无奈和愤慨,直逼“夜阑应有鬼私语”之惊人句。下片美人歌舞及英雄无用武之地与上片形成鲜明对比,更增“愁怀”。再如《扬州慢·过上海闸北》:“河山大好,又无端、弃掷堪惊。叹血饮匈奴,肉餐胡虏,一篑功成。百万雄师何在,君休笑、留待蜗争。想神京千里,不闻画角悲鸣。”《满江红·闻日人陈兵南翔,感赋》:“三户图强惟有楚,廿年辛苦终存越。问中原又见几人豪,肠空热。”字里行间英气逼人。《词学季刊》中类似声口比比皆是,如胡坤达《金缕曲·叠韵再答星伯》:“五十年来天不骏,销尽神州元气,待呵璧,问天知未,去日韶华吾不恨,恨书生,空袖平戎字。击楫事,阿谁继。”甘大昕《少年游·九月十九日与方南渚重过扫叶楼纵饮,醉后赋此》:“清凉山色冷悠悠。相对发深愁。

① 引陈家庆词皆自《澄碧草堂集》,黄山书社 2012 年版。

② 刘梦芙《冷翠轩词话》,见王翼奇等著,刘梦芙编校《当代诗词丛话》,黄山书社 2009 年版,第 498 页。

把酒论兵，请缨杀贼，饮马海东头。”

若以正常蓝图规划，龙榆生将借助《词学季刊》成为新一代词坛盟主。然其姓名却出现在 1940 年 2 月公布的汪伪政府名单中，大好前程就此中断，《词学季刊》也因全面抗战的爆发而停办。虽然《同声月刊》有相似运转背景，但沦陷区整体语境已经不可能让其大张旗鼓地倡导苏辛。

词坛接力棒传到了卢前《民族诗坛》手中。卢前、易君左等一批爱国诗人提出创作“民国诗”“民国词”的口号，即“以新材料入旧格律，用旧技巧写出新意境，拿诗来发扬我民族精神”。这一理论内核逐步演变为“以活泼、生动之形式与格调，扬示我民族特有的雍容博大之精神，为民主政治时代之产物，发四万万五千万民众之呼声”[①]，既而创造出既不同于汉魏唐宋明清，又异于英、法、德、印度，堂堂正正卓异独立的“民国诗词”。卢、易等人通过《民族诗风之倡导者》《中华民国诗之建立》等系列理论文章和《民族诗选》《中华民族英雄故事》等选政，以及卢前《中兴鼓吹》和《烽火集》、易君左《中兴集》等文学创作，对其提出的“民国诗词”理论详加阐释。正是他们的努力，在民国旧体文学中逐渐旋起与抗战更契合的民族诗风。

与龙榆生类似，《民族诗坛》是卢前等引领抗战词坛主流风尚的新平台。核心人物有于右任、卢前、王陆一、张庚由、江洁生、缪钺、陈匪石、朱幡等。与前期抗战词派的苏辛并举不同，他们更强调稼轩。卢前《中兴鼓吹》“代序”云：

> 渐觉摩胸剑气沉。问谁肯作狂吟。辛刘语，冷落到而今。　新词鼓吹中兴乐。雄风托。莫嫌才弱。将我手，写余心。

从龙榆生的“我自爱东坡”，到卢前的“新词鼓吹中兴乐。雄风托”，不仅是两大词人内部由苏轼至辛弃疾的顺承及微变，更是《词学季刊》至《民族诗坛》两大词群的转变。作为主编，卢前明确提出：“今日所收到词稿，仍多歌咏风月者，与本刊旨趣不合，往往割爱。自兹以往，盼多以雄壮亢爽之音，写此伟大时代，不独本刊之幸已也。”很少有诗词类期刊如此鲜明地提出创作审美倾向，随着期刊创作量和销量的陡增，“雄壮亢爽之音”的稼轩风逐渐占据整个词坛。类似李蕙苏《大江东去・拟被难者哭江浙，用张叔夏夜渡古黄河与沈尧道曾子敬同赋韵》的声调，不胜枚举：

① 卢前《民族诗风之倡导者》，见卢前著《卢前文史论稿》，中华书局 2006 年版，第 295 页。

腥云万里，叹经年烽火，漫江南北。嗟自都门沦陷后，尘海荒江遍历。枯柳啼鸦，昏林斜日，一路伤心直。晓风暮雨，青衫瘦损病容。　闻道越水吴山，刀兵浩劫地，无非血迹。扬子积尸流欲断，故井颓垣依立。玉树歌残，胭脂井坏，月黯秦淮碧。重涛埋骨，狂风时或露白。

此期不少词人都出现转向稼轩的演变趋势。如章士钊、胡汉民、王用宾、苏鹏、王陆一、缪钺等人，本身就有苏辛倾向，战时作品更增英雄之气，如章士钊《鹧鸪天》："乱世文章抵一尘，于今天道更难论。长公故自魁元佑，身后谁知端礼门。　千古事，逐年新。人言祖法尽沉沦。已原顾籍浑无有，初解虚名不误身。"又王用宾《金缕曲》云："千山万壑经砻砥。剩如今、元龙风概，尚遭时忌。纵有词章惊海内，莫挽狂澜颓势。劳故旧、嘉言宠异。一事无成怜坐废，怎流光、不舍还催替。深自儆，敢忘识。"与此同调者较多，兹不赘举。

需要提醒的是，稼轩风并非只有慷慨悲壮、气吞山河一种形式，关于这一点，严迪昌先生早有阐释。结合辛弃疾一生想要建功立业，却抑郁不得的现实，不难理解英雄词人背后的辛酸苦楚。沈祖棻就是另一类稼轩风的典型代表，汪东在《涉江词序》中早有揭示："方其肄业上庠，覃思多暇，摹绘景物，才情妍妙，故其辞窈然以舒。迨遭世板荡，奔窜殊域，骨肉凋谢之痛，思妇离别之感，国忧家恤，萃此一身。言之则触忌讳，茹之则有未甘，憔悴呻吟，唯取自喻，故其辞沈咽而多风。"从其词《水龙吟》中自能触摸到与稼轩较为接近的抑郁难耐：

断肠重到江南，感时今已无余泪。腥尘涨海，金钱迷夜，万家酣醉。劫后山川，眼中人物，伤心何世！叹收京梦醒，排阊路远，凭谁问，中兴计。　还见惊烽红起，望关河、危阑愁倚。黄昏渐近，苍茫无极，斜阳难系。漫念家园，荒田老屋，新丧故鬼。怕长安残局，神州沈陆，只须臾事。

抗日战争背景下，并非所有人都直接参与战斗，更多的是类似沈祖棻这样的普通工薪阶层。词在他们手中并不是鼓吹宣传的工具，而是寄托幽情、排解苦闷的重要渠道。所以，国忧家恤之情和思妇离别之感，构成了这类群体的共性特征。他们共同撑起了稼轩风的另一书写空间。

结　语

当然，抗战词坛并非梦窗风和稼轩风能够全部牢笼。那些宗法唐五代及北宋令词的人并不愿混迹此两大潮流。他们本身与世无争，抗战后期难得的短暂平静令其深度反思人类生命价值与意义，所作之词貌似平淡自然，实则饶有哲理趣味。如沈尹默《渔家傲》："盖代功名从所用，不须更试炊时梦，今日为梁他日栋。非戏弄，卧龙本自堪陪奉。唯有骚心难控纵，天长水远谁相共，蕙盼兰情吟又讽。都惊动，牛腰新卷沉沉重。"《采桑子》："人间成毁原难料，莫著忙时。若有天机，待问天来只自知。平生弘愿区区是，尽力为之。组练生辉，梭往梭来但一丝。"整体格调貌似与抗战毫无关系，然而若不是经历大风大浪后，庆幸可以享受一方宁静之人，又怎能吟出"卧龙本自堪陪奉"及"待问天来只自知"等惊人之句。

更有"奇人"将战乱悲痛沉潜于心底，出之以"欢愉之辞"，即以乐景写哀情，如高燮六十四首《望江南》。前举六十三阕，叙述避乱山庐之好，如："山庐好，一笑物能容。傲慢向人鹅步稳，迷离对我兔睛红。何必辨雌雄。""山庐好，策杖一盘纡。草际跃过青蚱蜢，路旁蹲得老蟾蜍。物态野而迂。"一切美好遐想都被最后一首"山庐好，虽好不思归。劫后残书聊可读，穷来赁庑倘堪栖。故里且休提"全部打破。词人是学汉大赋骚体讽谏笔法，一如作者自白："处羁旅之地，而写洄溯之情；穷欢愉之辞，而屏愁苦之语。所自信言皆真实，意出肺肝，读者亦相喻于音声之外者耶?"无论是哲理思辨，还是骚体造境，都寄托着各种"弦外之音"。凡此构成抗战词坛不同流俗的另类风格。

值得一说的还有四十年代汪伪政府在南京、北京、上海一带营造的复古氛围。他们试图以旧体诗词的典雅特征来粉饰"大东亚共荣"的政治想象。期间所支持的报刊，如《国艺》《同声月刊》《古今》《新亚》等，大量刊载考证、游记、唱和、赠答等文言小品及古诗词，貌似显得与世隔绝，不着现实，不触时事。然而，在其乐融融的背后，却衍生出一批借典故伪装和历史经验暗中抵抗的新风尚。延秋词社"五色鹦鹉""秋日海棠"等唱和就是典型例证。这一问题笔者另撰文讨论。

综上所述，战争对抗战词坛造成了很大影响，它打破了原来梦窗风"一统江湖"的格局，形成稼轩风占据主流，梦窗风及其他风格为羽翼的新形态。守梦窗者并非完全抛弃已有基础，他们在原来宗法清真、梦窗的基础上，尝试作出技术层面的让步，谋求梦窗与稼轩的有机融合。反梦窗者则借战争契机，彻底清算词坛"选涩调、守四声"的不良风气，倡导抒情言志，全面激活自鸦片战争以来，绵延不断的豪放词风。后者较之晚清时期更猛更烈。需要指出，引领词风丕变的除了核心人物和理论旗帜外，现代期刊也扮演着重要角色，它不仅具有独特的传播能力和宣传效应，而且提供了群体交往的新平台和文献发表的新形态，为我们认识抗战词坛风格演进、群体流变、历史价值提供了新的视角。与之相比，沦陷区形式更为复杂，在京津、金陵一带出现了较为浓厚的复古现象，不排除有正面回应伪政府"和平文学"的嫌疑，但也有以"雅化"为背景，作隐藏性抵抗的优秀作品。总之，抗战催生出了与时代更适应的新词风，而区域政治的复杂性和词体功能的丰富性进一步拓展了抗战词坛的艺术格局。因此，我们可以大胆推测，抗战时期的文学史理应是主次分明、多元并存的基本面貌。所以，旧体诗词进入文学史是必然的，我们应该考虑的是如何入史，哪些内容入史的问题。

（作者简介：杜运威，北京语言大学博士后，淮阴师范学院文学院副教授，发表论文有《论抗日根据地"三大诗社"的创作理念、成就及其意义》等；丛海霞，淮阴工学院人文学院讲师，发表论文有《家学传承与文学新变：论晚清民国德清俞氏词》等。）

《李梦阳集校笺》初读

——有关人物史实讹误商兑补苴*

邓晓东

内容摘要:《李梦阳集校笺》是李梦阳研究中的力作。然而由于明清文献自身的特点,笺注中难免出现一些错误。以人物史实方面而言,大致有人物讹误或事迹不确,作品系年不准确或有误,或别有他人一时难考等情况。导致上述情况的原因有未细读文献致误、因官职相同姓氏相同而误、事迹据方志而未据墓志铭等文献核实致误、对某些官职的别称不了解而误、未结合诗歌内容考察而误、缺少足够证据而误等。

关键词:《李梦阳集校笺》 史实 讹误

时至今日,明代文学研究成绩斐然,明代别集整理亦取得了一定的成果,但是深度整理还有待加强。以中华书局和上海古籍出版社为例,被列入两社中国古典文学"基本丛书""丛书"的明代别集寥寥无几,近二十年来未见明显增加。在这样的背景下,郝润华教授《李梦阳集校笺》(中华书局2020年版,下文简称"《校笺》",且下文所引的李梦阳诗及笺语均引自此,不另出注)的出版无疑有着重要的意义。正如《中华读书报》2020年12月9日刊载的《明代作家别集整理的新成果——评〈李梦阳集校笺〉》(下文简称"《评价》")所言,该书是"填补空白的力作"。且不说其汇集李梦阳别集诸多重要版本并参考选本相互校补而成为定本的文献价值有多大,单就其对作品中诸多人名、地名、史实等的考证笺释,便可免去初学者甚至研究者诸多烦劳而嘉惠学林。诚如《评价》所指出的,"《校笺》中费力

* 本文系国家社科基金重大项目"历代别集编纂及其文学观念研究"(21&ZD254)阶段性成果。

最多的是对李梦阳诗文作品的写作年代、创作本事作出深入考证笺释，对其中相关的人名、地名、职官、史实等作了较为详细的笺注，同时，也纠正了前人注释李梦阳作品中的某些错误，为李梦阳研究提供了极为丰富而重要的信息。"在明代文学"精细化研究"[1]已提上日程的今天，《校笺》带了个好头。笔者认真阅读了全书，有感于作者从唐代文学领域转战明代文学，十八年来孜孜以求做着一项"为他人作嫁衣裳"的基础性工作。但正因为可供参考的前期成果较少，加之明代以来文献浩繁，笺注中难免会出现一些问题。故笔者不揣谫陋，就其中存在的人物、史实及写作年代等方面的错讹试予商兑补苴，不当之处，敬请作者和读者赐教。

一、人物讹误或事迹不确之例

诗文作品中涉及的人物，是研究交游、生平和解读诗歌的重要线索，历来是考证的重点。李梦阳诗题中经常出现"某子""某帅""某公"或以官职加姓氏等，具体指谁，因缺少笺释常常令读者不明就里。在《校笺》出版以前，王公望《李梦阳〈空同集〉人名笺证》，张兵、冉耀斌《李梦阳诗选》等有较为集中的考述和注释。《校笺》吸收了这些成果，并有所开拓，使不少人物有了落实，对李梦阳史实研究做出了重要贡献。但尚存在一些以讹传讹、失于细究的错误，现予以辨证。

卷九《发京师》。该诗小序有云："正德二年春二月，与职方王子同放归田里。"此职方王子，笺疑即王尚絅(1478—1531)，所据为梦阳《九子咏・王职方锦夫》(卷十二)，可谓以李证李。关于王尚絅，李梦阳尚有《赠苍谷子》(卷十)、《卫上别王子》(卷十一)、《哭白沟文》(卷六十)等诗文涉及，笺注对王尚絅之生平事迹多次罗述，所引文献涉及钱谦益《列朝诗集小传》、薛应旂《沧谷先生传》、朱睦㮮《浙江右布政使王公尚絅传略》、过庭训《本朝分省人物考》本传等。因王为河南郏县人，又"结仲默为姻娅"[2]，故而似乎能顺理成章地成为《发京师》中的"职方王子"。然而据诗序及诗意，李、王二人是得罪刘瑾而被放归。于王尚絅举进士后写得略为详细的朱睦㮮"传略"说："弘治十五年进士，除兵部职方司主事，明年罹父忧。正德三年调吏部稽勋，四年升验封员外郎，寻迁稽勋郎中。"[3]因此，至少从弘治十六至十八年(1503—1505)，他都在家守制。按照笺注来理解，正德元年(1506)王尚絅服阕还朝，恰逢刘瑾干政，他参与弹劾八虎，并因此遭到勒令致仕的处罚。但奇怪的是，如

① 左东岭《2016至2020年元明清文学研究趋势、存在问题及前景展望》，《复旦学报》2020年第6期。

② 朱彝尊《静志居诗话》卷九，人民文学出版社1990年版，第254页。

③ 焦竑《国朝献征录》卷八四，见周骏富辑《明代传记丛刊》第113册，明文书局1991年版，第120页。

此重要的生平经历，在王氏的诸多传略中均未提及，这未免不合常理。且《发京师》其二云："行子恋俦匹，况遇同乡亲"，"携手同车归，驾言西适秦"。李梦阳是陕西庆阳(今属甘肃)人，王尚絅是河南人郏县人，何以称同乡？且王致仕后，为何不归河南而"西适秦"？由此可见"职方王子"当另有其人。

笺引《明武宗实录》卷二十一记载曰：正德二年正月，"降户部员外郎李梦阳为山西布政司经历司经历，兵部主事王纶为顺德府推官，俱致仕。时太监李荣传旨，谓梦阳阿附韩文、王岳，纶阿附刘大夏，故黜之。盖瑾意也"，却并不以此王纶为"职方王子"。不过，笔者认为，"职方王子"当是王纶，理由如下：据正德《松江府志》载："王纶，字演之，陕西庆阳人，进士。弘治十二年任，十四年升兵部主事。"[①]其籍贯与李梦阳同，符合李诗中"况遇同乡亲""驾言西适秦"两句之意。王纶任兵部职方清吏司主事(与"职方王子"吻合)，关于他任职兵部及"阿附刘大夏"之事，其同年陈洪谟说："刘大夏承上眷顾，思欲荐才报国。予同年王纶，陕西人，因王亲除松江推官。为人谲诈务名，自负兵历、医卜诸事无不精晓，欲求为京官，乃托人延誉于朝，时考满来京，刘真以纶为知兵，遂破例荐职方主事。"[②]刘大夏于正德元年五月致仕[③]，王纶和李梦阳则在正德二年正月被勒令致仕，但两人被罢的原因并不相同，人品也有高下之分。李梦阳有扳倒阉竖不成而沦为失败者的悲壮，而王纶似乎更多是因为投机站队而导致的失势。且王纶后来官至江西布政使左参政，因被迫参与宁王朱宸濠谋反，事败被处死。还有一点值得注意，王纶和李梦阳都出自杨一清之门[④]，同乡、同门、同僚又兼同时被罢黜，这"四同"足以坐实"职方王子"当为王纶无疑。落实"职方王子"为王纶后再读这两首诗，其中所谓"威风何赫奕，各蒙五侯顾""弃掷委蔓草，荣华若朝露""茑萝附松柏，枝叶固相因"的意涵便十分显豁了。

卷十《寄赠端溪子》二首。"端溪子"为王崇庆。《校笺》于此诗据《国朝列卿纪》、赵时春《海樵子序》《王端溪关西诗序》(《赵浚谷文集》)等出注，并说"王在嘉靖初任河南提学副使。又据嘉靖《开州志》，王在'嘉靖四年，以年老归养'。梦阳之《嘉靖集》辑有该诗，而该集又标有'元年、二年、三年'之写作年代，故此诗当作于嘉靖元年或嘉靖三年，时诗人闲居开封，王崇庆或在山西任官，或已返乡"。这是沿袭王公望的考证而来[⑤]。对于王氏任河南提学副使的时间及"嘉靖四年，以年老归养"等说法都不准确。据瞿景淳《明故资政大夫南京吏部尚书端溪王公墓表》记载：王崇庆于"癸未(嘉靖二年)擢山西布政司左参议，分守

---

① 陈威、喻时修，顾清纂《松江府志》卷二二《守令题名》，明正德七年刻本，第17a—b页。

② 陈洪谟撰，盛冬铃点校《治世余闻》上篇卷三，中华书局1985年版，第27—28页。

③ 谈迁著，张宗祥点校《国榷》卷四六，中华书局1958年版，第2861页。

④ 王纶是杨一清门生，也是通过杨的关系，被介绍给刘大夏的。参见《治世余闻》上篇卷三，第28页。

⑤ 王公望《李梦阳〈空同集〉人名笺证(三)》，《甘肃社会科学》1995年第5期。

冀宁道。是年冬，复改分守冀北道"，"晋山西按察司副使，分巡冀南道，驻节汾州。……既而闻母太夫人侯氏疾，即上疏乞身省侍，移文具呈抚按，不及面辞，辄行。时巡抚毕公素衔公抗直，遂同巡按以擅离职守参劾之，诏下，直隶巡按周公推问。周公嘉其孝，特奏保之，荷旨准终养。己丑（嘉靖八年）后，起为河南按察司副使……初分巡汝南道，复分巡大梁道"[①]。所以，李梦阳此诗当作于王崇庆乞身省侍期间，时间当在嘉靖三年（1524）左右。"以年老归养"当为"以母老归养"之误。

卷十《赠魏子》。笺曰"魏子，疑即魏有本"，引万历《绍兴府志》述其生平，中有"抚河南"云云，并说："据诗意，似魏氏欲还乡浙江，梦阳送行，并期望其早日'北向'返京，接受恩宠。《嘉靖集》收此诗，故诗当作于嘉靖初年。"考袁炜《都察院右都御史赠工部尚书魏公有本墓志铭》云："（正德）辛巳上策士，赐同进士出身，视政礼部。会修《武庙实录》，充南畿采纂使，还，（嘉靖）癸未除行人司行人。丙戌授河南道监察御史。庚寅坐抚按荐劾乖刺，听核归里，三年而核者直，公复起任职。甲午创启祥宫等工，上书搜古典、尊立九庙，皆畀公董其役，工成，擢大理寺丞晋少卿。无何，以右佥都御史巡抚河南，癸卯改督粮储南京，遂迁南大理寺卿刑部右侍郎。庚戌进右都御史督漕兼抚凤阳诸郡。"[②]据此，魏有本当于嘉靖五年任河南道监察御史，而其巡抚河南则在嘉靖十三年（甲午）之后，具体时间是在嘉靖十九年[③]。李梦阳卒于嘉靖八年十二月。据两人生平及《嘉靖集》收诗时限而言，若该诗果系赠魏有本，则只能作于魏氏为南畿采纂使期间。据《国榷》记载，正德十六年十一月"敕修《武宗实录》"[④]，又据前引"会修《武庙实录》，充南畿采纂使，还，（嘉靖）癸未除行人司行人"，则此诗当作于嘉靖元年左右。原笺显然是因为魏氏曾"抚河南"而考察此人，却未参袁炜墓志而失于粗疏。

卷二十《聊城歌送顾明府》。笺云"顾明府，疑为顾璘"，并说"明人雅称知府为太守，即明府"，"此诗或作于正德四、五年间"。"明府"一般只用作知县或知州的雅称，未见以其雅称知府。此诗当是送顾氏去聊城当知县，而顾璘未有此经历。考《（康熙）聊城县志》卷二，知县顾棠，苏州人，"由甲科正德初任。甫一载百废俱兴，才堪治繁，改乌程，寻擢刑部主事"[⑤]。他的继任者赵翱正德二年任。由此可知，李梦阳诗当作于正德元年在京为官之时。

---

① 瞿景淳《瞿文懿公集》卷一二《明故资政大夫南京吏部尚书端溪王公墓表》，见《四库全书存目丛书》集部第109册，齐鲁书社1997年版，第621页。

② 焦竑《国朝献征录》卷五九，见《明代传记丛刊》第111册，第803页。

③ 雷礼《国朝列卿纪》卷一二〇，见《续修四库全书》史部第524册，上海古籍出版社2002年版，第70页。

④ 《国榷》卷五二，第3244页。

⑤ 何一杰《（康熙）聊城县志》卷二，康熙二年（1663）刻本，第2a页。

卷二十一《送李中丞赴镇》。笺曰“李中丞，或即李介”，“该诗疑当作于弘治十一年，时梦阳任户部山东司主事，送李介赴大同”。此或是受到《李梦阳诗选》注释的启发[①]。中丞本为汉代御史中丞的省称，明代都察院副都御史的职位与之相对应，明清时期常以副都御史或佥都御史出任巡抚，因此明清的巡抚也称中丞。“镇”为明代设立的抵御鞑靼、瓦剌、女真等入侵的边关军事重镇。李介曾有两次赴镇的经历，第一次是巡抚宣府，时在弘治元年五月，至弘治二年三月卸任[②]。第二次则在弘治十年夏，因“北寇谋犯大同，命(李)介兼左佥都御史，往督军饷，且经略之”[③]，李介到任不久即因“过劳致疾”，“卒于宣府之公寓”，时在弘治十一年正月二日[④]。笺谓其“弘治十一年，任兵部侍郎，经略大同”，“弘治十三年卒，赠尚书”，这是根据王世贞《弇山堂别集》卷六十三《总督宣大军务年表》的记载而来，显然王世贞的记载是错的。不过，根据李介的经历和官职，再结合诗歌粗略一看，似乎很容易认为“李中丞”就是李介。那么，事实如此吗？要搞清“李中丞”是谁，关键在于其所赴之“镇”在哪里。李梦阳诗中“阴风夜撼医巫闾”中的“医巫闾”，俗呼广宁山，地处今辽宁北镇满族自治县和义县之间，北镇即为辽东镇总兵的驻守地，诗中显然是用局部来指代整体，所以李中丞所赴之镇，当为辽东镇；诗中“中丞按辔东视师”的方位也与之相符。而李介只出任过位于北京西北方的宣府、大同，与诗中的地名、方位都不合。更重要的是，李介巡抚宣府时李梦阳尚未出仕，而李介赴大同时，李梦阳尚在庆阳守制(卷二十一《送李帅之云中》中的“李帅”亦非李介)。若李中丞为李介，则时间、地点、方位等信息都不匹配。所以这个李中丞并非李介，而应该是李承勋。

李承勋(1473—1531)，字立卿，嘉鱼(今湖北嘉鱼县)人。弘治六年进士。由太湖知县迁南京刑部主事，历工部郎中。正德初任南昌知府，因剿匪有功，治行卓异，于正德九年七月二十七日由南昌知府迁浙江提刑按察使。正德十一年七月三日由浙江按察使迁陕西右布政使，正德十四年三月二十一日由陕西右布政使迁河南左布政使，正德十五年十一月十五日由河南左布政使迁右副都御史巡抚辽东[⑤]。从李承勋的经历来看，他与李梦阳为同年；李梦阳正德六年至正德九年任江西提学副使时，他任南昌知府；而李承勋任河南左布政使时，李梦阳正居开封。从时间、经历、地点来看两人均有交集，这些交集使李承勋成为“李中丞”的不二人选。李承勋到任辽东镇后的作为，据《明史》本传载：“边备久弛，开原尤

① 张兵、冉耀斌《李梦阳诗选》，人民文学出版社 2009 年版，第 92 页。

② 张德信《明代职官年表》，黄山书社 2009 年版，第 2608、2610 页。

③ 张廷玉等《明史》卷一八五，中华书局 1974 年版，第 4906 页。

④ 焦竑《国朝献征录》卷四〇《通议大夫兵部左侍郎兼督察院左佥都御史赠兵部尚书贞庵李公介墓表》，见《明代传记丛刊》第 110 册，第 818 页。

⑤ 参见《明史》卷一九九，第 5236—5264 页。又参《明代职官年表》，第 3681、3353、3358、2672 页。

甚。士马才十二，墙堡墩台圮殆尽。将士依城堑自守，城外数百里悉为诸部射猎地，承勋疏请修筑。会世宗立，发帑银四十余万两。承勋命步将四人各一军守要害，身负畚锸先士卒。凡为城堑各九万一千四百余丈，墩堡百八十有一。招逋逃三千二百人，开屯田千五百顷。又城中固、铁岭，断阴山、辽河之交，城蒲河、抚顺，扼要冲，边防甚固。录功，进秩一等。又数陈军民利病，咸报可。"[①]他在辽东的作为和建树与李梦阳"谁言胸中十万兵"的期许是吻合的。而李梦阳对李承勋治边才干的准确判断，当源自其供职南昌时对后者剿匪功绩的了解。正德初年，江西匪患不绝，李承勋到任后曾指挥民兵剿匪，如正德六年剿"赣州贼""靖安贼"，又奉都御史陈金命征讨"华林贼"："华林贼杀副使周宪，宪军大溃。承勋单骑入宪营，众乃复集"，"贼党王奇听抚，搜得其衷刃，纵使还。奇感泣，誓死以报。承勋令奇密入砦，说降其党为内应，而亲率所部登山。奇夜拔栅，官军奋而前，降者自内出，贼遂溃。已，从金斩贼渠罗光权、胡雪二，华林贼平"[②]。从平华林贼之役可知，李承勋虽为文官，但极具胆略，颇有将才。李梦阳负责江西学政，但他关注时事，对当地匪患有所认识，他的《土兵行》即因"赣州贼作乱，都御史陈金奏调广西狼兵征之"而作。因此，他知晓李承勋的功绩当在情理之中。进而李梦阳诗中比其为李牧和李广，虽有夸大之嫌，但也不能说是一种完全脱离实际的浮夸之辞。搞清楚李中丞是李承勋这一问题后，那么这首诗的作年基本可以确定在正德十五年年底。

卷二十一《赠胡石陵》。笺曰："胡石陵，不详。"但按语中据杨本仁《谷日何沅溪王同野胡石陵三藩参宴滕阁值雨奉酬一首》，认为"杨本仁与梦阳应有交游，则此'胡石陵'似为同一人。据此，该诗似作于正德七年前后作者任官江西时期"。并引陈田《明诗纪事·杨本仁传》："嘉靖己丑进士，授工部主事，改刑部，历郎中。出为江西按察副使。"嘉靖己丑即嘉靖八年，此年杨本仁中进士，而梦阳于次年即下世，所以杨本仁与胡石陵滕王阁宴会当在梦阳身后，但这并不妨碍李梦阳与胡石陵在正德年间的交往，这当是笺者的认识。但是笺者未给出杨本仁与李梦阳交往的证据，故而前述推论的前提并不充分，因此其按语亦不可信。笔者认为，此"胡石陵"或当为胡节。胡节，字介夫，山东潍县人。据崔铣《贺封君胡公就养序》"石陵胡公介夫来佐豫宪，分治河北，建台于怀，乃迎养其尊人封君于邸"[③]云云，则知石陵当为胡节之号。他是嘉靖二年三甲进士，嘉靖三年任河南通许县知县，其接任者高彤为嘉靖八年任[④]，

①② 《明史》卷一九九，第 5264 页。

③ 崔铣《洹词》卷一〇《贺封君胡公就养序》，见《景印文渊阁四库全书》第 1267 册，台湾商务印书馆 1986 年版，第 601 页。

④ 韩玉《(嘉靖)通许县志》卷上，嘉靖二十四年刻本，第 22a 页。

且其于嘉靖七年(1528)曾有修理城池之举[①],升江西布政司右参议[②]。通许县为今开封下辖县,胡节任县令的时间正值梦阳晚年家居时期,他去开封拜访李梦阳是极有可能的。若此胡节即梦阳诗中之“胡石陵”,则此诗当为嘉靖三至八年之间所作。

二、作品系年不准确或有误之例

上文在考察相关人物时,已对部分作品的系年作出纠正。“校笺”中还有一些系年,也存在不准确或错误等问题,今据相关文献予以辨证。

卷十《赠定斋子》。“定斋子”为周祚。笺云:“据诗意,当作于正德九年后梦阳闲居大梁时。又,据周祚生平,正德十六年进士,授东阿知县,不久,丁父忧。嘉靖三年,补来安知县。诗云‘向东道’‘登岱巅’,可见该诗当作于嘉靖二年或稍后周祚任来安知县前。”一诗而两署作年,不妥。今考《东阿县志》,谓周祚“嘉靖二年以进士任”,“未几丁内艰去”[③]。而周祚《与李空同》则云:“居东阿不六月,以父忧归越。”《新修来安县志》载其出任知县在嘉靖五年[④]。故笺谓“嘉靖三年,补来安知县”不确。若周祚于此年上半年到任,则诗当作于本年;若其为下半年到任,则或作于来年之初。故此诗当系于嘉靖二年或稍后为宜。

卷十一《赠刘氏》。“刘氏”即刘麟,诗序云:“时以刑部员外郎录朔方之囚。”笺谓此诗“当作于正德初年”。据过庭训《本朝分省人物考》卷五十九本传,刘麟于弘治十八年升任刑部员外郎,并于正德二年升刑部山东司郎中[⑤]。而李梦阳于正德二年正月即被勒令致仕,所以这组诗当作于正德元年左右。

卷十一《送蔡帅备真州》。笺注纠正了旧说之误,指出“蔡帅”当为蔡霖,并云“该文(诗)当亦作于正德十五年前后”。据《(隆庆)仪征县志》卷十三云:“蔡霖,正德十六年以北金吾武举升任。”[⑥]则此诗当作于正德十六年左右为确。

卷十一《京师元夕有怀丘子兼忆旧游》。笺据李梦阳《丹穴行悼丘隐君》小序,疑“丘子”为丘琥,并说“当作于在户部任官时,时间约在弘治末至正德初。”若“丘子”确为丘琥,则据李梦阳《处士松山先生墓志铭》“大明正德四年六月四月,处士松山先生卒,年七十有

---

① 《(嘉靖)通许县志》卷上,第5b页。

② 张耀璧、高廷枢修,王诵芬纂《(乾隆)潍县志》卷三,乾隆二十五年(1760)刻本,第48a页。刘坤一等修,赵之谦纂《(光绪)江西通志》卷一二,光绪七年(1881)刻本,第41a页。

③ 李贤书修,吴怡等纂《(道光)东阿县志》卷一一,民国二十三年刊本,第5b页。

④ 周之冕修、王懋续纂《(天启)新修来安县志》卷六,天启元年(1621)刻本,第4a页。

⑤ 过庭训《明朝分省人物考》,广陵书社2016年版,第1366页。

⑥ 申嘉瑞修,李文、陈国光纂《(隆庆)仪真县志》卷一三,明隆庆元年(1567)刻本,第7b页。

六岁”及诗中“七十尚蛇蛰”一语，可将此诗系于弘治十六年元宵或稍后，但似不至于到正德初。

卷十二《襄阳篇奉寄同知李公》。笺曰：“同知李公，疑即襄阳府同知李源。”李源，原名李元，字宗一，河南祥符人。弘治九年进士，“历兵部主事、员外郎、郎中。值逆瑾窃柄，怒源守正不阿，谪襄阳府同知。瑾诛，擢湖广布政司右参议，无何以疾免归”[①]。他是李梦阳的启蒙老师。《襄阳篇》当是李源贬谪襄阳时，李梦阳寄赠之作。笺谓此诗作于“正德二年遭刘瑾解职返开封之后”。然据《襄阳府志》记载，李源任襄阳同知在正德五年[②]，而刘瑾于此年四月失势，八月被杀，故其被贬的时间当在四月之前。所以李梦阳这首诗创作时间的下限在正德五年四月，当然不会早于正德五年。

卷十六《故人殷进士特使自寿张来兼致怀作仆离群远遁颇有游陟之志酬美订约遂有此寄》。“殷进士”即殷云霄。李梦阳《刻诲愚录序》云：“在大梁，殷书来约太山之游，予赠之五言长诗一章。后殷子拜南科给事中，以书别我，予赠之七言长诗一章。”此首便是“五言长诗”。笺云：“该诗作于正德十年冬，时梦阳已解官江西归居大梁。”这一系年有误。殷云霄《石川子传》序云“正德乙亥冬寓仪直病中作”，正德乙亥即正德十年，且云“今天子召为南京工科给事中”，则其为南工科的时间在正德十年，所以这首诗不可能作于此年冬。关于殷云霄的生平，崔铣所撰墓铭曰：“二十有六举弘治乙丑进士。明年以疾归，卜居石川，作畜文堂，聚书数千卷，旦夕诵，思欲以作者自名，著书十余篇。正德辛未，病愈还京师，授靖江知县。……乙亥考绩如京师……吏部以最闻，选授南京工科给事中。……既病……遂卒，丙子七月七日也。”[③]据此则知殷云霄弘治十八年中进士，正德元年以病归，至正德六年才回京被授靖江知县。而李梦阳诗中回忆了其饷宁夏军归来两人结交、弹劾刘瑾被迫致仕等经历后，便写接到了殷云霄的来信，约其同游东岳，故而此诗应当是在李梦阳罢归后尚未被捕入狱前所作，诗中有“空谷激寒雷，冬庭转兰芳”，则诗当作于冬天，故而此诗的确切作年只能在正德二年冬。另外，从弘治十八年至正德六年前，殷云霄只有进士这一身份，故而李梦阳诗题称其为“故人殷进士”，这一点也可以作为判定此诗作年的证据之一。作为罢职归来不久的李梦阳，此时还只是以高隐的姿态来掩盖官场斗争的失意，尚未有像《槿树》诗中那种“寒时尚着花”“徒自绚朝霞”式的风骨和硬气。

卷十六《春日柬王相国》。笺曰：“或为王鏊”，“该诗或作于正德四年(1509)春”，“或作

① 曹金《(万历)开封府志》卷一八，见《四库全书存目丛书补编》第76册，齐鲁书社2001年版，第708—709页。

② 恩联等修，王万芳纂《(光绪)襄阳府志》卷一九，光绪十一年刻本，第47a页。

③ 崔铣《洹词》卷三《殷近夫墓志铭》，见《景印文渊阁四库全书》第1267册，第425—426页。另，这段经历也可与殷云霄《石川子传》相参看，见殷云霄《石川集·石川金陵稿》，《四库全书存目丛书》集部第58册，齐鲁书社1997年版，第118—119页。

于正德九年至嘉靖元年间”。王鏊于弘治十六年守制返乡，在正德元年四月接到朝廷诏书，命他返京任吏部左侍郎。旋即参与除奸活动[①]，事败后，韩文等人遭惩罚，韩于十月被勒令降一级致仕，而他却在十二月得以入阁。此后王鏊便周旋于刘瑾、焦芳之间，终于在正德四年请辞，家居十六年不复出。以情事而言，此诗所谓“白露陨瑶草，佳人秋思悲”云云，只能对应除刘不成诸人被黜而王鏊反而高升之事，故结尾“为问酒狂客，金尊开对谁?”含有讽谏之意。李梦阳于正德二年正月二十八日诏谪陕西布政司经历勒致仕，该年闰一月，故其于二月离京(见《发京师》小序)，所以此诗只能作于正德二年正月至二月间。

卷十八《戏作放歌寄别吴子》。“吴子”为吴廷举。笺曰:“据诗意，似作于正德五年吴廷举赴江西任右参政之前，吴亦有《壮志一首寄别空同子》。”《李梦阳诗选》认为“据《明史·李梦阳传》载，吴廷举与梦阳因政见不和，曾‘上疏论其侵官’，致梦阳下狱，二人关系因此失和。后来梦阳冠带闲住，而吴廷举亦因事遭夺俸。梦阳不计前嫌，二人又逐渐往来，关系和好如初。由诗中‘东湖子’以下数句可知，这首诗当为梦阳江西罢官后寄别吴廷举之作”[②]。《校笺》说错误，《李梦阳诗选》说较为准确，但细节有误并有待补充。兹述如下：

吴廷举(1462—1527)，字献臣，号东湖，苍梧(今广西梧州)人，湖北嘉鱼籍。成化二十三年(1487)进士。正德六年二月，任江西右参政。正德九年十一月，任广东右布政使[③]。吴廷举在江西任职的时间，几乎和李梦阳重合。李梦阳是正德六年四月接到任江西提学副使之命，于六月到达南昌，在正德九年六月离开九江。为官江西，是两人诗、书往来的契机。这首诗是为回赠吴廷举来诗而作，附在《报吴献臣书》之后寄给对方。据《报吴献臣书》云：

> 别后沿途采询谣议，士人颇不以仆辈为非，而不知者犹谓仆矜已凌侪，而谓公附炎忌才，此甚可笑也。仆与公虽幸并生明盛之世，共有海内之名，而往昔邂逅湖东，交衽接席，谈不逾日，奇情未谅，各负气不下，致生异同。此亦古今豪杰之常，而仆之过执靡逊，自遂往顾，厥咎孔焉，然于心无他也。患难相值，风萍偶聚，头攒耳摩，卧起相闻，酒食延呼。数月之间，两襟遽豁，转为绸缪，前何以戾？今何以欢？隐衷怍怀，彼此独知矣。来诗云：“夫既遘颜面，岂不惬素心？如何异同论，三两相差参。君诚子渊俦，而我非孔壬。”辞旨婉实，所谓言不违心者也。第子渊拟仆，则似过耳。长徂有日，怅念风义，爰为《放歌》一章，辄烦来使，毋曰反之而后和也。

① 事见《校笺》卷四〇《秘录》，第1426—1428页。
② 《李梦阳诗选》，第56页。
③ 《明代职官年表》，第3349页。

信中提到的“来诗”，即吴廷举《壮志一首寄别晞阳子》[①]。李梦阳在江西，因得罪上官而被弹劾入狱，吴廷举亦是致其入狱的官员之一。李梦阳说：“仆此一言一动，悉为仇者所搜罗。……吴廷举者二。”又引学生李华的言论说：“吴奏先生者一言一事，尽实乎？”可以说，在李梦阳的眼中，吴一度是落井下石之人。吴廷举上疏的内容，大概如《明史·李梦阳传》所说的“论其侵官”，而他之所以要上疏，原因是“与梦阳有隙”[②]。何乔远(1558—1631)说：“廷举故喜吟诗，尊副使李梦阳而请之顾，其音响不谐，大为梦阳嘲哂，遂忌而相排击。”[③]李梦阳因文学主见和创作与人争论甚至翻脸之事时有发生(即所谓“恃长不体悉人情”[④])，如与何景明的争论，再如在诗会上使同僚尴尬之事(参见李开先《李崆峒传》)。所以李梦阳《报吴献臣书》中“邂逅湖东”云云，与何乔远所述两人因诗学分歧而产生罅隙相仿。黄景昉(1596—1662)《国史唯疑》也记载了这段内容，只是他认为李诗在前，吴诗在后，则未免颠倒关系；陈田《明诗纪事》采黄景昉说，遂致一误再误。就两人诗学之分歧，我们认为可能是由对陈献章的态度及性气诗而引发的。吴廷举中进士后，于弘治元年授顺德知县。顺德毗邻江门，吴廷举公事之余，“暇即见白沙陈先生，往返数载，得闻理学梗概，为治根本。又学为诗，亦就规矩”[⑤]。因此，陈献章可以算是吴廷举的老师。而就在正德四年，李梦阳给歙县商人余存修诗集作序时，就批评了以陈献章等人为代表的性气诗：“今人有作性气诗，辄自贤于‘穿花蛱蝶’‘点水蜻蜓’等句，此何异痴人前说梦也。即以理言，则所谓‘深深’‘款款’者何物邪？”[⑥]明乎此，便不难想见两人因诗而争的内容和场面了。

值得注意的是，吴廷举上疏弹劾李梦阳后，也曾入广信狱候勘，有其《广信狱中》诗一首为证，诗云：“焚劫兵书返钓台，西风吹我此中来。索金狱吏今亡矣，演易先生安在哉？愚昧衰年犹患难，荣华终古只尘埃。春天正合懵腾睡，同舍休惊鼻息雷。”[⑦]李梦阳《报吴献臣书》中“患难相值……今何以欢”云云，可与“同舍休惊鼻息雷”对读，也就是说或两人在广信狱中即已冰释前嫌了。只是在目前所有关于吴氏的墓志铭、传记中都没有记载他

① 李梦阳所引数句与收入《东湖吟稿》者略有不同，《东湖吟稿》卷一作“亦既遘颜面，岂不惬素心？如何异同论，三两相差参。君诚子渊俦，贱子岂孔任？”吴廷举《东湖集》，见《明别集丛刊·第一辑》第73册，黄山书社2013年版，第562页。

② 《明史》卷二八六，第7347页。

③ 何乔远《名山藏》卷七四《吴廷举传》，见《续修四库全书》史部第427册，上海古籍出版社2002年版，第226页。

④ 李开先《李中麓闲居集》卷一〇《李崆峒传》，见李开先著，卜键笺校《李开先全集》(中)，上海古籍出版社2014年版，第928页。

⑤ 湛若水《南京工部尚书吴公神道碑》，吴廷举《东湖集》卷首，见《明别集丛刊·第一辑》第73册，第462页。

⑥ 李梦阳《缶音序》，见《校笺》卷五二，第1695页。关于“性气诗”即“陈庄体”，可参陈书录《明代诗文的演变》第三章第一节，江苏教育出版社1996年版，第186—193页。

⑦ 吴廷举《东湖吟稿》卷二《广信狱中》，见《明别集丛刊·第一辑》第73册，第604—605页。

入广信狱之事，只有“与副使李梦阳不协，奏梦阳侵官，因乞休，不俟命竟去”[①]这样跳跃性的描述，以致在缺少相关史实的情况下，李梦阳的那段话也令人难以索解。广信狱结后，两人不等朝廷批复就离职了。那么朝廷的最终决定是什么呢？据谈迁《国榷》记载：正德九年五月十一日（癸酉）“（江西）提学副使李梦阳免官，参政吴廷举夺岁俸”[②]。可见，朝廷没有同意吴廷举乞休的要求，只给予罚俸一年的处罚，并且因广东有叛乱，在当年十一月就提任他为广东右布政使，此为后话。据李梦阳《〈广信狱〉后记》交代，他们是三月出狱的，而朝廷的命令为五月十一日签发，中间一个多月的时间，当是文书传递及结案处理所需要的等待周期。因此，从命令签发到下达至江西也当须一个月左右。也就是说，李梦阳和吴廷举至少要到七月前后，才能得知朝廷的结论。关于这一推断，我们可以从李梦阳《宣归赋》小序来求证：“正德九年，是岁甲戌，厥月辛未，臣以居官无状，得蒙宽遣，罢归，乃作《宣归之赋》。”“厥月辛未”是判定此赋写作时间的关键，而甲戌年辛未月实际应是正德九年六月（《校笺》说：“此‘辛未’指月，文字有误。按，据陈垣《二十史朔闰表》，此年八月非‘辛未’，当为‘辛卯’，字之误。”非也。）李梦阳接到朝廷免官文书，本来还对朝廷抱有希望的他一气之下写了《宣归赋》，表达了对朝廷不公的强烈愤慨。由此反观《报吴献臣书》开篇所谓“北来尚无消息，仆今手缆以待，消息来便开也”云云，可见当时他已经做好了离开的决定，但还在等待朝廷的最终结论。因此，吴廷举的“来诗”和李梦阳的“戏作”都应该作于正德九年三月至六月间。

基本弄清李梦阳“戏作”一诗写作的背景和时间后，该诗的内容便很显豁了。诗的前半部分，作者回顾了自己年轻气盛、意气风发的过往，以“昆仑河碛不入眼，拂袂乃作东南游”虚写开罪刘瑾以及瑾诛后得官江西之经历，后半部分则以夸张想象之辞指涉其在江西官场遭人弹劾之事。至“东湖子”则将吴廷举与前举“泽中龙怪”区别对待，以他为君子，并以寇恂和贾复、廉颇和蔺相如相争失和又言好之事（即“恂复共斗非庸劣，廉蔺终投万古钦”）表示两人和好如初。李梦阳之所以认为吴廷举是君子，应该是基于他在正德初年不屈刘瑾的事迹[③]以及在江西剿匪中的出色表现。

卷二十八《哭郡守郝公》。笺曰：“郝公，或即郝镒”，“梦阳于弘治八年春至十一年初在

① 《明史》卷二百一，第5309页。

② 《国榷》卷四九，第3064页。

③ 弘治十八年，吴廷举因兵部尚书马文升、刘大夏举荐赴任广东按察佥事。在广东期间，曾多次上疏揭露阉党罪行，惹恼刘瑾。正德四年，吴廷举进广东副使，“又疏劾总镇太监潘忠二十余事，总镇亦诬讦之。逮系诏狱，必置死地。考掠数日，无所得，乃以枉道还乡罪之，枷号吏部门外九日，死而复生。谪戍雁门。逾月遇宥，放还为民。瑾诛，直其诬，升云南副使，未行，江西桃源洞贼发，乃升右参政往抚之”。见湛若水《南京工部尚书吴公神道碑》，《东湖集》卷首，见《明别集丛刊·第一辑》第73册，第463页。

庆阳守制，该诗疑当作于此时或稍后”。郝镒卒于庆阳知府任上。据《（嘉靖）庆阳府志》记载，“庆阳府儒学”为“弘治间知府郝镒重修”[①]，而“风云雷雨山川坛”则是“正德初知府郝镒重修”[②]。可知，至少在正德初年郝镒还活着。因此，梦阳此诗当作于正德初年之后。

卷五十四《何公升南京工部右侍郎序》。笺曰：“何公，指何天衢”，“于正德末任河南巡抚都御史，嘉靖二年八月升南京工部右侍郎”，“故该文似当作于嘉靖二年八月或稍后”。此系年不错，但何天衢任河南巡抚都御史的时间不准确。据廖道南《工部侍郎何天衢传》，其“擢为都御史巡视河南道”的时间在嘉靖元年[③]，而《（顺治）祥符县志》卷一《名抚祠》中列何天衢，谓其“正德十六年任”[④]。正德帝于正德十六年三月驾崩，嘉靖帝于是年四月即位，明年改嘉靖元年。又据李梦阳文中“何公以都御史巡抚我土，再历年”来看，何天衢任职河南当有两年，故何天衢巡视河南的时间，应当在嘉靖即帝位之后。

三、人物或别有他人一时难考之例

卷四《归寿》。笺引康海《陕西庚午举人东墅王君墓志铭》，认为王应麒或即诗序中所言“东墅子”。诗序说：“东墅子年六十，其子经自大梁驰而归寿焉，于是作《归寿》。”然康撰墓志有言“嘉靖丙申三月六日以疾卒于家，由生成化己亥月日，春秋盖五十有八云”及“生男子二人，德光壬午举人，德华县学生”[⑤]，可知康海和李梦阳所说的“东墅”并非一人。进而，该诗“似作于嘉靖年间（嘉靖八年以前）”的判断亦错。

卷十《三士篇赠医李郑张》。笺云：“张，据《列朝诗集小传・丙集》，疑为张诗。”张诗与李梦阳固有交往，但吕柟《明昆仑处士张子言墓志铭》（《泾野先生文集》卷三十五）、李开先《昆仑张诗人传》（《闲居集》卷十）均未言及其行医事迹。李梦阳诗中明确说“张也剖金匮”，则张氏之精于医术自不待言，故此“张”未必为张诗。

卷十一《别李氏》。笺谓：“疑即襄阳同知李源，字宗一，梦阳业师。”诗题径称“李氏”，其二又有“嘱子且停轭”，若为其师则不该用此称呼（李梦阳称其师李源为“李公”），故李氏未必是李源。

卷二十一《送王封君还四明》。笺据边贡《封承德郎工部主事槐亭王公墓志铭》认为“或即此人”。然此“王封君”王相（字国柱）乃许昌临颍人，因其子王金而受封，十五岁为诸

① 梁明翰修、傅学礼纂（嘉靖）《庆阳府志》卷五《学校一》，明嘉靖三十六年刻本，第1b页。

② 梁明翰修、傅学礼纂（嘉靖）《庆阳府志》卷九《祀典》，第9b页。

③ 焦竑《国朝献征录》卷五一，见周骏富辑《明代传记丛刊》第111册，第469页。

④ 李同亨等修、章俊哲等纂《（顺治）祥符县志》卷一，顺治十八年（1661）刻本，第29a页。

⑤ 康海《康对山先生集》卷四四，见《续修四库全书》集部第1335册，第482页。

生，后因母病弃去举业，家居终老①。而李梦阳诗则送王还四明，四明即宁波，且诗中有“封君昨年出吴越，长啸梁园醉秋月”句，则此王封君当为四明人而寓居开封者，非边贡所铭“王封君”。

卷二十六《谭刘二子过赏牡丹》，笺曰“谭、刘二子，均为驻守河南之官员。谭，即谭缵”，“刘，疑即刘节”，且认为李梦阳《小花园发谭刘二君订游涉夏始至》（卷二十六）、《送谭子》（卷二十六）、《七夕雪台子过东庄》（卷二十七）、《送刘尹赴征》（卷二十七）、《雪台子家见杏花》（卷二十八）、《暑日过雪台子园庄》（卷三十三）均为谭或刘而作。谭、刘二人于嘉靖初年确曾官河南，但问题是他们官河南的时间有无交集，是否能同与李梦阳交游，这是需要考察的。谭缵，字元孝，蓬溪人，正德十二年进士。关于谭缵的事迹，目前所见唯《（雍正）四川通志》记载最详：“由进士以行人选授江西道监察御史，议礼杖于阙廷。又参论贵戚强夺民田，几中奇祸。继又劾掌除汪列，先以揭帖呈堂，列读之，面发赤云‘吾亦至此乎？’缵对曰：‘御史无状，据所闻不敢隐也。’闻者吐舌。十年升信阳兵备副使。”②“议礼杖于阙廷”指嘉靖三年议大礼而被廷杖事，此时谭缵已为御史③。“十年升信阳兵备副使”，时间不确，据《世宗实录》记载：嘉靖十一年正月，升江西道御史谭缵为按察副使④。可知，至少在嘉靖三年至嘉靖十一年正月前，谭缵都任江西道监察御史。期间，他曾“参论贵戚”“继劾掌除”，然时间不可确考。《（雍正）河南通志》卷三十一记载他曾为河南巡按监察御史，这是临时委派。据谭缵《蓬溪县学科贡题名碑》云：“泰和欧阳公来寄吾邑……时予给假家居，乃托记于予……时嘉靖丙戌。”嘉靖丙戌即嘉靖五年，则此年他曾家居。“嘉靖六年有边警，（桂）萼遂力请用（王）琼，给事中郑自璧、御史谭缵等，交章论琼，并劾萼。”⑤可知嘉靖六年他在京师。他作于嘉靖七年三月的《增修厄台改为绝粮祠知德书院碑》云：“谭子缵以御史出按河南，历陈州，时值仲春”⑥，而李梦阳《观风亭记》有：“嘉靖七年夏，监察御史谭子巡而历汝（汝州）。”由其经历轨迹可知，谭缵巡按河南似当始于嘉靖七年。

刘节，字介夫，号梅国、雪台，弘治十八年进士。“癸未考绩，归省得报，晋福建左参政。会太宜人疾作，留侍汤药，竟宅忧，哀毁丧葬，曲尽礼制。比起复，补任河南，督理粮饷，会

① 边贡《华泉集》卷一二《封承德郎工部主事槐亭王公墓志铭》，见《景印文渊阁四库全书》第1264册，第217页。
② 黄廷桂等监修，张晋生等编纂《（雍正）四川通志》卷九上，见《景印文渊阁四库全书》第559册，第395页。
③ 谭缵名列被杖者中，参见《明史》卷一九一《何孟春传》，第5068页。
④ 《明世宗实录》卷一三四，“中央研究院”历史语言研究所1968年版，第3185页。
⑤ 万斯同《明史》卷二五三《王琼传》，见《续修四库全书》史部第328册，第398页。
⑥ 甄纪印等修，朱撰卿纂《（民国）淮阳县志》之《淮阳文征（外集）》，民国二十三年开明印刷局版，第5b页。

计惟允。丁亥晋浙江右布政使”[①]，“丁亥”即嘉靖六年，此与《世宗实录》“(嘉靖六年九月庚寅)升河南布政使司右参政刘节为浙江右布政”[②]相合。“癸未”为嘉靖二年，据此，则刘节起复的时间最早也得在嘉靖五年左右，而他于嘉靖六年九月升任浙江右布政使，此后未官河南。

由谭、刘二人之行迹可知，两人并无交集，不太可能在河南与李梦阳同游。因此，此诗所谓谭、刘二子当另有其人。故《小园花发谭刘二君订游涉夏始至》《送谭子》《送刘尹赴征》中的“谭刘”“谭子”“刘尹”均非此二人。《七夕雪台子过东庄》《雪台子家见杏花》《暑日过雪台子园庄》中的“雪台子”虽与刘节之号“雪台”相似，但“家”“园庄”云云，实在不像是刘节在河南的衙署。而“村落元相接，园林亦互游”“静里柴门惟燕雀，老来尊酒是桑麻”等句则道出了此“雪台子”当为李梦阳邻村之好友而不可能是官右参政的刘节。李梦阳与刘节有交往，且为莫逆，但称他“刘大夫”而非“刘子”或“雪台子”[③]。即便此“雪台子”就是刘节，关于这三首诗的作年，笺注也都有问题。笺注据《(雍正)河南通志》《浙江通志》《明世宗实录》等文献将刘节的仕宦经历梳理成“正德十二年起，刘节历任河南布政司右参政，嘉靖初年转左参政，直至嘉靖六年赴浙任官”，其实，刘节于正德十二年“晋云南兵备副使”，正德十四年“奉命提学广西”，直至嘉靖二年考绩得晋福建左参政，未赴任而丁母忧，服阙补任河南左参政[④]。所以，如果这个“雪台子”就是刘节，那么李梦阳这三首诗也应该都作于嘉靖五年至嘉靖六年九月之间。综上，我们认为谭、刘二子并非驻守河南之官员，李梦阳以“子”称二人，当为其晚辈。关于刘节即“雪台子”，《校笺》或参考了王公望的成果而未加细究。

另外，明清文献存世较多，相互矛盾之处在所难免。作者在引证时，或因疏忽而致笺注存在问题。比如卷三十七《送胡主事犒广西军便道耒阳迎母二十韵》，笺曰：“胡主事……即胡文璧，弘治末亦任户部主事”，“据诗意，本篇似作于弘治末年诗人任户部主事时，乃为胡文璧送行之作”。但笺又引《明一统志》称胡为“正德辛未进士”，则未免前后不一。据《明清进士提名碑录索引》及《明朝分省人物考》本传，胡文璧是弘治十二年二甲第九名进士，此后担任户部陕西清吏司主事，“自户部主事历郎中，正德己巳改御史”[⑤]。所谓“改御史”，即由户部郎中改“浙江道监察御史”，时在正德四年(己巳)。而《(嘉靖)衡州

① 黄佐《通议大夫刑部右侍郎雪台刘公节神道碑》，焦竑《国朝献征录》卷四六，见周骏富辑《明代传记丛刊》第111册，第254页。

② 《明世宗实录》卷八〇，“中央”研究院历史语言研究所1968年版，第1783页。

③ 李梦阳《赠刘大夫序》，见《校笺》卷五三，第1717页。

④ 王公望《李梦阳〈空同集〉人名笺证》，《甘肃社会科学》1996年第5期。

⑤ 《国榷》卷五四，第3383页。

府志》曾录其在户部主事任上进阶承德郎的敕书，时间为“弘治十六年五月”[①]。又据李梦阳诗中“七年重泛楚江舲”，从其弘治十二年中进士至弘治十七年恰为七年，故此诗当作于弘治十七年左右。笺云“弘治末年”是较为准确的。又如，卷二十六《庭菊纷披有怀王喻二君子》，笺曰：“喻，即喻汉，字宗之，广西滕县人。”又据相关文献列其履历曰：“正德九年进士，授行人，擢监察御史，累官江西按察司副使。与李梦阳友善。据《（雍正）河南通志》卷三十一《职官二》：正德末年至嘉靖初年，喻汉任河南清军监察御史。”广西有“藤县”而非“滕县”，此或为笔误。然核《（雍正）河南通志》卷三十一，关于清军监察御史喻汉的籍贯是“山东滕县人”[②]。此当为《河南通志》误。笺注引用《河南通志》却未采其说，但“滕县”之误，或是受其影响。

（作者简介：邓晓东，南京师范大学文学院教授，出版专著《唐寅评传》等。）

① 杨佩《（嘉靖）衡州府志》卷八，嘉靖三十五年刻本，第7b页。

② 田文镜、王士俊等监修，孙灏、顾栋高等编纂《（雍正）河南通志》卷三一，见《景印文渊阁四库全书》第536册，第137页。

《金瓶梅词话》袭旧韵文来源考*

——兼论兰陵笑笑生的知识结构

杨志君

内容摘要:《金瓶梅词话》中的袭旧诗、词、赋主要来源于以《水浒传》为代表的通俗小说;袭旧曲主要来源于以《雍熙乐府》《词林摘艳》为代表的戏曲总集;袭旧对句主要来源于《水浒传》等通俗小说,以及《西厢记》等戏曲。从《金瓶梅词话》引用雅文学诗词数量之少、通过通俗小说的中介引入文人创作的诗词,以及误用诗词曲文体名称来看,兰陵笑笑生更接近于书会才人一类中下层知识分子,而不大可能是"巨公"或"大名士"。

关键词:《金瓶梅词话》　韵文　通俗小说　戏曲

成书于万历年间的《金瓶梅词话》(以下简称《金》)中包含大量的韵文。据笔者统计,万历四十五年(1617)刊刻的《金》含诗歌 380 首,词 19 首,小令 128 首,套曲 21 支,赋 74 篇,还有数以百计的对句。对于《金》中韵文的来源,学术界已有一定的研究成果,如黄霖的《〈忠义水浒传〉与〈金瓶梅词话〉》(《水浒争鸣》1982 年第 1 辑),王利器的《〈金瓶梅词话〉留文索隐》(《社会科学辑刊》1991 年第 5 期),陈利娟、王齐洲的《〈金瓶梅词话〉回前诗留文考论》(《中南民族大学学报》2017 年第 5 期),梅节的《从套用、窜改〈怀春雅集〉看〈金瓶梅词话〉的作者》(收入《瓶梅闲笔砚:梅节金学文存》,国家图书馆出版社 2008 年版),就对《金》中袭自《水浒传》等现成文献的部分诗词以及赋作进行了统计。徐大军的《〈金瓶梅词话〉中〈西厢记〉之文学影响综论》(《明清文学与文献》2017 年第 6 辑),汉学家韩南的

* 本文系国家社科基金项目"明清说部诗文辑纂与研究"(17BZW011)、湖南省社会科学成果评审委员会项目"明代章回小说中的韵文研究"(XSP21YBC180)阶段性成果。

《〈金瓶梅〉版本及素材来源研究》(收入包振南、寇晓伟、张小影编选《〈金瓶梅〉及其他》,吉林文史出版社 1991 年版),杨彬的《〈金瓶梅词话〉与〈贾云华还魂记〉:"多层仿拟"的写作方式及其意义》(《求是学刊》2016 年第 4 期)对《金》中袭自《西厢记》等戏曲的部分散曲、小令有论述。周钧韬的《金瓶梅素材来源》(中州古籍出版社 1991 年版)也包含对《金》部分韵文来源的论述。这些成果主要涉及的是《金》中某一类袭旧韵文的统计,且往往只是统计了这一类中的部分袭旧韵文,尚缺乏对《金》中全部韵文来源进行考述的成果。故笔者不揣谫陋,在现有学术成果的基础上,对《金》中全部韵文的文献来源进行考证、统计及分析。

一、诗、词、赋主要来源于通俗小说

据笔者统计,《金》中袭旧诗有 140 首,其中 56 首袭自《水浒传》[①],9 首袭自《清平山堂话本》,4 首袭自《宣和遗事》,4 首袭自《包龙图判百家公案》,1 首袭自《西游记》。也就是说,《金》中袭旧诗共有 74 首来自通俗小说,约占袭旧诗总数的 53%,具体情况如下表:

表 1 《金瓶梅词话》引自通俗小说的诗歌统计表

序号	回数	袭旧诗	体裁	来源
1	1	但见:无形无影透人怀……	七绝	《清平山堂话本》之《洛阳三怪记》
2	1	但见:景阳冈头风正狂……	七古	《水浒传》第二十三回
3	1	有诗为证:金莲容貌更堪题……	七绝	《水浒传》第二十四回
4	1	有诗为证:叔嫂萍踪得偶逢……	七绝	《水浒传》第二十四回
5	1	有诗为证:可怪金莲用意深……	七绝	《水浒传》第二十四回
6	1	有诗为证:武松仪表甚搊搜……	七绝	《水浒传》第二十四回
7	1	有诗为证:泼贱柔心太不良……	七绝	《水浒传》第二十四回
8	1	有诗为证:雨意云情不遂谋……	七绝	《水浒传》第二十四回
9	2	正是:苦口良言谏劝多……	七绝	《水浒传》第二十四回
10	2	有诗为证:风日清和漫出游……	七绝	《水浒传》第二十四回
11	2	有诗为证:西门浪子意猖狂……	七绝	《水浒传》第二十四回
12	3	有诗为证:两意相投似蜜甜……	七绝	《水浒传》第二十四回

① 本文使用《水浒传》的版本,是容与堂万历三十八年(1610)刊刻的《李卓吾批评忠义水浒传》。如文中没有特殊说明,《水浒传》均指此本。

续表

序号	回数	袭旧诗	体裁	来源
13	3	有诗为证:阿母牢笼设计深……	七绝	《水浒传》第二十四回
14	3	有诗为证:水性从来是女流……	七绝	《水浒传》第二十四回
15	3	有诗为证:从来男女不同筵……	七绝	《水浒传》第二十四回
16	4	酒色多能误国邦……	七律	《水浒传》第二十四回
17	4	有诗为证:好事从来不出门……	七绝	《水浒传》第二十四回
18	5	参透风流二字禅……	七律	《水浒传》第二十六回
19	5	有诗为证:虎有俦兮鸟有媒……	七绝	《水浒传》第二十五回
20	5	诗曰:云情雨意两绸缪……	七绝	《水浒传》第二十五回
21	6	可怪狂夫恋野花……	七律	《水浒传》第二十五回
22	8	有诗为证:色中饿鬼兽中狨……	七绝	《水浒传》第四十五回
23	9	色胆如天不自由……	七律	《水浒传》第二十六回
24	9	正是:前车倒了千千辆……	七绝	《水浒传》第二十三回
25	10	朝看瑜伽经……	五古	《水浒传》第四十五回
26	11	有诗为证:琉璃钟,琥珀浓……	乐府	《宣和遗事》前集①
27	13	有诗为证:吃食少添盐醋……	六古	《清平山堂话本》之《合同文字记》
28	18	堪叹人生毒似蛇……	七律	《水浒传》第五十三回
29	18	正是:前车倒了千千辆……	七绝	《水浒传》第二十三回
30	19	花开不择贫家地……②	七律	《水浒传》第三十三回
31	19	正是:枕上言犹在……	五绝	《包龙图判百家公案》第九十三回
32	20	在世为人保七旬……	七律	《水浒传》第七回
33	20	又曰:假意虚脾恰似真……	七绝	《水浒传》第二十一回
34	21	脉脉伤心只自言……	七律	《包龙图判百家公案》第五十六回
35	26	闲居慎句说无妨	七律	《水浒传》第七十五回
36	26	有诗为证:当案推详秉至公	七绝	《水浒传》第三十回

① 这首诗同时见于《宣和遗事》前集、《李长吉歌诗》卷四《将进酒》、《五代史平话》之《梁史平话》卷上,但比较文本,可知此诗与《宣和遗事》最接近。参见杨彬《再论〈金瓶梅〉作者"大名士"说——从〈金瓶梅〉中李贺的一首引诗说起》,《河南理工大学学报》2015年第4期。此外,《金瓶梅词话》另外还有3首诗来自《宣和遗事》,而没有其他诗歌来自《李长吉歌诗》《五代史平话》,故将《宣和遗事》视为此诗的文献来源,有较充分的理由。

② 此诗亦见《金瓶梅词话》第九十四回。

续表

序号	回数	袭旧诗	体裁	来源
37	27	人口有一只词单道这热：祝融南来鞭火龙……	乐府	《水浒传》第十六回
38	27	有诗为证：赤日炎炎似火烧……	七绝	《水浒传》第十六回
39	28	有诗为证：漫吐芳心说向谁……	七绝	《包龙图判百家公案》第九十三回
40	31	正是：百宝妆腰带……	五绝	《水浒传》第八十二回
41	38	丽质温柔更老成……	七律	《水浒传》第六十五回
42	46	有诗为证：甘罗发早子牙迟……	七绝	《水浒传》第六十一回
43	47	但见一派水光，十分阴恶：万里长洪水似倾……	七绝	《水浒忠义志传》第三十八回①
44	57	本性员明道自通……	七律	《西游记》第三十五回
45	61	正是：高贵青春遭大丧……	七绝	《水浒传》第三十三回
46	68	但见：芳姿丽质更妖娆……	七律	《水浒传》第八十一回
47	70	有诗为证：权奸误国祸机深……	七绝	《宣和遗事》后集
48	71	整(当为"暂")时罢鼓膝间琴……	七律	《宣和遗事》前集
49	71	正是：晴日明开青锁闼……	七绝	《水浒传》第八十二回
50	73	于是拈笔写四句："春来桃杏柳舒张……"	七绝	《清平山堂话本》之《五戒禅师私红莲记》
51	73	取纸笔忙写八句颂曰："吾年四十七……"	五古	《清平山堂话本》之《五戒禅师私红莲记》
52	74	正是：窗外日光弹指过……	七绝	《宣和遗事》前集
53	77	正是：尽道丰年瑞……	五绝	《水浒传》第二十四回
54	79	太平时序好风催……	七绝	《水浒传》第三回，第三十三回
55	79	二八佳人体似酥……	七绝	《水浒传》第四十四回
56	80	有诗为证：堪叹烟花不久长……	七律	《清平山堂话本》之《曹伯明错勘赃记》
57	83	有诗为证：淡画眉儿斜插梳……	七古	《清平山堂话本》之《简帖和尚》
58	87	平生作善天加福……	七律	《水浒传》第二十七回
59	88	上临之以天鉴……	六古	《水浒传》第三十六回

① 《金瓶梅词话》所用《水浒传》之底本，当为一种接近于残本《京本忠义传》的简本，但该简本已失传。参见邓雷《〈金瓶梅〉袭用〈水浒传〉部分版本考论》，《文学研究》2020 年第 1 期。这首诗见于崇祯年间刘兴我所刊一百十五回简本《水浒忠义志传》，应亦在《金瓶梅词话》所据之简本《水浒传》中。

续表

序号	回数	袭旧诗	体裁	来源
60	89	风拂烟笼锦旆扬……①	七律	《水浒传》第三回
61	89	有诗为证：相识当初信有疑……	七绝	《包龙图判百家公案》第九十三回
62	90	有诗为证：报应本无私……	五绝	《清平山堂话本》之《曹伯明错勘赃记》
63	91	有诗为证：百禽啼后人皆喜……	七绝	《清平山堂话本》之《西湖三塔记》
64	92	暑往寒来春复秋……	七律	《水浒传》第三回
65	92	有诗八句，单道这秋天行人最苦：栖栖芰荷枯……	五古	《水浒传》第二十二回
66	93	谁道人生运不通……	七律	《水浒传》第九十三回
67	97	在世为人保七旬……	七律	《水浒传》第七回
68	98	心安茅屋稳……	五律	《水浒传》第三十八回
69	98	有诗为证：弓鞋窄窄剪春罗……	七绝	《水浒传》第七十三回
70	99	格言：一切诸烦恼……②	五律	《水浒传》第三十回
71	99	正是：冤仇还报当如此……	七绝	《水浒传》第三十六回
72	99	有诗为证：为人切莫用欺心……	七绝	《清平山堂话本》之《错认尸》
73	100	格言：人生切莫将英雄……③	七律	《水浒传》第五十七回
74	100	作诗一首以叹之曰：胜败兵家不可期……	七绝	《水浒传》第九十二回

此外，《金》第四十一回有一首以“但见”领起的七绝，后两句“鳌山耸出青云上，何处游人不看来”见于《水浒传》第三十三回，当是袭自《水浒传》。《金》第六十回有一首以“正是”领起的七绝，前两句“求人须求大丈夫，济人须济急时无”，见于《清平山堂话本》《琵琶记》《金印记》等，有可能袭自《清平山堂话本》。《金》第八十七回有一首以“有诗为证”领起的七绝，后两句“善恶到头终有报，只争来早与来迟”，见于《水浒传》第九十九回、《林冲宝剑记》、《双珠记》等，有可能袭自《水浒传》。《金》第九十回有一首以“有诗为证”领起的诗，后两句“有缘千里来相会，无缘对面不相亲”既见于《水浒传》第十四回与三十五回，也见于《林冲宝剑记》等戏曲，后两句有可能是袭自《水浒传》。《金》第七十三回有一首诗（“自到

① 此诗亦见于《金瓶梅词话》第九十八回。

② 此处虽以“格言”领起，但后面为八句押韵的五言句，且在《水浒传》第三十回回前处，该韵文是以“诗曰”领起，故视为诗。

③ 此处虽以“格言”领起，但后面为八句押韵的七言句，且在《水浒传》第五十七回回前处，该韵文是以“诗曰”领起，故视为诗。

川中数十年")、第七十五回回前诗("万里新坟尽十年")的首联与尾联皆见于《喻世明言》第二十九卷《月明和尚度柳翠》,有可能是引自《月明和尚度柳翠》所据的宋元话本。毫无疑问,《金》中袭旧诗最大的来源是通俗小说,主要是《水浒传》。

从上表袭旧诗的体裁来看,七绝数量最多,有 39 首,它们大多是以"有诗为证""正是""但见"等套语领起的,约占来自通俗小说袭旧诗总数的 51%;其次是七律,有 22 首,通常是作为回前诗,约占来自通俗小说袭旧诗总数的 29%。其余体裁数量依次为:五律 2 首,五绝 4 首,五古 3 首,六古 2 首,七古 2 首,乐府 2 首,可见七言的近体诗具有压倒性优势。不过这些近体诗,不同于集部典雅、含蓄的近体诗,而是通俗浅易,明白如话。

《金》中袭旧诗的第二大来源是文言小说,尤其是传奇小说《怀春雅集》。其袭自文言小说的诗歌有 26 首,其中 21 首来自《怀春雅集》,具体情况如下表:

表 2 《金瓶梅词话》引自文言小说的诗歌统计表

序号	回数	袭旧诗	体裁	来源
1	21	有诗为证:赤绳缘分莫疑猜……	七绝	《剪灯余话》之《江庙泥神记》
2	29	百年秋月与春花……	七律	《钟情丽集》
3	59	有诗为证:带雨龙烟匝树奇……	七律	《怀春雅集》
4	64	着人情思觉初阑……	七律	《怀春雅集》
5	65	有诗为证:襄王台下水悠悠……	七绝	《怀春雅集》
6	66	八面明窗次第开……	七律	《怀春雅集》
7	67	有诗为证:残雪初晴照纸窗……	七绝	《怀春雅集》
8	68	正是:花嫩不禁揉……	五古	《娇红记》①
9	69	信手烹鱼觅素音……	七律	《怀春雅集》
10	69	有诗为证:兰房几曲深悄悄……	七古	《怀春雅集》
11	71	有诗为证:玉宇微茫霜满襟……	七绝	《怀春雅集》
12	72	寒暑相推春复秋……	七律	《怀春雅集》
13	72	有诗为证:一掬阳和动物华……	七绝	《怀春雅集》
14	72	有诗可证:带雨笼烟世所稀……	七绝	《怀春雅集》
15	77	题诗一首:有美人兮迥出群……	七律	《怀春雅集》
16	77	有诗为证:聚散无凭在梦中……	七绝	《怀春雅集》

① 此诗系刊落《菩萨蛮》之前两句"夜深偷展纱窗绿,小桃枝上留莺宿"而成。而这首《菩萨蛮》词最早见于《娇红记》,系小说中王娇娘与申纯度过初夜,千金之身已失,乃口占《菩萨蛮》赠申纯。

续表

序号	回数	袭旧诗	体裁	来源
17	77	有诗为证：闻道杨（当为“扬”）州一楚云……	七绝	《怀春雅集》
18	78	有诗为证：满眼风流满眼迷……	七绝	《怀春雅集》
19	78	有诗为证：尽日忠君倚画楼……	七绝	《怀春雅集》
20	78	正是：翠眉云鬓画中人……	七绝	《怀春雅集》
21	78	有诗为证：任君随意荐霞杯……	七绝	《怀春雅集》
22	78	有诗为证：灯月交光浸玉壶……	七绝	《怀春雅集》
23	80	有诗为证：襄王台下水悠悠……	七绝	《怀春雅集》
24	80	有诗为证：静掩重门春日长……	七绝	《怀春雅集》
25	97	正是：久旱逢甘雨……	五绝	《庚巳编》卷二①
26	100	爱姐道：雪为容貌玉为神……	七绝	《剪灯余话》之《贾云华还魂记》

如上表所示，《金》袭自文言小说的诗歌绝大多数是近体诗，其中 16 首为七绝，7 首七律，还有 1 首五绝；只有 1 首五古、1 首七古。而这些文言小说有一个共同特点，就是其内容都是爱情故事。《金》从《怀春雅集》中取诗，主要集中于第五十九回至八十回，尤其是第七十二回、七十七回、七十八回，每回有 3 首乃至 4 首诗取自《怀春雅集》。另外，《金》第三十六回回前诗：“富川遥望剑江西……”见于清高承勋辑录的文言小说集《松筠阁钞异》卷六《鬼异下》之《杨云瑶》。《松筠阁钞异》分类选辑如《搜神记》《玄怪录》《剪灯新话》《剪灯余话》《聊斋志异》等六朝以来历代志怪小说中的怪异故事。有学者考证，《杨云瑶》属明中期以前的作品，这首回前诗当是《金》袭自《杨云瑶》②。《怀春雅集》《钟情丽集》等文言小说是否可称为“雅文学”，概念上尚需要进一步讨论。事实上，明人高儒《百川书志》就称它“不为庄人所取”，显然在当时不被视为“雅文学”。

《金》中袭旧诗的第三大来源是文人别集、诗歌总集乃至类书，其有 16 首诗歌袭自《朱淑真断肠诗集》《唐诗鼓吹》等文人别集、诗歌总集，具体情况如下表：

① 此诗又见于《尧山堂外纪》卷八四、《万历野获编》卷二六、《西楼记下》，此三书该诗与明代陆灿于正德年间创作的文言短篇小说集《庚巳编》对应之诗的文本完全相同。但《尧山堂外纪》仅有万历三十四年(1606)刻本，且流传不广；《万历野获编》成书于万历三十四年至三十五年间；《西楼记下》为袁于令(1592—1672)所作，而《金瓶梅词话》约成书于万历二十二至万历二十四年之间，故可排除前三者，推断其袭自《庚巳编》。

② 杨国玉《〈金瓶梅词话〉第三十六回回首诗杂考》，《中国语言文学研究》2018 年第 2 期。

表 3 《金瓶梅词话》引自文人别集、诗歌总集的诗歌统计表

序号	回数	袭旧诗	体裁	来源
1	1	史官有诗叹曰：拔山力尽霸图隳……	七绝	《咏史诗》之《垓下》
2	1	有诗为证：刘项佳人绝可怜……	七绝	《石湖诗集》卷十二
3	29	有诗为证：绿树阴浓夏日长……	七古①	前四句见于《万首唐人绝句诗》卷四十七；后四句见于《诗林广记》后集卷七等
4	43	细推今古事堪愁……	七律	《唐诗鼓吹》卷二
5	44	穷途日日困泥沙……	七律	《唐诗鼓吹》卷二
6	52	海棠深院雨初收……	七律	《朱淑真断肠诗集》卷一
7	59	日落水流西复东……	七律	《唐诗鼓吹》卷六
8	60	有诗为证：纤纤新月照银屏……	七绝	《朱淑真断肠诗集》卷六
9	61	去年九日愁何限……	七律	《朱淑真断肠诗集》卷六
10	68	雪压残红一夜凋……	七律	《文恭集》卷四
11	74	昔年南去得娱宾……	七律	《唐诗鼓吹》卷八
12	77	飞弹参差拂早梅……	七律	《唐诗鼓吹》卷三
13	78	黄钟应律好风催……	七律	《朱淑真断肠诗集》后集卷四
14	79	仁者难逢思有常……	七律	《击壤集》卷六
15	82	正是：待月西厢下……	五绝	《万首唐人绝句诗》卷二十
16	93	有诗为证：人生莫惜金缕衣……	七绝	《乐府诗集》卷八十二

如上表所示，袭自文人别集、诗歌总集的诗歌体裁都是近体诗，其中七律有 10 首，七绝 4 首，五绝 1 首，可见以七律为主，有别于袭自通俗小说、传奇小说的诗歌分布——以七绝为主。从上表也可以看出，在明代万历中后期，唐代胡曾的咏史诗，宋代范成大、胡宿、邵雍、朱淑真等人的诗歌，金代元好问编选的《唐诗鼓吹》、宋代洪迈编的《万首唐人绝句诗》比较流行，而且唐诗、宋诗在《金》中所占比例大致相当。

如果从雅文学的角度来看，《金》中诗歌除了从文人别集、诗歌总集引诗，还从《鹤林玉露》等笔记中引诗。第三十五回回前诗："莫入州衙与县衙……"袭自《鹤林玉露》之《甲篇》卷六。

此外，据笔者统计，《金》中袭旧诗还有 14 首袭自《玉玦记》《玉环记》《绣襦记》《林冲宝剑记》等戏曲，有 11 首袭自类书《明心宝鉴》，有 3 首袭自佛典道藏《叹世无为卷》《古佛天

① 此诗为两首绝句的拼合，将其作为一个整体来看，可视为一首七古。

真考证龙华宝经》《无尚黄箓大斋立成仪》。可见戏曲、类书、佛典道藏，都对《金》的成书也有一定影响。

《金》中共有19首词，其中袭旧词10首，其中7首袭自通俗小说《水浒传》《清平山堂话本》，具体情况如下表：

表4 《金瓶梅词话》引自通俗小说的词作统计表

序号	回数	袭旧词	词牌	来源
1	1	词曰：丈夫双手把吴钩……	眼儿媚	《清平山堂话本》卷三《刎颈鸳鸯会》
2	1	古人有几句格言，说的好：柔软立身之本……	西江月	上阙袭于《水浒传》第七十九回
3	1	但见：万里彤云密布……	临江仙	《水浒传》第二十四回
4	6	有《鹧鸪天》为证：色胆如天不自由……	鹧鸪天	《水浒传》第二十六回
5	20	有词为证：淡画眉儿斜插梳……	鹧鸪天	《清平山堂话本》之《简帖和尚》
6	77	这雪儿下得正好：扯絮挦绵……	待考	《水浒传》第十回
7	82	但见：情兴两和谐……	南乡子	《清平山堂话本》之《戒指儿记》

由此可见，《金》中袭旧词的主要来源是通俗小说，袭旧词的主要词牌是《鹧鸪天》。《金》第一百回还有一首袭旧词的词牌也是《鹧鸪天》："又《鹧鸪天》一首：定国安邦美丈夫……"此词袭自戏曲《玉环记》。此外，《金》引首中有一首《行香子》："词曰：阆苑瀛洲……"此词袭自《鸣鹤余音》卷六；《金》第十八回有一首《踏莎行》："有蚊子双关，《踏莎行》词为证：我爱他身体轻盈……"此词见于《补续全蜀艺文志》卷四十三。《补续全蜀艺文志》在此词之后有小字注："以上出姚继先笔记。"①按，姚继先为隆庆元年(1567)举人，著有《绍庵文集》。可知此词是来自姚继先的笔记，但具体是什么书名，已不可考。

《金》中含赋72篇，袭旧赋39篇，其中37篇袭自通俗小说，主要是《水浒传》，具体情况如下表：

表5 《金瓶梅词话》引自通俗小说的赋作统计表

序号	回数	袭旧赋	内容	文献来源
1	2	但见：开言欺陆贾……	人物描写	《水浒传》第二十四回
2	2	但见：黑鬒鬒鬓儿……	人物描写	《水浒传》第四十四回
3	4	但见：交颈鸳鸯戏水……	场景描写	《水浒传》第二十四回

① 杜应芳《补续全蜀艺文志》卷四三，明万历刻本。

续表

序号	回数	袭旧赋	内容	文献来源
4	5	正似:油煎肺腑……	场景描写	《水浒传》第二十五回
5	8	但见:密云迷晚岫……	景物描写	《水浒传》第三十七回、第八回
6	8	但见:班首轻狂……	场景描写	《水浒传》第四十五回
7	9	但见:眉似初春柳叶……	人物描写	《水浒传》第二十四回
8	9	但见:无形无影……	场景描写	《水浒传》第二十六回
9	10	但见:天生正直……	人物描写	《水浒传》第二十七回
10	11	但见:罗衣叠雪……	人物描写	《水浒传》第五十一回
11	12	但见:一个不顾纲常贵贱……	场景描写	《水浒传》第四十五回
12	14	但见:为官清正,作事廉明……	人物描写	《水浒传》第十三回
13	15	但见:山石穿双龙戏水……	场景描写	《水浒传》第三十三回
14	30	但见:盆栽绿草……①	场景描写	《水浒传》第十三回
15	37	但见:淹淹润润……	人物描写	《水浒传》第三十二回
16	39	但见:位按五方……	场景描写	《水浒传》第七十一回
17	46	但见:户户鸣锣击鼓……	场景描写	《清平山堂话本》卷三《刎颈鸳鸯会》
18	59	但见:银河耿耿……	景物描写	《水浒传》第二十一回
19	61	但见他:面如金纸……	人物描写	《水浒传》第五十二回
20	62	但见:黄罗抹额……	人物描写	《水浒传》第五十三回
21	65	但见:和风开绮陌……	场景描写	《水浒传》第三回、第八十二回
22	66	但见:星冠攒玉叶……	人物描写	《水浒传》第五十三回
23	71	但见:皇风清穆……	场景描写	《水浒传》第八十二回
24	71	若说这个官家,才俊过人:口工诗韵……	人物描写	《宣和遗事》前集
25	81	但见:十字街荧煌灯火……②	景物描写	《水浒传》第三十一回
26	84	但见:庙居岱岳……	景物描写	《水浒传》第七十四回
27	84	但见:头绾九头飞凤髻……	人物描写	《水浒传》第四十二回
28	84	但见:八面嵯峨……	景物描写	《水浒传》第三十二回
29	86	但见:荆山玉损……	场景描写	《水浒传》第八回

① 此赋亦见《金瓶梅词话》第九十七回。

② 此赋亦见《金瓶梅词话》第一百回。

续表

序号	回数	袭旧赋	内容	文献来源
30	87	但见：手到处青春丧命……	场景描写	《水浒传》第二十一回
31	89	但见：山门高耸……	景物描写	《水浒传》第六回
32	89	怎生模样？一个青旋旋光头新剃……	人物描写	《水浒传》第四十五回
33	93	但见：日影将沉……	景物描写	《水浒传》第五回
34	93	怎见得这座酒楼齐整？雕檐映日……	景物描写	《水浒传》第三十九回
35	94	但见：绯罗缴壁，紫绶卓围……	场景描写	《水浒传》第八回
36	96	陪春梅众人到里面游看了半日：垣墙欹损……	景物描写	《水浒传》第四十二回
37	99	但见：绣旗飘号带……	场景描写	《水浒传》第五十二回

如上表所示，《金》中的袭旧赋，除了二篇袭自《宣和遗事》《清平山堂话本》，其余 35 篇皆袭自《水浒传》——从《水浒传》第二回到第一百回，几乎贯穿了《水浒传》的始终，可见《水浒传》对《金》成书的巨大影响。这些袭旧赋中，以场景描写最多（13 篇），其次是人物描写（13 篇）。此外，《金》第五十八回："有几句道得他好：虽抱不羁之才，惯游非礼之地……"此描写人物温必古之赋袭自戏曲《绣襦记》。《金》第七十回："但见：官居一品，位列三台……"此描写太尉富贵之赋袭自戏曲《林冲宝剑记》。可见戏曲对于《金》中赋的创作也有一些影响。

综上所述，我们可以看出，《金》中袭旧诗、词、赋最大的来源是通俗小说，尤其以《水浒传》为主要取用对象。而在诗、词、赋三种文体中，《金》的作者显然对词的运用不大娴熟，故而不仅掺入的词作数量很少，而且袭旧词绝大多数是取自通俗小说及戏曲，对于文人的词集、选集，显然比较陌生。

二、曲主要来自戏曲及戏曲总集

《金》中含小令 128 首，其中有 55 首见诸早于《金》成书时间（1594—1596）①的戏曲及戏曲总集中，具体情况如下表：

① 参见黄霖《〈忠义水浒传〉与〈金瓶梅词话〉》，见《水浒争鸣》第一辑，长江文艺出版社 1982 年版。黄先生在该文中指出"《金瓶梅词话》的成书时间当在万历十七年至二十四年之间"。又由于《金瓶梅词话》有 4 首诗引自《包龙图判百家公案》，而后者刊刻于万历二十二年，可知《金瓶梅词话》应成书于万历二十二年至二十四年之间。

表 6 《金瓶梅词话》引自戏曲及戏曲总集的曲作统计表

序号	回数	袭旧曲	曲牌名	文献来源
1	4	有《沉醉东风》为证:动人心红白肉色堪人爱……	沉醉东风	《雍熙乐府》卷十七
2	6	但见:绿杨袅袅垂丝碧……	花心动	《明珠记》
3	6	唱了一个《两头南》调儿:冠儿不戴懒梳妆……	两头南	《雍熙乐府》卷十六
4	8	有《山坡羊》为证:凌波罗袜……	山坡羊	《雍熙乐府》卷二十
5	8	另有前腔为证:乔才心邪……	山坡羊	《雍熙乐府》卷二十
6	8	唱一个《绵搭絮》为证:当初奴爱你风流……	绵搭絮	《雍熙乐府》卷十五
7	8	又:谁想你另有了裙钗……	绵搭絮	《雍熙乐府》卷十五
8	8	又:奴家又不曾爱你钱财……	绵搭絮	《雍熙乐府》卷十五
9	8	又:心中犹豫……	绵搭絮	《雍熙乐府》卷十五
10	8	写了一首寄生草,词曰:将奴这知心话……	寄生草	《雍熙乐府》卷十九
11	11	有词为证:陷人坑……	水仙子	《雍熙乐府》卷十八
12	11	歌唱一只《驻云飞》:举止从容……	驻云飞	《玉环记》
13	12	名《落梅风》,对众朗诵了一遍:黄昏想……	落梅风	前半阙袭自《雍熙乐府》卷之二十《落梅风・相思》,后半阙袭自《雍熙乐府》卷之二十《落梅风・夜忆》
14	19	口占《折桂令》一词,以遣其闷:我见他斜戴花枝……	折桂令	《雍熙乐府》卷之十七
15	26	但见:四肢冰冷……	西江月	《明珠记》
16	27	众人齐唱《梁州序》:"向晚来……"	梁州序	《琵琶记》
17	27	弹着找《梁州序》后半截:"清宵思爽然……"	梁州序	《琵琶记》
18	35	唱道:"可人心,二八娇娃……"	折桂令	《雍熙乐府》卷十七
19	36	在旁拍手唱道:"花边柳边……"	朝元歌	《香囊记》
20	36	又唱第二个:"十载青灯黄卷……"	朝元歌	《香囊记》
21	36	(苟子孝唱)"恩德浩无边……"	画眉序	《玉环记》
22	36	(书童)拍手唱道:"弱质始笄年……"	画眉序	《玉环记》

续表

序号	回数	袭旧曲	曲牌名	文献来源
23	36	拍手唱道:“红入仙桃……”	锦堂月	《香囊记》
24	36	又唱道:“难报母氏劬劳……”	锦堂月	《香囊记》
25	38	唱道:“懒把宝灯挑……”	江儿水	《雍熙乐府》卷十五,或《词林摘艳》卷一
26	38	口中又唱道:“论杀人好恕……”	江儿水	《雍熙乐府》卷十五,或《词林摘艳》卷一
27	38	“常记的当初相聚……”	江儿水	《雍熙乐府》卷十五,或《词林摘艳》卷一
28	44	韩玉钏唱《驻云飞》:“闷倚栏杆,燕子莺儿怕待看……”	驻云飞	《雍熙乐府》卷十五
29	44	李桂姐唱《驻云飞》:“嗏!书寄两三番……”	驻云飞	《雍熙乐府》卷十五
30	44	吴银儿唱《桂枝香》:“杨花心性……”	桂枝香	《雍熙乐府》卷十五
31	44	董娇儿唱《桂枝香》:“怎忘了旧时……”	桂枝香	《雍熙乐府》卷十五
32	52	有《折桂令》为证:我见他戴花枝……	折桂令	《雍熙乐府》卷十七
33	54	名曰《水仙子》:“据着俺老母情……”	水仙子	《元曲选》之《迷青琐倩女离魂杂剧》,或《古水仙子》,或《太和正音谱》卷上
34	58	唱商调《集贤宾》:“暑才消……”	集贤宾	《雍熙乐府》卷十四
35	61	便道:“我做太医姓赵……”	甘州引	《林冲宝剑记》
36	61	听我说:“甘草甘遂与硇砂……”	朱奴儿	《林冲宝剑记》
37	65	唱道《普天乐》:“洛阳花,梁园月……”	普天乐	《词林摘艳》卷一
38	67	春鸿拍手唱南曲《驻马厅》:“寒夜无茶……”	驻马厅	《林冲宝剑记》
39	67	春鸿又排手唱前腔:“四野彤霞……”	驻马厅	《林冲宝剑记》
40	80	有词为证:“恨杜鹃声透珠帘……”	题情	《雍熙乐府》卷十七
41	82	妇人唱《六娘子》:“入门来将奴搂抱在怀……”	六娘子	《雍熙乐府》卷二十
42	82	经济亦占回前词一首:“两意相投情挂牵……”	六娘子	《雍熙乐府》卷二十

续表

序号	回数	袭旧曲	曲牌名	文献来源
43	82	有《醉扶归》词为证:"我嘴揾着他油鬏髻……"	醉扶归	《雍熙乐府》卷二十
44	82	有《红绣鞋》为证:"假认做女婿亲厚……"	红绣鞋	《雍熙乐府》卷十八
45	82	名《寄生草》:"将奴这银丝帕……"	寄生草	《雍熙乐府》卷十九
46	83	却是《寄生药》一词,说道:"动不动……"	寄生药	《雍熙乐府》卷十九
47	83	有《河西六娘子》为证:"央及春梅好姐……"	河西六娘子	《雍熙乐府》卷二十
48	83	都是《寄生草》一词,说道:"将奴这桃花面……"	寄生草	《雍熙乐府》卷十九
49	83	妇人道:"有《四换头》词为证:赤紧的因些闲话……"	四换头	《雍熙乐府》卷二十
50	83	云《红绣鞋》为证:"会云雨风般疏透……"	红绣鞋	《雍熙乐府》卷十八
51	85	上写《红绣鞋》一词:"袄庙火……"	红绣鞋	《雍熙乐府》卷十八
52	86	有长词为证:"起初时,月娘不触犯……"	河西六娘子	《雍熙乐府》卷二十
53	86	有几句双关,说得这老鼠好:"你身躯儿小胆儿大……"	河西六娘子	《雍熙乐府》卷二十
54	93	名《普天乐》:"泪双垂……"	普天乐	《雍熙乐府》卷十八
55	94	名《四块金》:"前生想着少久下他相思债……"	四块金	《词林摘艳》卷一

从上表可以看出,《金》有39首小令袭自戏曲总集《雍熙乐府》《词林摘艳》,有16首小令袭自《琵琶记》《明珠记》《林冲宝剑记》等戏曲,足见《金》的作者对戏曲十分娴熟。

此外,《金》还有10首小令见于刊刻时间晚于《金》成书时间的《南音三籁》《啸余谱》《元曲选》等戏曲总集中,具体情况如下表:

表7 《金瓶梅词话》见于《南音三籁》等戏曲总集的曲作统计表

序号	回数	袭旧曲	曲牌名	文献来源
1	35	在旁唱《玉芙蓉》,道:"残红水上飘……"	玉芙蓉	《南音三籁》之《散曲下》
2	35	又唱个前腔儿:"新荷池内翻……"	玉芙蓉	《南音三籁》之《散曲下》

续表

序号	回数	袭旧曲	曲牌名	文献来源
3	35	又唱第三个前腔儿:“东篱菊绽开……”	玉芙蓉	《南音三籁》之《散曲下》
4	35	书童又唱个第四个前腔儿:“漫空柳絮飞……”	玉芙蓉	《南音三籁》之《散曲下》
5	53	名唤《锦登梅》:“红馥馥的脸衬霞……”	锦登梅	《啸余谱》之《北曲谱》卷五
6	53	名唤《降黄龙衮》:“鳞鸿无便……”	降黄龙衮	《啸余谱》之《北曲谱》卷一
7	54	名曰《水仙子》:“据着俺老母情……”	水仙子	《元曲选》之《迷青琐倩女离魂杂剧》
8	54	那时金钏就唱一曲,名唤《荼蘼香》:“记得初相守……”	荼靡香	《啸余谱》之《北曲谱》卷三
9	54	吴银儿接唱一曲,名《青杏儿》:“风雨替花愁……”	青杏儿	《啸余谱》之《北曲谱》卷四
10	54	又唱一只《小梁州》:“门外红尘滚滚飞……”	小梁州	《啸余谱》之《北曲谱》卷二

《南音三籁》为凌濛初(1580—1644)所编,大约成书于天启六年(1626);《啸余谱》为明代程明善所编,程明善生卒年不详,但其为天启年间监生,此书现存万历四十七年刊本,应为初刊本;《元曲选》为明代臧懋循所编,成书于万历四十三年。虽然此三书成书时间皆晚于《金》,但其中所选的曲子,当在《金》之前就广泛流传了。

另外,《金》第六十回中有两首相连的《清江引》见于清代褚人获《坚瓠集》中,具体如情况如下表:

表 8 《金瓶梅词话》见于《坚瓠集》的曲作统计表

序号	回数	袭旧曲	曲牌名	文献来源
1	60	低低唱《清江引》道:“一个姐儿十六七……”	清江引	《坚瓠集》二集卷三
2	60	郑春又唱道:“转过雕阑正见他……”	清江引	《坚瓠集》二集卷三

这两首《清江引》,见于《坚瓠集·赶蝶》,其开篇云:“传奇中有《清江引》歌云:‘一个姐儿十六七……’”[①]在《坚瓠集》中,表中的两首曲子是连为一体的,只是到了《金》中,作者将其拆分为两首曲子,中间插入“郑春唱了请酒,伯爵才饮讫,玳安又连忙斟上。郑春又唱”。从《坚瓠集·赶蝶》开篇“传奇中有《清江引》歌云”,可知《金》第六十回的这两首《清江引》,也是引自当时现成的传奇。这样,《金》中袭旧曲就共有 67 首了,约占《金》中小令

① 褚人获《坚瓠集》二集卷三,清康熙刻本。

总数 52%。

《金》含套曲 21 支,袭旧套曲至少有 17 支,主要袭自戏曲总集《词林摘艳》,具体情况如下表:

表 9 《金瓶梅词话》引自《词林摘艳》等的套曲统计表

序号	回数	袭旧套曲	曲牌名	文献来源
1	41	唱一套《斗鹌鹑》:"翡翠窗纱……"	斗鹌鹑	《词林摘艳》卷十
2	42	教李铭、吴惠席前弹唱了一套灯词双调《新水令》:"凤城佳节赏元宵……"	新水令	《词林摘艳》卷五①
3	43	唱这一套词道:"繁花满月开……"	四块玉	《词林摘艳》卷八
4	45	李铭擽筝,顿开喉音,黄钟《醉花隐》:"雪月风花共裁剪……"	醉花阴	《词林摘艳》卷九
5	46	道:"东野翠烟……"	好事近	《词林摘艳》卷二
6	52	唱了个《伊州三台令》:"思量你好辜恩……"	伊州三台令	《词林摘艳》卷二
7	52	李铭调定筝弦,拿腔唱道:"新绿池边……"	金殿喜重重	《词林摘艳》卷六
8	61	唱《折腰一枝花》:"紫陌红径……"	折腰一枝花	《词林摘艳》卷二
9	61	唱《罗江怨》道:"恹恹病转浓……"	罗江怨	《词林摘艳》卷一
10	65	唱了一套《南吕・一枝花》:"官居八辅臣……"	一枝花	《词林摘艳》卷八
11	70	唱道:"享富贵,受皇恩……"	端正好	《林冲宝剑记》卷下
12	71	唱了一套正宫《端正好》:"水晶宫,鲛绡帐……"	端正好	《词林摘艳》卷六
13	72	当时席前唱了一套《新水令》:"翠帘深,小房栊……"	新水令	《词林摘艳》卷五
14	73	两个小优连忙改调唱《集贤宾》:"忆吹箫,玉人何处也……"	集贤宾	《词林摘艳》卷七
15	74	于是贴旦唱道:"第一来为压惊……"	宜春令	《乐府遏云编》卷上
16	74	唱道:"更深静峭……"	月中花	《词林摘艳》卷一
17	77	唱了一套《青衲袄》:"想多娇,情性儿标……"	青衲袄	《词林摘艳》卷八

如上表所示,《金》有 15 支套曲袭自《词林摘艳》,有 1 支套曲袭自《林冲宝剑记》,有 1 支套曲袭自《乐府遏云编》——该书现存明末刻本,具体刊刻时间不详,即便其刊刻晚于

① 虽然《雍熙乐府》卷十一也有此套曲,但第一首曲子最后一句"开玳宴尽欢乐"在《雍熙乐府》中作"开筵宴尽欢笑",有两字不同;"见银河星皎洁"在《雍熙乐府》中无"见";"看天堑月轮高"在《雍熙乐府》中无"看",而《词林摘艳》与《金》完全相同,显然袭自《词林摘艳》。其他套曲大多同时见于《词林摘艳》《雍熙乐府》,但根据文本比对,情况基本与此相同。

《金》的成书时间，其所选的这一支《宜春令》也当流行于《金》成书之前。此外，《金》第七十五回中有一支《江儿水》："这郁大姐在傍弹着琵琶唱：'花家月艳……'"此套曲见于明末张楚叔与张旭初合编之《吴骚合编》卷四。根据《吴骚合编》前面的《小序》，可知《吴骚合编》刊刻于崇祯丁丑年(1637)，但所选的这支《江儿水》当在《金》成书时间之前。算上这一支套曲，《金》共有 18 支袭旧套曲，约占总套曲数的 86%。这些套曲大多是宴席上由歌妓优伶所演唱，是《金》故事情节的一部分，可见当时的戏曲总集对《金》成书有着重要影响。

《金》中的袭旧曲皆来自戏曲及戏曲总集，而没有袭自通俗小说，一个主要的原因是曲这种文体成熟的时间晚于诗词，章回小说中掺入曲的作品并不多，即使掺入了，曲的数量也不多，不能像《水浒传》为后世的章回小说提供诗词赋那样提供曲。而万历中后期，戏曲尤其是传奇高度繁荣，其中的总集《雍熙乐府》《词林摘艳》，以及当时流行的戏曲，正好为《金》中曲的创作提供了便利。

三、对句主要来自通俗小说、戏曲

《金》还包含大量以"正是""古人云""常言道"等领起的对句，这些对句有的是诗句，有的是熟语，有的套话，其中不少是袭自现成文献，具体情况如下表：

表 10 《金瓶梅词话》引自现成文献的对句统计表

序号	回数	袭旧对句	体裁	文献来源
1	4	正是：王婆从前作过事，今朝没兴一齐来。	七言	《水浒传》第二十四回
2	4	有分交：险道神脱了衣冠，小猴子泄漏出患害。	七言	《水浒传》第二十四回
3	5	正是：雪隐鹭鸶飞始见，柳藏鹦鹉语方知。	七言	《清平山堂话本》之《戒指儿记》，或《寻亲记下》，或《荆钗记上》，或《琵琶记下》等。
4	7	有缘千里能相会，无缘对面不相逢。	七言	《琵琶记》《清平山堂话本》等
5	8	正是：分门八块顶梁骨，倾下半桶冰雪来。①	七言	《清平山堂话本》之《五戒禅师私红莲记》
6	12	正是：为人莫作妇人身，百年苦乐由他人。	七言	《三元记上》
7	12	正是：广行方便，为人何处不相逢；多结冤仇，路逢狭处难回避。	四七句式	《水浒传》第三十回

① 此对句又见《金瓶梅词话》第九十五回。

续表

序号	回数	袭旧对句	体裁	文献来源
8	13	正是：饶你奸似鬼，也吃洗脚水。	五言	《水浒传》第十五回，或《义侠记》
9	15	正是：不知子晋缘何事？才学吹箫便作仙。	七言	《唐诗纪事》卷六十三
10	15	真个是：倾国倾城汉武帝，为云为雨楚襄王。	七言	《乐府诗集》卷九十
11	18	正是：不如意处常八九，可与人言无二三。①	七言	《焚香记下》《琵琶记下》《玉珏记下》等
12	19	正是：身如五鼓衔山月，命似三更油尽灯。	七言	《水浒传》第二十五回
13	19	正是：东边日头西边雨，道是无情却有情。	七言	《苕溪渔隐丛话前后集》前集卷五十一，或《唐诗镜》卷三十六，或《幽闺记》卷下，或《红拂记》卷上，或《义侠记》卷上等
14	20	正是：今宵胜把银缸照，只恐相逢是梦中。	七言	《幽闺记》
15	20	正是：逢人且说三分话，未可全抛一片心。	七言	《包龙图判百家公案》第二十八回，或《明珠记下》
16	22	这李铭正是：从前作过事，没兴一齐来。	五言	《水浒传》第二十四回
17	23	正是：谁人汲得西江水，难洗今朝一面羞。	七言	一百二十回本《水浒传》第九十五回
18	23	正是：颠狂柳絮随风舞，轻薄桃花顺水流。	七言	《集千家注杜诗》卷七，或《苕溪渔隐丛话前后集》后集卷一，或《唐诗镜》卷二十七，或《西洋记》卷六
19	25	正是：雪隐鹭鸶飞始见，柳藏鹦鹉语方知。②	七言	《清平山堂话本》之《戒指儿记》或《寻亲记下》，或《金钗记上》，或《琵琶记下》
20	25	正是：平生不作皱眉事，世上应无切齿人。	七言	《苕溪渔隐丛话前后集》之后集卷二十二，或《永乐大典戏文三种不分卷》
21	26	正是：青龙与白虎同行，吉凶事全然未保。	七言	《清平山堂话本》之《戒指儿记》
22	27	两个正是：弄晴莺舌于中巧，着雨花枝分外妍。	七言	《新注朱淑真断肠诗集》卷一，或《千家诗选》卷五，或《诗女史》卷四
23	31	正是：不结子花休要种，无义之人不可交。	七言	《明心宝鉴》之《交友篇第十九》
24	32	正是：满怀心腹事，尽在不言中。	五言	《西厢记上》，或《荆钗记下》

① 此对句亦见于《金瓶梅词话》第三十回。

② 此对句亦见于《金瓶梅词话》第六十七回。

续表

序号	回数	袭旧对句	体裁	文献来源
25	33	正是:各人自扫檐前雪，莫管他家屋上霜。	七言	《春芜记下》
26	33	正是:谁人挽得西江水，难洗今朝一面羞。	七言	《玉珏记下》,或《三元记下》
27	35	正是:恨小非君子，无毒不丈夫。	五言	一百二十回本《水浒传》第一百零三回，或《汉宫秋》,或《金莲记》等
28	39	古人云:龙听法而悟道,蟒闻忏以生天。	六言	《说略》卷二十九
29	46	正是:万事不由人计较，一生都是命安排。	七言	《双珠记下》《荆钗记上》《明珠记上》《怀香记下》等
30	47	正是:忙忙如丧家之狗，急急似漏网之鱼。	七言	《包龙图智勘后庭花杂剧》
31	48	看看:窗外日光弹指过，席前花影座间移。	七言	《宣和遗事》前集,或《琵琶记》卷上,或《荆钗记》,或《清平山堂话本》之《陈巡检梅岭失妻记》等
32	51	正是:满怀心腹事,尽在不言中。	五言	《西厢记上》《荆钗记下》
33	52	正是:双手劈开生死路，一身跳出是非门。	七言	《寻亲记上》《精忠记下》《幽闺记上》《义侠记下》等
34	52	正是:无可奈何花落去，似曾相识燕归来。	七言	《诗林广记》后集卷九,或《两宋名贤小集》卷一百十,或《宋文鉴》卷二十四等
35	55	正是:诗人老去莺莺在，公子归时燕燕忙。	七言	《诗林广记》后集卷三,或《韵语阳秋》卷十九,或《苕溪渔隐丛话前后集》前集卷三十七等
36	56	正是:惟有感恩并积恨，万年千载不生尘。	七言	《八义记下》《寻亲记上》《白兔记上》《杀狗记上》《千金记上》等
37	58	正是:舞低杨柳楼心月，歌罢桃花扇底风。	七言	《群英草堂诗余》前集卷下,或《浣纱记上》,或《双烈记上》等
38	58	正是:舞回明月坠秦楼，歌过行云遮楚馆。	七言	《水浒传》第五十一回
39	59	正是:人逢喜事精神爽，闷来愁肠磕睡多。	七言	《西游记》第三十五回
40	62	正是:流泪眼观流泪眼，断肠人送断肠人。	七言	《琵琶记》,或《林冲宝剑记》卷上,或《荆钗记上》,或《邯郸记下》,或《西游记》第八十五回
41	62	正是:惟有感恩并积恨，千年万载不成尘。	七言	《林冲宝剑记》卷上等
42	66	正是:人生有酒须当醉，一滴何曾到九泉。	七言	《鸣凤记上》,或《杜诗言志》卷五,或《两宋名贤小集》卷三百十四等

续表

序号	回数	袭旧对句	体裁	文献来源
43	69	正是:昨夜浣花溪上雨,绿杨芳草为何人?	七言	《万首唐人绝句诗》卷六十二,或《唐诗纪事》卷六十六,或《太平广记》卷十二,或《古今类事》卷十二等
44	71	正是:世间好物不坚牢,彩云易散琉璃脆。	七言	《琵琶记》,或《清平山堂话本》之《错认尸》,或《全芳备祖》前集卷五等
45	72	常言道:逢人且说三分话,未可全抛一片心。	七言	《明珠记》等
46	75	常言:甜言美语三冬暖,恶语伤人六月寒。	七言	《雍熙乐府》卷七,或《北西厢三》
47	77	正是:拳头大块空中舞,路上行人只叫苦。	七言	《清平山堂话本》之《董永遇仙传》
48	78	正是:照海旌幢秋色里,击天鼙鼓月明中。	七言	《苕溪渔隐丛话前后集》前集卷二十六,或《岁时杂咏》卷三十一,或《淮海集》卷八,或《诗话总龟》卷十九,或《锦绣万花谷别集》卷五等
49	80	正是:人得交游是风月,天开图画即江山。	七言	《诗林广记》后集卷五,或《竹庄诗话》卷二十四,或《苕溪渔隐丛话前后集》前集卷四十七等
50	80	正是:画虎画皮难画骨,知人知面不知心。	七言	《琵琶记》,或《紫钗记下》,或《杀狗记上》,或《包龙图判百家公案》第五十九回等
51	81	正是:酒不醉人人自醉,色不迷人人自迷。	七言	《双珠记上》,或《四喜记上》,或《水浒记上》,或《玉玦记下》等
52	82	正是:三光有影遣谁系,万事无根只自生。	七言	《钓矶文集》卷一
53	83	正是:蚊虫遭扇打,只为嘴伤人。	五言	《三宝太监西洋记》卷十三
54	86	正是:世上万般哀苦事,除非死别共生离。	七言	《琵琶记》《幽闺记》《玉环记》等
55	86	此这去正是:青龙与白虎同行,吉凶事全然未保。	七言	《清平山堂话本》之《戒指儿记》
56	87	正是:三寸气在千般用,一日无常万事休!	七言	《水浒传》第二十一回、第三十一回,或《西厢记》,或《荆钗记》,或《焚香记》等
57	87	正是:平生不作皱眉事,世上应无切齿人。	七言	《苕溪渔隐丛话前后集》后集卷二十二,或《宋名臣言行录续集别集外集》外集卷五,或《记纂渊海》卷十九,或《诗话总龟》后集卷十九等
58	91	常言:官差吏差,来人不差。	四言	《西游记》第三回

续表

序号	回数	袭旧对句	体裁	文献来源
59	91	正是:平生心事无人识,只有穿窗皓月知。	七言	《玉环记》
60	92	正是:计就月中擒玉兔,谋成日里捉金乌。	七言	《三宝太监西洋记》卷五、卷十七,或《寻亲记》,或《双珠记》,或《红拂记》等
61	93	正是:嫩草怕霜霜怕日,恶人自有恶人磨。	七言	《明心宝鉴》之《省心篇》,或《寻亲记》,或《杀狗记》
62	94	正是:鹿随郑相应难办,蝶化庄周未可知。	七言	《宣和遗事》前集等
63	95	正是:世情看冷暖,人面逐高低。	五言	《水浒传》第三十七回
64	96	正是:良人得意正年少,今夜月明何处楼。	七言	《事类备要》前集卷二十八,或《才调集》卷十,或《锦绣万花谷》卷十五等
65	98	正是:非于前定数,半点不由人。	五言	《清平山堂话本》之《陈巡检梅岭失妻记》
66	99	常言道:隔墙须有耳,窗外岂无人。	五言	《水浒传》第十六回
67	99	正是:三寸气在千般用,一日无常万事休。	七言	《水浒传》第二十一回
68	100	正是:于家为国忠良将,不辨贤愚血染沙。	七言	《西游记》第二十八回

如上表所示,七言对句有56则,占比82%,在《金》对句中占有压倒性优势,这跟《金》中袭旧诗以七绝为主是一致的。由于这些对句广泛运用于戏曲小说中,所以很多对句很难判断其袭自哪一部作品。如果我们把戏曲小说作为一个整体,那么《金》中的袭旧对句无疑主要是来自戏曲小说——至少有48则对句来自戏曲小说,约占上表总数的71%。而在上表中,如果对句同时出现于戏曲与诗歌总集、诗话等著作,根据《金》的作者对元明戏曲的熟稔,比较大的可能是袭自戏曲,比如《金》第十九回:“正是:东边日头西边雨,道是无情却有情。”此为唐代刘禹锡《竹枝词二首》的两句诗,同时见于《苕溪渔隐丛话前后集》前集卷五十一、《唐诗镜》卷三十六、《幽闺记》卷下、《红拂记》卷上、《义侠记》卷上等,大概率是袭自戏曲。

此外,《金》中还有一些对句见于其后的著作中,如《金》第十四回:“正是:合欢核桃真堪笑,里许原来别有人。”此对句见于清初沈雄辑录的《古今词话》“词品”上卷:“至温飞卿诗云:‘合欢桃核真堪恨,里许原来别有人。’”可见这两句诗是温庭筠的诗句,只是已检索不到出自温庭筠的哪一首诗。很显然,《金》袭用了温庭筠的这两句诗,只是原诗可能失传,只有此二句保存在《古今词话》中。《金》第三十回:“正是:时来顽铁有光辉,运退真金无艳色。”此对句见于清代《解人颐》之《达观集》;《金》第七十八回:“正是:鹧鸪有意留残景,杜宇无情恋晚辉。”此对句见于清代《蕙风词话》卷四。这两个对句应该也是袭旧对句,只是《金》袭取的对象不是《解人颐》《蕙风词话》,而是在《金》成书前就广泛传播的著作中,这著作大概率是通俗文学作品。

四、余　论

综上所述,《金》中的袭旧诗、词、赋,主要袭自《水浒传》《清平山堂话本》等通俗小说,《金》中的袭旧曲,主要袭自戏曲总集《雍熙乐府》《词林摘艳》,以及《琵琶记》《玉环记》《林冲宝剑记》等戏曲;《金》中的袭旧对句,主要袭自《水浒传》《清平山堂话本》《西游记》等通俗小说,以及《西厢记》《琵琶记》《玉环记》等戏曲。通俗小说与戏曲,都可归入通俗文学。也就是说,《金》中的袭旧韵文,主要来源于通俗文学。

《金》不仅大量韵文来自通俗小说、戏曲,而且大量的故事情节也是对通俗小说、戏曲的移置、替代、戏仿、改写和重组。商伟先生指出了《金》通过移置、改写和增补《水浒传》,来建立与它的联系:“《词话》并没有孤立地使用《水浒传》的语言和譬喻,而是耐心地将它们组织成一个系列。更准确地说,是在叙述同一个人物或场景时,将《水浒传》的片段植入人物话语,或诉诸小说叙述者和内部叙述者之口。也就是在叙述的不同层面上,相互配合呼应,从而将这些语汇和象喻重新连缀起来,编织成文,也借此完成对《水浒传》的戏仿和改写。”①众所周知,《金》的故事脱胎于《水浒传》,《金》的前九回是对《水浒传》第二十三回至二十六回武松打虎、杀嫂复仇等情节的改写,由此引出主角西门庆与潘金莲;第十回武松退场,《金》的主体故事才真正开始。但这并不意味《水浒传》就在《金》中退场了,相反,“在《词话》中,《水浒传》自始至终,如影随形”②。《水浒传》是《金》最大的仿拟对象,但并非唯一的仿拟对象。《金》对《西厢记》中台词、人物、故事情节的仿拟也是随处可见。有学者指出,《金》在描写西门庆一家的日常生活、骨牌酒令游戏、日常生活物品的装饰图案,皆较多地运用了《西厢记》中的人物、词句或情节③。还有学者指出《金》第八十二回、八十三回写西门庆死后,潘金莲与女婿陈经济的六次约会中,有五次(即除了第五次外)的基本故事情节及人物形象塑造,是对《西厢记》相关描写的袭改④。《水浒传》《西厢记》不过是《金》仿拟最多的小说、戏曲。美国汉学家韩南先生在《〈金瓶梅〉版本及素材来源研究》一

①② 商伟《复式小说的构成:从〈水浒传〉到〈金瓶梅词话〉》,《复旦学报》2016 年第 5 期。

③ 徐大军《〈金瓶梅词话〉中有关〈西厢记〉杂剧资料析论》,《中国典籍与文化》2003 年第 3 期。

④ 史小军《论〈金瓶梅词话〉对〈西厢记〉的袭用——以第八十二、八十三两回为例》,《文艺研究》2006 年第 6 期。

文中揭示《金》取材小说话本和非话本 10 种、戏曲 14 种、清曲(流行曲词,包含套曲和散曲)140 首,还有宋史及其他说唱文学作品①。可见,《金》不仅从通俗小说、戏曲中大量袭用韵文,还在故事情节上大量从现存通俗小说、戏曲中取材。从中大致可窥见,《金》的作者对通俗小说、戏曲不仅广泛阅读,而且达到烂熟于心的程度。

《金》中部分袭旧诗虽然来自文集、总集等雅文学系统,但从袭用的作品来看,大多是当时流行的作品,且数量十分有限。《金》的作者显然是一个通俗文学的行家,而在雅文学方面的素养比较欠缺。这既可从前面的数据统计中可见一斑,也可从其对部分文人诗词的引入是通过通俗小说的中介,以及韵文文体误用等方面看出。

《金》中有一部分袭旧诗词,虽是文人创作的,却是以通俗小说为中介而引入的。如《金》第十一回:"有诗为证:琉璃钟,琥珀浓,小槽酒滴珍珠红。烹龙炮凤玉脂泣,罗帏绣幕围香风。吹龙笛,击龟鼓;皓齿歌,细腰舞。况是青春莫虚度,银缸掩映娇娥语,酒不到刘伶坟上去。"这是李贺的乐府诗《将进酒》,见于《李长吉歌诗》卷四,也见于《宣和遗事》卷二、《五代史平话》之《梁史平话》卷上。通过文本的比对,我们基本可以判断这首诗是《金》转引自士礼居丛书本(重刊宋本)《宣和遗事》,而非引自《李长吉歌诗》②。又如《金》第一回回前词:"词曰:丈夫双手把吴钩,欲斩万人头,如何铁石打成心性,却为花柔。请看项籍并刘季,一似使人愁。只因撞着虞姬戚氏,豪杰都休。"这首词是宋人卓田的词《眼儿媚·题苏小楼》,但《金》是从《清平山堂话本》之《刎颈鸳鸯会》转引的。周钧韬先生对此有充分的说明:"1.《金》引词与卓田原词有六字之差,而与《刎》引词只二字之差;2. 卓原词用词准确,如'尝观项籍与刘季',表示追忆甚恰,而《刎》改为'君看'近似,而与'尝观',差之甚;3. 卓词'一怒世人愁',表示项刘乃盖世英雄,甚恰,而《刎》改为'一以使人愁',原意失且文理不通。《金》改为'一拟使人愁',承袭《刎》篇之迹十分明显。由此可见,《金》抄《刎》而非抄卓原词。"③又如《金》第二十七回:"人口有一只词单道这热:祝融南来鞭火龙,火云焰焰烧天红。日轮当午凝不去,方(当为'万')国如在红炉中。五岳翠干云彩灭,阳侯海底愁波竭。何当一夕金风发,为我扫除天下热。"这首诗为唐代诗人王毂的《苦热行》,见于《文苑英华》卷二百十、《乐府诗集》卷六十五、《事文类聚》前集卷九,但这些文本中"火云"皆作"火旗","红炉"皆作"洪炉","除"皆作"却",而在《水浒传》中,第一处与《文苑英华》等相同,但后两处与《金》同。虽然《水浒传》中"发"作"起",但《水浒传》与《金》只有两字异文,

---

① 〔美〕帕特里克·D·韩南著,包振南译《〈金瓶梅〉版本及素材来源研究》,见包振南、寇晓伟、张小影编选《〈金瓶梅〉及其他》,吉林文史出版社 1991 年版,第 14—141 页。

② 杨彬《再论〈金瓶梅〉作者"大名士"说——从〈金瓶梅〉中李贺的一首引诗说起》,《河南理工大学学报》2015 年第 4 期。

③ 周钧韬《金瓶梅素材来源》,中州古籍出版社 1991 年版,第 3 页。

而《文苑英华》《乐府诗集》《事文类聚》与《金》皆有三字异文，《金》袭自《水浒传》的可能性显然更大。考虑到《金》袭取了《水浒传》数十上百的韵文，这一处韵文大概率是从《水浒传》袭来的。从这些例证中可以看出，《金》的作者对雅文学显然有些生疏，对俗文学却相当熟稔。

《金》中有不少袭旧诗词曲，其文体名称往往误用，将诗误为词，将曲误为词。如《金》第六回："有《鹧鸪天》为证：色胆如天不自由，情深意密两绸缪。贪欢不管生和死，溺爱谁将身体修。只为恩深情郁郁，多因爱阔恨悠悠。要将吴越冤仇解，地老天荒难歇休。"前面称"有《鹧鸪天》为证"，但其实后面是一首七律，显然名实不副。这首诗袭自《水浒传》第二十六回："正是：色胆如天不自由，情深意密两绸缪。只思当日同欢庆，岂想萧墙有祸忧！贪快乐，恣优游，英雄壮士报冤仇。请看褒姒幽王事，血染龙泉是尽头。"[①]这是一首《鹧鸪天》。但《金》将《水浒传》这首《鹧鸪天》改成七律了，却仍然说"有《鹧鸪天》为证"，犯了诗词不辨的错误。又如《金》第二十回："有词为证：淡画眉儿斜插梳，不忺拈弄倩工夫。云窗雾阁深深许，蕙性兰心款款呼。相怜爱态情人扶，神仙标格世间无。从今罢却相思调，美满恩情锦不如。"这显然也是一首七律，作者却称"有词为证"，显然也是诗词混淆。此诗袭自《清平山堂话本》之《简帖和尚》，原文为："正是：尘随马足何年尽？事系人心早晚休。淡画眉儿斜插梳，不忺拈弄绣工夫。云窗雾阁深深处，静拂云笺学草书。多艳丽，更清姝，神仙标格世间无。当时只说梅花似，细看梅花却不如。"[②]如果去掉"正是"后的前两句，倒是一首《鹧鸪天》。《金》袭用此韵文时删掉了前两句，将其改成了律诗，却仍旧以"词"相称，显然名实不副。若再从《金》抄改《怀春雅集》中的诗歌失律、出韵的情况来看，正如有学者所说："这位作者写作诗词的文学水平令人咋舌。"[③]还有学者根据《金》中回前诗的空泛，引用诗词和情节场面的疏离，以及抄录前人作品引起的许多问题，指出《金》的作者"才力不足，以致捉襟见肘，左支右绌"[④]。这些对《金》中引用诗词存在的各种问题的批评，基本是符合事实的。

《金》也常将曲误为词，如第十一回："有词为证：陷人坑，土窖般暗开掘……"此韵文袭自《雍熙乐府》卷十八《水仙子》，是一首曲而非词；又如第十二回："这祝日念见上面写词一首，名《落梅风》，对众朗诵了一遍：'黄昏想，白日想，盼杀人多情不至。……'"此为曲《落梅风》，

---

① 施耐庵集撰、罗贯中纂修《李卓吾批评忠义水浒传》，《古本小说集成》影印本，上海古籍出版社1993年版，第826页。

② 洪楩辑，程毅中校注《清平山堂话本校注》，中华书局2012年版，第18页。

③ 张家英《由〈金瓶梅〉回前诗词看其作者》，《学习与探索》1991年第3期。

④ 王年双《从诗歌在〈金瓶梅词话〉中的运用看小说的发展》，见彰化师范大学国文系编《中国诗学会议论文集》，万卷楼图书股份有限公司1992年版，第45页。

前半袭自《雍熙乐府》卷二十，这里显然把曲误为词；又如第八十二回："有《醉扶归》词为证：'我嘴揾着他油鬏髻……'"《醉扶归》是曲牌名，这里也把曲误为词。这种文体误用现象还有不少，就不一一列举了。从这些文体误用现象来看，《金》的作者对诗、词、曲的文体界限缺乏清晰的认识，这种错误不大可能发生在文人身上，更不大可能发生在"名士"身上。

梅节先生根据《金》多取材自俗文学，以及从《怀春雅集》引用二十首诗的特点来看，认为"《金瓶梅词话》是'打谈的'（说书人）的底本，其作者是书会才人一类中下层知识分子"①。他进一步解释道："词话是口头的文学，说书人到适当的段落，就要插入一些韵文赞语和诗词作调剂……这些诗词赞语，有些是书会的留文，有些采用自别的作品。民间艺人对'雅'文学腹笥不丰，不过不要紧，可实行'拿来主义'。"②如果我们从《金》中袭旧韵文的分布情况来看，《金》的作者兰陵笑笑生无疑更接近于梅先生所说的"书会才人一类中下层知识分子"，而不大可能如沈德符所说是"嘉靖间大名士手笔"③。

（作者简介：杨志君，长沙学院影视艺术与文化传播学院讲师，发表论文有《论明清通俗小说对古代诗文的传播价值》《类书、总集与明代章回小说中的韵文》等。）

①② 梅节《从套用、窜改〈怀春雅集〉诗文看〈金瓶梅词话〉的作者》，梅节著《瓶梅闲笔砚：梅节金学文存》，国家图书馆出版社2008年版，第60、73页。

③ 沈德符《万历野获编》卷二五，清道光七年姚氏刻同治八年补修本。

岭南杜诗学文献的类型及研究价值*

刘晓亮

内容摘要：杜甫一生虽未到过岭南，但有些诗歌不仅写了与岭南有关之人，还提到了当时与岭南有关的风物、时事。而岭南人对杜诗的接受与传播，体现在各种文献类型中。考察岭南人的诗话、笔记、方志、诗文序跋等文献中所富含的杜诗学文献，梳理杜集书目在岭南的流播，可以见出岭南人对杜诗的接受，并探析岭南人（或寓居岭南者）借杜诗来建构的诗学思想，也可丰富今后的杜集书目研究，还可以对岭南杜诗学者、岭南诗歌进行深入研究。

关键词：杜诗学　岭南　文献　价值

有学者认为，"研究杜诗学史，应包括杜甫所受前人的影响及其对后世的影响，还应包括对后世研究杜甫著作的再研究与再评价"①。有关"杜甫所受前人的影响及其对后世的影响"的研究成果已经很多，而对"后世研究杜甫著作的再研究与再评价"，因很多文献久藏秘府，世人无由得见；还有很多零篇断什存于别集或总集等著述内，无人整理抽绎，所以，这为今天的杜诗学者提出了共同的话题。虽然有关"后世研究杜甫著作的再研究与再评价"的成果也相当可观，但只要我们泛览周采泉《杜集书录》、张忠纲等《杜集叙录》等杜集书目文献即可知，有关"再研究与再评价"的研究仍大有可为，且很有价值。

在古代，地理、交通对文学的影响非常大。岭南②在古代被称为"偏远"之地，所以，文学的产生、发展和影响，都无法与中原内陆、江南等地相媲美。黄天骥先生曾说："千百年诗渊词海，浩浩乎浸润九州；亿万人激吭高吟，袅袅兮金声玉振。雅泽绵绵，迭代传芳；诗国泱泱，寰球无两。惟周秦之世，粤人远处炎方，隅居岭外。汉晋以前，风气未开，徒闻晰

---

* 本文系广东省哲学社会科学"十三五"规划 2020 年度学科共建项目"岭南杜诗学文献整理与研究"（GD20XZW06）、广东开放大学 2020 年校级科研重点项目"日本图书馆藏杜集书目整理与研究"（ZD2003）、广东开放大学 2021 年度校级教改项目"汉语言文学专业教学团队"（2021D003）阶段性成果。

① 张忠纲、綦维、孙微《山东杜诗学文献研究・绪论》，齐鲁书社 2004 年版，第 2 页。

② 本文所谓岭南，限于今天行政区划上的广东省。

嘲之山笛，空负早春之梅柳。汉晋以还，虽初被风教，尚未可以言诗，偶有篇什，亦已尘湮星散。迨唐代张曲江开文献之宗，举风雅之旗，接中土之天声，揽岭表之芳润。于是云山珠水，尽入诗怀，雁声渔火，都成雅调。……遂使岭表骚坛，别辟蹊径，既承中原统绪，亦注百粤宗风，从此艺苑添我新花，诗海渐开一脉。"[①]所以，研究岭南诗歌，一般都从唐代的张九龄开始[②]。杜诗之于宋人及宋代以后的诗家影响都很大，所以，自宋代开始，江苏、浙江、福建、河南、四川、江西等很多省份，都有关于杜诗注解之作、学习杜诗之人，但唯独岭南地区可考见的杜诗学文献，只能溯源至明代。

笔者近年开始关注岭南的杜诗学文献，认识到岭南的杜诗学文献虽然不多，但也确是一种存在，尤其是见存的一些杜诗学文献，少有人关注，使得对它们的价值认识不足。所以，本文对岭南杜诗学文献的类型、特点进行宏观介绍，并对其研究价值予以揭示，以期为后续的微观深入研究做一准备工作。在进入论述之前，首先介绍一下杜甫对"岭南"的书写，以见出杜甫与岭南之缘。另需要说明的是，本文所谓的"岭南杜诗学文献"，具体包括：1. 岭南杜集文献，也就是岭南人对杜集予以注释、选集、评点等，这些都隐藏着作者对杜诗的理解以及相关的诗学思想。还有就是岭外杜集文献在岭南地区的流传，岭南人对这些杜集进行了翻刻、评点等。2. 岭南人所作笔记、诗话、诗歌选集、诗文集序跋等文献中所附存的杜诗学材料。

一、杜甫与"岭南"

杜甫晚年漂泊湖湘，最南端到过衡阳、耒阳，岭南可谓"近在咫尺"。杜甫虽未到过岭南，但其诗中却有很多"岭南"。据笔者统计，与岭南有关的杜诗共 19 首，可大致分为两类：一类写与岭南有关之人；一类写与岭南有关之事或物。

---

① 黄天骥《全粤诗序》，见中山大学中国古文献研究所编《全粤诗》，岭南美术出版社 2008 年版，第 1 页。

② 陈永正《岭南诗歌研究》论"岭南诗派"分为萌芽期、成长期、成熟期三期，但萌芽期"没有比较杰出的诗人和诗作"，成长期也仅有唐、宋时期的张九龄、邵谒、陈陶、余靖、崔与之、李昴英等 6 人，个中能以诗名世的也只有张九龄、余靖二人而已。岭南诗歌的真正成熟，并逐渐成为一个"派别"，是从元末明初的"南园五子"开始。详参陈永正《岭南诗歌研究》，中山大学出版社 2008 年版，第 24—41 页。有关诸人的诗歌成就，还可细参陈永正《岭南文学史》，广东高等教育出版社 1993 年版。杨权、陈丕武在文章中也说："岭南诗歌出现的时间甚为久远，但具有严格意义的岭南诗歌史，应当是从曲江张九龄开始的。这位被唐玄宗誉为'文场元帅'的一代诗宗，以其杰出的创作活动为岭南诗歌在诗坛争得了一席之地，同时，也开创了粤海的百代诗风。"见杨权、陈丕武：《诗派标准与"岭南诗派"》，《学术研究》2012 年第 3 期。

(一) 与岭南有关之人

杜甫所写与岭南有关之人，除张九龄为韶关（唐时称韶州）人外，其他均为到岭南（广州、韶州、南海）做官或行事。详见表1。

表1 杜诗所写与岭南有关之人

诗题	所写之人	事由
《送翰林张司马南海勒碑》	张司马	送碑
《寄杜位》	杜位	被贬
《广州段功曹到，得杨五长史谭书，功曹却归，聊寄此诗》	段功曹、杨谭	赠书
《得广州张判官叔卿书，使还，以诗代意》	张判官	赠书
《送段功曹归广州》	段功曹	送别
《送李卿晔》	李晔	被贬岭南
《八哀诗・故右仆射相国曲江张公九龄》	张九龄	哀挽
《衡州送李大夫赴广州》	李勉	任官
《潭州送韦员外牧韶州》	韦迢	任官
《赠韦韶州见寄》	韦迢	答诗
《奉送魏六丈佑少府之交广》	魏佑	干求亲知
《送重表侄王砅评事使南海》	王砅	出使
《送魏二十四司直充岭南掌选崔郎中判官兼寄韦韶州》	魏司直	任官
《舟中苦热遣怀奉呈阳中丞通简台省诸公》	李勉等	赠书

(二) 与岭南有关之事、物

杜诗中所写岭南之事和物不多，但都具有代表性。比如岭南荔枝，我们今人熟悉的是杜牧所写的“一骑红尘妃子笑，无人知是荔枝来”①，但岭南贡荔枝之事，杜甫已经予以讽刺性书写了。此外，提到最多的便是冯崇道造反。详见表2。

表2 杜诗所写与岭南有关之事、物

诗题	所写岭南事、物
《诸将五首其四》	南方州郡贡使久不通

① 杜牧《过华清宫绝句三首》其一，见杜牧著，冯集梧注《樊川诗集注》，上海古籍出版社1962年版，第138页。

续表

诗题	所写岭南事、物
《解闷十二首其九、其十》	岭南荔枝
《自平》	宦官吕太一南海收珠
《归雁》(闻到今春雁)	涨海、罗浮
《蚕谷行》	冯崇道造反

以上只是将这些诗搜检了出来,而围绕这些诗的编年、诗中所写之人的行迹、所写历史事件,还有这些诗的艺术特色、历代接受等,都可进一步研究。

二、岭南杜诗学文献的类型

(一)岭南杜集文献

张忠纲先生曾说:"在整个中国古典诗歌史上,还没有哪一个诗人的集子像杜甫诗集这样让后人如此重视。前有唐宋人的纂辑、校勘、整理,后有历代学者文人的选注、评点、笺释、疏解,对杜诗的整理研究可谓代代更替,踵武不绝,且异彩纷呈,成果累累。"①但在这累累成果中,岭南人所作却相对式微;且大部分都已亡佚,而存者多成为"特藏书"而鲜为人所见,因此,对这些仅存的成果,今人研究也不多。笔者以周采泉《杜集书录》(上海古籍出版社 1986 年版)、郑庆笃等编著《杜集书目提要》(齐鲁书社 1986 年版)、张忠纲等编著《杜集叙录》(齐鲁书社 2008 年版)、孙微《清代杜诗学文献考(增订本)》(上海古籍出版社 2019 年版)等 4 部杜集书目著作为基础,搜检出以下岭南人所作杜集书目。详见表 3。

表 3 今人杜集书目所载岭南人所作杜集文献

杜集书目著作	序号	杜集文献	作者	著录或保存	备注
周采泉《杜集书录》	1	《读杜窃余》	清劳孝舆	《清代诗征》	未见
	2	《读杜姑妄》	清吴梯	中山大学图书馆	
	3	《批杜诗阐》	清宋荦	广东人民图书馆	残本
	4	《批杜诗阐》	清邵长蘅	广东人民图书馆	残本
	5	《杜集约》	明黄琦	《潮州府志 · 艺文志》	未见

① 张忠纲等《杜集叙录 · 前言》,齐鲁书社 2008 年版,第 1 页。

续表

杜集书目著作	序号	杜集文献	作者	著录或保存	备注
	6	《杜诗注》	清汪后来	《广东文征作者考》	未见
	7	《杜律诗解》	清高鐼	《民国乐昌县绪志》卷三一《文学传》	未见
	8	《李杜或问》	明黄淳	《光绪广州府志·艺文略七》	未见
	9	《李杜诗选》	清屈大均	萧一山《清代学者著述表》	未见
	10	《李杜诗解》	清罗国器	《光绪广州府志·艺文略七》	未见
	11	《读杜韩笔记》	清李黼平	《光绪嘉应县志·艺文志》	
	12	《集杜诗》	清杨天培	《民国大埔县志·艺文志》	
	13	《和杜诗》	明曾仕鉴	清黄虞稷《千顷堂书目》	
郑庆笃等《杜集书目提要》	1	《读杜韩笔记》	清李黼平	上海中华书局聚珍仿宋本	
	2	《杜诗会意详说》	清陈如岳	未详	
	3	《读杜姑妄》	清吴梯	《贩书偶记续编》卷十三	
	4	《读杜窃余》	清劳孝舆	《道光广东通志》卷一百九十八	
张忠纲等《杜集叙录》	1	《和杜诗》	明曾仕鉴	清黄虞稷《千顷堂书目》	佚
	2	《李杜诗意》	明李延大	《民国乐昌县续志·艺文志》	佚
	3	《李杜诗选》	清屈大均	萧一山《清代学者著述表》	佚
	4	《杜诗注四卷》	清汪后来	《广东文征作者考》	佚
	5	《李杜诗解》	清罗国器	《光绪广州府志·艺文略七》	佚
	6	《读杜窃余》	清劳孝舆	《光绪广州府志·艺文略七》	佚
	7	《西岩集杜稿》①	清杨天培	《民国大埔县志·艺文志》	佚
	8	《说杜择粹》	清谢圣钠	《光绪广州府志·艺文略七》	佚
	9	《读杜韩笔记》	清李黼平	上海中华书局聚珍仿宋本	
	10	《读杜姑妄》	清吴梯	咸丰四年(1854)刊本	
	11	《杜律诗解》	清高鐼	《民国乐昌县续志》卷三一《文学传》	佚
	12	《杜诗会意详说》	清陈如岳	北京市文物局、中国古籍善本书目集部唐五代别集类	
孙微《清代杜诗学文献考》	1	《李杜诗选》	清屈大均	萧一山《清代学者著述表》	佚
	2	《杜诗注》	清罗湛	《民国佛山忠义乡志》卷一一《艺文》下	佚
	3	《李杜诗解》	清罗国器	《光绪广州府志·艺文略七》	佚

① 周采泉误作《集杜诗》。

续表

杜集书目著作	序号	杜集文献	作者	著录或保存	备注
	4	《杜诗注释》	清廖贞	《广东通志》卷二九一	佚
	5	《杜诗矩四卷》	清汪后来 吴恒孚	《广东文征作者考》著录为《杜诗注》	
	6	《西岩集杜稿》	清杨天培	《民国大埔县志·艺文志》	
	7	《读杜窃余五卷》	清劳孝舆	《光绪广州府志·艺文略七》	佚
	8	《说杜择粹》	清谢圣钠	《光绪广州府志·艺文略七》	佚
	9	《杜诗意》	清陈接	《民国东莞县志》	佚
	10	《读杜韩笔记》	清李黼平	上海中华书局聚珍仿宋本	
	11	《读杜姑妄》	清吴梯	咸丰四年(1854)刊本	
	12	《李杜韩苏诗选句分韵》	清黄春帆		佚
	13	《杜诗会意详说》	清陈如岳	北京市文物局、中国古籍善本书目集部唐五代别集类	

上表中今人4种杜集书目所著录岭南人所作杜集文献互有重复,除去重复,岭南人所作杜集文献共有18种,其中亡佚15种,仅《杜诗会意详说》《读杜韩笔记》《读杜姑妄》3种见存。今人蔡锦芳所著《杜诗学史与地域文化》,论及广东的杜诗学,谓明清两代,广东共有16种杜集文献,仅谭、梁、邓三人所校本《杜工部集》未见于上表(详下文分析),其他15种中,蔡锦芳谓黄春帆《李杜韩苏诗选句分韵》有"道光十二年刻本",与上表所备注不同①。但总之,岭南人所作流传至今的杜集文献真是"屈指可数"。

仅存的4种杜集文献,目前对它们的研究都处于"叙录"(提要)阶段。笔者近两年开始整理吴梯《读杜姑妄》,才对其版本、底本、体例、杜诗学研究特色等予以揭示,但仍有未尽之处。

除了岭南人自作杜集外,岭外的杜集也曾在岭南流播;清代岭南地区的刻书业有所发展,所以,也有部分杜集在岭南复刻。这些也是我们探讨岭南杜诗学应该予以注目的。

据《广东省立图书馆图书目录》所载,该馆藏有以下10种杜集:

《杜工部全集六十六卷》,旧刻本,十册;

《杜工部集二十卷》,仿玉勾草堂本,八册;

《杜工部集二十卷》,八册;

《杜工部集二十卷》,致一斋本,十册;

① 蔡锦芳《杜诗学史与地域文化》,浙江大学出版社2015年版,第361—367页。

《杜子美集二十卷》，宋刘辰翁评，明刻本，四册；

《杜工部草堂诗笺二十二卷》，宋蔡夢弼笺，碧琳琅馆本，二册[①]；

《分门杜工部诗二十五卷》，宋陈浩然编，涵芬楼本，十册；

《杜诗五家评本二十卷》，广州刻本，五册；

《杜诗镜铨二十卷》，清杨伦辑，望三益斋本，六册[②]；

《岁寒堂读杜二十卷》，清范辇云辑注，苏州范氏本，四册[③]。

但经笔者查检，今广东省立中山图书馆所藏杜集文献，尚有以下几种。流传至岭南最有影响的是钱谦益笺注本《杜工部集》，今广东省立中山图书馆藏有清康熙六年（1667）季振宜静思堂刻本6册。另有不知刊刻机构的钱笺本《杜工部集》9册。钱笺本被列为禁书后，郑沄曾删去钱注，刊为白文玉勾草堂本《杜工部集》，今广东省立中山图书馆藏有乾隆五十年（1785）玉勾草堂本《杜工部集》11册，与上所列十册本不同，待核验。

自明后期发明套印技术之后，尤其经吴兴闵、凌两族的光大，此技术畅行海内。阮元督粤后，因其提倡刻书，使得套印技术在岭南大放光彩。其中便有道光十四年卢氏芸叶庵自辑自刻《杜工部集》二十卷，实为五家（王士禛、王世贞、王慎中、宋荦、邵长蘅）评本。今广东省立中山图书馆藏光绪二年（1876）骆浩泉翰墨园重刻卢氏芸叶庵本。吴梯撰《读杜姑妄》，用来参考的杜集便有五家评本《杜工部集》，如卷十四下《别李义》（五家评本见卷七），吴梯于诗末所引王遵岩（慎中）、邵子湘（长蘅）两家评语，及王渔洋（士禛）之单点抹、单圈、尖起单点，与五家评本相较，一模一样。

还有卢元昌的《杜诗阐》，为方功惠碧琳琅馆所藏。此外，广东省立中山图书馆藏有宋荦批康熙二十五年刊《杜诗阐》残本2册，共八卷（卷一至四、三十至三十三）。此本为海内孤本，"是牧仲（宋荦）先生手录邵子湘（长蘅）评点，亦间有牧翁（钱牧斋）评语，则加'漫堂批'三字以别之"[④]。此即为周采泉《杜集书录》所著录的《杜诗阐》残本[⑤]。

此外，中山大学图书馆亦藏有19部杜集文献[⑥]。

今南京图书馆也藏有多部岭南的杜集。如芸叶盦六色套印本《杜工部集》二十卷10册。另藏有经南海人谭宗浚校、梁洁修复校、邓维贤三校并刊的《杜工部集》。据周采泉考

---

① 周采泉《杜集书录》有介绍（见第74—75页）。

② 周采泉谓："此本外省流传较少，现藏中山大学。"（第233页）但核《中山大学图书馆古籍善本书目》所收杜集，并无《杜诗镜铨》。

③ 《广东省立图书馆图书目录》卷四，见北京图书馆出版社古籍影印室辑《明清以来公藏书目汇刊》第56册，北京图书馆出版社2008年版，第295页。

④ 宋荦批本《杜诗阐》卷一所附识语，广东省立中山图书馆藏康熙二十五年刊本《杜诗阐》（残本）。

⑤ 《杜集书录》，第535页。

⑥ 《中山大学图书馆古籍善本书目》，中山大学图书馆1982年印本，第254—257页。

订,谭刊本自云"用宋本校","(谭刊本)虽题王洙编次,其祖本实令人怀疑"。谭本《杜工部集》与"玉勾草堂本有所不同","其在校勘时参稽群籍,不同于玉勾草堂完全为钱笺之翻刻也"①。

以上这些杜集书目有些皆附有评点,如中山大学图书馆所藏两部清钞本《杜工部诗钞》,附吴宝树朱墨批校;所藏钱谦益笺注《杜工部集》,附查慎行评语。这些均是非常珍贵的杜诗学文献,然迄今无人问津。

(二) 岭南人所作笔记、诗话、诗歌选集等所见杜诗学文献

笔记和诗话是保存诗学文献较为典型的两类著述。岭南人所作笔记和诗话虽相对不多,但因为杜诗之于古典诗歌的影响,所以,岭南人在谈诗时,有时也会论及杜诗,这些,我们皆可视为杜诗学文献。还有一些诗歌选集中附有评点,这些评点文字的诗学基础,也常以杜诗为切入点,所以,这些评点也可视为杜诗学文献。本文各举笔记、诗话、诗歌选集中的一种为例来说明。

1. 吴梯《巾箱拾羽》所见杜诗学文献

《巾箱拾羽》二十卷,清吴梯撰,清道光二十九年(1849)刻本,藏广东省立中山图书馆。此书为吴梯晚年读书札记,类于何焯《义门读书记》等清代学术笔记。所读书四部皆有,每则先录原文,后加按语,或是或非,均有辩驳,其中多条论杜,如卷一"解杜作骑墙之见"条载:

> 《岁寒堂诗话》:杜子美《登慈恩寺塔》云:"回首叫虞舜,苍梧云正愁。惜哉瑶池饮,日晏昆仑丘。"此但言其穷高极远之趣尔,南及苍梧,西及昆仑,然而叫虞舜,惜瑶池,不为无意也。《白帝城最高楼》云:"扶桑西枝对断石,弱水东影随长流。"②使后来作者如何措手?东坡《登常山绝顶广丽亭》云:"西望穆陵关,东望琅邪台。南望九仙山,北望空飞埃。相将叫虞舜,遂欲归蓬莱。"袭子美已陈之迹,而不逮远甚。山谷《登快阁》诗云:"落木千山天远大,澄江一道月分明。"此但以远大分明之语为新奇,而究其实,乃小儿语也。山谷晚作《大雅堂记》,谓子美死四百年,后来名世之士,不无其人,然亦未有能升子美之堂者,此论不为过。

---

① 《杜集书录》,第 254 页。

② 此句后,吴梯小字双行注云:"按此诗刊本'对断石',或作'封断石'。"

针对《岁寒堂诗话》所论，吴梯加按语云：

> “但言其穷高极远之趣”，此论是。“叫虞舜，惜瑶池，不为无意”，此论非。通首皆穷高极远之趣，并无讥讽微旨。若作骑墙之见，仍是泥于明皇贵妃，不能摆脱。①

对《岁寒堂诗话》的批评意见给出了自己的判断。进而对全诗主旨进行了阐发，并对解杜“作骑墙之见”予以了批判。

他如卷三论杜诗“赤霄行”“晴”“山寺”“巳上人茅斋”“戏为六绝句”、卷三论杜诗与《文选》、卷五论杜诗出处、卷六论“李杜语意相合”“杜诗讹字”“古柏行”、卷七论“杜苏上去音义不同”“放翁诗不必与杜同论”“八哀”“岱宗夫如何”、卷十一论“杜诗命意”“杜集刊误”、卷十四论“杜诗易力”等，内容非常丰富，此不赘引。

此类杜诗学文献，在其他笔记中亦可多见。后来李黼平《读杜韩笔记》所论杜诗，也就是平时读杜笔记的积累。所以，笔记中的这些杜诗学文献可作进一步研究。

2. 梁九图《十二石山斋诗话》

《十二石山斋诗话》十卷，清梁九图撰，清道光二十六年十一月梁氏十二石山斋刻本，藏广东省立中山图书馆。其中有多条杜诗学文献，如论黄培芳《望罗浮》一诗逼近少陵②；梁九图认为他的同邑人可接迹黎二樵（简）、胡豸浦（亦常）两位风雅的，要属吴晦亭维彰，录吴《夜泊宝应》《洞庭杂咏》《万松岭》《寄逢石》各一联，并评价说：“直摩少陵之垒。”③论清代诗人的风格、成就，均以杜甫为最高蕲向。诸如此类，集中尚有多条。

岭南人所作诗话虽不多，但如《十二石山斋诗话》这般，诗话作者在论述诗歌源流、评价后人诗歌特点、对所提诗学主张寻找证据等，都会把目光投向杜诗。如果加以整理、汇录，可就其中探析杜诗学。

3. 黄培芳《律诗钞》

《律诗钞》十二卷，黄培芳辑，香石山房珍藏秘本。其中卷二收杜甫律诗七十八首，黄培芳注云：“原七十二首，删去一首，增录七首。”正文内黄培芳加评点，如评《城西陂泛舟》云：“‘春风’一联非拗也。惟‘悲’字用平声，故以下直以平声接去。音节之妙，平仄自可不

---

① 吴梯《巾箱拾羽》卷一，见陈建华主编《广州大典》子部杂家类（第四十九辑）第4册（总第395册），广州出版社2015年版，第406页。

②③ 梁九图《十二石山斋诗话》卷四，见《广州大典》集部诗文评类（第五十八辑）第3册（总第519册），第520、483页。

拘，以音节为主也。论亦本箨石先生。”[①]其他不赘引。

洪业先生曾从杜诗学史的角度指出：“嘉庆以后，注《杜》而善者，更无闻焉。窃谓钱（谦益）、朱（鹤龄）、卢（元昌）、黄（生）、仇（兆鳌）、浦（启龙）之后，欲更以注解考证多取胜者，亦难矣。况乾隆中叶以后，钱氏之书，法所厉禁，纵曾读其书，而不敢征引，故杨（伦）、许（宝善）辈皆不曾举钱谦益之名。处此局势之下，纵于读《杜》兴趣浓厚，而欲有所称述，只可转而作诗话、笔记之属耳。”[②]因此，探讨岭南杜诗学，要多从黄培芳《广三百首诗选》（黄氏岭海楼钞本）、《香石诗话》（嘉庆十五年岭海楼刻本）、《粤岳草堂诗话》（宣统二年铅印绣诗楼丛书本）等著述中辑录和分析。

以上所述杜诗学文献类型尚不够全面，如诗文集的序言、跋文等，也常阐发对杜诗的认识；岭南人所作杜集书目多亡佚，但仅是书目名称也有一些为人所不知，这可以对广东方志进行细细寻绎等；还有岭南人作诗，有很多也受杜诗影响，亦可看作杜诗学文献。

三、岭南杜诗学文献的研究价值

岭南杜诗学文献类型多，但成体系的不太多，需要细心整理，才能发现其价值。在笔者看来，岭南杜诗学文献的研究价值可从以下四方面予以探析。

（一）全面搜集岭南诗话、笔记等著述中的评杜、论杜文献，来见出岭南人对杜诗的接受，并探析岭南人（或寓居岭南者）借杜诗来建构的诗学思想

诗话如《春秋诗话》《十二石山斋诗话》《退庵诗话》等，笔记如《紫藤馆杂录》《巾箱拾羽》等，方志如《广州府志》《顺德县志》《香山县志》等，诗歌评点如《国朝诗人征略》《粤东诗海》《岭表诗传》等，诗文序跋如翁方纲《粤东三子诗序》、张岳崧《小罗浮草堂诗钞跋》等。从这些文献中我们看到，不管是褒是贬，杜诗都成为岭南人建构其时诗学的“资源”，甚至理论基础。今人唐芸芸在论述翁方纲“一衷诸杜”的诗学观时，重点分析了翁方纲所作程可则《海日堂诗集序》[③]。像这样的杜诗学文献不仅珍贵，且非常重要，但前此论述翁方纲杜诗学的人却关注不够。

① 黄培芳辑《律诗钞》卷二，见《广州大典》集部总集类（第五十七辑）第4册（总第483册），第725页。

② 洪业《杜诗引得序》，见洪业著《洪业论学集》，中华书局1981版，第346页。

③ 唐芸芸《翁方纲诗学研究》，中华书局2018年版，第47—52页。

（二）梳理杜集在岭南的流播，也可丰富今后的杜集书目研究

岭南杜集的刊刻，本身便是岭南印刷史研究的一部分内容。谭宗浚校、梁洁修复校、邓维贤三校并刊的《杜工部集》，因其底本（宋本）的特殊，故为人重视，但至今还未见点校整理本出版，对其价值亦未能全面揭示。钱谦益《钱注杜诗》在明末清初杜诗学届产生了非常大的影响，其在岭南的刊刻与传播，不仅可见其影响深远，钱注白文本玉勾草堂本的流播，更可见其时文化政策的影响所及。对套印本《杜工部集》及其传播的研究，可见岭南刻书业的发达，亦可见五家评本的影响。曾噩南海漕司本《九家注》作为宋本杜集的重要文献，但因传本仅有二部（皆残本），且一藏台北"故宫博物院"，一藏日本静嘉堂文库，长久以来，得见者不多。而吴梯《读杜姑妄》经笔者考证，恰以曾噩南海漕司本《九家注》为底本。今人龙伟业详细梳理了南宋迄今的五种《九家注》版本①，但吴梯《读杜姑妄》所依据的这个底本是否为曾噩所刻《九家注》全本，与见存的其他几种《九家注》相对勘，能否发现一些差异，这些都有待进一步研究。此外，岭南杜集的刊刻与流播，也是我们借以研究岭南藏书家（如方功惠、徐信符）的一个角度。

（三）岭南杜诗学者的深入研究

岭南虽未产生比较有影响的杜诗学著作，也未产生影响广泛的杜诗学者，但如翁方纲，虽为大兴人，但其《石洲诗话》前五卷乃其视学广东时所作。众所周知，《石洲诗话》是翁方纲杜诗学的重要载体，而之所以会有《石洲诗话》之作，这跟当时岭南的诗学思潮有很大关系。而翁方纲选择了杜诗作为其理论的重要支撑，并由此建构了影响深远的"肌理说"。所以，翁方纲的杜诗学与岭南的关系还可作进一步研究。我们可以借鉴蒋寅先生所提倡并践行的"进入过程的诗学史研究"，来落实这个设想。

黄培芳作为翁方纲视学广东所培养的得意门生，不仅继承了翁氏的诗学思想，也以自己的诗歌创作、诗话编纂等实践了翁氏所倡立的诗学思想。而黄培芳的诗学思想建构，杜诗是重要的资源。所以，黄培芳是个不折不扣的杜诗学者。蒋寅先生把黄培芳定位为"粤东诗学的发轫者"②，这个发轫其实与杜诗有莫大关系。

岭南人所作杜集书目，以吴梯的《读杜姑妄》最有价值。不仅因其以《九家注》为底本，更在于吴梯对此前杜诗学成绩的总结与辨证，可以说，这是吴梯对宋人，尤其是清仇兆鳌、

① 龙伟业《〈九家集注杜诗〉版本疑点考辨——兼论"聚珍本"说的产生背景》，《文献》2021 年第 2 期。

② 蒋寅《黄培芳与粤东诗学的发轫》，《中山大学学报》2020 年第 1 期。

杨伦等杜诗学者的继承，是对杜诗学史的一种梳理和总结。而蕴藏在《读杜姑妄》中的其他研究价值，如从吴梯引用书目可见杜集的流播，从吴梯注杜的方法论建构来看出杜诗注解的传承与发展，以及对今天古籍注释的借鉴等，都值得继续深入研究。笔者认为吴梯的《读杜姑妄》代表了岭南杜诗学的"集大成"。

（四）杜诗在岭南诗歌创作中的影响和继承

杜诗学研究的最终目的，应该是深刻阐释杜诗的思想价值、艺术价值等，应该建构杜诗传播史，借以建构中国古典诗歌史的发展脉络。所以，后人的诗歌创作实践无疑是杜诗学研究的文献之一。岭南诗歌在中国古典诗歌史的影响不太显著，能够在全国范围内产生的影响的诗人则少之又少，但通过对《全粤诗》以及很多清人未刊稿的阅读会时时发现杜诗的影子，即以比较著名的南园五子、岭南三大家、粤东七子等来说，都可见杜诗作为一种"资源"之于岭南诗人的意义。所以，岭南诗人留给今人的诗歌遗产，也蕴含着丰富的杜诗学研究价值。而对这一价值的研究，本身又是对岭南诗歌的深入研究。

本文对岭南杜诗学文献的类型及各自特点进行了概述，有待进一步深入研究，这些都可丰富杜诗学史的研究和文献积累，也可以纠正目前杜诗学界的一些说法。

（作者简介：刘晓亮，广东开放大学文化传播与设计学院讲师，著有《八代诗汇评》《高步瀛历代文举要研究》。）

集外撷珍：董其昌等明清名家散佚诗文捃拾

黄治国

内容摘要：明清集部著述浩繁，其中名家别集多已整理面世，然辑佚补遗殊为不易，时或不免遗珠之憾。今将平日所见董其昌、陈继儒、钱谦益、刘体仁、王士禛、王鸣盛六家集外诗文，厘为一编，并就所涉人事或所含文学思想加以考辨说明，以期有补于明清集部文献之整理与研究。

关键词：明清　佚诗　佚文　辑补

明清文人众多，集部文献向称浩繁。其中文名藉甚者，今人大多已将其文集汇编整理面世，这无疑为学界开展相关研究工作奠定了坚实的文献基础，可谓嘉惠学林，功莫大焉。但是，由于明清集部文献的数量本就庞大，且一些孤本秘籍又分藏于海内外各大图书馆及公私机构，检读不便，故搜辑赅备殊为不易，即使对一些名家、大家的诗文已经广搜博讨，却也时或难免遗珠之憾。而就任何一位作家的研究来说，"涸泽而渔"式地占有文献，乃是知人论世、立言持论的前提，所以明清诗文的辑佚依旧是重要的先行、常备工作。

笔者近年在披览明清别集之时，对此有所留意，随阅随记，不意间竟也于集外之文小有所获，即就所见写成系列札记。今取其中最知名者六人，厘为一束，以其年齿为序，计晚明二人、清前期三人、清中期一人，将所见各人集外诗文录出，并就其中所涉人事或所含文学思想加以考辨说明，庶几可作明清集部文献整理与研究之一助。

一、董其昌

董其昌（1555—1636），字玄宰，号香光，别号思白、思翁，松江华亭（今属上海）人。明万历十七年（1589）进士，官至南京礼部尚书，卒谥"文敏"。他是明代最有成就的书画家，同时亦是晚明的文坛宗匠，著述颇丰，有《容台集》等传世。董其昌文集在清代遭到禁毁，流布不广，全集亦未有编辑整理，散佚颇多。今人严文儒、尹军主编的《董其昌全集》，收录董氏撰、编著述十三种，并网罗散佚诗文题跋等，对其传世文字进行了系统的收集、整理，于2013年由上海书画出版社出版。这是迄今为止收录董其昌文字最全的本子。笔者顷阅彭尧谕《彭君宣全集》，见卷首有董其昌《〈西园续草〉叙》一篇，涉及董氏诗学思想，为《全集》所未载：

> 三十年来，予所善称诗者，有汤义仍、袁中郎两君子云。义仍近体郁郁高岑，不必杜；中郎诸体自出机轴，并不必唐，其于世所尊王、李，蔑如也。然两君子皆近于作达。义仍好综道书，中郎更嗜释典，自以能而不为，经旬搁笔。夫词人张百日之罗，以钓千秋之誉，唯达为忌。达实生懒，懒则未能极其才情之变，虽无士衡才多之患，亦有父房思窄之讥，以拔王、李之帜，未矣！此予在楚中曾为中郎效者也。
>
> 盖晚而得彭君宣。君宣，伟丈夫也，有至行远韵，生于何信阳、高苏门之乡，尝耻郢调久虚，谷音莫续，以振起风骚为己任。乃其一吟一咏，组织既工，宫商悉叶，有仲默之俊逸，兼子业之冲夷，而笔不停挥，末有余劲，有所属和，稳妥清妍。今乃出续稿以授予。予老矣，不能予诸体一二评论。若和《宫莺》，何必减青莲《百啭歌》；和《雁字》，何必减正平《鹦鹉赋》；和《雪鹤》，何必减少陵《义鹘行》；和《山居》，何必减摩诘《田园乐》？此皆连篇累牍，角险斗新，君宣四面应之，绰如也。其于诸体中标胜选韵，亦称是。辟之登涉，其巧心似胜情，其精神气魄，鼓舞不倦，似济胜具，其诗人之豪乎？向乃茧足数千里，乞尊公隧道之言于余，则又不独为词场冠冕也。予与君宣受交两世，君宣过予，时谈艺，焚膏继晷，怅然惜别，去后见思，因《西园续草》成，而叙之如此。
>
> 通家友人董其昌撰，同社林质书

按，此文见于国家图书馆藏彭尧谕《西园前稿》（善本书号：16843，收入《彭君宣全集》）第一册卷首（该文实为董其昌为《西园续草》所作序，本册卷首集中了明末多人为彭尧谕诸集所作序文）。彭尧谕（1586—1647），字君宣，一字幼邻，别号西园、沧洲渔父等，河南夏邑人。少时即能诗，才华卓异，为人豪迈任侠，喜谈善辩，不屑为制举之业。明天启元年（1621）补选恩贡，崇祯十年（1637）任江西南康府通判。明末大乱，归隐家乡，避居“西园”以终。

彭尧谕出身明代商丘望族彭氏家族。其父彭端吾为万历二十九年（1601）进士，仕至通政使司右通政，在明末党争中反对阉党，与东林党人交好，颇得时誉，著述亦丰。彭尧谕则仕宦不显，在后世诗名不彰，久已为人遗忘。他一生勤于撰著，不少诗集当时已刊刻，广为流传，深得时人李维桢、邢侗、侯恪、陈元素推重，加之少即从父宦游，足迹遍南北，性格豪爽，交游广泛，“西园公子”之名播于海内。因此他实为明末诗坛上一位颇具影响的诗人。

彭尧谕继承了前后七子的复古思想，反对空谈心性，主张复归经典；同时又拒绝盲目学古，摹拟蹈袭，其诗作紧密联系政治、社会变化与个人遭际，出之于情而能“新”能“奇”。因此，他的诗文思想及实践对竟陵诗风靡然天下的明末诗坛，无疑是一种重要的反拨。董其昌与彭端吾有交（故于此序署款自称“通家友人”），亦与彭尧谕有密切的往还，这些均为彭尧谕请其作序的机缘。在序中，董氏对彭尧谕的“以振起风骚为己任”颇为称道，以之与汤显祖、袁宏道相提并论，而汤、袁两人作诗均重性情，从中即可窥董其昌的诗学思想。同时，他又对二人的放达不羁提出批评，认为如此有损于才情的充分表现，其实是暗指若只重自抒一己之情，不重社会人生之“情”，只能流于单薄浅率，难以丰厚磅礴，也就难肩“拔王、李之帜”的重任。下文表彰彭尧谕的“精神气魄”“诗人之豪”云云，即是就其突出于汤、袁两家之处来讲的。这里面反映的董其昌诗学观，其实折射出明末诗坛对复古思潮和性情诗风的综合思考，蕴含着在反思中欲求更新与突破的渴望。

二、陈继儒

陈继儒（1558—1639），字仲醇，号眉公、眉道人、白石山樵等，松江华亭（今属上海）人。诸生，二十九岁时，焚弃儒衣冠，隐于松江小昆山之南，后筑室东佘山，终生不仕，纵情山水间。他学识渊博，诗文书画兼工，与董其昌为好友，且齐名，为晚明文士中的代表人物。钱谦益在《列朝诗集小传》中就曾评曰：“玄宰久居词馆，书画妙天下，推仲醇不去口。……眉公之名，倾动寰宇。”[①]陈氏交游广泛，既乐与布衣寒士往还，又不拒达官，加上才力富赡，处世圆通，是以在晚明社会声誉隆盛，影响很大。

陈继儒一生著述极多，传世诗文集主要有《陈眉公集》十七卷、《白石樵真稿》二十八卷、《晚香堂小品》二十四卷、《眉公杂著》四十八卷、《眉公诗钞》八卷、《陈眉公先生全集》六十卷等。其中崇祯间吴震元刻本《陈眉公先生全集》六十卷，乃由陈继儒之子陈梦莲就家藏稿汇刻，收录作品最多且最为可靠[②]。《全集》拟分四刻刊印，此为第一刻，中经明清易代，其余三刻未能付梓。入清后，因集中有贬斥满洲女真之语，各种版本的陈氏诗文集均

① 钱谦益《列朝诗集小传》丁集下，上海古籍出版社1983年版，第637页。

② 参见高明《陈继儒研究：历史与文献》第一章第三节《陈继儒文集编纂之概述》，复旦大学2008年博士学位论文，第22—30页。

在禁毁之列[1]。至今尚未有汇聚众本、全面收录其诗文的整理本面世。陈氏为彭尧谕所作《〈西园续稿〉叙》在现存诸集中均未收录，兹移录如下，并加考证，以资将来整理研究之用：

余睡箬帚庵，彭君宣自大宗伯董公所来，排闼直入，造次如平生。或曰诗豪，或曰节侠。余熟视良久，曰："千尺擎天手，万丈悬河口。其古之豪隽大人耶？"留之小饮，送舟次，握手不忍别。余曰："夜分矣，将无恐？"君宣指臧获，笑曰："此曹皆铁小儿，善刀槊，饮矢百步外，取悍贼如搦兔雏。子无虑。"因长啸而去。至是遣长须赍《风雨归庄图》一幅，并《西园续稿》寄余，不觉大叫："奇绝奇绝！"董宗伯尝作《佘山居》七言律，见者艳其词之工，畏其韵之险。君宣舟行不数里，茗熟不数刻，和诗如其数，复贾余勇，并余《雪鹤》诗和之，亦如其数。最敏捷、最俊爽、最天然熨帖，皆吾两人思路中所不到也。诗载交游及唱和二集中。

君宣拥奇书数万卷，栽名花数千种，往来多豪杰士大夫游，凡有和酬、登眺、笑谑，往往发之翰墨笔札间，奔逸而为长江大河，震耆而为飞霆走雹，不雕琢不僻涩，不瘦不寒，直呕其性灵之所欲言。忆春初与君宣语时，才华雄杰，议论英伟。余曰："以子若置之缓急，笑挥白羽，怒裂黄麻，明目张胆，慷慨为国家擘画中外大虑，必能使模棱手、嗫嚅翁唯唯悚慑于楯陛之下，敢出片语相送难哉？韩魏公生平未尝许人，以瞻君宣，真其人矣。"君宣乃唯唯否否，但曰："家有牡丹百亩，异色奇种，花如斗大盘阔者以千计。每一花积萼绣结，衡之，重三十余铢。秋时遣凫车送入山中，子先为作诗叙寄我。种花与明诗外，勿复多言。"余曰："卓哉！君宣又大有识矣。"因次第其往复语，并书舒元舆《牡丹赋》寄之，即以代征花券。

友弟陈继儒撰，社弟林质书

按，此文见于国家图书馆藏彭尧谕《西园前稿》（善本书号：16843，收入《彭君宣全集》）第三册卷首（此册实为《西园续稿》）。彭尧谕与董其昌订交当缘于其父彭端吾，而彭尧谕与陈继儒订交则缘于董其昌之介。《西园前稿》第一册卷首彭氏《续稿自引》对其获交董其昌、陈继儒之经历有所交代："晚乃得侍礼书董先生函丈，两次访谒，敲谈纵横，先生每有恨见予晚之语。……以书介绍，令就陈先生眉公谈。……及与陈先生谈说，更异。……遂与

① 参见萧海扬《陈继儒诗文集的流传及版本述略》，《中国典籍与文化》2017年第2期。

定交而别，别后各为予叙，推许过甚。”[①]彭尧谕诗集中恰有数诗与陈继儒此序可堪对照。国图藏《西园续稿》（善本书号：16674）卷十一有七律《谒董公大宗伯留宴即席赋谢》《呈董公大宗伯玄宰先生》，紧接着即为《访陈眉公佘山别业，纵览丘壑，留饮仙庐，论交而别》《夜发佘山，眉公偕诸友送至舟上，挂帆三泖，寄怀眉公山庄》。这四首诗正与《西园续稿叙》开头所云相符，是彭、陈二人初见之况。

据陈继儒序中所言，此次会面不仅谈诗论文，彭尧谕尚有请序之托，是以不久即将《西园续稿》相寄；而陈继儒则向彭尧谕讨得牡丹花种，以序易花，亦可称交往中的一段佳话。《西园续稿》卷四有七古《种花曲》，小序云：“和陈眉公。眉公乞花于予，曾分西园佳种数本遗之。后访眉公山中，适他之，第与此花目眺而已，怅不能语，题诗壁上而去。及花时，大宗伯董公过赏，有对花怀予之作，眉公同赋。今冬始寄此诗，予乃次韵。”[②]这段话即完整交代了二人之间的一段以花相交的经历。陈继儒爱花成癖，作有《种菊法》传世，而彭尧谕雅爱种花，相传其编纂有《甘［疑为“西”之误］园牡丹全书》[③]。此序中所述与两人生平正可印证。在《种花曲》之后，附刻了陈继儒的原诗《春日同董思翁宴赏牡丹，有怀君宣先生》，此诗亦不见于陈继儒诸集，兹移录于下：

> 东佘逋翁发已白，自笑难消爱花癖。咄哉驰送牡丹来，马不留行似驰驿。种之竹筱东偏头，淡日轻烟笼五色。朱阑翠幕绣帘垂，群卉低回俱辟易。八座董翁铁石肠，赏花转盼频前席。是谁好事逞风流，洛阳才子梁园客。洛阳千里数寄书，首问花肥与花瘠。去年寻我入山中，不见题诗满墙壁。墨汁淋漓发异香，夜半犹闻花叹息。举杯酹酒祝老彭，愿君百岁花盈尺。天王有道花王灵，酒杯莫负髯如戟。

陈继儒序及前述董其昌序中均提及彭尧谕曾和董、陈二人的七律《山居》和《雪鹤》，这在《西园续稿》卷十六中亦有体现，和诗分别为《赠陈仲醇征君东佘山居诗，董玄宰先生首唱，谕和次韵》和《雪中舞鹤，陈眉公先生首唱，谕次韵》，每题各为十首。在和《山居》之诗后有其一段跋语：“此十首，仅一炊时，后《雪鹤》诗俱在舟中作，共二十首。自松江城至眉公山居约十八里。”[④]彭尧谕如此诗才敏捷，想必给董、陈二人留下了深刻的印象，无怪乎他们

① 彭尧谕《西园前稿》卷首《续稿自引》，明刻本，国家图书馆藏。

② 彭尧谕《西园续稿》卷四，明刻本，国家图书馆藏。

③ 张千卫《明清两代牡丹谱录考略》，见吴兆路、〔日〕甲斐胜、〔韩〕林俊相主编《中国学研究》第16辑，济南出版社2013年版，第188页。

④ 彭尧谕《西园续稿》卷一六。

在序文中均对此称道不绝。而据和诗的跋语“自松江城至眉公山居”以及陈序中所云“君宣舟行不数里,茗熟不数刻,和诗如其数,复贾余勇,并余《雪鹤》诗和之”可知,和二人之诗,也发生在彭尧谕由董之介初谒眉公之际。由此看来,诗才实际上乃是彭尧谕得交当时名士的关键。而董、陈二序,一重在品评彭氏其诗,一重在摹画其人之风神,各有侧重,恰能相映成趣。

三、钱谦益

钱谦益(1582—1664),字受之,号牧斋,又自称蒙叟、绛云老人等,晚号东涧遗老,江南常熟(今江苏省常熟市)人,为明末清初的文坛宗主,“虞山派”领袖,著述宏富,诗文为世所重。今人钱仲联萃编其作品,标校董理,成《钱牧斋全集》,搜罗广泛,于学林嘉惠良多。另有学者作辑补文章若干,为之拾遗补阙,牧斋诗文可谓日臻全璧。笔者顷阅清初诗人徐增诗文集,检得钱谦益诗歌一首、尺牍一通,不见于《钱牧斋全集》与诸家补遗之文,为其集外佚作:

题子能芝山隐居图

芝山何处是,闻说太湖阴。
茅屋数间小,梅花十里深。
高人无俗事,尽日有闲吟。
只隔横塘路,扁舟不可寻。

此诗见于徐增《九诰堂集》卷首之“赠言”部分[①]。《九诰堂集》凡三十七卷,今存清抄本,笔者所见收录于《清代诗文集汇编》第41册。徐增,字子能,号而庵,别号梅鹤诗人,江南吴县(今苏州)人。生于明万历四十年,卒于清康熙年间,一生未仕。存世著述主要有《九诰堂集》《池上草》《而庵说唐诗》《而庵诗话》《元气集》《灵隐寺志》《珠林风雅》等,是清初著名的诗人与诗歌选评家。其为钱谦益弟子,同时与王铎、张采、陈名夏、万寿祺、吴伟业、周亮工、曹溶、龚鼎孳、屈大均等名流皆有交谊,尤与金圣叹相契。

此诗置于“赠言”部分“钱谦益”条下,据诗题,似为牧斋专题徐增画之作。但《九诰堂集》“诗之五”又有《怀感诗·虞山瞿稼轩式耜》一首,诗下有小注云:

---

① 徐增《九诰堂集》卷首“赠言”,见《清代诗文集汇编》第41册,上海古籍出版社2010年版,第30页。

> 甲申秋，先生赠家君入山诗一首："闻说芝山好，幽人住橘阴，梅藏鲛室暗，云护鹤巢深。山静邻钟吼，花芳谷鸟吟。高风如可接，短艄一招寻。"牧翁原唱并附后："芝山何处是，闻说太湖阴，茅屋数椽小，梅花十里深。高人无俗事，尽日有闲吟。只隔横塘路，扁舟不可寻。"①

小注中所引牧斋诗作，与卷首诗作相比，仅有"茅屋数椽"一处不同，两者应为同一首诗。据此可知，此诗是为崇祯十七年徐增之父归隐苏州光福之芝山而作，同时且有瞿式耜之和诗。关于徐增之父归隐芝山，可参考陆林先生《徐增与金圣叹交游新考》一文②。除了陆林文中引及的《送家大人赴青芝山居》一诗外，《九诰堂集》中尚有数诗述及此事，如"诗之二"《老父筑室青芝山》："壮年游客老山翁，筑室梅花万树中。窗向太湖开一面，卧看云水戏鸿蒙。"③

牧斋此诗或原专为题徐增画而作，进而引发瞿式耜的唱和，抑或原为送徐增之父隐居而作，后被冠以"题子能芝山隐居图"之名置于《九诰堂集》卷首。由于资料所限，尚难确考。不过，联系徐增集中的两处称引，此诗为钱谦益之作，应无疑问。这首钱谦益的原唱以及瞿式耜的和诗，均为二人集中所未见，对于考察徐增及其父辈与钱、瞿二人的交谊当有所助益。

徐增《九诰堂集》"诗之九"在《宫中黄牡丹十绝句》后附有钱谦益《黄牡丹诗序》与钱谦益致徐增尺牍一通。现录其尺牍如下：

> 读足下《黄牡丹》诗，知才情烂发，翻江倒海。安有如此才笔而不享有遐福，逢迎人世，吉祥善事者乎？以此知文园善病，自是长卿慢世，终不作卢照邻也。序致上，仅一饭时削稿，故知疾行无好步也。一笑。谦益再拜。④

此札乃钱谦益应徐增之请，为其《黄牡丹》组诗作序时的回函。徐增在《黄牡丹》诗小序中自述其创作缘起曰："崇祯庚辰（十三年，1640）三月，扬州郑超宗（郑元勋，超宗其字）影园开黄牡丹，集词人宴赏赋诗。番禺黎美周（黎遂球，美周其字）……独得十律。超宗……以礼币求春官侍郎钱公牧斋题首，美周居首。……今岁甲午（顺治十一年，1654）四

---

① 徐增《九诰堂集》诗之五，见《清代诗文集汇编》第41册，第153页。
② 陆林《徐增与金圣叹交游新考》，《文史哲》2016年第4期。
③ 徐增《九诰堂集》诗之二，见《清代诗文集汇编》第41册，第136页。
④ 徐增《九诰堂集》诗之九，见《清代诗文集汇编》第41册，第193页。

月,化州陈子明(陈鉴,子明其字)使君为和十律示余并嘱和。”[①]小序末记载时间为“端阳前三日”。徐增的和诗创作即自此始,历时一年有余,直至顺治十三年三月。其在《梦黎美周二首》小序中云:“往庚辰夏,美周从扬州抵吴门,嘱余作《黄牡丹》诗。历十五年不成一字,负良友之意深矣。甲午夏,陈子明与余同和,至丙申三月,共得一百余章。”[②]

《九诰堂集》“诗之八”有《上元前雪夜寄怀钱牧翁先生并以黄牡丹诗请序》一诗:“手折梅枝欲寄难,上元前夜雪漫漫。碧山学士宫灯远,白屋书生布袖寒。冰雪有心留故我,春风无梦到长安。千秋敢冀青云附,一卷诗成意万端。”[③]诗题下有自注:“乙未”。联系上文,可知此“乙未”为顺治十二年,是年徐增寄黄牡丹诗予钱谦益并请序。而钱谦益《徐子能黄牡丹诗序》云:“吴门牡丹时,陈子明偕子能嘱和美周遗什,子能遂得一百余首。”[④]显然牧斋作序时应为《黄牡丹》一百余首已完成的丙申年,而非徐增请序的乙未年。而据牧斋信末“序致上”一语,《黄牡丹诗序》应是连同此札一并寄出的。那么牧斋此札亦当作于顺治十三年丙申。我们看到,徐增《黄牡丹》七律组诗为若干组,分布在《九诰堂集》诗之七、八、九三卷中,或一组四首,或一组十首,或一组十六首,可以想象,徐增在创作过程中曾陆续寄给其师钱谦益。应当指出的是,钱谦益此札当与其《黄牡丹诗序》、徐增《黄牡丹》诗联系并观,它们共同构成了一组完整反映清初士人诗文交游活动的生动史料。

四、刘体仁

刘体仁(1617—1676),字公勇,号蒲庵,清初颍川卫(今安徽阜阳)人,为当时著名诗人。顺治十二年进士,历官刑部主事、员外郎,吏部稽功司郎中等。性疏旷,嗜饮酒,喜作画,精赏鉴,又擅鼓琴。艺事之外,诗名亦著,与施闰章、汪琬、王士禛等唱和,时号“十才子”。于顺康之际在京师与王士禛、汪琬共主诗坛,声势甚高。有《七颂堂集》行世,另有《七颂堂识小录》《七颂堂词绎》等。刘体仁六世孙刘瑸为《七颂堂集》同治九年(1870)刻本所作跋语中称“(刘体仁)诗虽工,恒不以自多,类随手散去。及晚年,始检所存稿,得数百首……梓而藏于家”[⑤]。当代学者王秋生校点的《七颂堂集》,将刘体仁的诗、文、词以及词论、品物赏鉴之语分类纂辑,并爬罗剔抉,广搜佚文,是目前收集其作最为完备者,为我们

① 徐增《九诰堂集》诗之七,见《清代诗文集汇编》第41册,第172—173页。

② 徐增《九诰堂集》诗之九,见《清代诗文集汇编》第41册,第191页。

③ 徐增《九诰堂集》诗之八,见《清代诗文集汇编》第41册,第179页。

④ 钱谦益著,钱曾笺注,钱仲联标校《牧斋有学集》卷二〇,上海古籍出版社1996年版,第853页。亦可参《九诰堂集》诗之九,第193页。

⑤ 刘体仁撰,王秋生校点《七颂堂集·附录》,黄山书社2008年版,第266页。

研究刘体仁提供了很大方便。然而清代文献浩繁，挂万漏一，亦在所难免。笔者顷阅清人梁熙《皙次斋稿》，从所附赠诗与尺牍中检得刘体仁佚诗一首、佚文二篇，为《七颂堂集》所未收。

诗一首：

题梁曰缉《江村读书图》

我昔棹吴船，垂竿弄烟水。草色溪光乱桨芽，杳然不异桃源里。柳绵三月吹春风，花林日出何茸茸。青丝挈榼平头奴，紫骝嘶残香雾中。近水人家自清绝，落花飞燕穿房栊。一别云溪向京国，沉吟往事如飘蓬。鄢陵侍御文章伯，柱下风流多暇日。何来示我江村图，宛然身在三江五湖侧。蘼芜极望千里平，短檐老屋结构精，石桥一曲流泉鸣。门外青山映纱幕，窗前杂树交空亭。薰炉茗碗坐不足，笔床藤角如有声。君不见，鲤鱼湾、清赖尾，吾家丘壑差可比。东华绿尘吹未息，坐忆江南更江北。抚君此图豁胸臆，安能忽举凌风翮。画里柴荆应不改，他年携手看花入。

尺牍二通：

八月九日小弟体仁顿首寄上曰缉先生座右：里居六年，同人一别如雨，孤陋而饭啖送日，且怖且叹。去先生不过三百里，不能质疑请益，徒勤驰仰，亦足愧矣。比来藜苋不克，兀坐一室，家人亦罕见其面。旋马之庭，履迹一夏不至，他可知矣。颍上黄年兄之子，忽尔惠存，念其尊公为一时循吏，勉出见之。盖久欲为其尊公作传，而未详其名迹也。黄世兄告弟以将诣吾邑，行装在门，遂留之清坐半刻。书此上候近履，藉慰积怀。心所欲言无穷，猝不及悉，一扇书近诗发笑，愿得惠音为慰。弟仁再顿首。

都门蒙教，谬见比数。一别如雨，弟竟不获走晤以尽区区之忱，罪戾山积，自知莫逭。所恃大君子谅之于格外，则寸心犹有可言也。念老年翁先生道力静深，学古日有，论著由中达外，自非得志于时者所能及。而弟方理筐筥，挽鹿车而谋山栖，不知雅念亦注及而思镌其顽愚否。寂寞之滨，凡百皆可安，惟良朋不能常聚，转忆春明耳。王十一昨始得书，问近履于弟，望示以近作。余不觌缕。

按，此三篇佚作见于《晢次斋稿》所附之《晢次斋名家赠什》与《晢次斋同人尺牍》[①]。《晢次斋稿》为梁熙的诗文集，凡十二卷，其子梁堉编次，现存康熙三十七年(1698)刻本，笔者所见为《清代诗文集汇编》据原刊影印本。梁熙(1622—1692)，字曰缉，号晢次，河南鄢陵人，由知县历官御史，为刘体仁同年进士，与之交往甚密，并与王士禛、汪琬等以诗唱和齐名[②]。文点为梁熙绘《江村读书图》，当时京中名士多有题咏，刘体仁该诗即是为此而作。刘体仁一生，曾三仕三隐，从此诗中不难窥见其归隐之思，诗歌本身亦颇清奇有味。二通尺牍当作于刘体仁家居之时，表达了对京师同人间诗酒酬唱生活的怀念(如尺牍之二中所指"王十一"即王士禛)，对研究刘氏交游、生活及思想也具有一定参考价值。

五、王士禛

王士禛(1634—1711)，字贻上，号阮亭，别号渔洋山人，山东新城(今桓台)人。清顺治十五年进士，仕至刑部尚书。他为诗倡"神韵"之说，海内推服，继钱牧斋之后，主盟康熙诗坛数十年，号为"一代正宗"。今人袁世硕主编的《王士禛全集》，荟萃王氏著述于一编，且网罗散佚诗文，洵为集成之作。同时，又有学者陆续为之补遗，存世渔洋文字已颇称赅备。笔者顷阅康熙朝诗人李孚青之《盘隐山樵诗集》，见王士禛跋语《〈淮豫集〉题后》一则，尚属逸什，颇关渔洋诗学，亦未见学人述及：

> 伏睹新诗，洛诵微吟，弥月不厌，辄于冗次放笔点阅一过。能参活句者，世无几人，如吾丹壑，乃于五七字中得曹洞禅三昧者也。愚昔论诗，谓十三经、十七史皆诗之渊海，虞山亟许为知言。观《淮豫集》，吾说益信。渔洋山人王士禛识。

《盘隐山樵诗集》，藏国家图书馆(善本书号:19146)，凡八卷，一卷为一种小集，各有集名。此跋附卷四《淮豫集》之后。《盘隐山樵诗集》仅国家图书馆、首都图书馆、复旦大学图书馆三家有藏，较为稀见，题跋又不居该集卷首或卷末，或即因此之故，学者未及注意。

李孚青(1664—1715)，字丹壑，合肥人，大学士李天馥之子。康熙十八年(1679)登进士第，时年仅十六，选庶吉士，迁翰林院编修，性淡泊，无竞进意。康熙三十八年，丁父忧回籍，遂绝意仕进。诗名满京华，颇为时人称许，有《野香亭集》十三卷、《盘隐山樵诗集》八

① 梁熙《晢次斋稿》附卷，见《清代诗文集汇编》第 79 册，第 770、784、785 页。

② 参见蒋寅《王渔洋事迹征略》，中国社会科学出版社 2014 年版，第 35 页。

卷、《道旁散人集》五卷行世。

姜宸英《野香亭诗集序》称李孚青诗“取境近而蕴义远，有陶韦王储之风”[①]，戴名世序称其诗“如清籁入耳，明月入怀……幽微淡远”[②]，彭孙遹跋语称其诗“蕴藉深秀，于语言文字外超然独绝”云云[③]，都指出其诗近神韵一派。

李孚青师事王士禛，为渔洋弟子中之佼佼者，翁方纲《薇垣归娶图诗序》称“往者渔洋之门独许李丹壑为言诗得髓”[④]。《野香亭集》即以渔洋之序冠首，其中辛未稿、壬申稿、丙子稿，尚有其批点。《盘隐山樵诗集》之《淮豫集》亦有王士禛批点，且题跋于卷末，这一题跋对于零散的点评来说，相当于该集的总评。跋语中“参活句”云云，透露出明显的禅学意味，对于我们探究“神韵说”形成之渊源，深入理解渔洋所受佛学影响，提供了典型的例证。提出“十三经、十七史皆诗之渊海”，也体现了明显的作诗重学问的思想，从中颇可窥见清诗的学问化倾向以及清代文化的醇雅风气。

附带指出，批点、题跋或序文互相搭配，可以组成相对系统的诗学论述，类似情况亦见之于王士禛批点谢重辉《杏村诗集》七卷、徐夜《徐诗》二卷中。学界研究神韵诗学，从王士禛诗话、序跋中取用材料颇多，但似对其诗集批点尚未措意，而这些批点正是其诗学思想的直观反映。

六、王鸣盛

王鸣盛(1722—1798)，字凤喈，一字礼堂，号西庄，晚号西沚居士，江苏嘉定(今属上海)人。乾隆十九年(1754)进士，官至内阁学士兼礼部侍郎、光禄寺卿。著述宏富，四部兼具，为乾嘉学派的代表人物，其著作多种，当时已编刊传世。今人陈文和主编的《嘉定王鸣盛全集》(中华书局 2010 年版，后简称《全集》)，将王鸣盛著述萃于一编，又辑补佚文若干，且收录陈鸿森所撰《王鸣盛西庄遗文辑存》于后，可谓王鸣盛作品的集大成之作。但王氏交游广泛，题赠颇多，或有零篇碎简，逸出集外。顷阅清中叶集部文献，见王鸣盛序文两篇，关涉其著述观念与诗学思想，为《全集》所未收。

先看王鸣盛为吴庄《豹留集》所作序：

---

① 李孚青《野香亭集》姜宸英序，见《清代诗文集汇编》第 212 册，第 252 页。

② 李孚青《野香亭集》戴名世序，见《清代诗文集汇编》第 212 册，第 254 页。

③ 李孚青《野香亭集》彭孙遹跋，见《清代诗文集汇编》第 212 册，第 281 页。

④ 翁方纲《复初斋文集》卷四，见《续修四库全书》第 1455 册，上海古籍出版社 2002 年版，第 390 页。

予幼时即闻具区吴半园先生名,而讫未会合也。今年秋,乃从江苏榷使署中得先生《豹留》遗集读之,皋然如见先生之志洁行芳、绝意仕进,庶几古君子之无闷者。故其文亦不屑屑于绨章绘句之末,而荒江老屋中别自有抱负者存也。虽然先生绝意仕进矣,乃独取五代王彦章"豹死留皮"之说,以汲汲于百世后风流云散不可知之虚名也何居?今夫豹栖伏岩穴,夜行昼居,胥疏江湖而终不免网罗机辟之患者,其皮为之灾也。然则豹之有皮,直与象齿自焚何异?而先生顾爱护珍惜之若是夫,亦以遁迹空山,终身隐雾,既豹变之无时,将其文之焉用?而惟留此区区既死之皮,以使豹之虽死而不死也。则信乎先生之遇之穷,而先生之志为可悲已。且豹性廉,食有程度,故秦人谓之程,或谓之廉豹。今以先生杜门却扫,穷愁著书,其性情亦若相似然,而况笃实辉光,其文蔚若,岂一狐之腋、千羊之皮所得并其焜煌炳焕乎哉?抑闻先生兼以诗鸣,尚有《半园诗稿》若干卷,皆予所未及读者,则是集特犹管窥之一斑也已。

乾隆癸酉中秋后二日嘉定王鸣盛拜手序

按,此序见于清乾隆刻本《豹留集》卷首,收录于《清代诗文集汇编》第244册[①]。吴庄(1679—1750),原名定璋,字友篁,号半园,江苏苏州人。吴氏世居太湖东山,为当地望族。吴庄擅诗文,才名早著,但科场屡次失利,遂绝意仕进,杜门著述,与翁志琦并称"东山二老",有《半园诗文遗稿》存世。除了诗文创作外,吴庄还着意搜集整理乡邦文献,编选《七十二峰足征集》,成书一百零四卷,人系小传,共收录太湖地区历代作者二百零四人之诗词文赋,为萃聚太湖地区诗文的一大渊薮。他为采访诗文"裹粮移棹于七十二峰,古里荒村无远不到"[②],希望不仅录其诗,尚要以诗"传其人"[③]。

吴庄晚年频遭丧乱,先是祖产名园依绿园毁于大火,后又连遭丧妻、丧子、丧孙之痛,是以心态颓唐过甚,无力编刊书籍,逝世前尚有文集三卷未刊,"子亡孙幼,付托无人","生平著述散逸几不可保"。身后幸赖其子妇朱氏"掇拾于零丁独活之余,鬻簪珥以偿剞劂"[④],乃得以付梓。据陈祖范为吴庄《半园诗文遗稿》所作序之署款"乾隆癸酉(按,即乾隆十八年,1753)冬月",可知集之刊行当不早于此时,是故"乾隆癸酉中秋"王鸣盛作此序时尚未获观《半园诗稿》。而王序中揭橥吴庄以"豹留"名集的深意,悯其穷愁之际遇,悲其著书之志趣,却是深得不居庙堂的江湖草野文士借著述立身托世的耿耿孤心的。而这种

① 吴庄《豹留集》卷首,见《清代诗文集汇编》第244册,第279页。

② 吴庄《七十二峰足徵集》凡例,见《四库全书存目丛书补编》第43册,齐鲁书社2001年版,第5页。

③ 吴庄《七十二峰足徵集》凡例云:"诸先生意在传其诗,予则意在传其人。"见《四库全书存目丛书补编》第43册,第4页。

④ 吴庄《半园诗文遗稿》卷首陈祖范序,见《清代诗文集汇编》第244册,第219页。

心态亦是吴庄孜孜以求，编纂保存乡邦文献的初衷。吴庄的乡先哲们借由《七十二峰足征集》可达致“豹之虽死而不死”之境，而穷愁著书的吴庄亦可借由《豹留集》以及后世知其志如王鸣盛者，从而“虽死而不死”了。

次为王鸣盛为同乡同辈王鼎《兰绮堂诗钞》所作序：

> 吾家元礼仕于萧梁，尝著论以为，崔氏雕龙不过父子两三世，未有七叶之中，人人有集如王氏者。然则王氏之见重于前史，不第以门阀，而以著述较然可睹矣。今条山氏才名早著，诗歌之妙，独步一时。尊甫草香先生洎哲弟秋农并举贤书，为艺林职志，而条山尚困诸生中。一门之内，父子兄弟自相师友，数门才者，殆将继元礼而并称焉，无疑也。条山旧所刻诗，固已衣被远近，不胫而走，兹将续刻新著属余题其端。余惟称诗于今日，言人人殊，唐音宋调，各有门庭而不能相下。余意则欲通彼我之怀，息异同之论，而条山所见与余最合。盖其天才奇逸，骨气高迈，固已非流俗可及，又复沉浸卷轴，登临山水，广交游，博闻见以佐之，固宜近诣之进而益上，同时流辈，皆敛衽推服无异词也。余观其造意布格，超超元箸，味溢于酸咸之外，韵流于丝肉之余，而又何唐宋之断断者哉？夫以条山之才，固当翔步承明之庭，信其实而奋其华，顾乃齿逾强仕，畹晚未遇，何落落也。然条山亦初不以屑意，家在五茸城，背市面郊，草树蓊郁，因名曰：万绿山庄，若悠然有以自得者。当世名公卿苟有意于人才，必将望气而得之，搴裳而就之。吾见作为雅颂，播之乐府，此又条山意中事矣。
>
> 乾隆二十九年甲申仲冬兄鸣盛题于吴门幽兰巷寓斋

按，此序载于王鼎《兰绮堂诗钞》卷首，清嘉庆八年(1803)古训堂刻本，南京图书馆藏。王鼎(1721—?)，字祖锡，号香浦，一号条山，江苏华亭(今上海)人。工诗擅书，夙为沈德潜、梦麟所赏识，与王鸣盛、王昶等“吴中七子”为雁行友。生平屡困于科场，乾隆四十五年，年六十，乃中举。其诗集生前刻有多种，嘉庆初年其子汇刊成《兰绮堂诗钞》十七卷，卷首冠以王鸣盛、王昶、王宝三人之序。

王昶《兰绮堂诗钞序》称王鼎之诗“骀宕夷犹，和平乐易……其光油然而远，其味悠然而长”，与王鸣盛此序所称“超超元箸，味溢于酸咸之外，韵流于丝肉之余”云云，皆指出王鼎含蓄冲淡之诗风。王鸣盛的序文还表露了自己的诗学观。他主张调和唐宋，不为唐音宋调所限，并以王鼎之诗为超越时俗的一脉清流，予以表彰。在当时诗坛分唐界宋、相持不下之际，实属不囿成见的通达之论。同时，他认为王鼎能“沉浸卷轴……博闻见以佐之”，因而诗作造诣精进，反映出王鸣盛作诗强调学问的诗学思想。这种观念本身也是乾隆中期诗坛重学养、以学问为诗之风的一种表现,与时代学术文化思潮息息相关。

上述集外诗文,虽为吉光片羽,但亦弥足珍视。古代文人在编定自己文集的时候,由于种种原因,或被动遗失或主动剔除,一些诗文往往逸于集外,但这些作品在我们后人看来并不是没有意义的。它们有的体现了作者的个性爱好,有的表征着作者的胸襟情志,有的则反映了一定时期内作者的心态,还有的则是作者与同好交游的一种记录,在在都是人物活动的承载和折射,文字中传递着历史的温度。

(作者简介:黄治国,信阳师范学院文学院讲师,发表论文有《从周亮工〈赖古堂集〉自改原作现象探析其仕清心态》《徐增卒年新探》等。)

“芙蓉出水”与“错彩镂金”的碰撞

——南北朝颜谢诗歌优劣之争

宋佳俊

内容摘要:汤惠休称谢灵运诗如“芙蓉出水”,颜延之诗如“错彩镂金”,开启了颜谢诗歌优劣之争的先河。谢灵运诗以“才”为主,故而清新自然;颜延之诗以“学”为主,故而雕缋满眼。颜谢代表着两种不同的诗歌美,这两种诗歌美学相互碰撞、传衍,颜延之打压休、鲍,梁代的“沈任之争”,北朝的“邢魏优劣”等都是这两大不同诗歌美学相互碰撞的结果。梳理这两大诗歌美学流变,为把握南朝之后的诗学发展提供一个重要的视角。

关键词:谢灵运　颜延之　错彩镂金　芙蓉出水

南朝士人在宏观论述刘宋文学时,多以“颜谢”来,代指整个刘宋文学。沈约《宋书·颜延之传》:“延之与陈郡谢灵运俱以词彩齐名,自潘岳、陆机之后,文士莫及也,江左称颜谢焉。所著并传于世。”[①]萧子显《南齐书·文学·贾渊传》亦云:“颜谢并起,乃各擅奇。”[②]西晋文学多称潘陆,刘宋文学颜谢并举,这似乎给后世研究者造成了一种假象,即颜谢诗歌并无优劣之分。但仔细审视南朝诗学理论家们在具体评价颜谢诗歌时,又往往会做出不同的价值判断。萧道成云:“但康乐放荡,作体不辨有首尾,安仁、士衡深可宗尚,颜延之抑其次也。”[③]萧道成在评论其子萧晔诗时,认为谢灵运诗歌放荡不可学,颜延之可以宗尚。显然,颜谢相较,萧道成更加推崇颜延之。钟嵘《诗品序》说:“谢客为元嘉之雄,颜延

① 沈约《宋书》,中华书局1974年版,第1904页。

② 萧子显《南齐书》,中华书局1972年版,第908页。

③ 《南齐书》,第625页。

年为辅。"[①]显然，钟嵘将谢灵运放在了一个更高的位置。那么，在南北朝时期，哪些人崇颜，哪些人宗谢？这是一个重要的学术问题，但是目前学界关注不多，故试述之。

一、"芙蓉出水"与"错彩镂金"的提出

虽然在刘宋时，颜谢诗歌并称已久，但当时人就已经清晰觉察，颜谢代表着两种完全不一样的诗歌美。《南史·颜延之传》云："延之尝问鲍照已与灵运优劣，照曰：'谢五言如初发芙蓉，自然可爱。君诗若铺锦列绣，亦雕缋满眼。'"[②]鲍照认为，谢灵运的诗自然可爱，而颜延之的诗雕缋满眼。汤惠休也有相似论述，钟嵘《诗品》引汤惠休语称："谢诗如芙蓉出水，颜诗如错彩镂金。"[③]汤惠休和鲍照的评价大体一致。从二人对颜谢做出的评价来看，"芙蓉出水"和"错彩镂金"是两组完全不同的诗歌美。那么，怎样的诗是"芙蓉出水"，怎样的诗是"错彩镂金"？要理清这一问题，还需结合当时人对颜谢二人的评价来分析。

钟嵘《诗品》评谢灵运诗云："其源出于陈思，杂有景阳之体。故尚巧似，而逸荡过之。颇以繁芜为累。嵘谓：若人学多才博，寓目辄书，内无乏思，外无遗物，其繁富，宜哉！然名章迥句，处处间起；丽曲新声，络绎奔发。譬犹青松之拔灌木，白玉之映尘沙，未足贬其高洁也。"[④]又钟嵘评颜延之诗云："其源出于陆机，故尚巧似，体裁绮密。然情喻渊深，动无虚发；一句一字，皆致意焉。又喜用古事，弥见拘束。虽乖秀逸，固是经纶文雅；才减若人，则陷于困踬矣。"[⑤]从钟嵘对颜、谢二人的评价来看，二人诗小同大异。共同点是"尚巧似"，即诗歌都喜欢巧妙形似的遣词造句，描摹风景物象。颜、谢诗最大的不同在于谢灵运"以才为诗"，而颜延之"以学为诗"。《文心雕龙·事类》云："夫姜桂同地，辛在本性；文章由学，能在天资。才自内发，学以外成。有学饱而才馁，有才富而学贫；学贫者迍邅于事义，才馁者劬劳于辞情。"[⑥]刘勰指出，写文章有"才"与"学"的不同，以"才"为诗是靠人的性情而内发，依靠天赋内成，以"学"为诗则是通过下苦功而外成。以"学"为诗，一般多与事类相关，"学"乏者不善于用事，相反，"学"博者则博于用事；而以"才"为诗，多与辞情相关，"才"少者不善文辞与抒情，"才"博者则擅长铺陈辞采和表情达意。所以，以"才"为诗，诗歌呈现出"兴会流转"的美学特征，不受羁束，意彩飞动。而以"学"为诗，诗歌多"斧凿锻

① 钟嵘著，曹旭集注《诗品集注》，上海古籍出版社 2011 年版，第 34 页。
② 李延寿《南史》，中华书局 1975 年版，第 881 页。
③④⑤ 《诗品集注》，第 351、201、351 页。
⑥ 刘勰著，黄叔琳注，李详补注，杨明照校注拾遗《增订文心雕龙校注》，中华书局 2012 年版，第 469 页。

炼，孜孜不苟”[①]。

谢灵运是很典型的以“才”为诗者，钟嵘称谢灵运“多才博”，《诗品序》亦称谢灵运“才高词盛，富艳难踪”[②]，可知谢灵运作诗多依才情。“寓目辄书，内无乏思，外无遗物……名章迥句，处处间起；丽曲新声，络绎奔发”，这是以“才”为诗的具体表现。正因如此，谢灵运的诗才会如“芙蓉出水”，清新自然。但是，以“才”为诗也导致了谢灵运诗歌有两大弊病：一是过于“逸荡”，作诗不辨首尾；二是过于铺陈辞藻。

颜延之作诗以“学”为主。颜延之喜用古事，注重字句的安排推敲，一字一句都须准确地表达意思，就像“错彩”“铺锦”“列绣”一样，精心编织，华美艳丽，这是典型的以“学”为诗。颜延之以“学”为诗导致了颜诗过于拘谨而害意，不符合秀丽飘逸之美，多了些雍容典雅的气度。陆时雍云：“(颜)延之雕缋满肠，荆棘满手，以故意致虽密，神韵不生，语多蒙气。汤惠休谓谢灵运似芙蓉出水，颜延之似错彩镂金，此盖谓其人力虽劳，天趣不具耳。”[③]颜延之注重后天努力而神韵不足，即是以“学”为诗；谢诗重天趣、神韵，则是以“才”为诗。陆时雍评谢灵运诗云：“谢康乐灵襟秀色，挺自天成，清贵之气抗出尘表，大抵性灵物秽，诗之美恶辨于此矣。”[④]可见陆时雍也是从才、学两个角度来评价颜、谢诗歌的。刘熙载《艺概》亦云：“谢才颜学，谢奇颜法，陶则兼而有之，大而化之，故其品为尤上。”[⑤]刘熙载直接用了“谢才颜学”来概括颜、谢诗，比陆时雍更加凝练。

颜谢对待“才”与“学”的不同态度，造成了颜谢诗两种截然不同的风格。《南史·谢灵运传》称谢灵运诗“纵横俊发过于延之，深密则不如也”[⑥]。谢灵运主要以“才”为诗，则其诗歌风格是“纵横俊发”“言吐天拔”“出于自然”，这样的诗就是“芙蓉出水”。颜延之主要以“学”为诗，所以他的诗歌风格是“深密”“体裁明密”，这样的诗就是“错彩镂金”。总体而言，“芙蓉出水”是重才情的诗，追求的是一种“自然美”；“错彩镂金”是重学问的诗，讲求用典，追求的是一种“人工美”。这两种诗歌美，到底谁优谁劣，南朝不同的诗学理论家交出了不同的答卷。

---

① 赵树功《李杜优劣论争与才学、才法论》，《文学遗产》2014年第6期。

② 《诗品集注》，第34页。

③ 陆时雍《古诗镜》，见《景印文渊阁四库全书》第1411册，台湾商务印书馆1987年版，第106页。

④ 《古诗镜》，见《景印文渊阁四库全书》第1411册，第110页。

⑤ 刘熙载《艺概》，见郭绍虞编选，富寿荪校点《清诗话续编》，上海古籍出版社1983年版，第2442页。

⑥ 《南史》，第538页。

二、南北朝诗学审美视域下的颜谢之争

（一）“休鲍之论”及刘宋颜谢优劣之争

从年龄上看，鲍照比谢灵运小三十岁，比颜延之小三十一岁。谢灵运死时，鲍照才十八岁。汤惠休生卒年虽不可考，但大体和鲍照在同一个时代，萧子显《南齐书·文学·贾渊传》：“颜、谢并起，乃各擅奇。休、鲍后出，咸亦标世。”[①]可知颜、谢在前，休、鲍在后。从年龄上看，颜、谢驰骋文坛时，休、鲍刚出茅庐，年轻的休、鲍很可能受到颜、谢诗风的影响。事实上，鲍照早年的诗歌有明显谢灵运的痕迹，如《从登香炉峰》：

> 辞宗盛荆梦，登歌美凫绎。徒收杞梓饶，曾非羽人宅。罗景蔼云扃，沾光扈龙策。御风亲列涂，乘山穷禹迹。含啸对雾岑，延萝倚峰壁。青冥摇烟树，穹跨负天石。霜崖灭土膏，金涧测泉脉。旋渊抱星汉，乳窦通海碧。谷馆驾鸿人，岩栖咀丹客。殊物藏珍怪，奇心隐仙籍。高世伏音华，绵古遁精魄。萧散生哀听，参差远惊觌。惭无献赋才，洗污奉毫帛。[②]

前八句写自己随临川王游庐山的感受，以叙事为主；中间主要写庐山之美景，注重景物的描摹刻画，对仗工整；最后言哲理。此诗在章法结构上有明显的谢灵运“三段式”的痕迹。另鲍照《登庐山》与谢灵运《登庐望石门》的写作手法也相类似，鲍照的《从庾中郎游园山石室》“也是按部就班的三段式结构”[③]。李文初《汉魏六朝文学研究》称“鲍照的山水诗，在写法及风格上，都有意学习谢灵运”[④]。另外，鲍照的语言风格与谢灵运相近而与颜延之相差很远。虞炎《鲍照集序》中云：“照所赋述，虽乏精典，而有超丽。”[⑤]“超丽”是指辞藻华艳，文彩富丽。另外，沈约也认为鲍照“文辞赡逸”，认为他的古乐府“文甚遒丽”，这是很典型的以“才”为诗的写作特征，和谢灵运“才高词盛，富艳难踪”的诗歌美学颇为契合。虞炎称鲍照缺乏“精典”，曹道衡认为“鲍照诗不像颜延之那样凝练，用钟嵘的话说，就是指

---

① 《南齐书》，第908页。

② 鲍照著，钱仲联增补集说校《鲍参军集注》，上海古籍出版社1980年版，第267页。

③ 丁福林《鲍照研究》，凤凰出版社2009年版，第238页。

④ 李文初《汉魏六朝文学研究》，广东人民出版社2000年版，第387页。

⑤ 《鲍参军集注》，第5页。

它不及颜延之那样'体裁绮密,情喻渊深,动无虚发;一句一字皆致意焉'"[①]。从曹道衡的论述来看,鲍照诗风和颜延之相差很远。所以,早年鲍照的诗歌风格更接近谢灵运的"芙蓉出水",而不是颜延之的"错彩镂金"。

汤惠休的诗歌风格也与谢灵运相近而与颜延之相差很远。《宋书·徐湛之传》载:"时有沙门释惠休,善属文,辞采绮艳,湛之与之甚厚。"[②]汤惠休诗文以"辞采绮艳"为美,这与谢灵运"才高词盛"颇为相近,可知也是重辞采的一派。汤惠休与颜延之典正雅丽的诗风相差很远,甚至二人因诗歌观念不同而交恶,《南史·颜延之传》云:"延之每薄汤惠休诗,谓人曰:'惠休制作,委巷中歌谣耳,方当误后生。'"[③]汤惠休此评之后,颜延之终生病之,时时打压汤惠休。二人交恶之深侧面反映出汤惠休与颜延之诗歌观念差异之大。

早年汤惠休和鲍照学习谢灵运,并且诗歌中一直有谢灵运诗歌的痕迹。许云和认为"'芙蓉出水'的谢诗与'错彩镂金'的颜诗在南朝是一组平行的概念,并没有优劣高下之分"[④],但是在休、鲍看来,"芙蓉出水"的谢诗就是优于"错彩镂金"的颜诗,这才刺痛了颜延之,所以颜延之要抵制打压休、鲍。汤惠休、鲍照二人与颜延之的交恶,其实是"芙蓉出水"和"错彩镂金"两种诗学观念碰撞的结果。

(二)"沈任之争"与齐梁以来颜谢诗歌优劣之争

继颜延之打压汤惠休、鲍照后,南齐初,颜谢优劣问题也是学界争论的热点。萧道成就有"宗颜贬谢"之论,《南齐书·萧晔传》云:"晔刚颖俊出,工弈棋,与诸王共作短句,诗学谢灵运体,以呈上,报曰:'见汝二十字,诸儿作中最为优者。但康乐放荡,作体不辨有首尾,安仁、士衡深可宗尚,颜延之抑其次也。'"[⑤]萧晔诗歌"刚颖俊出",与谢灵运"纵横俊发"颇为相近,可见萧晔乃学谢灵运以"才"为诗。萧道成认为谢灵运诗有"放荡""不辨有首尾"的缺点,所以,萧道成让其子萧晔学潘岳、陆机、颜延之。又钟嵘《诗品》评萧道成"意深",评颜延之诗"情喻渊深,动无虚发;一句一字,皆致意焉"[⑥],可见萧道成与颜延之诗均有"意深"的特征。因此,可以将萧道成归于"错彩镂金"一派。而其子萧晔却推崇谢灵运诗,作为父亲的萧道成才会出面干预,要求萧晔学习颜延之那种深密、典雅的诗风,放弃谢灵运那种过于放荡、自然的诗风。萧道成的"贬谢扬颜",其实也是南齐初"芙蓉出水"和

---

① 曹道衡《中古文学史论文集》,中华书局 2002 年版,第 225 页。
② 《宋书》,第 1847 页。
③ 《南史》,第 881 页。
④ 许云和《"芙蓉出水"与"错彩镂金"——关于汤惠休与颜延之的一段公案》,《文学遗产》2016 年第 3 期。
⑤ 《南齐书》,第 624—625 页。
⑥ 《诗品集注》,第 351 页。

"错彩镂金"两种诗歌美的碰撞表现。

在萧道成之后，崇颜一派还有王俭。钟嵘《诗品》将"意深"的萧道成和颇有古意的张永、王俭并条品评，已表明钟嵘认为此三人诗风相近。更为重要的是王俭引领了诗坛隶事之风。《南史·王摛传》云："(王)谌从叔摛，以博学见知。尚书令王俭尝集才学之士，总校虚实，类物隶之，谓之隶事，自此始也。俭尝使宾客隶事多者赏之，事皆穷，唯庐江何宪为胜，乃赏以五花簟、白团扇。坐簟执扇，容气甚自得。摛后至，俭以所隶示之，曰：'卿能夺之乎？'摛操笔便成，文章既奥，辞亦华美，举坐击赏。"[①]王摛以博学见知，王俭所集才学之事，隶事多者赏之。王俭对那些追求古奥、博于用事的文人大加赏赐，这有助于推动齐梁诗歌隶事之风的盛行。而文章追求用事、用典，这是很典型的以"学"为诗的表现，即王俭也是宗尚颜延之一派。

王俭之后，崇颜一派还有任昉。首先，王俭对任昉有提携扬誉之恩，《南史·任昉传》载："(王)俭每见其文，必三复殷勤，以为当时无辈，曰：'自傅季友以来，始复见于任子。若孔门是用，其入室升堂。'"[②]并引为主簿。王俭死后，任昉负责整理王俭文集并作序，感念当初王俭的知遇之恩。其次，钟嵘《诗品》中品评任昉诗云："(任昉)善铨事理，拓体渊雅，得国士之风，故擢居中品。但昉既博学，动辄用事。"[③]可见，任昉以博学见知，诗歌好用事。

又任昉晚年作诗，在用事上颇下功夫。《南史·任昉传》云："既以文才见知，时人云'任笔沈诗'。昉闻甚以为病。晚节转好著诗，欲以倾沈，用事过多，属辞不得流便，自尔都下士子慕之，转为穿凿，于是有才尽之谈矣。博学，于书无所不见，家虽贫，聚书至万余卷，率多异本。"[④]任昉不满时人"沈诗任笔"之称，欲在诗学上超越沈约。他晚年在写诗上颇下功夫，但诗歌用典过度，学问气过重，伤诗歌直致之美。钟嵘《诗品序》也指出了这一点，其云："颜延、谢庄，尤为繁密，于时化之。故大明、泰始中，文章殆同书抄，近任昉、王元长等，词不贵奇，竞须新事。尔来作者，浸以成俗。遂乃句无虚语，语无虚字；拘挛补纳，蠹文已甚。但自然英旨，罕值其人。"[⑤]齐梁以来，崇颜的人，从萧道成到王俭再到任昉，一脉而下。王运熙也认为"《南齐书·文学传论》所说'缉事比类，非对不发，博物可嘉，职成拘制'云云，就是指任昉这一派"[⑥]，而"任昉一派的诗歌以使用新典故为特征。建安诗中的指事

①② 《南史》，第1213、1452页。

③ 《诗品集注》，第416页。

④ 《南史》，第1455页。

⑤ 《诗品集注》，第228页。

⑥ 王运熙《中国古代文论管窥》，齐鲁书社1987年版，第115—116页。

以昭晰为能，傅咸和应，直接引经典入诗，又到了颜延之、谢庄等人，用事更为典密，更加偏向于学术化”①。可见，任昉和王俭、颜延之一样，也是以“学”为诗，他可以看成“错彩镂金”这一派在梁代的典型代表。

任昉晚年作诗欲与沈约一较高低，二人颇有争名之嫌，除了二人文笔观念的不同，他们的诗学观念也完全不同。任昉诗歌更接近颜延之，而沈约的诗歌更接近谢灵运。首先，从沈约《宋书》中可看出沈约十分推崇谢灵运。《宋书·谢灵运传》云：“爰逮宋氏，颜、谢腾声。灵运之兴会标举，延年之体裁明密，并方轨前秀，垂范后昆。”②“兴会标举”与鲍照所称“初发芙蓉、自然可爱”是一致的，“体裁明密”又与“错彩镂金、铺锦列绣”颇为契合。这说明沈约对颜延之和谢灵运的诗歌风格把握得十分准确，但是他在《宋书·谢灵运传》后论历代文学之流变而非颜延之传后，可见在沈约心中，刘宋时代最伟大的诗人乃谢灵运，而不是颜延之。钱大昕《廿二史考异》亦云：“按：宋世文士以颜谢为首，故各立专传。而灵运传载其两赋，《山居》一篇，并自注亦详载之，休文之倾倒于谢至矣。”③颜谢相比，沈约更推崇谢灵运。

其次，沈约诗歌风格亦更接近于“芙蓉出水”。钟嵘《诗品》称：“所以不闲于经纶，而长于清怨。……虽文不至，其工丽亦一时之选也。见重闾里，诵咏成音。嵘谓：约所著既多，今剪除淫杂，收其精要，允为中品之第矣。故当词密于范，意浅于江也。”④沈约诗源出于鲍照，而鲍照早年学习谢灵运，从这个角度来看，沈约诗歌和谢灵运更为接近。另外，沈约不长于写“应制”“奉诏”之类的作品，而此类作品，正是颜延之一派之所长。可知，沈约诗歌风格与谢灵运更近而与颜延之更远。

另外，隋代王通《文中子中说·侍君篇》中抨击了谢灵运、鲍照、沈约等为“古之不利人也”，而唯独对颜延之、王俭、任昉赞叹有加，称颜延之、王俭、任昉有君子之心，其文约以则。因为颜延之、王俭、任昉的诗歌更加雅正，更符合儒家诗教，所以受到王通的赞扬。而谢灵运、鲍照、沈约的诗过于逸荡，不太符合王通的诗学审美，故而因诗废人。曹道衡《论任昉在文学史上的地位》一文也指出“此三人之诗风亦颇为相近，王通把他和颜延之、王俭放在一起，实际上是继承了齐梁以来某些人的意见。这派人物在当时有不小的影响”⑤。回看上述所载“沈任之争”，其实是“错彩镂金”和“芙蓉出水”两种不同诗风在齐梁时代碰撞下的产物。

① 杨赛《论任昉诗派》，见《中国诗歌研究》第8辑(2011年)，第239页。

② 《宋书》，第1778—1779页。

③ 钱大昕《廿二史考异》，见陈文和主编《嘉定钱大昕全集》第2册，凤凰出版社2016年版，第483页。

④ 《诗品集注》，第426页。

⑤ 曹道衡《论任昉在文学史上的地位》，《齐鲁学刊》1993年第4期，第6页。

与沈约同时代的钟嵘更加推崇谢灵运。钟嵘《诗品》将谢灵运评为上品，颜延之评为中品，可见钟嵘鲜明的态度。又钟嵘把谢灵运与曹植、陆机推为建安、太康、元嘉的代表性诗人，可见钟嵘极其推崇谢灵运。另外，钟嵘《诗品序》云："谢客为元嘉之雄，颜延年为辅。"即对颜谢优劣做了盖棺定论，这说明钟嵘更喜欢谢灵运"初发芙蓉"的诗歌美。他也主张诗歌要自然，反对过多用事，《诗品序》云："颜延、谢庄，尤为繁密，于时化之。故大明、泰始中，文章殆同书抄，近任昉、王元长等，词不贵奇，竞须新事。尔来作者，浸以成俗。遂乃句无虚语，语无虚字；拘挛补纳，蠹文已甚。但自然英旨，罕值其人。词既失高，则宜加事义。虽谢天才，且表学问，亦一理乎！"[①]可以看出，钟嵘更倾向于"芙蓉出水"的美，而对颜延之"错彩镂金"式的诗歌美略有贬责，这就可以解释钟嵘为什么说"谢客为元嘉之雄，颜延年为辅"了。

萧统在《文选》中也很清晰地表现出崇谢倾向。虽然《文选》不是文学理论著作，但选诗也是一种价值判断，其中也有褒贬。《文选》选谢灵运诗 40 首而选颜延之诗仅 21 首，可见萧统更喜欢谢灵运的诗。从题材上来看，《文选》选谢灵运述德、公宴、祖饯、游览、哀伤、赠答、行旅、乐府、杂诗、杂拟共 10 类，而选颜延之公宴、咏史、游览、哀伤、赠答、行旅、郊庙仅 7 类。萧统选谢灵运诗数量上多于颜延之，题材上广于颜延之，显然更推崇谢灵运。

在论诗必称颜谢的南朝诗坛，萧道成、王俭、任昉均推崇颜延之，审美上更喜欢"错彩镂金"的诗；而汤惠休、鲍照、沈约、钟嵘、萧统等更推崇谢灵运诗，审美上更偏重"芙蓉出水"的诗，这两大诗学展开了激烈的论争。

（三）邢、魏优劣与北朝颜谢之争

在南北朝时期，南北政权虽相互对峙，文学上的交流亦未曾中断。北朝文士邢子才、魏收亦曾膺服沈约、任昉。《颜氏家训·文章》云："邢子才、魏收俱有重名，时俗准的，以为师匠。邢赏服沈约而轻任昉，魏爱慕任昉而毁沈约，每于谈宴，辞色以之。邺下纷纭，各有朋党。祖孝征尝谓吾曰：'任、沈之是非，乃邢、魏之优劣也。'"[②]邢邵赏服沈约而轻视任昉，魏收爱慕任昉而诋毁沈约。又《北齐书·魏收传》载："收每议陋邢邵文。邵又云：'江南任昉，文体本疏，魏收非直模拟，亦大偷窃。'收闻乃曰：'伊常于沈约集中作贼，何意道我偷任昉。'任、沈俱有重名，邢、魏各有所好。"[③]魏收鄙薄邢邵剽窃沈约，邢邵又指责魏收抄袭任昉，可见邢邵、魏收分别对南朝沈约、任昉之推崇已经到了剽窃的地步了。据前文所

① 《诗品集注》，第 228 页。

② 王利器《颜氏家训集解》(增补本)，中华书局 1993 年版，第 274 页。

③ 李百药《北齐书》，中华书局 1972 年版，第 492 页。

述，由于沈约更接近“芙蓉出水”一派，而任昉更近“错彩镂金”一派，故而二人有争名之嫌。那么，邢魏之争是否也与此有关呢？

邢邵十分推崇沈约诗歌。邢邵现存9首诗均为清雅之词，与沈约诗歌的“清怨”风格颇为相近。邢邵《三日华林园公宴》：“新萍已冒沼，余花尚满枝。草滋径芜没，林长山蔽亏。”[①]描写了侍宴时春日生机盎然的景色，清新自然。沈约《三日侍林光殿曲水宴应制》：“荣光泛彩旄，修风动芝盖。淑气婉登晨，天行耸云斾。帐殿临春籞，帷宫绕芳荟。”[②]此诗描写林光殿旁之景清新自然，仔细比较邢诗与沈诗，不难看出，二诗风格颇为相近。邢邵诗均取景清新，笔采绮丽，与沈约“清怨”的诗风很接近，故魏收称邢邵有抄袭沈约之嫌，并非空穴来风。如果追根溯源的话，邢邵、沈约诗歌的共同源头均为谢灵运，都源于“池塘生春草，园柳变鸣禽”此类自然清新的句子。

此外，邢邵对沈约诗歌的学习直接表现在句子上的化用上。邢邵《冬日伤志篇》中“朝驱玛瑙勒，夕衔熊耳杯”与沈约《江蓠生幽渚》之“朝承紫台露，夕润绿池风”句式相近；邢邵《冬夜酬魏少傅直史馆》“风音响北牖，月影度南端”也是化用了沈约《咏檐前竹诗》“风动露滴沥，月照影参差”。《三日华林园公宴诗》“歌声断以续”直接化用沈约《咏筝诗》“歌随妙指续”，这些都是清新自然的写景。总体而言，邢邵沿袭了从谢灵运到沈约以来平易清新的诗风。

邢邵如此推崇沈约，但是魏收却每每诋毁沈约。《太平御览》卷五百九十九引《三国典略》曰：“魏收言及《沈休文集》，毁短之。徐之才怒曰：‘卿读沈文集半不能解，何事论其得失！’谓收曰：‘未有与卿谈。’收去避之。”[③]魏收诋毁沈约却膺服任昉，张珍认为“出于实用的目的，需要靠作公文立足的魏收就吸收借鉴了以文著称的任昉”[④]。既然魏收有模拟甚至抄袭任昉的痕迹，那魏收蹈袭任昉之诗亦大有可能。任昉诗歌重用典，现存魏收诗16首亦颇好用事。如《看柳上鹊》：“背岁心能识，登春巢自成。立枯随雨霁，依枝须月明。疑是雕笼出，当由抵玉惊。间关拂条软，回复振毛轻。何独离娄意，傍人但未听。”[⑤]前八句均写春景，而结尾处一转，用一则深奥之典。末句之典出于《三国志·魏书·管辂传》载离娄之事。又如魏收《五日》诗末尾“因想苍梧郡，兹日祀陈君”句，亦用东汉陈临之典。其《美女篇》二首更是处处用典。可见魏收与任昉一样颇好用事，且典故多出于史传，这与他

① 丁福保《全汉三国晋南北朝诗》，中华书局1959年版，第1507页。

② 《全汉三国晋南北朝诗》，第1001页。

③ 李昉《太平御览》第3册，中华书局1960年版，第2699页。

④ 张珍《“勋名共山河同久，志业与金石比坚”——魏收的心态和文学创作》，见《古代文学理论研究》第38辑(2014年)，第65页。

⑤ 《全汉三国晋南北朝诗》，第1510页。

的史家身份不无关系。所以魏收和任昉一样，也是以“学”为诗。身居北朝的魏收继承了南朝颜延之、任昉以来的雅正之风，他在《魏书·自序》中自称其《南狩赋》“终归雅正”，此虽称赋，但观其诗，亦归于雅正。换言之，魏收更喜欢从颜延之到任昉以来“错彩镂金”的诗歌，而对沈约十分排斥。据刘知幾《史通·外篇》引魏收语云：“我视沈约，正如奴耳。”①魏收轻视沈约，刘知幾认为，魏收是轻视沈约《宋书》，其实魏收应该还轻视沈约的诗歌。

另外，魏收雅正的诗学观也可以从徐魏之争中得到体现。盛唐笔记《隋唐嘉话》中载徐陵与魏收之争，其云：“梁常侍徐陵聘于齐，时魏收文学北朝之秀，收录其文集以遗陵，令传之江左。陵还，济江而沉之，从者以问，陵曰：‘吾为魏公藏拙。’”②徐陵将魏收文集沉江之举，侧面反映出徐陵与魏收二人文学观上存在很大差异。又丘悦《三国典略》载齐主尝谓魏收曰：“卿才何如徐陵？”魏收对曰：“臣大国之才，典以雅；徐陵亡国之才，丽以艳。”③徐陵重艳情而轻雅正，他《玉台新咏》的选诗标准是“曾无忝于雅颂，亦靡滥于风人”④，谓其上不及《雅》《颂》等作品，下不至《风》之俚俗，而魏收重雅正轻艳丽，批评徐陵诗为亡国之音。作为宫体诗的典型代表，徐陵与沈约的文学观念颇为相近。另外，徐陵《玉台新咏》选沈约诗 40 首而任昉诗一首未选，即可知徐陵轻任昉而重沈约，正因如此，才有徐魏之争。徐魏之争可以看作是邢魏之争的传衍，也是“芙蓉出水”和“错彩镂金”两大诗歌美学碰撞的产物。

三、颜谢之争对中国诗学史的启示

从诗学史上来看，自南北朝之后，关于“芙蓉出水”和“错彩镂金”的碰撞从未止步，这两种诗学观念的分歧，在唐朝依旧产生着重要影响。唐朝李杜优劣之争，其实也是“芙蓉出水”和“错彩镂金”两种诗歌美学碰撞的结果。

后人常称李白诗“清水出芙蓉，天然去雕饰”，这表明李白诗和谢灵运诗具有某种渊源关系。李白本人也在诗中多次提到他对谢灵运的推崇，如《送舍弟》中称“他日相思一梦君，应得池塘生春草”，又《春谷幽居》称“黄鸟鸣园柳，新阳改旧阴。春来此幽兴，宛是谢公心”，《奉送刘相公江淮催转运》中称“遥知谢公兴，微月在江楼”，等等。李白和谢灵运一样，其实是以才情为诗，其实是延续了谢灵运以来“芙蓉出水”的诗歌美学。

---

① 刘知幾著，黄寿成校点《史通》，辽宁教育出版社 1997 年版，第 414 页。

② 刘餗撰，程毅中点校《隋唐嘉话》，中华书局 1979 年版，第 55 页。

③ 《太平御览》，第 2683 页。

④ 徐陵编，吴兆宜、穆克宏笺注《玉台新咏笺注》，中华书局 1985 年版，第 13 页。

相比李白而言，杜甫作诗则更多表现为对于语言、诗律的雕琢。他多次强调作诗要“遣辞必中律”（《桥陵诗三十韵》），并且自许“晚节渐于诗律细”（《遣闷呈路十九曹长》）。同时，杜甫精于语言的雕琢，其《江上值水如海势聊短述》称“为人性僻耽佳句，语不惊人死不休”。杜甫称自己写诗的态度是喜寻觅佳句，整日沉湎，如果写不出惊人诗句，至死也不肯罢休。杜甫作诗时的态度和“一字一句皆致意”的颜延之十分相同。孟棨《本事诗·高逸》记载李白曾戏称杜甫：“饭颗山头逢杜甫，头戴笠子日卓午。借问何来太瘦生，总为从前作诗苦。”①李白也讥讽杜甫作诗刻板、拘谨、恪守格律。杜甫对于字词雕琢的态度，辞采的铺陈，与颜延之以来一直倡导的“错彩镂金”美颇为相近。赵树功认为“李白倾向于才，而杜甫倾向于学”②，杜甫以“学”为诗的态度与颜延之颇为相近，而李白以“才”为诗的态度与谢灵运相近。

我们从后人对李杜的批评，也可看出李杜对谢颜二人诗歌美学的相承关系。元和八年（813），元稹作《唐检校工部员外郎杜君墓系铭》云：“是时山东人李白亦以奇文取称，时人谓之李杜。余观其壮浪纵恣，摆去拘束，模写物象及乐府歌诗，诚亦差肩于子美矣。至若铺陈终始，排比声韵，大或千言，次犹数百，辞气豪迈而风调清深，属对律切而脱弃凡近，则李尚不能历其藩翰，况堂奥乎！”③元稹批评李白诗放浪，毫无拘束，这与此前萧道成批评谢灵运放荡何其相似。而元稹肯定了杜甫诗在铺陈、用律、辞采等方面颇为用功，这与此前休鲍批评颜延之“铺锦列绣，雕缋满眼”也颇为接近。元稹立李杜优劣论，尊杜贬李的态度，也是基于李杜二人诗歌风格不同所作出的判断。这一判断与南北朝以来争论不休的颜谢优劣问题几乎同出一辙。又唐朝之后的文人，或尊杜或崇李，各自争论不休，尊杜贬李的人则多批评李白逸荡，尊李贬杜的人则称杜甫“拘谨”。之所以会有这样的分歧，是因为“芙蓉出水”和“错彩镂金”这两大诗歌美学论争的流衍。直到王国维在讨论词“隔”与“不隔”的时候，还能看到“芙蓉出水”与“错彩镂金”的影响。《人间词话》云：“问隔与不隔之别，曰：陶、谢之诗不隔，延年则稍隔矣；东坡之诗不隔，山谷则稍隔矣。‘池塘生春草’‘空梁落燕泥’等二句，妙处唯在不隔。”④王国维认为颜延之诗隔，而谢灵运、陶渊明诗不隔。欧阳修“阑干十二独凭春，晴碧远连云。千里万里，二月三月，行色苦愁人”，语语都在目前，如清水芙蓉，这便是不隔；至云“谢家池上，江淹浦畔”两句均用谢灵运与江淹的典故，为隔。王国维关于颜谢“隔与不隔”之论断，其实也可用“芙蓉出水”和“错彩镂金”这两

① 孟棨撰，董希平等评注《本事诗》，中华书局2014年版，第104页。

② 《李杜优劣论争与才学、才法论》，第42页。

③ 元稹撰，冀勤点校《元稹集》，中华书局1982年版，第600页。

④ 王国维著，锡山编校《人间词话》，万卷出版公司2009年版，第155页。

大诗学理论来解释。

除了作为诗学概念外，“芙蓉出水”和“错彩镂金”也逐渐衍生为两大美学概念。宗白华在《美学散步》中引汤惠休评谢灵运和颜延之诗，认为谢灵运“芙蓉出水”的诗歌美与“错彩镂金”的诗歌美是中国美学史上两大不同的美感或者美的理想，“‘芙蓉出水’喻指天生丽质和自然清新的艺术风格，‘错彩镂金’则指精工绘制而达到的雕饰美的艺术风格，是中国美学史上两种不同的美感或审美理想”[①]。并认为“芙蓉出水”是比“错彩镂金”更高的美学境界。从最初的诗学概念最终上升为两大美学概念，“芙蓉出水”和“错彩镂金”在中国美学史上有着重要的意义。

文人相轻，自古而然。文人颇好争名，如颜延之立休鲍之论，又如沈任之争、邢魏之争、徐魏之争。文人之间争名，除了性格、家世、政治立场等诸多因素之外，文学观念的对立也是重要因素。通过梳理“芙蓉出水”和“错彩镂金”这两大诗学理论，从文学层面，可以为研究文人争名提供一个新的视角。

（作者简介：宋佳俊，上海师范大学人文学院博士研究生，发表论文有《萧道成的诗歌源流与宋齐诗风演变》等。）

① 宗白华《美学散步》，上海人民出版社 2015 年版，第 34—35 页。

论邵雍“吟”体诗之承变及诗史意义

隋雪纯

内容摘要：“吟”体为邵雍诗歌创作的重要类别，源于乐府歌行并保留直陈兴慨、语脉流畅、回章复沓等民讴乐调特性。体裁沿近体传统，以七言为多；内容分为自叙吟和物事吟两类，以“观物”论“理”为脉络结构。邵雍“吟”体诗集中呈现了“邵康节体”的特征，包括用近体而探索新的结撰方式，用语浅近而追求平淡自然；内容偏重“状情”与“记意”，以及理学命义的诗化、韵语化。邵雍“吟”体诗将“吟诗”作为审美观照，与唐代“苦吟”诗派在创作态度、文体功能等诗学观念的差异体现出宋型文化的特点。邵雍“吟”体有类同语录、意象结构少变化、缺乏韵致等不足，但对诗体风调有所创变和革新，并影响了理学文道观、诗法结构及宋诗特质的形成。

关键词：宋代诗歌　邵雍　乐府　“吟”体诗　击壤体

作为“北宋五子”之一，邵雍以易学、理学名世，其诗歌创作亦特点鲜明，对于宋代及以后诗风有着较为广泛的影响。既有研究多在理学诗范畴内考察邵诗风格和思想内容，但对其诗歌体式研究较少涉及①。实际上，邵雍“吟”体诗在综合乐府歌行和近体诗基础上产生创变并自成一“体”，不仅在诗法和风调上独具特色，且同时体现出创作理念和诗学思想的唐宋转换。故笔者不揣谫陋，试论析如下，以就正于方家。

---

① 既有研究已注意到邵雍诗歌的独特性，如祝尚书《论“击壤派”》指出邵雍开启“击壤派”创作风尚，以“冷峻的说理排斥言情”特征及其与语录体、浅俗体之关系；阮堂明《理学趣味与风月情怀——论邵雍的“邵康节体”诗及其诗史地位》从“吟咏情性”创作旨趣，日常化题材取向，议论化、散文化、口头化表现方式等总结邵诗特色；王培友《邵雍“击壤体”的体式特征及其诗坛反响》将“击壤体”特征总结为“达理”“闲”“切理”；魏崇周《邵雍文学思想研究》认为邵氏文学思想分为“功致先王”“口代天言”“真乐攻心”三阶段；郑友征《邵雍诗歌研究》、袁辉《邵雍文学研究》从主张、分类、艺术特色及影响分析邵雍诗歌特色。既有研究提供了重要前鉴，然基本从思想内容角度分析，对邵雍诗体形式规律的考察较少。郭鹏《诗心与文道：北宋诗学的以文为诗问题研究》指出“在《伊川击壤集》里，绝大多数诗歌都冠以‘吟’的题目，有些诗即使不是以‘吟’为题目，其语言和格调风神跟‘吟’也没有太大的差别。可以说，所谓的‘邵康节体’就是指邵雍这种‘吟’体诗”，对邵雍“吟”体诗做了初步阐发，惜未得展开。

一、邵雍"吟"体诗创作源流及基本特征

多以"××吟"为题，是邵雍诗歌最鲜明的形式特点之一。根据笔者统计，其《伊川击壤集》收1555首诗，其中以"××吟"为题的诗歌有841首，占创作总量的54.73%，从诗题上看已别为一类；置于《全宋诗》中考察，以"吟"为题的诗作共2270首，邵雍所作占37%①，堪为宋代"吟"体诗创作之代表。

"吟"在《说文解字》中与"呻""啸""叹"等互训，皆表示生发自然声情。就文学体式而言，明确的"吟"体诗创作源于乐府诗，据《乐府诗集》引《宋书·乐志》：

> "古者天子听政，使公卿大夫献诗，耆艾修之，而后王斟酌焉。"然后被于声，于是有采诗之官。周室下衰，官失其职。汉、魏之世，歌咏杂兴，而诗之流乃有八名：曰行，曰引，曰歌，曰谣，曰吟，曰咏，曰怨，曰叹，皆诗人六义之余也。至其协声律，播金石，而总谓之曲。若夫均奏之高下，音节之缓急，文辞之多少，则系乎作者才思之浅深，与其风俗之薄厚。②

《乐志》在溯源流别的同时，指出了"吟"体诗的基本特征。首先，"吟"乃是"古者天子听政，使公卿大夫献诗"的流衍，邵雍身处唐宋儒学复古思潮之中，其诗集"伊川击壤"之称正出自"蕲身于尧舜之民，寄意于唐虞之际"之旨。而从该诗体具有"诗之流""六义之余"的性质来看，邵雍取乐府歌行制题方式"吟"为诗体之名，同样缘于其上追三代讴吟之风、复归古意的追求。其次，"吟"等出于"歌咏杂兴"的背景下，且"协声律，播金石，而总谓之曲"，《乐府诗集》"相和歌辞"十项之一亦有"吟叹曲"，均体现出"吟"与乐调歌咏的密切关联，此种传统在邵雍"桃李因风花满枝，因风桃李却离披"③等"吟"体诗重叠复沓的书写方式和流畅自然的语言风格中得到体现。此外，"吟"即随口发咏，故乐府歌行之"吟"体诗多针对世情人事直陈兴慨，如《幽州马客吟歌辞》"憎马常苦瘦，剿儿常苦贫。黄禾起赢马，有钱始作人"④、《贱士吟》"谄竞实多路，苟邪皆共求"⑤等，邵雍《争让吟》"争让起于心，沿革

① 据傅璇琮等主编，北京大学古文献研究所编《全宋诗》，北京大学出版社1991年版。

② 郭茂倩《乐府诗集》，中华书局1979年版，第884页。

③ 邵雍《伊川击壤集·桃李吟》，见邵雍著，郭彧整理《邵雍集》第4册，中华书局2010年版，第258页。其后所引邵雍诗作多出自此书，直接在相关作品后标注页码，不另出注。

④⑤ 《乐府诗集》，第370、1340页。

生于迹"(第432页)等"吟"体诗即吸收了以"吟"为题的乐府歌行长于议论的特点，以质实乐调与词章表现内在化的意志情思①。

在体裁特征方面，邵雍之前的"吟"体诗基本为五古，唐代"吟"体诗虽然较集中出现于盛唐以后，但其基本仿效汉魏诗风，以古体诗为主②。邵雍"吟"体诗古体以五言最多(125首)，体现出对汉至唐创作传统一定程度的继承，但其突出特点更在于在体裁上别开生面。首先以七言为主(400首)，五言次之(291首)，兼有四言(126首)、三言(9首)、六言(5首)和杂言(10首)。其次，近体为多(480首)，以七言律诗为主(267首)，将发端于汉魏的"吟"纳入近体诗视域，拓展了"吟"体诗的书写体裁。

就内容特点而言，邵雍"吟"体诗可划分为自叙吟和物事吟两类。自叙吟为汉魏至唐代的"吟"体乐府歌行的主要类别，题目"××吟"中的"××"或点明书写时地，或介绍抒情主体，重在兴发感慨。如萧抙《霜妇吟》、张籍《节妇吟》、贾岛《壮士吟》等，以诗题所立身份为抒情主人公，表现"孤妾思偏丛""蓄恨萦心里"③，"事夫誓拟同生死"④的情志；又如诸葛亮《梁甫吟》、李白《东武吟》，"梁甫"为泰山下之山名、"东武"为汉代郡名，而全诗亦以个体"力能排南山，文能绝地纪"⑤，"好古笑流俗""方希佐明主"⑥的表情言志为主轴。邵雍诗如《暮春吟》"少日壮心都失去，老年新事不知他"(第334页)、《凭高吟》"惆怅先民不复见"(第448页)等，呈现当下的心境与思绪，实为对"吟"体诗"自叙"主题的继承。

物事吟为邵雍"吟"体诗的主要类别，也是其与前代"吟"体诗创作的重要差异。与汉唐乐府自叙吟言说主体与赋写对象往往一体有所不同，物事类"××吟"诗题"吟"字前的对象由个体呈现转向客体赋写，如《仲尼吟》"仲尼生鲁在吾先"(第378页)，以"吾"评"仲尼"，诗歌言说主体与被表现对象由一为二。从源流方面考察，物事吟已偶见于中晚唐人诗作。如刘禹锡《鶗鴂吟》写"鶗鴂摧众芳，晨间先入耳"，评其"秋风白露晞，从是尔啼时"⑦；孟郊《黄雀吟》写"黄雀舞承尘，倚恃主人仁"并发出"何不远飞去，蓬蒿正繁新"⑧的追问，然其基本取古体，用与物对话的方式阐发作者观点与心志，效仿汉魏诗风，与邵雍"咏"体诗多用近体并非完全一致。邵雍"吟"体诗之先驱，为贾岛七律《病鹘吟》："俊鸟还投高处栖，腾身戛戛下云梯。有时透雾凌空去，无事随风入草迷。迅疾月边捎玉兔，迟回日里拂金鸡。不缘毛羽遭零落，焉肯雄心向尔低。"⑨该诗以客观物象"鹘"为中心并加以

① 郭鹏《诗心与文道：北宋诗学的以文为诗问题研究》，北京语言文化大学出版社2003年版，第158页。

② 根据笔者统计，《全唐诗》(彭定求等编，中华书局1960年版)收"吟"体诗共470首，其中古体诗286首，占60.85%；近体诗184首，且以七言绝句为主(92首)，七律次之(52首)。

③④⑤⑥ 《乐府诗集》，第1075、1328、606、609页。

⑦⑧ 《全唐诗》，第3966、4185页。

⑨ 《全唐诗》，第6686页。

人格化，且以七律体裁书写，遥启邵雍物事吟的取材方式和艺术表现方法。

邵雍自谓“爱物”(《首尾吟》其一一一，第536页)，《首尾吟》第24至26首将其创作内容归纳为“语道”“语物”“语事”三类，内容分别述人情、物之盛衰与天道，基本涵盖物事吟的内容范畴。其中“语物”类创作如《鹧鸪吟》写鹧鸪鸟“江南江北常相逐，春后春前多自呼”(第457页)，《牡丹吟》写“冠群芳”的牡丹“四色变而成百色”(第458页)等，与贾岛《病鹘吟》皆赋写物象样貌、呈现形象，“林泉且作酬心物，风月聊充藉手资”(《首尾吟》其三，第515页)，与汉魏以来以物映照精神的表现方式、寄托比兴传统一脉相续。

但另一方面，邵雍“吟”体诗与前代创作相比更多呈现出独异性，主要体现在即事绘物与言情叙理之间置入“观物”逻辑结构。邵雍在《伊川击壤集》自序中认为“观物之乐”与“名教之乐”均“有万万”，“观物”来自邵雍根柢在其以易学宇宙观为基础、从物理之学到性命之学的认知系统和哲学思维方式，其《皇极经世》以“篇谓之观物”为方法，并在《观物内篇》具体阐释，根据其“先天易学”之说，“天下之物”皆有“理”“性”“命”，且突出“人”的地位，“天地生万物，其间人最灵”“唯人最灵，万物能并”，从而为人能观照万物和心性修持提供了可能。邵雍“观物”包括“观之以目”“观之以心”“观之以理”三个层次，也即从赋写到与情感交融，最终得万类之理。“静把诗评物，闲将理告人”(《静乐吟》，第358页)，其物事吟从状貌出发，展现内心对外物万象的真实回应和感受，并基于“我与人皆物”即人与万物相通之理；“万物于人一身，反观莫不全备”(《乐物吟》，第509页)将人作为大的精神主体而消解“小我”的意念，使自己与天下之耳目口心互通，在静照忘求中领悟恒常之“理”；“见物即讴吟，何常曾用意。闲将篋笥诗，静看人间事”(《见物吟》，第480页)，即从“以我观物”而抵“以物观物”[①]，能由一己之“情”而晓通万类之“性”。

“观物”在“吟”体诗中首先表现在邵雍更注重由个别、具体的物象抽象至一般的“物类”。《观物吟》之“物”包括具体的柳和百谷，通过柳易得荣亦易得枯、百谷逢雨“极枯变极荣”(第439页)的变化，表现盛衰转换、相对相生的道理。其他同以“观物”为题的诗作则总括“物”之道为“时有代谢，物有枯荣。人有衰盛，事有废兴”(第405页)，“物不两盛，事难独行。荣瘁迭起，贤愚并行”(第409页)；《万物吟》亦将世间万类的运行规律总结为“兴衰各有时”(第503页)。从诗歌结构方面看，相比单纯直接赋物或抒情写志，此种由物及心、以赋物叙事引发议论的结撰方式更加注重外在世界及人情物理的展示，从而有助于诗意的深入推进。

其次，邵雍“吟”体诗的物事吟虽则以物象和事理为基础，但其重心不在赋写本身，而

---

① 邵雍《观物外篇》，见《邵雍集》第1册，第49页。

在于通过“锻炼物象”以“得意”，与“语物”相比，更为偏好“语道”“语事”。如多以“忠信”“好勇”“人情”“奢侈”“畏爱”等为“吟”体诗之题目，讨论品质或世情，关注点在“处人心上事，道物性中言”(第 377 页)。此外，邵雍还以“吟”体诗记录读书习史的心得，如以观《易》《书》《诗》《春秋》、三皇五帝、三王五伯、嬴政两汉、三国西晋直至隋唐等历代沿革为“吟”之对象，陈说盛衰兴亡。

第三，“观物”的究极为“观理”，即天道运行的理学揭示，也即《首尾吟》其八所谓“虽则借言通要妙，又须从物见几微”(第 516 页)，是在物事吟中对万物现象的观察和运行规律的思索。如《大易吟》《乾坤吟》从天地、山泽、雷风、水火“四象相交，成十六事，八卦相荡，为六十四”的象数符号角度进行诠解，实则为援道入儒①，以数理关系说明天人性命、兴亡治乱之迹。总体而言，邵雍自叙吟和物事吟实则代表其创作的两个面向，将专主逸品的“寄心写意论”与求物之妙的“传神写照论”②相结合，从而形成“体物切实，立意高古”(第 574 页)之物我两相致意的境界。

二、“吟”体诗创作与“邵康节体”的形成

最早将邵雍诗歌标为一“体”的为宋人严羽：“以人而论，则有……邵康节体。”③《伊川击壤集自序》中，邵雍提出“不限声律，不沿爱恶，不立固必，不希名誉，如鉴之应形，如钟之应声”的创作原则，其应用则主要是通过“吟”体诗得以实现的，具体特点包括以下三方面：

(一)“立体”与“破体”意识

邵雍对其“吟”体诗之“立体”具有一定自觉性，这首先表现在其在诗题中根据篇幅以“大吟”“长吟”“短吟”“小吟”对该体作更为细致的划分。最长为“大吟”，《观棋大吟》为 60 句；宋诗中以“长吟”为题的作品《观棋长吟》《清风长吟》《垂柳长吟》《落花长吟》《芳草长吟》《春水长吟》《花月长吟》均出自邵雍，长度 22—48 句不等；《落花短吟》《芳草短吟》《垂柳短吟》《春水短吟》《清风短吟》《观棋小吟》均为七言律诗。

另一方面，邵雍“吟”体诗特点的形成是在对近体规范的“破体”基础上得以实现的。其“千变万化皆其自然”“诗而非诗，法而非法”④，有意识使“吟”体书写摆脱声律对仗规

① 陈钟凡《两宋思想述评》，东方出版社 1996 年版，第 49 页。

② 韩经太《理学文化与文学思潮》，中华书局 1997 年版，第 72 页。

③ 严羽《沧浪诗话》，中华书局 1985 年版，第 14 页。

④ 万士和《重刻击壤集序》，见黄宗羲辑《明文海存》卷二六六，清涵芬楼钞本。

制，如其《对花》与《对花吟》，两者体裁、主题均一致，前者为普通七律，后者则为“吟”体诗：

对　花

花枝照酒卮，把酒嘱花枝。酒尽钱能买，花残药不医。
人无先酩酊，花莫便离披。慢慢对花饮，况春能几时。（第 329 页）

对花吟

春在花争好，春归花遂残。好花留不住，好客会亦难。
酒既对花饮，花宜把酒看。如何更斟满，乃尽此时欢。（第 321 页）

两诗“花枝照酒卮，把酒嘱花枝”与“酒既对花饮，花宜把酒看”造语相近，皆为对诗题“对花”的回应。《对花》颔、颈两联对仗，“酩酊”“离披”均为叠韵；而《对花吟》“春在”“春归”“好花”“好客”类似民歌重章复唱的句式，且颔联不对仗，相较《对花》，即兴咏叹的特点更强。又如同主题创作《问春》（其二）和《问春吟》均以“莺”意象贯穿全诗，后者虽为律诗，但“自古言花须说莺，莺花本合一时行”“流莺不伏春辜负，啼了千声又万声”（第 331 页），相较后者仄韵古体“春归必竟归何处，无限春冤都未诉。欲托流莺问所因，子规又叫不如去”（第 292 页）更为俗白，具有歌诗自然流畅的声情。

但需要指出的是，从诗学观念上看，邵雍对锤炼字句、精思结撰有着明确的认识，如《论诗吟》“何故谓之诗，诗者言其志”（第 356 页）、《感事吟》“改诗知化笔”（第 454 页）等；同时提出“炼词”与“炼意”、“奇句”与“余味”（《论诗吟》，第 356 页）相结合的主张，认为“晓事情怀须洒落，出尘言语必新奇”（《首尾吟》其一一一，第 536 页）。在音韵方面，邵雍继承其父邵古对照天地四季以定律吕声音的正音方式，“深造自得，审音声，知律吕”①，其《伊川击壤集自序》反对嗜钟鼓玉帛，主张“坏一礼乐，作一礼乐”，以形成当世“风雅之道”。其亦能工对如“有意水声千古在，无情山色四边围。孤鸿远入晴烟去，双鹭斜穿禁柳飞”（《首尾吟》其十，第 517 页），且在“骚雅浓薰李杜香”（《依韵和王安之少卿六老诗仍见率成七首之四》，第 394 页）、“既贪李杜精神好，又爱欧王格韵奇”（《首尾吟》其一二四，第 539 页）等诗中对唐代李杜、近世欧王给予明确赞誉。

由此来看，“吟”体诗不取李杜等近体常轨，而颇近民讴乡谣之风的变体风格应当是邵雍在充分继承近体诗在音韵、对仗等诗艺基础上的背离与革新。其《答人吟》谓“林下闲言语，何须更问为。自知无纪律，安得谓之诗”（第 364 页），将自己的一部分作品命名为

① 郝经《续后汉书》，中华书局 1958 年版，第 1588 页。

"吟",盖有意将此部分诗歌划于"纪律"规范之外。换言之,"吟"率性自然、少加锤炼的特点,实则为诗人对既有诗法有意背离之结果。"吟"体诗在以七律为主的近体诗基础上,对仗和篇章结构等方面多有变化。如《首尾吟》起结句同,形成回环往复、跌宕有秩的声情;《四长吟》五首,第一首列出"一编诗""一部书""一炷香""一樽酒",后四首分别进行展开叙写;又如"喜春吟"诗题彰显主题,且"春至""春归""花开""花谢"等全诗中"辘轳映带"、参差反复,从而形成"格愈繁密,调愈流转"的诗美效果。故《四库全书总目》称邵雍"其所欲言,自抒胸臆,原脱于诗法之外",体现出图变求新、腾挪变化的尝试。

(二)"状情"兼"记意",尤为重视理学的探讨

邵雍将诗歌按照内容分为"诗画"和"诗史",认为"诗画善状物"(《诗画吟》,第 482 页)、"史笔善记事"(《诗史吟》,第 483 页),并在《史画吟》中指出依托于形容和想象等的"状情"与"记意"乃是"诗笔"高于"画笔"和"史笔"之处(第 485 页)。在邵雍理论中,"情"包括"人情"与"物情",邵雍一方面肯定"人情"的价值,《人灵吟》谓"天地生万物,其间人最灵。既为人之灵,须有人之情。若无人之情,徒有人之形"(第 486 页),其诗如"除却此心皆外物"(《过眼吟》,第 486 页)、"探春春不见,元只在胸中"(《穷冬吟》,第 488 页)、"心在天地前""天地自我出"(《自余吟》,第 501 页)等,皆道出对"人情"囊括大块、包举万物的认识。邵雍另一方面又将"情"比拟为水,认为"载则为利,覆则为害""情之溺人也甚于水",主张情感的自然生发,但要求节之以礼,反对任情、滥情,注重外物与内心之情"两不相伤"(《伊川击壤集序》,第 180 页)。与此同时,邵雍诗看似言情无隐,但实有所节制。其自言"有激"之时"留在胸中防作恨,发于词上恐成疵"(《首尾吟》其一三二,第 540 页);《自序》对"近世诗人"之作"大率溺于情好"提出批评,亦自道其作诗"哀而未尝伤,乐而未尝淫",虽吟咏性情,而不累于性情,追求温柔敦厚、和平和正大的情感,主张"恶则哀之,哀而不伤。善则乐之,乐而不淫"。邢恕《伊川击壤集后序》亦评邵雍诗"温粹精明而不见其廉隅锋颖,如其为人,浑浑浩浩,简易较直"(第 572 页),誉之者称其为"《风》《雅》正传",盖缘于此。

邵雍进一步将"人情"推衍至"甘苦辛酸万物情"(《过眼吟》,第 486 页)、"物虚含远情"(《高竹八首》,第 190 页),"物情"与"记意",共同构成外在世界的发见。诗不仅作为个体"吟咏性情"之具,同时承载着对现实的观照与社会价值,兼有兴感和思致两种功能。乐府古体"吟"体诗多兴慨,邵雍继承了"吟"体诗即事吟咏以抒己见的特点,且转"情"为"理",将"吟"由赋物兴感转为理学阐释。《四库全书总目》指出宋人"鄙唐人之不知道,于是以论

理为本，以修词为末”，“北宋自嘉祐以前，厌五季佻薄之弊，事事反朴还淳”[①]，道学诗人以经术道德自任，聚焦于精粹说理，“以平实坦易为主”，是导致“诗格大变”的根本原因。“状情”与“记意”构成万物之共“理”的一体两面，最终诉求对“天机”与“天道”的发见。邵雍认为“天由道而生，地由道而成，物由道而形，人由道而行”（《观物内篇》，第 33 页），指出“万物道为枢，其来类自殊。性虽无厚薄，理亦有精粗”（《感事吟又五首》其三，第 485 页），人与物的运行都遵循物理天道，“大道备人皆有谓，上天生物固无私”（《首尾吟》其七六，第 529 页）；而“物皆有理我何者，天且不言人代之”（《首尾吟》其七八，第 529 页），故其“代天言”，对“理”予以揭示。邵雍“吟”体诗歌由于重在论道谈理，故在一定程度上议论多而少形象，但并非复制或复归东晋玄言诗抽象滞涩的风格。其“吟”体诗虽多涉理路，但基本围绕古今衍变和人事伦常，语意显豁，不仅阐述形而上的宇宙运化规律，同时也关注切实“爽口物多须作疾，快心事过必为殃”（《仁者吟》，第 261 页）、“道德有常理，富贵无定期”（《偶见吟》，第 285 页）等人世修持之道，讨论“人鬼”“至灵”“知识”“仁圣”“思患”等更为庞杂丰富的内容。

（三）用语浅近，追求质实自然格调

希古《击壤集引》谓邵雍“形诸声诗，发越性情”“其音纯，其辞质”（第 574 页），较为精练地点出邵雍创作特点。“声诗”“音纯”指明易诵可歌的属性，“性情”见出内心实感和道学理趣；“辞质”体现语言少雕饰的风格特点。“吟”体诗相比于邵雍其他作品更加率性活泼，口语性更强，不用生僻典或逞才学，如肆笔脱口而出。谢无量就其“择义”精而“出言”杂雅俗，谓其“最为诗体之变”[②]。而关于邵雍诗歌语言风格的源流，有源于白居易和寒山两种观点。司马光评价邵雍“只恐前身是，东都白乐天”[③]，《四库全书总目》承之而论其“源出白居易”；而朱国祯《涌幢小品》则指出“佛语衍为寒山诗，儒语衍为《击壤集》。此圣人平易近人，觉世唤醒之妙用”，《四库全书简明目录》谓其诗“源出寒山、拾得”。

从思想及心态、语体和交游等角度考察邵诗语言成因，以上两种认识各有其合理处。白居易“有足悲者，因直歌其事”[④]以成“吟”体诗的观念与邵雍具有一致性，且白居易自道“时时自吟咏，吟罢有所思”的为诗姿态以及“诗成淡无味”“落声韵”“拙言词”[⑤]的风貌也与邵雍“吟”体诗相仿。加之邵雍晚年归洛生活与白居易闲居生活经历相似，以及“园林聊

① 永瑢等《四库全书总目》，中华书局 1965 年版，第 1322 页。

② 谢无量《中国大文学史》卷八，中州古籍出版社 1992 年版，第 47 页。

③ 司马光《戏呈尧夫》，见李之亮笺注《司马温公集编年笺注》，巴蜀书社 2009 年版，第 488 页。

④ 白居易撰，谢思炜校注《白居易诗集校注》，中华书局 2006 年版，第 154 页。

⑤ 白居易《自吟拙什因有所怀》，见《白居易诗集校注》，第 549 页。

自娱”[①]的共同心态，白居易“少迂老更迂”等率直俗白的风貌，一定程度上也影响了邵雍“花秾酒更浓”(《落花长吟》，第 263 页)的出语方式。与此同时，在佛教影响下，唐代王梵志、寒山诗僧用接近口语的语言写作，“我见百十狗，个个毛狰狞……良由为骨少，狗多分不平”[②]等诗歌用俗语释佛偈、写世情，其目的在于面向民间，通俗阐释，开启佛教“白话诗派”。而邵雍与圆益禅师等僧人有交谊且曾作诗唱和，或在一定程度上对佛教白话诗有所取法。此外，邵雍“吟”体对平淡诗风的追求，还应受到对陶渊明质性自然好尚的影响。《读陶渊明归去来》谓“归去来兮任我真，事虽成往意能新”(第 286 页)，其从同为“闲人”的角度对陶的人格和远离尘俗的人生选择予以认同，并力图在自然闲远中寻找“真意”。实际上，笔者认为，邵雍对语言风格的选择在根本上取决于其论道说理的需要。邵雍认为孔子删诗，所存为“善恶明著”者，其目的在于彰显“垂训之道”。邵雍自谓“写字吟诗为润色，通经达道是镃基”(《首尾吟》其四十五，第 525 页)，结撰辞章的目的是对“道”“理”的揭示。“事体极时观道妙，人情尽处看天机”(《首尾吟》其一〇一)，“事体顺时为物理，人情安处是天机”(《首尾吟》其一〇四，第 534 页)，以诗“状情”“记意”并以研求道学为最终目的，故破除诗法对言意明理的限制、用语简易以表意达情、取用自然如口诵的“吟”体诗等成为邵雍诗歌书写的应有之义，综而构成“邵康节体”的面貌。

三、邵雍与唐宋“吟诗”模式转换及影响

除了在诗体和诗法方面有所创变，邵雍“吟”体诗的独特性还表现在将诗歌书写行为自觉化，审美对象从作品的音声辞藻和意境情思延伸至诗歌创作过程本身，并体现出“吟诗”模式由唐至宋的转换，对后世产生重要影响。

对“吟”行为的彰显和主体塑造，始于《楚辞》“屈原既放，游于江潭，行吟泽畔”[③]；有唐一代的诗人用“吟”体诗赋写“吟”的行为和心理状态，自杜甫“赋诗歌句稳，不免自长吟”[④](《长吟》)以后，以“独吟”“偶吟”“苦吟”“自吟”等为题，“唯有诗魔降未得，每逢风月一闲吟”[⑤](《闲吟》)，对“转觉吟诗僻性成”有着明确的自我意识。邵雍将对“吟诗”的关注进一步推进，其《首尾吟》组诗 135 首皆以“尧夫非是爱吟诗”反面起笔，第二句以“诗是尧夫……时”介绍其论诗的具体情形，既包括“自喜”“自笑”“自在”“自负”“自得”等情绪状态，也包括“试笔”“访友”“忖度”，甚至“睡觉”的特定场景，形塑具有较强个性色彩的诗人

---

① 白居易《闲居偶吟招郑庶子皇甫郎中》，见《白居易诗集校注》，第 2729 页。

②④⑤ 《全唐诗》，第 9070、2581、4895 页。

③ 朱熹集注，吴广平校点《楚辞集注》，岳麓书社 2013 年版，第 94 页。

形象，呈现出较为充分的主体意识。

需要指出的是，“吟诗”行为与中晚唐“苦吟”诗派不同，在一定意义上，两者的创作主导思想截然相反：邵雍将“苦吟”诗派寻章觅句、精思结撰“要呕出心乃已耳”①、“二句三年得”②创作态度转为随口即“吟”的消遣自适行为。《宋史》本传记邵雍“兴至辄哦诗自咏”③，《四库全书总目》称其“不苦吟以求工，亦非以工为厉禁”，可证邵雍对“吟”的自适性有着明确的认知。邵雍有诗题为“无苦吟”，谓“平生无苦吟，书翰不求深。行笔因调性，成诗为写心”“诗扬心造化，笔发性园林”（第459页），与“苦吟诗派”在风格上也呈现出深杳与清淡、怪佶与简易的对立。

邵雍“吟”体诗非“苦吟”，行笔写心的观念主要源于其对文体功能的认识及创作心态的特点。而所体现出的“吟诗”模式的唐宋之变，实则反映了诗学观念和士人精神在唐宋之际的转换与革新。

邵雍对不同文体功能具有比较明确的裁定，其《谢富相公见示新诗一轴》指出“文章天下称公器，诗在文章更不疏”（第320页），即诗虽能“静照乾坤”，但只是裨补文章之用，文学的社会功能最终依托文章来实现。他在《答客》诗中自评“望我实多全为道，知予浅处却因诗”（第229页），具有道一诗二、崇道抑诗的文道观。邢恕在集后序中评邵雍“发为文章者，盖特先生之遗余，至其形于咏歌、声而成诗者，则又其文章之余”（第572页），晁公武亦评其“歌诗盖其余事”，在一定程度上反映出当时和后世对邵雍的接受偏重哲学，文学中偏重文章的特点。但需要指出的是，以“余事”论其诗，与邵雍本人对诗的认识并不一致，甚至恰恰相反；邵雍对诗歌持重视和肯定之态度，自谓“从来有诗癖，使我遂成魔”（《答任开叔郎中昆仲相访》，第572页），以写诗为嗜好；诗中述及“静录新诗稿”（《谢人惠笔》，第229页），见出其对作品的有意珍存。

对“诗”体裁的重视，首先表现在邵雍对赋诗言志等儒家诗学观念的承继，“诗者人之志，非诗志莫传”（第489页），邵雍认为诗为人之志，言为心声，“志因言以发，声因律而成”（第482页），风雅颂可知功名，赋比兴可知废兴，因诗而能“乐天下”“致升平”（《诗画吟》，第483页）。而就诗之史学性质而言，邵雍则列举“辩庶政”“齐黎民”“述祖考”“训子孙”等16种功能，并以“规、诲、训、送”概括之。

但需要指出的是，邵雍与“宋初三先生”等儒学家将诗文等同于典章制度和人伦规范并不完全一致，邵雍阐明了诗、道、志的统一关系，指出其诗为“经道之余”“因时起志”“因

① 欧阳修、宋祁《新唐书》卷二〇三，中华书局1975年版，第5788页。

② 贾岛《题诗后》，见《全唐诗》，第6692页。

③ 脱脱等《宋史》，中华书局1985年版，第12727页。

志发咏，因言成诗”，从心性涵养的角度为诗歌找到安身立命之所[①]。邵雍在承认论道谈理之必要的同时，又不将“理”和“道”作为文学的唯一价值本源，而是充分肯定诗歌对主体情志的自然呈现。“优游情思莫如诗”(《和人放怀》，第200页)，认为“诗”是在特定时地下的生发，强调即事随感和触物兴情的性质，而非着力于深刻寄托。《谈诗吟》云：“论物生新句，评文起雅言。兴来如宿构，未始用雕镌。”(第489页)这一认识不仅表现在其语言随口即诵的拙朴及“逸兴剧凭诗放肆”(《游山三首其二》，第205页)、“更把狂诗当管弦”(《年老逢春十三首其四》，第323页)的自述，同时通过诗题多有《欢喜吟》《感事吟》等也能见出“吟”体诗的产生有邵雍特定时地的情感根柢。

其次，邵雍“吟诗”形象闲逸、超逸的自我呈现，反映出以“道、事功、情趣”[②]三者为基本构成因素的宋代士人精神结构。一方面，邵雍“吟诗”活动以性情形体为诗之用，将道学诗意化、日常生活审美化，注重日常情景的取材和体验。如《绳水吟》“有水善平难善直，唯绳能直不能平。如将绳水合为一，世上何忧事不明”(第236页)，以绳水的物理属性喻指人世，并在身边的物象中发掘意趣，“长年国里花千树，安乐窝中乐满悬”(《击壤吟》，第299页)。

另一方面，“吟诗”活动体现出诗人闲逸的心境，“诗到忘言是尽时”(《首尾吟》其八，第516页)，其精神根柢在“闲”和“乐”，如“六尺眼前安乐身”“心似游丝自往还”(《闲适吟》，第257页)，“景物不妨闲自适”(《首尾吟》其一〇，第517页)，“无限物情闲处见”(《首尾吟》其一三，第517页)等，以至“篇篇只管说乐”。但邵雍之“闲”“乐”并非简单的超然玄远，实则为纵观物情、调协自我后实现的自适之境，背后蕴含的是其对人世的洞见和对现实悲喜的承认和接受。其有用世之心，然“道不同新学，才难动要官”(《和内乡李师甫长官见寄二首其一》，第430页)，故选择退守荜门环堵。这种出处抉择决定了邵雍心态的复杂性，也形成了其儒士和隐士双重面貌。而其“吟”体诗多为人生晚期所写，老去退居，故能以超越政局的姿态论析对人间万象的观察；同时又以“惟愿朝廷省徭役，庶几天下少安息”的“吾儒”自任，批判“重利轻死，不畏人诛”的“小人”。邵雍在诗中多次表现出对孔子、颜回的追慕：“诗是尧夫赞仲尼”(《首尾吟》其三八，第522页)、“无言又欲学宣尼”(《首尾吟》其五〇，第524页)、“文章却欲学宣尼”(《首尾吟》其六三，第527页)，标举颜渊“内乐”的陋巷之志和孟子“不动心”的精神造诣。其心境综合之结果，则是对人情事理更为深刻的洞见，并在诗歌中呈现为平和悠游的情感基调，“得志当为天下事，退居聊作水云身”(《自

① 吕肖奂《宋诗体派论》，四川民族出版社2002年版，第273页。
② 李春青《宋学与宋代文学观念》，北京师范大学出版社2001年版，第75页。

述二首》其一,第379页)。以“乐天”“经书”(《愁恨吟》,第385页)为事业,“水竹”“养志”为生涯(《击壤吟》,第461页),体现出“抱道自高”与“恬淡自怡”的结合。宋人曾比较孟郊、杜甫、白居易和邵雍书写“乾坤”“天地”之语,认为孟郊“若无所容身者”,杜甫“虽落魄不羁,而气常自若”,白居易“无事日月长”相比孟郊“谁谓天地宽”之激愤已入平和豁达,而“未若邵康节‘静处乾坤大,闲中日月长’”①,显示出邵雍的精神范型在宋代得到较为充分的认同。邵雍虽有“浩气雄思”,但与唐朝“复杂而进取”②的文化精神相比,诗格“还是宋人一派,终与唐风分道而驰”。邵雍对理学诗意化、生活趣味化及“乐”感的体认,是儒学济世之志诉求之外的自适之道,显示出“内省而广大”③的宋型文化更重视主体追寻和自我体认的特点。

从影响来看,邵雍的诗歌别趣启发了其他诗人的“吟”体诗创作。宋末吴渊《鹤山集序》将“《击壤》豪诗歌”④称为继杨亿、晏殊、欧阳修、苏轼之后的第三变;《四库全书简明目录》指出邵雍诗“蔓延于南宋”,至明代陈献章、庄昶等“以讲学自名者,大抵宗之”;刘衍文《雕虫诗话》亦称“历代言哲理诗者必……追仰邵康节”⑤;后世学邵雍,由泊然行藏的人格与精于道术的造诣推崇出发,继而效其创作,“画前勘破先天易,醉后吟成击壤诗”⑥。程颢对邵雍《打乖吟》《首尾吟》等均有和诗,称道邵雍诗“风月犹牵赋咏才”“便将佳句写琼瑰”⑦。与邵雍有交游的王尚恭、王拱辰、任逵、司马光等均有和诗,“洛社”的诗文酬唱活动进一步扩大了邵雍“吟”体诗的影响。徐侨《和邵康节苍苍吟》“万变杂兴虽错糅,一元不动固安详”、王义山《和康节天意、为人二吟》“人能穷理始知命,事到容心便费言”;南宋时期“尧夫击壤,蔚成风会”⑧,辛弃疾“器才满后须招损,镜太明时易受尘”⑨明确标明“效康节体”,用浅近语汇说理;明唐顺之谓“三代以下之诗,未有如康节者”⑩;《水浒传》开篇即用邵雍《观盛化吟》为“引首”,并介绍作者为“故宋神宗天子朝中一个名儒”⑪等,皆足见邵

---

① 陈知柔《休斋诗话》,见郭绍虞编《宋诗话辑佚》,中华书局1980年版,第484页。

② 傅乐成《唐型文化与宋型文化》,见傅乐成著《汉唐史论集》,台北联经出版事业公司,1977年版。

③ 王水照《情理·源流·对外文化关系——宋型文化与宋代文学之再研究》,见中国社会科学院文学研究所文学遗产编辑部编《文学遗产纪念文集》,文化艺术出版社1998年版,第38页。

④ 曾枣庄、刘琳主编《全宋文》第三三四册,上海辞书出版社2006年版,第24页。

⑤ 刘衍文《雕虫诗话》,见张寅彭主编《民国诗话丛编》第6册,上海书店2002年版,第425页。

⑥ 卢梅坡《读康节诗》,见《全宋诗》,第45205页。

⑦ 程颢《和尧夫西街之什二首》,见程颢、程颐著,王孝鱼点校《二程集》,中华书局2004年版,第481页。

⑧ 钱锺书《谈艺录》,中华书局1984年版,第545页。

⑨ 辛弃疾《有以事来请者,效康节体作诗以答之》,见辛弃疾著,辛更儒笺注《辛弃疾集》,中华书局2015年版,第16页。

⑩ 唐顺之《与王遵岩参政》,唐顺之著,马美信、黄毅点校《唐顺之集》,浙江古籍出版社2014年版,第299页。

⑪ 金圣叹《第五才子书施耐庵水浒传》卷五,凤凰出版社2016年版,第42页。

诗影响之大。清代查慎行有《冬课吟效击壤体》,“故人问我三冬课,六十年前上学时”,“画前有《易》《易》如何,删后无《诗》诗倍多”①,即事成诗,用语平易而不避重复。整体而言,“吟”体诗虽则特征鲜明且由宋至清皆有承续,但自邵雍后在诗艺层面并无更多推进;而后世“志道忘艺,知有语录,而无古今”“由精达粗”之流弊,亦在邵雍处即已埋下伏笔。

邵雍“吟”体诗理论及创作实践之不足,首先表现在力避“苦吟”和缺少锤炼,往往导致词句的粗粝和语段缺乏变化。如《欢喜吟》“欢喜又欢喜,喜欢更喜欢”(第 335 页),《春天吟》“一片春天在眼前,眼前须识好春天”(第 476 页)等用语重复。组诗中各首之间也往往结构相仿,仅作部分词汇的替换,如《安乐窝中四长吟》《窥开吟》组诗十三首中每首皆分别以“安乐窝中”“物理窥开后,人情照破时”(第 497—498 页)为起首;《闲中吟》组诗三首皆以“闲中气味”为起首,“处是”“富有林泉乐”“清无市井”“烂游千圣”“醉拥万花”“莫作伤心事”(第 464 页)等在三首中重复使用。

更重要的是,邵氏从“诗缘情”的创作传统出发,将“以物观物”作为哲学修持和文学境界的双重目标,但吟咏性情与论道说理在思维机制上存在根本差异,理论自身的矛盾性,致使其消弭自我以“观物”论道的主张和“状情”“记意”的创作内容之间无法完全弥合。此外,正如钱锺书指出邵诗“专用语助,自成路数”②,邵雍诗以补文章之“不疏”的定位,加之同辈梅尧臣、欧阳修皆倡“以文为诗”的影响,促使其创作向“文”体趋近,从而使诗歌文体边界受到文章一定程度地侵入,体现出“有韵散文”之特点。如《林下局事吟》“闲人亦也有官守,官守一身四事有。一事承晓露看花,一事迎晚风观柳。一事对皓月吟诗,一事留嘉宾饮酒。从事于兹二十年,欲求同列谁能否”,此诗从“二五切分”的断句方式已不属于一般律诗的句法规则,更偏于押仄韵的短文;《生日吟》“辛亥年辛丑月,甲子日甲戌辰。日辰同甲,年月同辛。吾于此际,生而为人”(第 476 页)类似记事短札;《名利吟》“情意内也,内重则外轻。名利外也,内贱则外贵”(第 486 页)基本已属于文的形态,将“宋型诗歌”推向诗与散文的分界线③。而当诗成为说理载体,则会取消诗歌的抒情本质和文体独立性,使之成为哲学的附庸,故朱熹评其“道理密”而“辞极卑”;部分诗歌援经、子而被之声诗,从而变诗为讲学语录,也因此招致了“篇篇只管说乐”“全不似诗体”④等批评。曾国藩谓邵雍诗兼得“豁达光明之识”与“恬淡冲融之趣”,然非“诗歌之正宗”⑤。从整体诗歌发展而言,邵雍于“经道之余”创作的“吟”体诗未必能合于主流,但另一方面亦为诗歌和理学的发展

① 查慎行著,范道济点校《敬业堂诗集》,中华书局 2017 年版,第 1391 页。

② 《谈艺录》,第 77 页。

③ 邓红梅《论“邵康节体”诗歌特征及其对于宋代诗坛的意义》,《山东师范大学学报》2005 年第 2 期。

④ 吴乔《围炉诗话》,见《清诗话续编》,上海古籍出版社 1983 年版,第 603 页。

⑤ 曾国藩《曾国藩全集》第 2 册,岳麓书社 1985 年版,第 959 页。

提供了一种思路，对宋诗学理化、议论化倾向有一定影响。

总之，邵雍“吟”体诗创作是其进行诗体探索的重要尝试，诗题以“吟”为标志，其渊源植根于汉魏至唐的乐府诗创作“缘事而发”的传统，是在继承格律诗规则基础上对自然音律更高层次的复归；从而在体裁上多用近体而能逾越规制，语言上尚浅易可歌，内容上自叙吟与物事吟兼顾，且重在“观物”，表现天道运行之常理。邵雍的“吟”体诗展现出“吟诗”行为的自觉，与唐代“苦吟”诗风的区别以及对自乐、自适的追求展现出宋代特有的文化语境和人格模式之转换。同时，邵雍“吟”体诗的创作体现出其文道观向诗歌创作的分流，虽有“语录体”之弊，但在一定程度上拓展了诗歌的表现方式和容量，对于宋诗言理特质形成及其宋儒对诗歌功能的重审，均具有启迪和先导意义。

（作者简介：隋雪纯，北京大学中文系古代文学专业博士生。）

常州词派主盟词坛之由探赜*

何　扬

内容摘要：常州词派是晚清最为重要的一个词学流派，它能够走出乡邑，风靡全国，并且长期树帜于词坛，原因主要有四：其一，常州词派内部有着紧密的师承关系，后进宗派意识比较强烈，并通过多种词学活动扩大流派影响；其二，常州词派的“比兴寄托”理论不断修正与完善，解词方式也趋于圆融；其三，常州词派词人利用选本宣扬主张，开示门径，将词派推而广之；其四，常州词派的词学主张顺应了清朝走下坡路的现实，与社会演化方向相一致。

关键词：常州词派　张惠言　周济　比兴寄托　词选

龙榆生《论常州词派》云：“言清代词学者，必以浙、常二派为大宗。”①事实也正如此，浙西与常州词派的确笼罩了有清一代词坛。孙克强曾撰《浙西词派主盟词坛原因初探》（《社会科学战线》，2019 年第 9 期），深入分析了浙西词派领袖清代前中期词坛的原因，予以笔者诸多启发。为此，本人不揣谫陋，试就常州词派主盟晚近词坛之原因略呈管见。

一、师承传衍

常州词派内部有着紧密的师承关系，以张惠言为源头，可以梳理出一条比较清晰的传衍谱系。张惠言与其弟张琦可称为常州词派发端，徐珂云：“浙派至乾嘉间而益弊，张皋文起而改革之，其弟翰风和之，振北宋名家之绪，阐意内言外之旨，而常州派成。”②董士锡作为张惠言外甥，年少时即从张氏学习诗词，其《齐物论斋词》堪称“皋文正嫡”③。董士锡另

* 本文系安徽省高校人文社会科学研究重点项目“清初梁溪词人群体研究”(SK2021A0367)阶段性成果。

① 龙榆生《龙榆生学术论文集》，上海古籍出版社 2017 年版，第 489 页。

② 徐珂《清代词学概论》，大东书局 1926 年版，第 6 页。

③ 沈曾植《菌阁琐谈》，见唐圭璋编《词话丛编》，中华书局 1986 年版，第 3607 页。

一重要意义在于，他还是沟通张惠言与周济，建立起常州词派统序的关键人物。周济《词辨自序》云："晋卿为词，师其舅氏张皋文、翰风兄弟。……予遂受法晋卿，已而造诣日以异，论说亦互相短长。晋卿初好玉田，余曰：'玉田意尽于言，不足好。'余不喜清真，而晋卿推其沉着拗怒，比之少陵。抵牾者一年，晋卿益厌玉田，而余遂笃好清真。"①这段话不仅是周济有意建构常州词派词统的重要佐证，也揭示了其在《宋四家词选》中标举周邦彦为四家之首的理念，实亦渊源于董士锡。周济在拓展常州词派过程中发挥了很大作用，正如龙榆生所云："常州词派之建立，二张引其端，而止庵拓其境"，"常州词派，至周止庵氏而确立不摇"②。

张惠言的词学在后期主要由庄棫与谭献推阐。庄棫门人陈廷焯云："二张出而溯其源流，辨别真伪。至蒿庵而规模大定，而词赖以存矣。"③陈廷焯也因受到庄棫影响，由早年对浙西词派的推崇，改弦易辙，转宗常州词派。正如其自述："自丙子年与希祖先生遇后，旧作一概付丙，所存不过己卯后数十阕，大旨归于忠厚，不敢有背《风》《骚》之旨。过此以往，精益求精，思欲鼓吹蒿庵，共成茗柯复古之志。"④谭献则是常州词派承前启后的一位重要人物，他曾谈及选编《箧中词》目的在于"以衍张茗柯、周介存之学"⑤，叶恭绰称其"承常州派之绪，力尊词体，上溯风骚，词之门庭缘是益廓，遂开近三十年之风尚"⑥；他又与庄棫交善，"以比兴柔厚之旨，相赠处者二十年"⑦，甚至认为庄氏是其唯一知己⑧。而庄棫与陈廷焯又有姻亲关系⑨，故而陈廷焯对谭献词学的认识颇为深刻，他在《白雨斋词话》中一气列举谭献的六首《蝶恋花》，以及《青门引》(人去阑干静)、《昭君怨》(烟雨江楼春尽)二阕，并大张旗鼓地表彰，实是其来有自。

谭献词学又传之以冯煦、徐珂，如冯煦曾协助谭献编纂《箧中词》；徐珂则将其论词文字辑录为《复堂词话》，他所著《清代词学概论》也"原原本本，一宗师说，可谓谭门之颜子"⑩。此外，谭献还对王鹏运、况周颐有着直接或间接的影响，"临桂况夔笙舍人周仪暂

① 周济《介存斋论词杂著》，见《词话丛编》，第1637页。

② 《龙榆生学术论文集》，第493页。

③④ 陈廷焯《白雨斋词话》，见《词话丛编》，第3865、3885页。

⑤ 谭献著，范旭仑、牟晓朋整理《复堂日记》，河北教育出版社2001年版，第72页。

⑥ 叶恭绰选辑，傅宇斌点校《广箧中词》，人民文学出版社2011年版，第121页。

⑦ 谭献辑，罗仲鼎校点《清词一千首》，西泠印社出版社2007年版，第214页。

⑧ 《复堂日记·丙子》云："南朝兵争奢乱，尝于《吴歌》《西曲》识其忧生念乱之微言，故于《小乐府》论其直接十五《国风》。中白而外，未必尽信予言。"见《复堂日记》，第75页。

⑨ 《续纂泰州志·人物·流寓》载："陈廷焯……工倚声，从其戚庄棫受学。"转引自陈廷焯著，屈兴国校注《白雨斋词话足本校注》，齐鲁书社1983年版，第853页。

⑩ 葆光子《清代词学概论序》，见徐珂《清代词学概论》，卷首。

客杭州，闻声过从”①，“夕迈孙札来，示我王幼遐书，语及老夫，旧游怅惘”②。周济对晚清词坛也有着不小影响，如端木埰“亦是止庵一辈”③；王鹏运词“导源碧山，复历稼轩、梦窗，以还清真之浑化，与周止庵氏说，契若针芥”④。紧密的师承关系使常州词派后学产生了强烈的宗派意识，表现之一即是对张惠言开宗地位的追认与肯定，如谭献云：“茗柯《词选》出，倚声之学，日趋正鹄”⑤，“倚声之学，由二张而始尊耳”⑥。陈廷焯云：“卓哉皋文，《词选》一编，宗风赖以不灭。”⑦

常州词派词人还通过评词、选词、校词、刻词、撰写词话等一系列方式加强成员联系，促使常州词派之传播更为便捷。谭献曾为徐珂评点《词辨》，“及门徐仲可中翰，录《词辨》索予评泊，以示椝范”⑧；他还评点过友人词集，“阅丹徒冯煦梦华《蒙香室词》，趋向在清真、梦窗，门径甚正，心思甚邃，得涩意。惟由涩笔，时有累句，能入而不能出，此病当救以虚浑”⑨，“番禺叶南雪太守衍兰介许迈孙以《秋梦庵词》属予读定。绮密隐秀，南宋正宗。于予论词颇心折，不觉为之尽言”⑩。谭献通过评点方式将冯煦、许迈孙网罗到常州词派阵营，无疑壮大了流派力量。张惠言、周济、谭献等人还曾编纂有颇具影响力的词选，后文将详论。“晚清四大词人”中，王鹏运与朱祖谋以校词名，况周颐以论词名，郑文焯则校词与论词兼善，他们是典型的学者型词人，与张惠言、周济一脉相承。常州词派词人治词态度也十分严谨，谭献曾就其编纂《复堂词录》谈道：“就二十二岁以来，审定由唐至明之词，始多所弃，中多所取，终则旋取旋弃，旋弃旋取，乃写定此千篇，为《复堂词录》。”⑪陈廷焯撰写《白雨斋词话》则“历数十寒暑……稿凡五易”⑫。朱祖谋对词律要求甚严，时人云：“彊村精识分铢，本万氏而益加博究，上去阴阳，矢口平亭，不假检本，同人惮焉，谓之律博士。”⑬常州词派词人以传统的治经之法来治词，他们对于词之学术性的强化，无疑为其主盟词坛树立了权威。

二、理论修正

常州词派理论的修正与完善主要表现于两方面：一是“比兴寄托”说的发展；二是解词

①②⑨⑩ 《复堂日记》，第204、359、89、184页。

③ 唐圭璋《词学论丛》，上海古籍出版社1986年版，第629页。

④ 朱祖谋《半塘定稿序》，见冯乾编校《清词序跋汇编》第3册，凤凰出版社2013年版，第1804页。

⑤⑥ 谭献《复堂词话》，见《词话丛编》，第4009页。

⑦⑫ 《白雨斋词话》，见《词话丛编》，第3891、3978页。

⑧⑪ 《复堂词话》，见《词话丛编》，第3988页。

⑬ 沈曾植《彊村校词图序》，见朱孝臧辑校《彊村丛书》，广陵书社2005年版，第13页。

方式趋于圆融。先说前者。“比兴寄托”是张惠言词论的核心,《词选序》云:“《传》曰:‘意内而言外谓之词。’其缘情造端,兴于微言,以相感动。极命风谣里巷男女哀乐,以道贤人君子幽约怨悱不能自言之情,低徊要眇以喻其致。盖《诗》之比兴,变风之义,骚人之歌,则近之矣。”①张惠言以经学家身份来观照词体,将词与《诗》《骚》相联系,认为词也具备怨刺功能,其表现为“意内而言外”。应当说,张惠言对词体的审视,是其特定的学术背景在词学领域的投射,从而发掘出词的政教潜能。董士锡基本接受了张惠言的思想,如评周济词:“隐其志意,专于比兴,以寄其不欲明言之旨,故依喻深至,温良可讽。”②董士锡的话显然承张惠言而来。不过,董士锡还注重情感的抒发,如云:“士不能出其怀持以正于世,不得已而取其生平悲喜怨慕之情,发而为文,以见其志,亦非君子之所尚矣。”③可见,张惠言与董士锡皆强调比兴,但二者内容实有不同,前者偏重于士大夫的穷达,注重社会道德意识,后者则强调主体情感。一定意义上来说,董士锡恢复了词的言情本能。周济“其辨说,多主张氏之言”④,亦重“比兴寄托”,如其在解析王沂孙《南浦》(柳下绿粼粼)、唐珏《水龙吟·白莲》等作品时,也强调词中的微言大义。然而,周济的“比兴寄托”相较张、董二人更为宏通,内涵也更为广泛,《介存斋论词杂著》云:“感慨所寄,不过盛衰,或绸缪未雨,或太息厝薪,或己溺己饥,或独清独醒,随其人之性情学问境地,莫不有由衷之言。”⑤与张惠言、董士锡侧重于个体相比,周济所言的寄托直切实事,与国家安危治乱相联系,具有经世意图。此外,周济还将作词境界分为“有寄托入”“无寄托出”两个层次,云:“初学词求有寄托,有寄托则表里相宣,斐然成章。既成格调,求无寄托。”⑥周氏将“寄托出入”与习词的阶段性相联系,发展完善了张惠言学说。

再说常州词派解词方法的演变。张惠言《词选》共选入唐五代、两宋词人 44 家,词作 116 首,其中,温庭筠一人独占 18 首,比第二位秦观多出 8 首。张惠言推崇温庭筠,称温词“深美闳约”⑦,主要是通过引入治经之法,以“意内言外”的释词策略来完成。如评温庭筠《菩萨蛮》(小山重叠金明灭):“此感士不遇也。篇法仿佛《长门赋》,而用节节逆叙……‘照花’四句,《离骚》初服之意。”⑧客观来说,温词与《花间集》中一般艳词并无多大区别,而就温庭筠“薄于行,无检幅”⑨的为人来看,他也不太可能在词中寄予深刻寓托,将其与屈原等而视之,是难以令人信服的,张惠言过于主观的解词方法有胶柱鼓瑟之弊。周济继

①⑦ 张惠言《张惠言论词》,见《词话丛编》,第 1617 页。

②③ 董士锡《齐物论斋文集》,见《清代诗文集汇编》第 537 册,上海古籍出版社 2010 年版,第 458、457 页。

④⑤⑥ 《介存斋论词杂著》,见《词话丛编》,第 1638、1630、1630 页。

⑧ 《张惠言论词》,见《词话丛编》,第 1609 页。

⑨ 欧阳修、宋祁撰,陈焕良、文华点校《新唐书》第 3 册,岳麓书社 1997 年版,第 2319 页。

承并发展了张惠言学说，他对于读者在文学接受中的作用做出更为圆融的表述，弥补了张惠言硬性曲解文本的不足，其云："无寄托，则指事类情，仁者见仁，知者见知"[①]，"读其篇者，临渊窥鱼，意为鲂鲤"[②]。周济不注重对作品意旨的指实，而是将视角转移到读者本身，强调读者阅读阐释的主观能动性。谭献承接张惠言、周济词学，并将常州词派解词方法又向前推进一步，云："作者之用心未必然，而读者之用心何必不然。"[③]谭献此论在常州词派理论发展史上具有重要意义，他赋予读者解读文本的独立价值，并且明确这种再创造是读者之意，与作者无关，从而给解释批评释放充分空间，补救了常州词派解词所存在的牵强附会之弊。从张惠言到周济，再到谭献，常州词派解词思路趋于圆融，这一转变与其明确读者之于文本意义的二次创造有着重要关系。常州词派能够长期主盟晚清词坛并且形成声势，很大程度上就取决于理论的不断修正完善与创新。

三、选本张目

常州词派词人将选本作为宣扬词学思想的工具，对晚清词坛走向产生了重要影响。张惠言的《词选》旨在推尊词体，矫正词坛弊病，以及重振词学一道。周济的《词辨》《宋四家词选》则金针普度，开示门径。谭献的《箧中词》专选清词，扩大了常州词派选词视域。而由朱祖谋、况周颐合作编纂体现常州词派家法的《宋词三百首》，则是近代以来最具影响力的宋词选本之一。

浙西词派以革除明词弊病为号召登上词坛，他们标举醇雅，推出南宋词，并意欲通过《词综》来取代于明代影响甚巨的《草堂诗余》，以达到转移词坛风气的目的。不过，浙西词派发展至后期也出现了许多弊病，如在词中逞才使学，炫耀腹笥，造成了情感的不足。浙西词派词人还片面讲究韵律，使词之创作走向形式一途。如此背景下，常州词派悄然形成。嘉庆二年(1797)，张惠言与其弟张琦馆于歙县金榜家，因金氏弟子雅好填词，二人合编《词选》以作为教材。需要注意的是，张氏兄弟编选《词选》也有着现实指向。金应珪的《词选后序》与《词选》同时刊行，他在序中指出当时词坛存在"淫词""鄙词""游词"三弊，肯定了《词选》"欲塞其歧途，必且严其科律"[④]的纠正时弊意义。张惠言《词选序》云："故自宋之亡而正声绝，元之末而规距隳。以至于今，四百余年，作者十数，谅其所是，互有繁变，

① 《介存斋论词杂著》，见《词话丛编》，第1630页。

② 周济《宋四家词选目录序论》，见《词话丛编》，第1643页。

③ 《复堂词话》，见《词话丛编》，第3987页。

④ 《张惠言论词》，见《词话丛编》，第1619页。

皆可谓安蔽乖方，迷不知门户者也。今第录此篇，都为二卷。义有幽隐，并为指发，几以塞其下流，导其渊源，无使风雅之士惩于鄙俗之音，不敢与诗赋之流同类而风诵之也。"[①]也流露出昭示正轨，推尊词体的意识。《词选》面世后，歙县郑善长又编有《词选附录》，选当代词人十二家（皆为二张弟子与常州籍词人），由此构成了常州词派的初始面目。

《词选》给词坛带来了强烈震撼，张曜孙云："《词选》出，常州词格为之一变，故嘉庆以后，与雍乾间判若两途也。"[②]周济云："吾郡自皋文、子居两先生开辟榛莽，以《国风》《离骚》之旨趣，铸温、韦、周、辛之面目，一时作者竞出。"[③]至于何谓"一时作者竞出"，陆继辂《冶秋馆词序》中的一段话可作为注脚，"自是二十余年，周伯恬、魏曾容、蒋小松、董晋卿、周保绪、赵树珊、钱申甫、杨劭起、董子诜、董方立、管树荃、方彦闻，又十数辈皆溺苦为之，其指益深远，而言亦益文，骎骎乎驾张氏而上。而倡之者，则张氏一人之力也"[④]。陆氏所云"二十余年"，是指自嘉庆七年张惠言去世至道光十年(1830)张琦重刻《词选》。而重刻《词选》的原因，在于"同志之乞是刻者踵相接，无以应之"[⑤]。《词选》的地域辐射也很广泛，它从常州一隅走出后，影响远至京师、岭南，龙榆生云："迨张氏《词选》刊行之后，户诵家弦，由常而歙，由江南而北被燕都，更由京朝士大夫之闻风景从，南传岭表，波靡两浙，前后百数十年间，海内倚声家，莫不沾溉余馥，以飞声于当世，其不为常州所笼罩者盖鲜矣！"[⑥]由于《词选》的深远影响，后人往往将其视为常州词派开山之选，是张惠言与浙西词派对立抗衡的重要依托。

需要补充的是，道光十年，董士锡之子董毅曾携《续词选》拜访张琦，张琦在为《续词选》作序时云："《词选》之刻，多有病其太严厉者，拟续选而未果。今夏外孙董毅子远来署，携有录本，适惬我心。"[⑦]揭示了《续词选》的用意。董贻清谓《续词选》："渊源张氏，不愧外家宗风，大江南北，久已风行。"[⑧]则对《续词选》的影响也作出说明。

如果说张惠言的开宗地位主要来自常州词派后人的追认，那么周济的词学主张则将批评矛头直指浙西词派，是真正意义上具有建派树帜意识的人物。成书于嘉庆十七年的《词辨》，卷首附有周济撰写的《介存斋论词杂著》，其中有这样一段话："岂知姜、张在南宋，亦非巨擘乎。论词之人，叔夏晚出，既与碧山同时，又与梦窗别派，是以过尊白石，但主清

①⑤ 《张惠言论词》，见《词话丛编》，第 1617—1618 页。

② 谢章铤《赌棋山庄词话》，见《词话丛编》，第 3523 页。

③ 周济《味隽斋词自序》，见陈乃乾辑《清名家词》第 7 册（第八种），上海书店 1982 年版，第 1 页。

④ 陆继辂《崇百药斋续集》，见《清代诗文集汇编》第 506 册，上海古籍出版社 2010 年版，第 264 页。

⑥ 《龙榆生学术论文集》，第 489 页。

⑦ 董毅《续词选》，中华书局 1957 年版，第 111 页。

⑧ 缪荃孙编选，王纱纱、孙广华整理《国朝常州词录》，南京大学出版社 2011 年版，第 622 页。

空。后人不能细研词中曲折深浅之故，群聚而和之，并为一谈，亦固其所也。”[①]周济否定姜夔、张炎，实际是批评浙西词派末流过于讲求形式而忽视内容。编讫于道光十二年的《宋四家词选》[②]标志着周济词学的成熟，他在选本序言中再次对以姜、张为矩矱的浙西词派提出针砭，云：“近世之为词者，莫不低首姜、张，以温、韦为缁撮，巾帼秦、贺，筝琶柳、周，伧楚苏、辛。一若文人学士清雅闲放之制作，惟南宋为正宗，南宋诸公又惟姜、张为山斗。呜乎，何其陋也！”[③]周济词学思想有一个转变过程，但在其内心始终是以浙西词派为对立面，作为立论矛头指向，其《味隽斋词自序》云：“词之为技小矣，然考之于昔，南北分宗；征之于今，江浙别派。”[④]“江”指江苏，即常州词派；“浙”指浙江，即浙西词派。在这里周济已明确表露出宗派观念。谭献云：“周氏撰定《词辨》《宋四家词筏》，推明张氏之旨，而广大之，此道遂与于著作之林，与诗赋文笔同其正变。”[⑤]陈匪石认为：“自周氏书（《词辨》《宋四家词选》）出而张氏之学益显，百余年来词径之开辟，可谓周氏导之。”[⑥]周济也确乎通过这两种选本发扬了常州词派词学。

《宋四家词选》的另一重要意义还在于它打破时间断限，倒果为因，开示出“问途碧山，历梦窗、稼轩，以还清真之浑化”[⑦]的学词路径，重新树立典范，为后来词家开启无数法门。其别具匠心的选词方式受到广泛推崇，杜文澜云：“《宋四家词选》抉择极精”，“四家者，以周、辛、王、吴为冠，以晏同叔等四十三人附之。其论深得词中三昧。……示人从学之径，为阅历甘苦之言。”[⑧]陈匪石则云：“初学为词，宜从张惠言《词选》或周济《宋四家词选》入手，既约且精，毫无流弊，以奠其始基。”[⑨]

谭献曾谈到编纂《箧中词》之目的是“衍张茗柯、周介存之学”，不过，与张惠言、周济偏好复古，专选唐宋词不同的是，谭献《箧中词》只选清词。而在谭献之前，常州词派中并没有人选过当代词，故从常派自身发展来看，谭献的选词行为扩大了门庭。《箧中词》是清人选清词的集大成之作，某种程度上来说，还具有总结性意味，它建构起比较完善的清代词

① 《介存斋论词杂著》，见《词话丛编》，第1629—1630页。

② 关于《宋四家词选》与《宋四家词筏》的命名，朱惠国曾作出详细考辨，认为《宋四家词筏》更接近周济原意，而《宋四家词选》则有可能是在传抄过程中由后人所加之名。朱惠国《周济词学论著考略》，见《词学》第十六辑，华东师范大学出版社2006年版，第178—179页。

③ 周济《宋四家词筏序》，见《止庵遗书》卷一，道光十二年刻本。

④ 《味隽斋词自序》，见《清名家词》第7册（第八种），第1页。

⑤ 《复堂词话》，见《词话丛编》，第4010页。

⑥ 陈匪石编著，钟振振校点《宋词举（外三种）·声执》，上海古籍出版社2016年版，第234页。

⑦ 《宋四家词选目录序论》，见《词话丛编》，第1643页。

⑧ 杜文澜《憩园词话》，见《词话丛编》，第2853页。

⑨ 《宋词举（外三种）·声执》，第239—240页。

史，成为晚清以来影响甚大的一个选本。龙榆生云："(谭献)于词学致力尤深，选清人词为《箧中词》六卷，续三卷，至精审，学者奉为圭臬。"[①]施蛰存云："此书(《箧中词》)于辛亥革命前后三四十年间，曾风行一时，以为清词选本之精要者。"[②]后来，叶恭绰编选《广箧中词》补续此书，选心与体例也一依其旧。

朱祖谋曾评王鹏运的学词经历与周济《宋四家词选》所开示的门径"契若针芥"，而他本人于中岁习词，也是受到王鹏运指引。朱祖谋学词"取径梦窗，上窥清真，旁及秦、贺、苏、辛、柳、晏诸家"[③]，其所编纂的《宋词三百首》也格外标举吴文英、周邦彦。吴梅云："彊村所尚在周、吴二家，故清真录二十二首，君特录二十五首，其义可思也。"[④]不过，朱祖谋在坚持常派家法的基础上，也能够拓宽疆域，"于张、周二选所标举外，复参己意，稍扬东坡而抑辛、王，益以柳耆卿、晏小山、贺方回冀以救止庵之偏失"[⑤]。《宋词三百首》是一部既有明显理论倾向又兼顾词学普及[⑥]的选本，甫一问世，即令词学界侧目，况周颐评："取便初学，诚金针之度也。"[⑦]陈匪石评："在宋、清各总集之外，独开生面也。"[⑧]《宋词三百首》后经唐圭璋先生笺注，影响益大，成为20世纪最为重要的选本之一。1934年，龙榆生《唐宋名家词选》初印本面世，该版收入吴文英词38首，居入选词人之首，也是受到朱氏选本的影响。

四、适时之学

常州词派能够长期执晚清词坛牛耳，除了紧密的师承关系、理论的完善与选本推阐，外在社会因素也值得重视。嘉道以降，时代格局发生变化，常州词派的理论与社会发展趋势相一致，故能乘势而起，领袖晚清词坛。

张惠言主要活动于乾嘉之际，此时，清朝虽仍维系着盛世繁华，但生机殆尽，各种社会矛盾开始显现。朱惠国认为这一时期有着两种根本性的矛盾，"一是由于社会的发展，新的经济因素不断出现，开始与旧的经济体制和社会政治体制产生冲突，这种冲突是渐进

① 龙榆生《近三百年名家词选》，上海古籍出版社2012年版，第152页。

② 舍之《历代词选集叙录》，见《词学》第六辑，华东师范大学出版社1998年版，第223页。

③ 《词学论丛》，第1020页。

④ 唐圭璋《宋词三百首笺注》，人民文学出版社2016年版，第3页。

⑤ 《龙榆生学术论文集》，第504页。

⑥ 况周颐《宋词三百首序》云："彊村先生尝选《宋词三百首》，为小阮逸馨诵习之资。"见《宋词三百首笺注》，第2页。

⑦ 况周颐撰，屈兴国辑注《蕙风词话辑注》，江西人民出版社2000年版，第522页。

⑧ 《宋词举(外三种)·声执》，第237页。

的，不可调和的。……二是由于欧洲资本主义的迅速发展和东西方航路的开通，相对封闭的中国不管是否愿意，正一步一步地被融入世界经济的潮流里去，腐朽、落后的封建王朝与新兴的、雄心勃勃的资本主义列强产生矛盾”[①]；朱德慈则认为当时的政治气候存在“吏治腐败”“阶级矛盾激化”“边患急剧加重”[②]三种问题。这些矛盾交织在一起，共同促使社会形势发生变革，之后的“鸦片战争”与“太平天国运动”便是集中表现。时代的阴影投射到词学领域，也呼唤着一种实用价值较强的词学出现。

张惠言将词与《诗》《骚》相比附，目的是为推尊词体，使词取得与诗相等的地位，从而赋予词“怨刺”“教化”的社会功能，其潜在对立面，是朱彝尊所云“词则宜于宴嬉逸乐，以歌咏太平”[③]。嘉道年间，浙西词派理论和创作因与清王朝由盛转衰的时势相背离，失去了生存土壤，逐渐走向衰败。张惠言的词学理论是常州学派“通经致用”观点在词学领域的延伸，它能接替浙西词派，也是特定时代精神影响词坛的必然结果。

周济生活的年代相较张惠言更为衰朽。乾隆晚年，和珅执掌朝政，卖官鬻爵，贪污成风，朝政十分黑暗。嘉庆朝积重难返，各种社会弊病日益加剧，此时又外患频繁，动荡不断。周济的词学思想直接受到这种时代氛围影响，再看前引《介存斋论词杂著》中的一段话：

> 感慨所寄，不过盛衰，或绸缪未雨，或太息厝薪，或己溺己饥，或独清独醒，随其人之性情学问境地，莫不有由衷之言。

这里提出了“寄托”所反映的内容：“绸缪未雨”语出《诗·豳风·鸱鸮》，指对行将发生的变乱，需先作防患；“太息厝薪”语出贾谊《新书》，指对苟且偷安局面的忧虑；“己溺己饥”语出《孟子·离娄下》，指以天下为己任的担当意识；“独清独醒”语出《楚辞·渔父》，指在污浊的社会里独善其身。由上可见，周济所云的寄托，并非一己之伤离自叹，而是以时代盛衰为背景，要求在词中表达对时局的感受，这也是周济提出“诗有史，词亦有史”[④]的基础。

刘勰《文心雕龙·时序》云：“文变染乎世情，兴废系乎时序。”[⑤]词亦如此。周济所处的嘉道年间，国运式微，危机四伏，作为敏感的词人，他率先提出要在词中反映时代，担负

① 朱惠国《中国近世词学思想研究》，上海古籍出版社2005年版，第60页。
② 朱德慈《常州词派通论》，中华书局2006年版，第1—6页。
③ 朱彝尊《紫云词序》，见《清词序跋汇编》第1册，第240页。
④ 《介存斋论词杂著》，见《词话丛编》，第1630页。
⑤ 刘勰著，范文澜注《文心雕龙注》，人民文学出版社1985年版，第675页。

起“词史”的责任。周济将词之功能与诗等而视之，客观上改变了词的传统定位，与张惠言“尊体”目的殊途同归。需要注意的是，将词与风骚之旨、比兴寄托相联系，并非张惠言、周济的创造，早在南宋就已有人提出，明清时期更是不断重申。朱彝尊《陈纬云〈红盐词〉序》云：“词虽小技，昔之通儒巨公，往往为之。盖有诗所难言者，委曲倚之于声。其辞愈微，而其旨益远。善言词者，假闺房儿女子之言，通之于《离骚》、变雅之义，此尤不得志于时者所宜寄情焉耳。”[①]但这些人的观点何以没有得到回音，而在张惠言、周济提出后却产生广泛响应，个中原因是耐人寻味的。应当说，前人言论更多集中于对个人创作的批评，而张惠言，特别是周济的观点不仅具有明显的理论建构色彩，还高度契合了晚清社会的发展方向，常州词派理论的风行实是时代之选择。

余　论

文学流派能否主盟文坛，引领风尚受到多种因素影响，浙西词派以其创作实绩与适应朝廷政策的词学理论，领袖了清代前中期词坛。常州词派能够主导晚清词坛，究其原因，也不外乎内部与外部两方面因素。就常州词派自身演进来看，它有着较为严密的师承谱系，后进成员宗派意识比较强烈，他们自觉追溯宗主、建立词统、编纂词选，通过多种词学活动来聚集成员，促进常州词派的传播，而其“比兴寄托”的理论与解词方法也不断得到修正与完善。就外部来说，常州词派重功利的词学扣合了晚清社会的发展方向，这也是其在近代迅速发展的根本原因。需要指出的是，以张惠言为代表的第一代常州词派词人，并无明确的开宗意识，该派在当时也无多大影响，常州词派真正形成气候要到周济时期。周济的《宋四家词选》与《宋四家词选目录序论》成书于道光十二年，二者的出现标志着常州词派词学走向成熟，常州词派也是在此之后，取代浙西词派成为晚清词坛盟主。不过，浙西词派并没有退出历史舞台，其余波衰而不绝，以一条暗线与常州词派共存；特别是随着常派的发展，其弱点逐渐暴露后，它汲取浙派因素自觉作出调整，从而出现了以常为主、以浙为辅的合流现象。

（作者简介：何扬，安庆师范大学人文学院讲师，发表论文有《论清代〈弹指词〉与〈饮水词〉的接受及其原因》等。）

① 朱彝尊《陈纬云〈红盐词〉序》，见《清词序跋汇编》第1册，第233页。

新书推介

“高风绝尘”气象之还原

——评李洪亮新著《魏晋南北朝隐逸文学研究》

郑子运

苏轼云:“予尝论书,以谓钟王之迹萧散、简远,妙在笔画之外。至唐颜柳,始集古今笔法而尽发之,极书之变,天下翕然以为宗师,而钟王之法益微。至于诗亦然。苏李之天成,曹刘之自得,陶谢之超然,盖亦至矣。而李太白、杜子美以英玮绝世之姿,凌跨百代,古今诗人尽废,然魏晋以来高风绝尘亦少衰矣。”无论是萧散、简远,还是自得、超然,一言以蔽之:高风绝尘。苏轼所指虽然只是书法、诗歌,扩而言之,六朝的文学、艺术,以及士人的行止、精神,较之其他时代,最有高风绝尘的倾向。对于六朝,史家看到的是战乱频仍、士族与庶族之间等级森严,而文人看到的却是“可怜东晋最风流”“千秋乐府唱南朝”。以“最风流”称许东晋,实为知言。所谓“江左风流宰相唯有谢安”,王羲之兰亭雅集风流千古,陶渊明被誉为“古今隐逸诗人之宗”,整个六朝之风流,大抵不出三贤范围。三贤行止不同,风尚相通:谢安虽受朝寄,然东山之志始末不渝;王羲之出自东晋第一高门,却长期优游林下;陶渊明弃官归隐,躬耕南亩,诗意地栖居玄学、佛教、道教弥漫一时,隐逸成风,甚至朝士也以不婴心于世务为高,反映到文学领域,就呈现出秦汉、唐宋所欠缺的“高风绝尘”之气象。对六朝隐逸文学的研究虽然成果很多,但都没有完整而透彻地呈现此气象之底色及其兴起、极盛、衰落的过程,其价值也没有真正衡量出来,直至 2021 年 7 月,李洪亮博士出版了新著《魏晋南北朝隐逸文学研究》,才打破了这一局面。

李先生浸淫魏晋南北朝文学二十多年,相关论文可谓夥颐,而且大多刊载于包括《文学遗产》在内的核心期刊,经厚积而薄发为《魏晋南北朝隐逸文学研究》一书。该书费十年之功,几经增删,才大功告成。一方面,李先生志不在“著书都为稻粱谋”,与其仓促成书,不如不为，所以潜心惨淡经营，精益求精；另一方面，张骏翚的《唐前隐逸文化论稿》、沈禹英的《六朝隐逸诗研究》、霍建波的《宋前隐逸诗研究》、许晓晴的《中古隐逸诗研究》、卢晓河的《中国古代隐逸文学研究》等专著珠玉在前，突破不易，都是该书历十年之久方成的原因。该书研究的是魏晋南北朝隐逸文学，而不是魏晋南北朝文学，在六朝志怪小说、志人小说、乐府、正史传记文学都不涉及的情况下，该书多达 45 万字，内容之厚重可想而知。而前列几部专著，或者范围太宽，如所谓“唐前”“宋前”“中古”“中国古代”，跨度太长，易于成书，但难以深入；或者范围太窄，如所谓“六朝隐逸诗”，仅限于诗歌，难免以偏概全。唯独该书选题时间范围、文学类别范围都恰到好处，因为六朝是隐逸最盛行的时期，包括诗、赋、文在内的隐逸文学都很发达，其时士人的精神风貌与隐逸之道最契合，最近于自然。研究隐逸文学，不以六朝为主、为先，或者舍六朝而言秦汉、唐宋，则风斯在下矣。

对于大多数读者而言，未读正文，先看目录。该书分为上下两编：上编共三章，起于第 3 页，止于第 132 页；下编共八章，起于第 133 页，止于第 395 页。乍一看，似有头轻脚重、结构失衡之嫌，然而即使是普通的读者，经过一番思索，料想也很有可能领会李先生的用心。下编基本上按照汉魏晋宋齐梁陈（北周）的朝代顺序依次论述，但李先生写的是《魏晋南北朝隐逸文学研究》，不是《魏晋南北朝隐逸文学史》，仅仅按照朝代先后排列，不但形式呆板，而且与研究目的不合，“史”仅仅是一部分，所以李先生精心撰写了三个专题，即隐逸文学创作与社会思潮及作家初始个性之关系、物质生活与隐逸心态及隐逸文学的创作、魏晋南北朝家族隐逸文学的独特价值，将这三个专题横压在纵向论述之上，形成上下两编，互相补充，互相呼应，既丰富了内容，又丰腴了论证，这正是该书结构别出心裁之处。下编只有第五章“谢氏家族的隐逸思想及隐逸文学创作”是旁逸斜出，看似与前后不统一，但这一章内部也是按照朝代顺序论述，以宋之谢灵运、齐之谢朓为主，之前是汉魏、两晋，之后是梁、北周，想必李先生深谙“寓变化于整齐”之妙。

该书结构新颖出众，尚在其次，最重要的是内容。李先生首先在文献上下足了工夫，正如该书后记中所说“竭泽而渔式的文献搜索”，所以该书资料翔实自不待言。如何在纷繁的文献资料中发现过往现象的本质，发现研究对象的发展规律，才是关键所在，阅罢全书，相信李先生完全做到了论证严密，结论可信。研究的目的在于求真求实，这正是李先生的终极追求。

文学现象纷繁复杂，如建安文学与正始文学风格差异较大，建安与正始时代相近，都是乱世，建安文人进取，正始文人消沉，为什么会如此？而且，建安七子中的徐干恬退，竹林七贤中的山涛本来也隐身自晦，后来汲汲于荣贵，又何以如此？再如阮籍，《晋书》称他“本有济世志，属魏晋之际，天下多故，名士少有全者，籍由是不与世事。”建安时期也是易代之际，孔融、祢衡、杨修等文士也惨遭杀身之祸，为何王粲、刘桢、陈琳等人没有不与世事？为何其作品慷慨激昂而阮籍作品低沉隐晦？可见史家的解释不甚可信，至少不全面，而且历来也未见有圆满的解释。为了解决这些问题，李先生在采用传统的政治环境、社会思潮、作家遭遇等解释因素之外，又引入了西方的初始个性（书中或称之为“初始性格”）的概念，来共同解释作家的出处问题。初始个性并非一成不变，在一定条件下，可以强化或弱化。同时，李先生并没有食洋不化，而是将初始个性说与中国古代固有的性分说结合在一起，“或隐居以求其志，或曲避以全其道，或静己以镇其躁，或去危以图其安，或垢俗以动其概，或疵物以激其清。然观其甘心畎亩之中，憔悴江海之上，岂必亲鱼鸟、乐林草哉？亦云性分所至而已”。（见该书第6页）如此，结合多种因素共同解释，结论就容易令人信服。再回到阮籍的出处问题上，是何晏、王弼等人倡导的玄学走向兴盛、阮籍自己的初始个性（性分）、口不臧否人物的谨慎、与嵇康等人竹林之游的同气相求、魏晋易代之际司马氏诛杀异己的政治高压等因素共同起作用，导致了阮籍与曹刘的文学风格，或者说正始文学与建安文学，呈现出较大的差异。不仅如此，李先生又指出，具体到个体作家，这些因素不是平均起作用，而是某一两个因素起主导作用，而且不同的生命阶段，主导因素也在发生变化，这也可以很好地解释山涛为何中年以后弃隐出仕、汲汲于荣贵的现象了（出仕之前曾经对妻自诩能作三公，后来依附戚党司马氏）。由此可见李先生论证圆融无碍、左右逢源。

六朝时期，隐逸队伍空前扩大，隐逸形态、隐逸观都复杂化了，隐于山林、隐于市朝、隐于家族豪门这三种隐逸类型也最终形成，后世无以复加。焦先，尤其是不事婚娶、穴居山林、冬日无被褥而以头发覆体的孙登，将“隐”的第一义实践到极致，令后人难以企及。与山林之隐相对的是朝隐，而朝隐只能落入第三义，这类人士最多，包括该书视为朝隐代表的谢安。处于两者之间的落入第二义，以王羲之、许询为代表。老子为史官，后世认为隐于柱下，东方朔为待诏，自称避世金马门，则辞官后的王羲之一边放情于山水、醉心于书法，一边安享门第带来的荣华富贵，如何不可以认为是隐于豪门？五代宋初的陈抟当然是纯粹的道教徒，也被认作隐士，但又留意于时局变化，此类隐逸，陶弘景早已导夫先路。明代的山人经常周旋于达官显贵之间，其风实际上可以溯源于以东晋周续之、梁代何点为代表的通隐现象。唐宋以后，有不少士人欲退隐则先出仕，出仕只为退隐，宦囊稍裕即急流勇退，此种行为实际上始于陶渊明的“聊欲弦歌，以为三径之资”。从孙登、陶渊明到王羲之、许询，再到谢安，都志在山林，而贫富穷通不同。隐士之高，在于其心迹，在于其行迹，也在于其对贫富的态度。居贫不改其操，固然不易；处于富贵荣华而不骄泰放纵、为所欲为，同样可贵。从物质生活入手，探讨隐逸文学、隐逸文化，体现了李先生的卓识，也是该书一个重要的成果，创见相继。后人多因为嵇康锻铁的事迹误以为他一贫如洗，而李先生通过对嵇康二十多岁所作的《酒会诗》之七的分析，指出他生活优裕。事实确是如此，嵇康锻铁更多是出于癖好。当他获得中散大夫的头衔，更不可能穷困潦倒。李先生舍王羲之而取石崇，在探讨他的隐逸之作时，融合论述了他的贪财、好色、残忍、慕势，展示了隐逸之风的盛行和复杂性。谢朓出身于高门，十九岁出仕，曾任宣城太守，养尊处优的生活似可无疑，但李先生通过对其五言诗《冬日晚郡事隙》的细致分析，令人信服地得出“他的物质生活实在较为艰辛”（见该书第 89 页）这一结论。只有对作家的贫富了如指掌，才能知道其作品中有关贫富的文字是真是假，其情感是虚是实。仍以嵇康为例，对于其《重作四言》所云“惟有贫贱，可以无他”“贫贱易居，贵盛难为工”，李先生既然指出嵇康拥有“令人艳羡的物质享受”，当然不认为他在《重作四言》中所写的“贫贱”反映了其真实的生活，所以李先生认为嵇康只是“描述”贫困。嵇康确实只是表达了对贫贱的看法或者说是对贫贱有所向往而已。这些都发前人所未发，正是李先生识力高超之处。

六朝文学的“高风绝尘”，在曹植的“明月照高楼，流光正徘徊”，在嵇康的“目送归鸿，手挥五弦”，在孙楚的“晨风飘歧路，零雨被秋草”，在陶渊明的“采菊东篱下，悠然见南山”，在谢灵运的“池塘生春草，园柳变鸣禽”，在谢朓的“大江流日夜，客心悲未央”，在陶弘景的“山中何所有，岭上多白云”，在何逊的“江暗雨欲来，浪白风初起”，但也在阮籍的《大人先生传》、嵇康的《与山巨源绝交书》、王羲之的《兰亭集序》、孙绰的《遂初赋》、陶渊明的《桃花源记》、孔稚珪的《北山移文》、吴均的《与朱元思书》。陶渊明的桃花源记与诗合一之作代表了六朝隐逸文学的最高成就，其记与诗主题相同、表现方式及风格存在差异的现象早就引起了研究者的注意，但由之生发的拓展研究远远不够，因为该书之前的研究大多局限于诗歌，即使涉及其他文体，也不甚用力，而该书举凡赋、颂、论、书、序、赞都纳入论述范围，与诗歌并重，并破除壁垒，探讨隐逸主题、情感强度、作品风格在各文体之中的异同，由之取得重大突破。李先生或抓住意象分析诗、文的异同，如“西晋隐逸文主要在于对隐逸人物的礼赞，甚至自己也化为作品中的隐逸人物。表面上看，隐逸诗、文的意象有很大的相异性，但仔细比较，不难发现这些意象之间有着密切的联系，意象之间相互渗透，相互影响，彼此密不可分，是西晋隐逸文学天然织锦上的彼此呼应的两面”。（见该书第 232 页）或就隐逸情怀分析诗、赋的风格差异，如李先生指出：谢朓隐逸诗中多有一个忧谗畏讥、诚惶诚恐的诗人影子，相对于隐逸诗中的不安情愫，谢朓的隐逸文、赋则更多静谧的色彩，内心恬静了许多，这主要由于赋的特点在于铺陈，如他的《游后园赋》《思归赋》重点在于铺陈景物，赋这种固定的体式使作品的调子较为明朗。类似的论述很多，大多深中肯綮，读之有耳目一新之感。不仅如此，即使是诗歌这一种文体，李先生体贴入微，发现了六朝时四言诗与五言诗在隐逸主题表现上的差异，“四言隐逸诗主要是与赠答之人探讨对隐逸、隐

士的看法，或表达对隐逸生活的理解，而五言隐逸诗主要抒发自己的隐逸思想和对隐逸生活的感受”。（见该书第 209 页）

该书大力论述的最后一个方面是家族隐逸文学，上编第三章讨论的是整个六朝的家族隐逸文学，下编第五章是单就谢氏家族的隐逸文学进行研究。不过，平心而论，这一方面较之前述三个方面，成就要逊色一些，原因主要有二：一是六朝家族文学作品并不太多，落笔尚不至于太难，一旦限之以隐逸，作品数量更是锐减，出成果自然就困难得多。二是众所周知六朝有三大文学家族，即沛国曹氏、陈郡谢氏、兰陵萧氏，但李先生对萧氏只字不提，于曹氏也仅讨论了曹丕的一首五言诗《于玄武陂作》。有作品进入该书讨论范围的家族除曹氏、谢氏外，还有谯国嵇氏、太原王氏、荥阳潘氏、浔阳陶氏、吴郡陆氏、琅邪王氏、豫章雷氏。该书论述家族隐逸文学，最大的特色在于划分为两个层次：在上编，偏重于家族内部成员之间，如曹丕的《于玄武陂作》因首句有“兄弟共行游”而入围，陶渊明的《停云》因为序中点明“思亲友也”而入围，其他作品如嵇康的《四言赠兄秀才入军》、王昶的《家诫》、陶渊明的《责子诗》、谢灵运的《酬从弟惠连》、谢朓的《移病还园示亲属诗》，望题生义即可；在下编，偏重于作家个体抒发隐逸之情，即使是酬唱诗，对方大多也不是家族内部成员，如谢安的《与支遁书》《与王胡之诗》、谢灵运的《会吟行》《初去郡诗》《归途赋》、谢朓的《游东田》《冬绪羁怀示萧咨议虞田曹刘江二常侍诗》。这源于李先生对“家族隐逸文学”本质的透彻领悟：或者是偏重于“家族”，或者是偏重于“隐逸”，两者叠加，才是“家族隐逸文学”。如此作了两个层次的划分之后，分别加以论述，不论是文字陈述还是逻辑推论，都得以合理而通畅，不但准确地把握了两者之间细微的差异，还彰显了“家族隐逸文学”的二元本质，这正是李先生堪称独步的贡献。至于家族隐逸文学的风格从凝重到清新、从飘逸再到凝重，其内容是真性情的流露、亲情对作家苦闷孤寂心灵的慰藉，等等，其他的家族文学研究者也有诸如此类的观点，属于平常之见，反而不是很值得称道了。至于对具体作品的分析，见解精辟者甚多，仅以谢安《与王胡之诗》为例，李先生通过与王胡之的答诗进行对比，推论谢诗作于晚年在朝为官时期，结论是“彰显一种与物冥合、俯仰自得之人生真趣，这种真趣正是魏晋风流追求的理想状态。谢安之隐逸之思，实质上是追求一种心与道冥的‘适性’的洒脱生活，这种生活显然不可能在官场的俗务中获取，于是谢安要么不出山视事，要么出山为官时依然‘不以物务婴心’。这是谢安的内心追求，也是其‘朝隐’的实质”。（见该书第 298 页）谢安的诗文不甚为人所重，但他是谢氏家族文学传统的开创者，先河后海，本是题中应有之义。

该书其他的成就、优点散见于各章节、各段落，远远不限于前述，但一一罗列不可能，也没有必要。无错不成书，虽是戏谑之言，往往也是实事。该书当然并非完美无缺，瑕疵还是存在的。如用整整一大段落探讨、分析了孙登、夏统等作家隐逸文学作品较少的原因,殊不知孙登没有任何文学作品流传后世,也未见他具备文学才能的记载,所以视孙登为作家是不合适的。再如先是声称江淹元徽三年(474)被黜为吴兴令,然而仅隔数行,又声称他元徽四年外放吴兴;先是以潘岳、潘尼为兄弟,然而仅隔数页,又以之为叔侄,都未免前后抵牾。当然,书中的瑕疵并不多见,白璧微瑕,无损于该书的学术价值。

就六朝隐逸文学的研究而言,不敢说后来没有超越该书的著作出现,后出转精也是正常现象,但到目前为止,该书可谓是集大成之作。

(作者简介:郑子运,贵州省社会科学院副研究员,著有《明末清初诗解研究》。)

别开生面的龙学新著

——龚鹏程先生《文心雕龙讲记》评介

陈　勇

龚鹏程先生的《文心雕龙讲记》(以下简称《讲记》),是之前在北京大学为研究生讲课内容的结集,于2021年1月由广西师范大学出版社出版。龚先生在《自序》中云:“讲《文心雕龙》,目标不在书上,不为谁做功臣孝子。只是以这本书做个例子,教人如何读书、读人、读世、读理。”①本文主要围绕如何读书、读人、读世、读理的问题,谈谈自己的阅读体会,其间也有一些疑惑,希望求证于作者,并与学界同道探讨。

一、圆照之象,务先博观

《文心雕龙·知音》云:“凡操千曲而后晓声,观千剑而后识器。故圆照之象,务先博观。”要透彻地读懂《文心雕龙》,视野不能局限于《文心雕龙》一本书上。《讲记》符合龚先生一贯的博雅治学风格,总是将《文心雕龙》置于深远的学术脉络中和广大的学术背景考察其前身后世。

受前辈学者的影响,一般人认为《文心雕龙》体大思精,空前绝后,是中国文学理论的巅峰。《讲记》在第一讲《〈文心雕龙〉导读》中,强调了解《文心雕龙》的原则,其中第一条就是古今异谊,即古人看它与今人是不同的。接着从《文心雕龙》一书的流传和影响,尤其是历代著录的情况的考察,明确了以下事实:在《隋书·经籍志》《新唐书·艺文志》《玉海》中,《文心雕龙》收录在“总集类”,《宝文堂书目》《徐氏家藏书目》收入子部,这说明它不因

① 龚鹏程《文心雕龙讲记·自序》,广西师范大学出版社2021年版,第2页。

文学理论意义而被人欣赏;《新唐书·艺文志》《崇文总目》《通志》《遂初堂书目》《直斋书录解题》《文献通考》《宋史·艺文志》将其放入"文史类",说明了时人已经看到了它在综论文学史上的价值了;明代万历年间焦竑所编的《国史经籍志》及其后的《澹生堂书目》《述古堂书目》《读书敏求记》把它放进诗文评,由此可见《文心雕龙》被看成专门论文之书是非常晚的事;清代骈文再次复兴,因《文心雕龙》能为骈文张目、提高骈文的声望,因而被孙梅、阮元、沈叔埏、刘开、陈广宁等大力推举;民国时期章太炎、黄侃等的讲授及著述,《文心雕龙》声名更盛,但黄侃诠解下篇理论者多,谈上篇文体的少,所以也开启了只重毛目,而轻视纲领的流弊。以往的研究者,多注意历史上对《文心雕龙》正面的评价,却对其负面的评价不予重视,然《讲记》通过卢照龄、黄庭坚等人的讥弹,以及清人李执中《文心雕龙赋》答客之难,即其中假设的"讥文体之俳优"的问题,无疑是告诉读者:只有将正反面的意见互相参酌,才是全面地认识和评价《文心雕龙》的有效途径,否则或因前人的误导,稍有不慎即走入偏听偏信的迷途。

于《文心雕龙》成书的学术背景,以及其何以具备严明详赡的体系,缘刘勰是僧人之故,很多研究者都认为是受到了佛学的影响,如范文澜先生认为:"彦和精湛佛理,《文心》之作,科条分明,往古所无。自《书记》篇以上,即所谓界品也,《神思》篇以下,即所谓问论也。"[①]《讲记》独从两汉经学考察其学术脉络,如在第十一讲《〈文心雕龙〉的文体论》认为"刘勰撰《文心雕龙》,大判条例,所谓条例即是汉人治经的办法"[②],并举杜预《春秋条例》、刘寔《春秋条例》、郑众《春秋左氏条例》、何休《春秋公羊条例》为例,且与《文心雕龙》本文之言相参证,如《序志》篇云:"敷赞圣旨,莫若注经,而马、郑诸儒,弘之已精,就有深解,未足立家。唯文章之用,实经典枝条。"《总术》篇云:"自非圆鉴区域,大判条例,岂能控引情源,制胜文苑哉?"《讲记》又认为《文心雕龙》的体制,尤其是"释名以彰义"的手法,与汉人的释训之学关系极为密切,如《说文解字》《释名》《白虎通义》《方言》《广雅》等"无不自成条贯,法式昭然"[③]。《讲记》还认为,在时代风气下,与沈约的论四声、钟嵘的《诗品》一样,《文心雕龙》也倾向于客观美学的道路,这是顺着两汉的经学中蕴含的理性精神而导出,才是《文心雕龙》体系严整的真正缘由。

《讲记》第十二讲为《〈文心雕龙〉文势论》。"势"是先秦道家、法家、兵家都使用的观念词,东汉开始以"势"论书艺,在将诸家的说法比较抉择之后,《讲记》以书势理论为渊源阐明《文心》之定势说,申说刘勰"执正以驾奇"的观念同时,纠正了黄侃"文势无定"的说法。

① 刘勰著,范文澜注《文心雕龙注》卷一〇,人民文学出版社 1958 年版,第 728 页。

②③ 《文心雕龙讲记》,第 344 页。

在第十三讲中,《讲记》将《文心雕龙》与基本同时期《文选》进行比较。以往的学者总是认为,《文选》与《文心雕龙》是相为辅翼、相互印证的,《讲记》将二书详细对比后,指出十三个方面的不同,如《讲记》认为:《文心雕龙》宗经,论文体推源于五经,《文选》却不然;刘勰论及作者,六朝还不到《文选》的一半,这与前者重前轻后,以及宗经的立场有关,缘其认为汉代之后"去圣久远""离本弥甚"。在第十四讲中,《讲记》将《文心雕龙》与年代略晚的《诗品》进行比较,其中尤以"两书之共同理论及来源之辨"一节醒人耳目。《讲记》认为汉代人性论的基本问题是围绕"情"而展开,两书"吟咏情性"的观念皆顺承了汉人对性情的讨论,并指出近人论诗将"言志"和"缘情"相对立的错谬,由此检讨了所谓"魏晋是文学自觉时代"是"懵不知史"的说法。

不难看出,《讲记》的立论角度,既能瞻前顾后,又可左顾右盼,纵向和横向相结合,本书内容与外围证据的相发明,所以能予《文心雕龙》以合理的历史定位和精准的阐释,且能以《文心雕龙》一个点出发,向无限的方向展开,进而引导读者了解整个中国文学,乃至深入思考中国传统文化和思想等许多问题。

二、辞尚体要,弗唯好异

《文心雕龙·徵圣》引《尚书》之言曰:"辞尚体要,弗惟好异。"《讲记》认为近人研究《文心雕龙》,多有不得体要,唯异是趋之弊。刘勰曾依僧祐,在定林寺整理佛教文献,最终出家为僧,其生活的时代文士多深于佛学,亦染玄学清谈之风,于两汉经学传统而言,佛学、玄学无疑新起的学术思潮,故而研究《文心雕龙》的学者多有对其与二家关系密切的想象。或许,在研究的起步阶段,以佛学、玄学的角度思考问题也无可厚非,但接下来需要做的是把佛学或玄学的义理与《文心雕龙》本书的内容相互印证,否则只能属于学术研究中的"试错"阶段而已。然而,很多研究者多昧于《文心雕龙》本身的宗旨和体例,将其与佛学、玄学强加攀附。

刘勰在《文心雕龙·序志》记述:自己七岁时梦到踩着彩云往天上走,刚过三十,又梦执丹漆礼器,随仲尼而南行。由此可见向慕仲尼之学,是刘勰发奋写出《文心雕龙》的内在动因。《序志》篇又云:"盖《文心》之作也,本乎道,师乎圣,体乎经,酌乎纬,变乎骚,文之枢纽,亦云极矣。"然如范文澜在《序志》篇注解中将"文心"与佛学的"阿毗昙心"相联系,饶宗颐也说:"其撰《文心》此书,亦以'心'作为书名,虽与'阿毗昙心'之名偶合,未必无'窃比'

之意。为最上法之要解，号之曰心，为文之要解，自亦可号之曰心。”[①]与上述观点不同，《讲记》在第二讲中认为“心”在佛教传入中国之前，就已经有丰富的意义，如《易经·复卦·彖》曰：“复，其见天地之心乎。”然若参之《原道》篇，《文心雕龙》之“心”，乃是人作为“三才”之一参赞天地造化的“心”，而不是“阿毗昙心”之“无比法”之空无主体的“心”。

《讲记》第三讲提到《文心雕龙》宗经徵圣的主张与裴子野、颜之推等人是平行的呼应关系。第四讲则通过目录学的考证，认为刘勰所处的时代强调经学、礼法、复古，而玄学只是魏正始以后一小段时间中风气的一种，不能想象成六朝学术的大气候。第五讲认为刘勰的文论与经学紧密结合，所有的文体都推源于五经。《讲记》的这些说法，与刘勰在《序志》篇中的申说完全相合。只要读过《文心雕龙》的人都知道，此书的开首便是《原道》《宗经》《征圣》，上篇论文体，下篇论文术，依据《讲记》的这些阐说，则该书的基本宗旨和体例安排可以得到通贯的理解，奈何众人舍近求远，做奇特解会，恰如《孟子·尽心上》所言：“行之而不著焉，习矣而不察焉。”

在确立《文心雕龙》宗经的大体之后，《讲记》还指出《文心雕龙》能细致地发掘经典的文学性。如第六讲认为：顺承汉人扬雄、班固的脉络，挚虞《文章流别论》、李充《翰林论》、裴子野《雕虫论》皆属于经学传统下的文论，刘勰亦然，开后世尤其是明代经典全面文学化的先河。作者由此进一步强调读书治学的方法：“我们读书，要了解古人、一个时代、一个学派、一本书，都要看它的主要的理则、整体的脉络。”[②]需要说明的是，关于文学与经学的结合问题，在裴子野与刘勰两者的比较上，《讲记》只是说明了二者的平行呼应关系，于二者的不同之处却付之阙如。私意以为，就宗经之于文论，裴子野的主张近于保守，刘勰的主张更具开拓意义，细玩“龙”与“虫”之间的褒贬之意，将二者详加比对，正可抉发《文心雕龙》之经学传统下的文论的历史意义。

受西方、现代文学观念的影响，学界还有一种颇为流行的看法，认为《文心雕龙》是杂文学观念、停留在学科未分的阶段，如《讲记》所引罗宗强《读文心雕龙手记》就持上述观点。又《文心》上篇文体论中，很多属于实用文的范畴，如郭绍虞《中国历代文论选》于上篇一篇未选，很多学者也以其不具有艺术性而置之不论。就此现象《讲记》在第七讲中说：“所谓的纯文学、杂文学，其实是个假命题，从来找不出这个‘分’的界限。”[③]稍微熟悉古代文学的人，也可以随便举出很多例子打破这个所谓的“界限”，如诸葛亮《出师表》、李密《陈情表》、丘迟《与陈伯之书》都属于实用文，但因为文学价值广为传诵。上述做法显然违反

① 饶宗颐《文心与阿毗昙心》，《暨南学报》1989 年第 1 期。

②③ 《文心雕龙讲记》，第 178—179、198 页。

了古今异谊、中外异理的原则，是不得《文心》体要、唯异是趋的典型表现，其症因如《讲记》所指陈："不是古人被他的时代所限，而是现代人掉在自己这个'时代的洞穴'里，还沾沾自喜、自鸣得意。"①

树立了《文心雕龙》属于经学传统下的文论的基本观点，其文学史观就很容易理解。《讲记》在第八讲就举证：汉武帝独尊崇儒、罢黜百家，所以刘勰认为武帝时期是文学史上的高峰；进而总结其本末源流观是：古代是本，后代是末，前边是源，后边是流，故有流弊。如《定势》篇云："自近代辞人，率好诡巧，原其为体，讹势所变。"于此有所补充的是，《文心雕龙》不涉及入宋以后及当代的人物，并非纪昀所说的"避于恩怨"②、刘永济所说的"避忌"③，可见于宗经尊古，不仅体现在刘勰本人的文学观念层次，也落实在《文心雕龙》的体制方面④。

《讲记》认为：刘勰把经典作为文章的源头、最高的典范，其最大的贡献是宗经、徵圣。这的确是抓住了《文心雕龙》一书的主脉，也完全符合刘勰的本来意图。第六讲《文学解经的传统》说道："读一本书很容易，抓住主线，细部的东西可看可不看。"⑤读书能抓住主线、把握整体，从而达到一以贯之固然是好的，但因此而忽视"细部的东西"、忽视局部的特异性，不免会有"贯之以一"的偏执。这在《讲记》对"神思"的问题的处理上表现得尤为明显。如第十四讲中说：

> 《文心雕龙·神思》篇讲说：如何达到神思，就是虚静。很多人都从《老子》《庄子》中去找答案，这是错的。董仲舒在《春秋繁露》中就讲到如何心如死灰与虚静的功夫，贯通到道德和审美这样一种境界。⑥

的确，《春秋繁露》有"虚静"的说法，如《通国身》篇云："故治身者，务执虚静以致精。"⑦《立元神》篇云："志如死灰，形如委衣，安精养神，寂寞无为。"⑧另外，同时期的《淮南子》也常讲"虚静"，如《精神》篇云："是故圣人以无应有，必究其理；以虚受实，必穷其节；恬愉虚静，

① 《文心雕龙讲记》，第198页。

② 刘勰著，黄叔琳注，纪昀评《文心雕龙》，上海古籍出版社2015年版，第262页。

③ 刘永济《文心雕龙校释》，中华书局2007年版，第151页。

④ 力之《〈文心雕龙〉论文不及当代乃其"讹"不称于"休明"辨》，见力之著《〈楚辞〉与中古文献考说》，巴蜀书社2005年版，第309页。

⑤ 《文心雕龙讲记》，第179页。

⑥ 《文心雕龙讲记》，第422页。

⑦ 董仲舒著，苏舆义证，钟哲点校《春秋繁露义证》卷七，中华书局2015年版，第179页。

⑧ 《春秋繁露义证》卷六，第163页。

以终其命……形若槁木，心若死灰。忘其五藏，损其形骸。”[①]《庄子・齐物论》中“心如死灰”的说法想必大家都知道，或可认为刘勰没有直接从《庄子》中接受“虚静”的说法，但《春秋繁露》《淮南子》讲“虚静”的只能是“流”，可不是“源”。再将《文心雕龙》与《庄子》的说法进行对比：

是以陶钧文思，贵在虚静，疏瀹五藏，澡雪精神(《神思》)

老聃曰：“汝斋戒，疏瀹而心，澡雪而精神，掊击而知。”(《知北游》)

如此高度的相似性，如何能够撇清两者的关系，即使大大方方地承认《神思》篇从《庄子》那里有所汲取了一点营养，也无损于《文心雕龙》的宗经之旨。如明清之际的王夫之一边申明“予固非庄子之徒”，但一边又认为：“凡庄生之说，皆可因以通君子之道。”[②]当然，不仅《庄子》讲“虚静”，《老子》也主张“致虚极，守静笃”，《荀子・解蔽》也提倡“虚壹而静”，《易传・系辞上》更有“寂然不动，感而遂通天下”。于《文心雕龙》“虚静”渊源之探究，文句的相似、义理的接近均应该考虑，但从创造性阐释的角度而言，以何为参照更能发掘其深层义蕴，甚至为其原有思想的寻求新的理路突破，才是今日研究者真正所要做的。平心而论，学派之间义理的借鉴或者会通本来是十分正常的事，非要分得一清二楚，难免会陷入为争而争的漩涡。若能合而成化、分而成用，岂不正合《中庸》“道并行而不相悖”之理。

另外，《讲记》对如何获得“神思”的认识也有商榷之处，如第十五讲说：

神思如能以积学、酌理获得，根本就不需要疏瀹五藏，澡雪精神，费虚静心的工夫。刘勰在这里所谈，不但理论浅，也根本不通。[③]

“根本不通”的说法过于绝对。《易传・系辞上》曰：“唯神也，不疾而速，不行而至。”“神思”就是不受时空的限制，在创作的当下思与境偕、得心应手的状态。杜甫说：“读书破万卷，下笔如有神。”“读书”不就是“积学酌理”之事，“神”不是“神思”还能是什么？刘勰主张以“积学”“酌理”获得“神思”，难道不可会通于严羽“熟参”而后“妙悟”的道理？如郭晋稀先生在《文心雕龙注译》说：“它描绘了构思时的精神状态，也阐述了怎样培养构思。”[④]“积

① 刘安编，刘文典撰，冯逸、乔华点校《淮南鸿烈集解》卷七，中华书局 1989 年版，第 226—227 页。

② 王夫之《庄子通》，见王夫之著《船山全书》第 13 册，岳麓书社 1996 年版，第 493 页。

③ 《文心雕龙讲记》，第 446 页。

④ 郭晋稀《文心雕龙注译》，甘肃人民出版社 1982 年版，第 317 页。

学""酌理"必然是培养神思不可或缺的方法与过程。而所谓"费虚静心的工夫"或不可少，但若离开了学问思辨之功，恐怕只会趣入虚妄的幻境。跳出文学批评之外，也可以借佛学的说法为喻，如明清之际的大哲学家方以智说：

法外无心，即是心外无法，而法中之秩序、物则之差别，其可茫然混用乎？心本无体，神自无方，何更空劳穿凿乎？销矿成金，必资知识。此事尽时，乃享现量。[①]

在创作中"现量"与"神思"相应，"知识"与"积学""酌理"相应，前者是当下具足，后者是工夫不已，二者相融相摄，创作之际才能达到知几知化、心法如一的地步，其文思诗意才能得到充分开显和本质实现。当然，创作之际不能被"知识"束缚，而是要从中脱化而出，刘勰没有谈及"去除创作时对于外境、自我、文字的执着"[②]，其认识的确无法达到后人辩证、圆融、通透的地步，然因此并不能否定其可以接着往下说的潜在理路。作为通论性质的著作，《文心雕龙》在某些具体问题上没有圆满地展开，一千多年之后的我们，似乎不应过于苛责古人。

三、因文明道，旁通无滞

《文心雕龙·原道》云："故知道沿圣以垂文，圣因文而明道，旁通而无滞。日用而不匮。""旁通"语出《周易·乾·文言》："六爻发挥，旁通情也。""旁通"乃广泛会通之义，这是刘勰用以原道的不可替代的方法，也是理解《文心雕龙》乃至传统文化的重要观念。然有的学者对此不予重视，甚至加以歪曲理解，如周振甫在《文心雕龙注释》中如此评价《原道》："把客观存在的自然之文和作为意识形态的文章或文学的'人文'相混淆……这种混淆只有利于宣扬那种追求辞采、音韵的偏重形式美的文，对宣扬文以明道不利。"[③]虽然，《讲记》中并未具体论及上述说法，但要破解此种生硬的治学方法，须读《讲记》第十讲：《文字—文学—文化》。

《原道》篇开首就说："文之为德也，大矣！与天地并生者，何哉?"文与天地是并生的关系，不是母子关系，没有先后之分，乃是道即文、文即道，这种对"道"的认识显然与《老子》"有物混成，先天地生"说法完全不同。《讲记》认为这是刘勰的创见，并以刘勰之说与汉晋

① 方以智著，邢益海校注《冬灰录——外一种：青原愚者智禅师语录》，华夏出版社2014年版，第322页。
② 《文心雕龙讲记》，第339页。
③ 刘勰著，周振甫注《文心雕龙注释》，人民文学出版社1981年版，第9页。

新兴道教思潮的“家族相似性”为对照，阐明其深厚的底蕴。其主要观念展开如下：(一)道教有真文信仰，且认为其产生非人力所为，乃是自然创生；(二)由文生立一切，此“文”指一切文明、文化而言，即所谓天文、地文、人文；(三)文字之创生代表一切人文创生之理，对文字的理解其实就是对世界的理解；(四)在“文字—文学—文化”的一体性结构中，文字可以演化为文章，文章贯通于道，有道之文是可以化成天下的。在论述中，《讲记》引用多种道教文献，其中有洞真部玉诀类《玉清无极总真文昌大洞仙经》卫琪注曰：“开明三景，是为天根，无文不光，无文不明，无文不立，无文不成，无文不度，无文不生。”作者为彰明此中的义涵，特将这段文字书写在书前的扉页上，而其亦可以参会于《原道》篇的说法：“辞之所以能鼓天下者，乃道之文也。”

这里需要指出的是，不同的道教经典对“文”论述也有不一致之处，从《讲记》中所引的几处文献就能看出来。如《三皇经》曰：“皇帝文书，皆出虚无，空中结气成字，无祖无先，无穷无极。”而《云笈七签》载：“灵宝赤书五篇真文，出于元始之先。”所谓的“真文”，到底是在天地之先？还是与天地并生？这些或许都是道教人士故意渲染的特殊说法，于此要超越文字表面的不一致性，不必过分的拘泥。另外，《讲记》在第二讲认为：刘勰先祖及家族是信奉道教的，其子孙改信了佛教，还写了文章来攻击道教。刘勰对道教是轻视的，如在《灭惑论》中有“神仙小道”的说法，且说：“张陵米贼，述记升天，葛玄野竖，著传仙公，愚斯惑矣。”[①]因而《讲记》的阐说是审慎的，如云：“因此以上所谈，皆不是说刘勰受了当时道家思想之影响才有类似的说法，而是说当时实际存在着一种跟刘勰类似的思路，足堪对照，相与发明。”[②]因此，不是众人常说的“影响”，而是这种没有直接关联的“类似”，才是学者所要着力的地方，这也就是刘勰所说的“研神理而设教”之“神理”。提到“神理”，估计又有人来批判其迷信色彩、神秘主义了，然用荣格的“集体无意识”及维柯的“诗性逻辑”为参照，“因文而明道”之“文”之“无滞”性，可以广泛会通于天文、地文、人文，以及文字、文学、文化，其间辗转迁延的复杂关系可能渺茫难考，而其间“神理”的意味在于：它是超越各学派、各宗教、各文化领域人为界限的，体现着同一世代文化自然发展的趋势，甚至汉文化整体的思维方式。而这些可在《周易》中找到共同的理论依据。

《周易·离·彖》曰：“离，丽也。日月丽乎天，百谷草木丽乎土，重明以丽乎正，乃化成天下。”《乐记》云：“是故情深而文明，气盛而化神，和顺积中而英华发外，唯乐不可以为伪。”若将如上文字对照阅读，可以说《乐记》乃至《原道》篇中的思想，皆可从《离卦》义理的

① 僧祐撰，李小荣校笺《弘明集校笺》卷八，上海古籍出版社 2013 年版，第 428 页。

② 《文心雕龙讲记》，第 313 页。

旁通发挥而得。如云：

> 夫玄黄色杂，方圆体分，日月叠璧，以垂丽天之象；山川焕绮，以铺理地之形：此盖道之文也。仰观吐曜，俯察含章，高卑定位，故两仪既生矣。惟人参之，性灵所钟，是谓三才；为五行之秀，实天地之心。心生而言立，言立而文明，自然之道也。

“丽天”和“理地”，就是与“天地并生”的“道之文”特征，这种“道之文”内化于人，就是“言立而文明”。这里的“道之文”与《老子》所描述的“道”之“先天地生，寂兮寥兮”的性质截然有异。前者是自然的人化，凸显的是人参赞天地造化的主体性；后者则是人的自然化，主张“无为而不为”，显然是在淡化人之主体性。

《原道》篇中“道之文”思想应该是贯通于其余诸篇的，如《明诗》篇云：

> 若夫四言正体，则雅润为本；五言流调，则清丽居宗；华实异用，唯才所安。故平子得其雅，叔夜含其润，茂先凝其清，景阳振其丽。

故而《文心雕龙》批评观念的阐说，不能一句求一句之义，一篇求一篇之义，要在全书整体的语境加以理解。“丽”与“明”意义想通，诗之“清丽”就是“文明”的一种体现，就是“自然之道”在诗歌批评上的具体展开。若基于以上论述，吾人不免会对《讲记》对《文心雕龙》“清丽”的批评有所疑惑了，如其第十五讲云：

> 但“丽”在后代文学评论里边不是个好词，后代常认为诗文都应“宁拙勿巧”，宁愿看起来枯澹或古拙，不要华丽。所以他说“五言流调，则清丽居宗”，汪氏便批评“以绮丽说诗，后之君子所斥为不知理义之归矣”，丽是很浅的东西呀！[①]

“丽”真是很浅的东西吗？且不说曹丕《典论·论文》“诗赋欲丽”、陆机《文赋》“诗缘情而绮靡”、钟嵘《诗品》评古诗十九首“文温而丽”的说法，即便是后世为主张“绮丽”的也不在少数，仅举王夫之评谢庄诗为例：“两间之固有者，自然之华，因流动生变而成其绮丽。心目之所及，文情赴之，貌其本荣，如所存而显之，即以华奕照耀，动人无际矣。”[②]从此可见，

① 《文心雕龙讲记》，第 448 页。

② 王夫之《古诗评选》卷五，见《船山全书》第 14 册，第 752 页。

“绮丽”是天地絪缊生化、流动生变的自然属性，诗人因心目所及，将天地间本来就存在的美好事物，以清绮秀茂的文笔描绘出来，必然会具备“华奕照耀”艺术魅力，这种魅力就是“文”之化成天下的基础，即《原道》篇所说的“写天地之辉光，晓生民之耳目矣”。

对历史上将文风萎靡归咎于绮丽文采的说法，其弊端正如王夫之《古诗评选》所言：

> 文笔两途，至齐而衰，非腴泽之病也。欲去腴泽以为病，是涸天之雨，童地之山，髡人之发，存虎之鞹焉耳矣。①

当然，“绮丽”并不是离开情质追求辞采的繁华，而是要依质而生文。否则便是刘勰所反对的，如《序志》篇云：“饰羽尚画，文绣鞶帨，离本弥甚，将遂讹滥。”故而，《论语》中的“文质彬彬”、《乐记》中“情深而文明”，才是“绮丽”或“清丽”说的前源，“丽”字的含义其实很深厚。一味“宁拙勿巧”，必生粗豪乔野之态；倘矫枉过正，还入于枉；若质木无文，岂能行远？龚先生于此或有不审，汪师韩之陋见实不堪为法。

《讲记》与龚先生之前的著作一样，依然保持着锐利的文风，如《自序》云：“但树越大，阴影就越深；名越高，误解也越多，凡物皆然，此书亦不例外。而我的讲疏之所以还值得出版，却又得益于此。——若非以前的诠释多有可辩之处，哪还需要我再来替它辩解呢？”②书中所驳议的论点，涉及黄侃、郭绍虞、范文澜、饶宗颐、杨明照、徐复观、王元化、周振甫、罗宗强等，这些都是享有盛誉的学者。就此或有人目之为“好辩”，正可用王符《潜夫论·叙录》中说法予以回应：“予岂好辩？将以明真。”③“明真”是学术研究的根本，无关于研究者声名的大小，此正是佛家所言“依法不依人”④之理。总之，于《文心雕龙》研究而言，《讲记》具有发蒙启蔽的意义；于治学方法而言，《讲记》具有金针度人的价值。拙文只是略举一隅，要了解全书的各种精妙之处，还需要各位读者细细研读。

（作者简介：陈勇，兰州交通大学文学院副教授，发表论文有《王夫之诗学批评观与〈庄子〉“朝彻”之境》等。）

① 《古诗评选》卷五，第762页。

② 《文心雕龙讲记·自序》，第2页。

③ 王符撰，汪继培笺，彭铎校正《潜夫论校正》，中华书局1985年版，第626页。

④ 昙无谶译《大般涅盘经》卷六，见《大正新修大藏经》第12册，（台北）新文丰出版公司1993年版，第401页。

Contents